LA OTRA CARA
DE LA PERFECCIÓN

LA OTRA CARA DE LA PERFECCIÓN

MARIKO TURK

Traducción de Bruno Álvarez

Argentina – Chile – Colombia – España
Estados Unidos – México – Perú – Uruguay

Título original: *The Other Side of Perfect*
Editor original: Poppy, un sello de Little, Brown and Company
Traducción: Bruno Álvarez

1.ª edición: agosto 2023

© 2021 *by* Mariko Turk
All Rights Reserved
© de la traducción 2023 *by* Bruno Álvarez
© 2023 *by* Urano World Spain, S.A.U.
Plaza de los Reyes Magos, 8, piso 1.º C y D – 28007 Madrid
www.mundopuck.com

ISBN: 978-84-19252-30-2
E-ISBN: 978-84-19699-13-8
Depósito legal: B-11.556-2023

Fotocomposición: Ediciones Urano, S.A.U.

Impreso por: Rodesa, S.A. – Polígono Industrial San Miguel
Parcelas E7-E8 – 31132 Villatuerta (Navarra)

Impreso en España – *Printed in Spain*

A mi madre y a mi padre.

MARZO

PRÓLOGO

—¿Cuándo voy a poder bailar? —pregunté con un hilo de voz que casi no se oyó en la sala de recuperación, pequeña y estéril.

El médico no dejaba de hojear las páginas de la historia clínica, así que no sabía si me había oído. Estaba a punto de preguntárselo de nuevo, pero los clavos de acero que tenía anclados en los huesos y que sobresalían de la pierna e iban sujetos a una estructura externa me distrajeron. No había podido dejar de mirarlos desde que me había despertado de la operación. Después de diez años en la escuela de *ballet* de Kira Dobrow, había visto todo tipo de destrozos físicos: ampollas que no dejaban de supurar en los dedos de los pies, un tendón de Aquiles roto... Pero nada parecido a aquello. Se llamaba «fijador externo», y no era ninguna tontería.

Colleen también lo estaba mirando mientras tamborileaba la variación de Kitri de *Don Quijote* en la barra metálica de mi cama. Nuestras miradas se encontraron y mantuvimos una de nuestras conversaciones silenciosas.

No es para tanto, ¿no?

Qué va.

Dejé escapar un suspiro y observé a mis padres, que estaban detrás de Colleen. Mi padre tenía los ojos fijos en el suelo para no mirar sin querer el fijador externo otra vez y tener que volver a sentarse con la cabeza entre las piernas.

Mi madre me dedicó una sonrisa con la que sabía que pretendía tranquilizarme pero que no funcionó ni lo más mínimo.

—¿Cuándo voy a poder bailar? —repetí, más alto esa vez.

El médico se sobresaltó, dejó los informes y se sentó en el taburete que había junto a la cama.

—Vayamos pasito a pasito —me dijo, antes de mirarme la pierna y reírse entre dientes—. Perdón por el juego de palabras. —Al ver que nadie reaccionaba, carraspeó—. Vas a estar pasando de la cama al sofá durante un par de semanas, hasta que te quitemos el fijador externo y te pongamos la escayola. Y luego, dentro de unos meses, podrás aprender a andar de nuevo.

Si no pensaba contestar a la pregunta, ya lo averiguaría yo solita. Empecé a hacer cuentas. El curso intensivo de verano de la compañía American Ballet Theatre de Nueva York era en julio. Faltaban cuatro meses. Si lograba volver a andar en un par de meses, podría bailar en cuatro.

—Eso significa que voy a poder hacer el curso intensivo de *ballet* en julio —dije—. Voy a poder ir.

Mis padres cambiaron de postura y el médico suspiró.

—Alina —empezó a decir con delicadeza—, si hubiera sido una fractura limpia, se te habrían soldado los huesos de forma natural. Podrías haberte subido a las puntas pasados cuatro meses. Pero no es el caso. —Dejó de hablar, como si eso lo explicara todo. Al ver que no apartaba la mirada, volvió a suspirar—. Hemos tenido que ponerte dieciséis tornillos y dos placas para inmovilizar los huesos. Y se van a quedar ahí dentro para siempre. Lo que significa que no vas a tener la pierna tan fuerte ni flexible como…

—¿Y cuándo? Si dejo que se cure y hago rehabilitación y todo lo que se supone que tengo que hacer, ¿cuándo volveré a la normalidad?

—Nunca —dijo sin más el médico—. Cuando se rompe un hueso de ese modo, no es tan fácil que se recupere. Y, aunque logre recuperarse, no volverá a ser nunca lo que era.

Me pareció una gilipollez tremenda, pero tampoco iba a decírselo.

—Voy a poder bailar en cuatro meses —respondí con serenidad—. Voy a ir a Nueva York.

Miré a mis padres para que supieran que todo seguía según lo planeado. Mi padre parecía mareado, vacilante. Mi madre trataba de contener las lágrimas. Colleen era la única que no parecía haberse inmutado.

—Pues claro —intervino mi mejor amiga, volviéndose hacia el médico—. He leído en un artículo que ahora los traumatólogos pueden arreglar cualquier cosa, salvo quizá las rodillas, pero a su rodilla no le ha pasado nada.

—Eso —añadí, aferrándome a las palabras de Colleen—. No me he roto la rodilla; solo la tibia y el peroné.

—Cariño… —Mi madre me puso una mano firme en el hombro—. Ahora es mejor no pensar en lo que podría suceder o no en el futuro. Lo que tienes que hacer ahora es centrarte en curarte. Eso es lo más importante.

Mi padre volvió a mirar el fijador externo, soltó alguna palabrota y se sentó en una silla en el otro extremo de la habitación, con los codos apoyados en las rodillas. Mi madre volvió a apretarme el hombro, como si esperara una respuesta, pero no tenía nada que decir. Para mí, no pensar en el futuro no tenía ningún sentido. El futuro lo era todo, y cuando pensaba en él solo veía el *ballet*.

De repente me entró mucho sueño; la anestesia lo estaba volviendo todo confuso. En un momento dado, me di cuenta de que mis padres estaban susurrando, que estaba oscuro al otro lado de la ventana y que Colleen se había ido. Volví a cerrar los ojos y sentí que estaba bailando, que giraba en el aire con los pies en punta, con las zapatillas de *ballet* puestas. Que iba de un lado a otro brincando, en *bri-sés* rápidos.

No dejaba de despertarme y de volver a dormirme, y me resultaba difícil distinguir lo que era real y lo que no, lo que estaba ocurriendo en ese momento y lo que era un recuerdo.

Pero una cosa estaba clara: en cuatro meses volvería a subirme a las puntas.

En cuatro meses estaría en Nueva York, bailando.

NOVIEMBRE

Capítulo uno

Jean-Paul Sartre escribió una vez: «El infierno son los otros». Creo que una frase más precisa sería: «El infierno son las otras personas que se han presentado a la audición para la obra de primavera de *Cantando bajo la lluvia* del instituto Eagle View». A lo mejor suena un poco dramático. Pero, como el memo del médico resultó tener razón con lo de mi pierna, he tenido que empezar el penúltimo año de instituto como una estudiante normal a tiempo completo. Y, a pesar de lo espantosos que habían sido los últimos dos meses, hasta ese momento no había sufrido algo *así*. A mi izquierda, una chica de pelo rizado canturreaba: «¡Ma me mi mo mu!»; y, a mi derecha, un muchacho delgado con un pantalón pirata de chándal bailaba la danza del vientre.

Divisé a Margot, mi salvación, cerca del escenario del salón de actos del colegio, dándole sorbitos a un café con hielo del tamaño de su cabeza. Me abrí paso por los pasillos abarrotados hasta que por fin llegué hasta ella.

—Pero ¿quién es esta gente? —pregunté con desprecio.

Me miró con una expresión que nunca le había visto antes. ¿De disculpa? ¿De vergüenza? Pero, como era Margot, le cambió la cara en un segundo y se le dibujó una sonrisa burlona.

—La gente del musical es muy suya —contestó, y luego, al darse cuenta de que no me había quedado nada satisfecha con su respuesta, añadió—: Se hace raro al principio, pero en realidad no está tan mal.

La miré con una ceja arqueada, sorprendidísima de que le gustara todo aquello. Margot era de lo más pasota, siempre con esa expresión que parecía decir «que te follen», y esa gente era todo lo contrario. De hecho, estaba bastante segura de que no habían follado en su vida. Pero, en realidad, ¿qué sabía yo de la auténtica personalidad de Margot? Sí, nos habíamos conocido el año anterior en Química. Y, sí, te hartabas de reír con ella, pero, aparte de la vez que había venido a casa a ayudarme a elegir una canción para la audición, nunca había quedado con ella fuera del instituto. Últimamente estaba demasiado ocupada echándome la siesta, encerrándome en mi cuarto y comiéndome bolsas enteras de Doritos Cool Ranch como para quedar con nadie. Pero Margot era mi salvación en Eagle View. Teníamos tutoría, a primera hora, y la hora de estudio, a última, juntas, así que empezaba y terminaba el día con ella. Y menos mal.

El primer día del curso le había contado a Margot que iba a empezar a estudiar a jornada completa porque las clases en línea a tiempo parcial eran solo para estudiantes que estuvieran «tratando de emprender una carrera profesional en el ámbito del arte», y yo… ya no era una de ellas. Le advertí que no dijera nada tipo: «Todo pasa por algo», «Tal vez sea para mejor», «Cuando la vida te rompe una pierna, te abre una ventana» o cualquier tontería por el estilo. Ya había oído bastantes frasecitas parecidas y no me creía ni una palabra.

Pero Margot se había limitado a mirarme y a decir:

—No, la verdad es que me alegro de que te hayas roto la pierna y tengas que venir a clase con nosotros, los normales. Sin ti, las tardes eran un poco aburridas.

Aquello consolidó nuestra amistad, al menos por mi parte. Tras pasarme la vida tratando desesperadamente de recibir elogios por parte de las exigentes profesoras de *ballet*, había empezado a sentir debilidad por la gente que sabía cómo lanzar un cumplido elaborado a la perfección. Si alguien se mostraba demasiado efusivo conmigo, perdía el interés.

—A ver, aún estás a tiempo de echarte atrás —me dijo Margot, limpiándose una gota de café de los pantalones cortos vaqueros que llevaba sobre unas medias negras. El *piercing* verde esmeralda que tenía sobre el labio centelleó. Con ese *piercing* y esa media melena teñida de turquesa, siempre me recordaba a una sirena punki—. Pero entonces te quedarías sin escuchar diez mil interpretaciones ultramegadramáticas de «On My Own», de *Los miserables*.

—Si te vas a poner a soltar referencias de musicales, yo me piro.

—Y, quién sabe... —continuó Margot, fingiendo que no me había oído—, a lo mejor hasta te gusta.

Agarré las correas de la mochila mientras miraba a mi alrededor, a aquel salón de actos tan lamentable. Me resultaba imposible no compararlo todo —las butacas de plástico granate, la moqueta gris deprimente, el telón negro y fino, los focos de luz fría del techo— con la elegancia del Teatro Epstein, que parecía un joyero por dentro, en el que se llevaban a cabo las funciones de la escuela de *ballet* de Kira Dobrow, en el centro de la ciudad. Echaba de menos sus lujosas butacas tapizadas, las lámparas doradas del entresuelo y el telón de terciopelo rojo con el que Colleen y yo solíamos frotarnos los meñiques para que nos diera suerte.

Para mi horror, me empezaron a picar los ojos. Tosí y parpadeé a toda prisa.

—¿Y cómo va todo esto? —pregunté con una voz firme y profesional.

—Hay dos días de pruebas de canto, que empiezan hoy a las tres. A las cuatro y media, nos van a enseñar una coreografía. Para ti eso estará chupado. Y mañana, otra vez a cantar hasta las cuatro y media, y luego haremos la prueba de baile.

Y los que pasen la primera fase tienen que volver el viernes para las audiciones de los papeles principales.

Suspiré y dejé la mochila en el suelo. Dos días de actividades extraescolares en ese salón de actos espantoso y lleno de gente de teatro... No era un plan ideal. Entonces, ¿por qué me quedaba? Tal vez para evitar las insinuaciones cada vez menos sutiles de mis padres de que debía «hacer cosas fuera de casa». Tal vez porque en ese momento Margot era literalmente mi única amiga, y me sabía mal dejarla tirada. O tal vez por alguna razón que aún no tenía del todo clara.

Acababa de colocar la pierna en el borde del escenario para estirar los isquiotibiales, tirando del dobladillo de las mallas para asegurarme de que no se me vieran las cicatrices, cuando dos chicos blancos llamaron a Margot a gritos mientras se acercaban con paso tranquilo.

Uno de ellos era alto y espigado, con un revoltijo de rizos castaños desordenados a la perfección. Lo reconocí de la clase de Lengua —creo que se llamaba Ethan—, así que debía de estar en el último curso. Yo era un año menor, pero cursaba Lengua con él porque, gracias a las clases en línea, iba algo adelantada. Al otro chico no lo reconocí. Tenía el pelo oscuro y ondulado y una sonrisa amplia, todo dientes, que habría parecido un poco bobalicona si no fuera por esa piel bronceada que se la resaltaba tanto. Aunque qué más me daba a mí eso.

—Margot nunca miente —dijo el de la sonrisa. Miró a Ethan en busca de confirmación—. ¿No? Margot Kilburn-Correa dice siempre las cosas claras.

Ethan negó con la cabeza.

—No, a Margot lo que le va es llevar la contraria. Siempre dice lo opuesto a lo que digan los demás. Es su estilo.

Margot le dio un puñetazo a Ethan en el brazo.

—No es verdad.

—¿Ves? —dijo Ethan.

Margot volvió a pegarle.

—Vale, pues se lo preguntaré a alguien que no nos conozca de nada. —El chico de la sonrisa se volvió hacia mí y juro que los ojos le brillaban, le brillaban de verdad—. ¿Me has visto alguna vez?

—No —respondí mientras cambiaba de pierna.

Esbozó una sonrisa rápida, como si hubiera ganado una apuesta consigo mismo.

—Genial. Pues, sin habernos visto jamás, sin ideas preconcebidas… —hizo un gesto con la mano para señalarse a sí mismo y a Ethan—, ¿quién es el Fred Astaire y quién el Gene Kelly?

—No tengo ni idea de lo que estás hablando.

El chico de la sonrisa fingió desmayarse y se agarró a Ethan para mantenerse en pie.

Y yo que pensaba que era *yo* la dramática.

Ethan le sostuvo y sacudió la cabeza, decepcionado.

—Margot, ¿has traído a una novata de los musicales al sagrado salón de actos del Eagle View, cuna de la Raja de la Felicidad?

Los tres se partieron de risa al oír aquello.

Ay, qué agradables son siempre esas bromas que comparte un grupo de amigos y que para ti no tienen ningún sentido…

Tras un ataque de risa que duró más de lo necesario —la Raja de la Felicidad esa no podía ser tan graciosa, fuera lo que fuere—, Margot por fin recuperó la compostura.

—Shhh, que estáis asustando a Alina. Este es Ethan. —Hizo un gesto con la mano hacia él y el chico agachó la cabeza, con lo que los rizos le cayeron y le cubrieron aún más los ojos. No sé si me recordaría de la clase de Lengua, pero no dijo nada, así que yo tampoco—. Y ese es Jude.

Así que el chico de la sonrisa tenía nombre.

—Oye, Alina, bromas aparte, en realidad acogemos muy bien a los nuevos —dijo Jude, y el brillo de los ojos reapareció—. ¿Acabas de pasar al instituto?

Se estaba burlando de mí.

—Voy un curso por debajo de vosotros —respondí en un tono tajante, mientras bajaba la pierna del escenario y me sacaba el móvil del bolsillo de la sudadera.

No captó la indirecta.

—Pensaba que conocía a todos los de tu curso. ¿Por qué a ti no?

Suspiré.

—Antes solo venía por las mañanas.

—¿Y eso?

—Era el momento del día en que era menos probable que atacara a los desconocidos que me hacían demasiadas preguntas.

Margot se rio por la nariz. Ethan chasqueó los dedos como si estuviera aplaudiendo en un recital de poesía. Pero Jude siguió dedicándome esa sonrisita tan irritante, como si estuviera ganando un juego al que yo no sabía que estaba jugando.

—Ah, claro. Nunca se es demasiado precavido, sobre todo con los desconocidos.

Lo fulminé con la mirada. Aquel tipo era un bicho raro en un mar de bichos raros.

—Bueno, chicos —dijo Margot, moviendo la mano como para echarlos—. Tenemos que ir preparándonos. No todos somos dioses de los musicales.

Los chicos se marcharon y, en circunstancias normales, yo me habría metido con Margot por haber dicho eso de «dioses de los musicales». Pero el salón de actos enmudeció de repente cuando dos mujeres con sendos portapapeles subieron al escenario. A una de ellas la reconocí: era la señora Sorenson, la profesora de música, que llevaba el pelo rubio rojizo peinado hacia atrás y sujeto con una diadema malva a juego con su jersey y sus zapatos de tacón. Según me había contado Margot, la señora Sorenson dirigía el musical todos los años. A su lado había una mujer alta, de unos cincuenta años, con una mata de pelo anaranjado y encrespado recogido con una cinta negra. La señora Langford, al parecer. La coreógrafa. Parecía la hermana mayor chiflada de la señora Sorenson.

Esta última dio una palmada.

—Van a dar comienzo las pruebas de canto —dijo en voz alta—. De uno en uno, me vais a ir dando las canciones, os ponéis en el centro del escenario y decís vuestros nombres. La señora Langford os detendrá cuando llevéis unos cuantos compases. Por ahora, con eso nos basta.

Después, la señora Sorenson se sentó delante del desgastado piano del escenario y la señora Langford tomó asiento en la cuarta fila, con el portapapeles preparado. Al momento, una chica sudasiática guapísima con ondas negras hasta los codos subió al escenario.

—Diya Rao —dijo, vocalizando con claridad—. Voy a cantar «No One Else» de *Natasha, Pierre y el Gran Cometa de 1812*.

Margot soltó una risita.

—¿Y quién te ha preguntado, Robozorra?

—¿Es amiga tuya? —susurré, contenta de poder distraerme con el comentario de Margot.

Margot puso cara de asco cuando la señora Sorenson empezó a tocar en una tonalidad menor y Diya cantó con una voz sorprendentemente clara. Vibraba, resplandecía. Se me puso la piel de los brazos de gallina. A medida que avanzaba, las notas se iban volviendo más cálidas, más profundas. Era una canción de amor, y Diya conseguía que las palabras sonaran como si volaran sobre la melodía.

Me quedé boquiabierta. No era que esperara que fueran todos horribles, pero tampoco esperaba que nadie fuera *tan* espectacular. Miré a mi alrededor para ver si los demás estaban tan sorprendidos como yo. Pero muchos parecían compartir la expresión de irritación de Margot. Oí murmullos de «Robozorra» por aquí y por allá. Por lo visto, Margot no era la única que la llamaba así.

Cuando Diya terminó, le ofreció una sonrisa cargada de confianza al público, se bajó del escenario y tomó asiento en la primera fila, en una esquina, alejada de todos los demás.

—Robozorra siempre va primero para intimidar a los demás —me explicó Margot.

Efectivamente, nadie se ofreció voluntario hasta que la señora Sorenson hizo subir a Ethan al escenario. Su canción tenía un ritmo *doo-wop* anticuado y trataba de... ¿ser un dentista sádico? Fuera lo que fuere, la interpretó a lo grande, pavoneándose por el escenario como una versión extraña de Elvis, agitando los rizos de aquí para allá cada vez que inclinaba la cabeza para exclamar con dramatismo: *I'm a deeeentist!*

Fue rarísimo, pero relajó un poco el ambiente, y a partir de ahí todo fue como la seda. Todos fueron cantando, con distintos niveles de talento y de volumen, y, cuando volvían a sus asientos, chocaban los cinco o recibían palmadas en el culo o golpes en el pecho por el camino. A todo el mundo se le veía tan cómodo que me resultaba agobiante.

Cuando íbamos por la mitad de la prueba, Jude subió al escenario.

—Jude Jeppson —anunció.

Resoplé. Por alguna razón, ese nombre tan alegre le quedaba que ni pintado. No tenía la chulería de Ethan ni el aplomo de Diya. Se le veía ligero y despreocupado, como si estuviera echando el rato con sus amigos. La señora Sorenson comenzó a tocar y Jude se puso a cantar.

Vale, está bien; empezaba a entender eso de «dios de los musicales». Se le daba muy pero que muy bien. Tenía una voz potente pero lo bastante dulce como para transmitir la felicidad y la esperanza de la letra, que, tras un rato, fue limitándose solo al nombre de Maria. No se me puso la piel de gallina como cuando cantó Diya, pero puede que fuera porque me distraje un poco al ver que todo el mundo a mi alrededor se había quedado embelesado. Por lo visto, nadie era inmune a los encantos de un chico mono capaz de cantar el nombre de una chica una y otra vez de una forma tan romántica.

Al decir «Maria» por última vez, los vítores del público hicieron que Jude esbozara una sonrisa en mitad de una nota. Ethan sacó el móvil y le hizo una foto. Tal vez Jude se las firmara más tarde a sus fans. Cuando terminó, todos aplaudieron más fuerte aún y no pararon hasta que llegó a su asiento, en la segunda fila.

Jude debió de notar que lo estaba observando, porque se giró hacia mí. Siempre que me sorprendían mirando, intentaba no apartar la vista. Así que le sostuve la mirada y le aplaudí con unas palmadas sarcásticas chocando solo los dedos. Me sonrió e hizo como si se quitara un sombrero imaginario.

Nuestra conversación silenciosa se vio interrumpida por un chico rubio con un gorrito flácido que recorrió el pasillo con rigidez, apretando y soltando los puños.

—Ay, madre, ¿Harrison Lambert? —soltó Margot.

—¿Quién es ese?

—Es… Harrison Lambert. No le pega nada el mundo de los musicales. Es el típico chico que te pregunta cuál es tu película favorita y, si dices algo que no sea la película más *indie* de la historia, te responde: «Ah, sí, a mí también me gustaba eso… en primaria».

—Uf, ¿en serio te dijo eso?

—Bueno, no. Pero eso es lo que me diría si alguna vez le dirigiera la palabra.

Margot no le quitó ojo a Harrison mientras el chico empezaba a cantar una versión a capela un tanto temblorosa de «In the Aeroplane Over the Sea» de Neutral Milk Hotel. Elegir una canción de *rock* alternativo para una audición de un musical de instituto podría parecer un poco extraño, pero la verdad es que no lo hizo mal cuando comenzó a tomar carrerilla. Y, tras un final impresionante, bajó del escenario con cara de alivio.

Y no se detuvo, sino que siguió caminando y salió del salón de actos. Cuando se cerró la puerta, regresaron los murmullos, y el chico al que había visto bailar la danza del vientre soltó un sonoro «¿Quééé?» que provocó alguna que otra risa.

—A lo mejor era una apuesta —teorizó Margot.

Las pruebas continuaron durante un buen rato y el salón de actos se fue vaciando a medida que la gente se iba a por algo para picar o a cambiarse para la prueba de baile. Al final, Margot subió al escenario y cantó con un acento neoyorquino exagerado que me impresionó y confundió al mismo tiempo.

—Puede que sea el mejor momento para que hagas la prueba —dijo Margot después, mirando la hora.

Miré a mi alrededor para asegurarme de que Jude, Ethan y Diya se hubieran ido. No me hacía demasiada ilusión que los mejores cantantes me vieran hacer el cuadro.

Mientras recorría el pasillo, intenté disimular lo extraño que me parecía subirme a un escenario para cantar, no para bailar. Le había preguntado a Margot si había alguna forma de saltarse la prueba de canto y hacer solo la de baile —tampoco es que fuera a conseguir ningún papel protagonista—, pero me dijo que ambas eran obligatorias.

—Alina Keeler —grazné.

Y luego empecé a cantar «Wouldn't It Be Loverly» de *My Fair Lady*. Margot me había sugerido esa canción porque no era muy difícil. No canté con demasiado entusiasmo, y la señora Langford parecía aburrida, pero nadie se tapó los oídos.

Solté un suspiro al bajarme del escenario. No era ninguna diosa de los musicales. Pero al menos no había hecho el ridículo del todo.

—¡Vamos a repasarlo una vez más! —La voz áspera de la señora Langford se alzó por encima del ruido del escenario abarrotado.

Faltaban diez minutos para que terminara el primer día de audiciones y todo el mundo se fuera a casa a practicar la coreografía para el día siguiente. Era sencillo: unos pasitos de un lado a otro cruzando las piernas, unos cuantos movimientos de cadera, un paso inspirado en el charlestón, dos *grands battements* —la señora Langford los llamaba «patadas altas»— y una pirueta rápida.

Para quienes no estaban acostumbrados a bailar, fue todo un reto. Margot no paraba de quejarse mientras intentaba terminar la pirueta sin tropezar. Sin embargo, a Diya Rao se le estaba dando bastante bien, al igual que a Jude y a Ethan. Margot me había contado que la hermana mayor de Ethan daba clases de claqué en el centro comunitario y que tanto él como Jude llevaban años asistiendo. Por alguna razón no me sorprendió.

Yo todavía no había hecho la coreografía dándolo todo; solo había estado repitiendo los pasos sin demasiada energía, porque no había mucho espacio para moverse, y ya la tenía tan grabada en la mente que me salía sola. La señora Langford nos dejó marchar, pero entonces Diya, con el pelo recogido en un moño, levantó la mano.

—¿Señora Langford? Mañana tengo ensayo para el festival de Shakespeare. ¿Puedo hacer la prueba de baile ahora?

Margot puso los ojos en blanco mientras se abanicaba la nuca.

—Eso también lo hace todos los años. Le *encanta* que todo el mundo sepa que está ocupada con otras cosas. Y, ya ves tú, como si fuera tan impresionante que ya pueda hacer la coreo sin tener que practicarla esta noche. Seguro que tú también podrías.

Todo el mundo estaba bajándose del escenario para despejarlo cuando la señora Langford preguntó si alguien más quería hacer la prueba de baile en ese momento. Y puede que fuera porque quería tener la tarde libre para echarme la siesta; o tal vez porque empezaba a asomar mi lado competitivo; o tal vez fuera por una razón que aún estaba intentando ignorar: que quería volver a bailar en un escenario. Pero volví a salir al escenario y me puse al lado de Diya.

Me examinó de pies a cabeza como si me hiciera una radiografía y se detuvo al llegar a mi pelo, que no me había recogido como las demás. Lo llevaba suelto, por la espalda, liso como una tabla. Entrecerró los ojos.

—¿Quieres una goma de pelo?

—No me hace falta —respondí.

Diya arqueó una ceja. Madre mía. Tampoco pretendía ser arrogante; sencillamente no me apetecía recogerme el pelo.

Diya y yo nos colocamos en extremos opuestos del escenario.

—Tenéis que hacer la coreografía dos veces para que podamos veros bien a las dos —dijo la señora Langford antes de pulsar el botón de reproducir del equipo de música.

Y en ese momento fue cuando lo asimilé. Vale, sí, eran unos pasos simples de un musical, pero, por primera vez en ocho meses, iba a bailar. Me dio un vuelco el corazón y se me formó un nudo en la garganta.

Cuando empezó la música, una sensación familiar se apoderó de mí. Ejecuté todos los pasos como era debido, pero dejé que la música guiara mi ritmo. A medida que la voz de Gene Kelly iba desgranando la letra, yo ralentizaba los movimientos de los brazos y solo tomaba velocidad cuando volvían a sonar las trompetas. Llevé a cabo el paso de charlestón con ligereza, oí el silbido del viento al elevar la pierna en los *battements* y me preparé para la pirueta con un delicado *pas de bourrée* en cuarta posición. Por el rabillo del ojo, vi a Diya dar dos vueltas en lugar de una. Terminó ligeramente a destiempo, pero vi a la señora Langford asintiendo y sonriendo mientras volvíamos a colocarnos para repetirlo todo.

Sentí que se me curvaba la boca sola. Si no pasaba nada por cambiar la coreografía, pues eso haría yo también.

La segunda vez, hice los movimientos aún más ligeros, más amplios. Convertí el segundo *battement* en un *développé*, arqueando mucho la espalda mientras extendía la pierna hacia arriba, con los dedos de los pies apuntando al techo. Al final, justo antes de la pirueta, me vino a la cabeza Kira, mi profesora de *ballet*, con su pelo rubio, casi blanco, y los ojos de un azul intenso, con algunas patas de gallo como rayos de sol a su alrededor. Me estaba observando, motivándome para ser la mejor. Así que di tres vueltas.

O eso intenté.

Llevaba buena velocidad, pero mi tobillo derecho —el de los tornillos— no soportó la presión. De alguna manera, logré hacer fuerza con el abdomen para mantener el equilibrio y seguir girando, pero solo pude hacer un giro doble bastante flojo, y ni siquiera conseguí terminar con la música.

No vi la reacción de nadie cuando me bajé del escenario, pero oí algunos aplausos dispersos. Había demasiados pensamientos y sentimientos compitiendo por mi atención: los latidos rápidos pero constantes de mi corazón a los que estaba acostumbrada después de una actuación, las mariposas que sentía en el estómago al competir. Todo eso me resultaba familiar de un modo agradable; me hacía sentir casi como si todo pudiera volver a ir bien. Pero no podía ignorar ese tambaleo. No podía ignorar que me había hecho perder el ritmo. Que me había vuelto torpe. Que nunca volvería a subirme a las puntas.

Había sido tontísima por pensar que bailar en el musical llenaría una mínima parte del vacío en el que había estado sumida durante esos últimos ocho meses. Bailar nunca sería lo mismo. Yo nunca sería la misma. Y no había nada que hacer.

Busqué a Margot, pensando que diría algo sarcástico y lograría que me dejara de tonterías. Pero cuando pasé la mirada por las filas de asientos, me topé con Jude. Me miraba fijamente desde el otro lado del salón de actos, con la boca abierta. Aquello me hizo recordar otra sensación familiar: la oleada de orgullo que me invadía cuando la gente me miraba como si acabara de hacer algo precioso.

Añoraba tanto esa mirada… Pero verla en ese momento solo me trajo tristeza. Ya no la merecía. El vacío se llenó de rabia.

Jude seguía mirándome, y me dedicó una sonrisa mientras me devolvía el aplauso con los dedos que le había ofrecido yo misma antes. Sin embargo, en lugar de devolverle la sonrisa o hacer una reverencia mientras me quitaba un sombrero imaginario, como debería haber hecho, le hice un corte de manga.

Capítulo dos

En cuanto cerré la puerta de casa, mi madre se acercó desde el patio y mi padre se levantó del piano.

—¿Y bien? —me preguntaron al unísono—. ¿Cómo ha ido?

Estaban muy entusiasmados con que me hubiera presentado a la audición para el musical. Seguro que incluso le habían dado las gracias al cielo al llegar a casa del trabajo y ver que no estaba en mi cuarto, enterrada bajo las sábanas y viendo vídeos de *ballet* en el portátil.

—No ha ido mal —contesté mientras dejaba caer la mochila con brusquedad en el suelo del vestíbulo y la apartaba de una patada.

Intenté evitarlo, pero mis ojos recorrieron por sí solos los marcos de la repisa de la chimenea, donde solían estar mis fotos de *ballet. Solían*.

—Bajad las armas, soldados —les dije a mis padres para que se calmaran y me dirigí a la cocina.

—Va a hacer falta que nos cuentes un poco más, General Cascarrabias —dijo mi padre mientras me seguía.

Suspiré con fuerza, consciente de que tendría que contarles algo para que se quedaran tranquilos.

—La verdad es que ha ido bien. No he desafinado demasiado. —Abrí la nevera, saqué un palito de queso y le di un mordisco—. Y la coreografía era fácil —dije con la boca llena.

Y le he hecho un corte de manga a un chico sin motivo.

Me alegré de que Jude no pareciera ofendido por mi decisión espontánea. Sorprendido, sí. Confundido, desde luego. Pero no me dio la sensación de que estuviera enfadado. Esperaba que no me pidiera explicaciones.

—¿Sabías que en el último año, en Kalani, nuestra clase hizo *Carrusel*? —dijo mi madre, con una sonrisa soñadora.

—¿Que *vosotros* participasteis en el musical de vuestro instituto? —les pregunté, y casi se me cayó el queso de la boca.

Mis padres me habían hablado de su época de novios incluso más de lo que me habría gustado, pero eso no me lo habían contado nunca.

—Bueno. Nosotros, no. —Mi padre se acarició la barba cobriza—. Pero participaron unos amigos nuestros, creo. Y fuimos a verlo. Y fue muy guay.

Ya, claro. Mi padre era el pianista de una banda que tocaba música psicodélica y experimental. No lo había oído mencionar una canción de un musical ni una sola vez en la vida. Y mi madre había visto *Carrusel* en TCM hacía un par de años y le había parecido «repulsivo». Por lo visto mis padres habían recurrido a mentir para sacarme de casa.

—Me alegro por ellos —dije, antes de meterme el resto del queso en la boca y volverme hacia las escaleras.

—Además… —Mi madre me cortó el paso y me pasó el brazo por los hombros para llevarme de nuevo a la cocina—. Te encantó la película *Cantando bajo la lluvia*.

—Ah, ¿sí?

—¡Sí! ¿No te acuerdas de cuando la viste con tu abuela?

—Más o menos. Tendría unos seis años —respondí.

Ese día estaba lloviendo en Honolulu, así que no pudimos ir a la playa como habíamos planeado. A mí me dio mucha rabia, pero mi abuela Shiho me llevó a comprar granizado de *ume* a Matsumoto's y nos lo tomamos mientras veíamos *Cantando bajo la lluvia*.

Recordaba el sabor agrio del granizado, y a mi abuela riéndose mucho; tiene la risa que más me gusta del mundo, ronca pero comedida. Pero no recordaba nada de la película.

—En fin, le he contado que te habías presentado a la audición y está emocionadísima —me dijo mi madre—. Hoy he visto la película durante las horas de tutoría y es entretenida. Está ambientada en los años veinte, y va sobre dos estrellas del cine mudo, Don Lockwood y Lina Lamont.

Suspiré. Mi madre seguía con el brazo apoyado sobre mi hombro. No pensaba dejarme ir a ninguna parte.

—Don y Lina salen juntos en todas las pelis, pero luego se inventan las películas sonoras.

—Oh, oh —intervino mi padre, con la sutileza de un personaje de dibujos animados.

—Justo, «oh, oh», porque Lina Lamont tiene una voz espantosa. Es chirriante y tiene un acento extraño y resulta muy molesta. Y su carácter tampoco es que sea mucho mejor.

Me froté el puente de la nariz.

—Vale, vale, ¿y entonces qué?

Cuanto antes acabara todo aquello, antes podría irme.

—Pues me alegro de que lo preguntes, porque entonces Don Lockwood conoce a Kathy Selden y se enamora de ella. Y Kathy... Escucha, escucha: Kathy es muy buena actriz, tiene una voz bonita *y para colmo* es muy agradable.

—Vamos, que lo tiene todo —añadió mi padre.

—Exacto. Así que el mejor amigo de Don, Cosmo Brown, propone que Kathy haga de dobladora de Lina, solo para una película, antes de dedicarse a su propia carrera ilustre. Por supuesto, las cosas no salen según lo planeado, y hay un montón de embrollos y bailes de claqué, y luego todos viven felices y comen perdices.

—Maravilloso —dije sin mucho entusiasmo.

—La verdad es que sí. —Mi madre me dio un apretón y se apartó al fin—. Entonces, ¿tienes que volver mañana para la prueba de baile?

—No, la he hecho hoy también, así que ya no tengo nada más que hacer en toda la semana.

A mis padres se les desencajó la cara; seguro que ya se estaban imaginando otro maratón de vídeos en mi ordenador.

Y, como esa tarde ya había sido bastante borde con ellos, y encima le había hecho un corte de manga a alguien que no tenía culpa de nada, añadí:

—Margot ha estado genial.

Y, nada más pronunciar aquellas palabras, se les volvió a iluminar el rostro. Mis padres adoraban a Margot. La consideraban mi salvadora. Cuando había venido a casa la semana anterior para ayudarme a elegir la canción para la audición, había sido la primera vez que venía a verme alguien desde hacía meses. Mi madre nos hizo un cubo enorme de palomitas y mi padre le preguntó si quería quedarse a cenar y ver una peli. En mi vida anterior, mis padres habrían mirado con recelo el *piercing* del labio superior y el de la ceja y la camiseta de KEEP CALM Y VETE A LA MIERDA de Margot. Pero ese día no. Ese día era santa Margot y había venido a salvarnos a todos.

Oí unos pasos pesados que bajaban las escaleras, seguidos de un golpe final cuando Josie se saltó los dos últimos escalones y aterrizó sobre el linóleo.

—El año pasado, a la hora del almuerzo —anunció—, Paul Manley empezó a ladrarles a unas chicas que pasaban por delante de su mesa, y Margot le dijo que hacía esas cosas porque tenía complejo de pene.

Mi hermana siempre lograba que las conversaciones dieran giros interesantes.

—¿Cómo lo sabes? Si el año pasado tú aún no ibas al instituto —repliqué.

Aunque tenía que admitir que sonaba bastante a Margot. Y Josie acababa de empezar el instituto y tenía una vida social bastante ajetreada, así que era muy probable que conociera muchos más cotilleos de Eagle View que yo.

Josie se encogió de hombros.

—Es verdad. Y seguro que también es verdad que tiene complejo, porque he leído que…

—Bueno, ya está bien —interrumpió mi madre—. Me parece genial que mis niñas hablen sobre los complejos de los chicos sobre sus penes, pero no antes de poner la mesa.

—Lo secundo —bramó mi padre, que ya se dirigía hacia la puerta del patio.

Cuando terminamos de cenar, Josie y yo empezamos a fregar los platos mientras mis padres se abrigaban para dar un paseo y comentaban lo bonito que era Pensilvania en noviembre. Mis padres habían nacido y se habían criado en Hawái, así que me sorprendía lo mucho que admiraban el paisaje de Pensilvania. Se habían mudado un año antes de que yo naciera, cuando mi madre consiguió un trabajo como profesora de Literatura Comparada en una facultad de humanidades pequeñita que quedaba cerca de casa. Antes estaba muy agradecida por aquella decisión, porque de lo contrario no habría podido ir a la escuela de *ballet* de Kira Dobrow. Pero ahora soñaba con hacer las maletas, mudarme a Honolulu, pasar desapercibida entre todas las demás chicas medio blancas y medio japonesas de allí y no volver a pisar Pensilvania ni Eagle View en mi vida.

—Pásame el plato. —Josie extendió la mano hacia el plato que llevaba un buen rato enjuagando—. Si te acaban seleccionando para el musical, ¿vas a participar de verdad?

Pensaba que habíamos agotado ese tema de conversación durante la cena, pero, al parecer, me equivocaba.

—Ya te he dicho tropecientas veces que es posible.

—Alina —gruñó Josie—. Tienes que olvidarte ya del tema. Supéralo.

—¿Perdón?

—¿De verdad querías pasarte la vida midiéndote las tetas y desinfectándote los pies asquerosos y bailando al son de una música escrita por hombres blancos que llevan muertos literalmente cien años?

—Síp —respondí sin vacilar.

—Lo digo en serio.

—Ya.

Josie siempre había odiado el *ballet*. Ella también era bailarina, pero de baile moderno, y recibía clases en un estudio que se llamaba Variations. Iba cuatro veces por semana, pero solo por las tardes. Variations no ofrecía clases durante todo el día como mi escuela u otras academias preprofesionales.

—Lo único que digo es que tal vez lo de la pierna haya sido para mejor —me dijo.

Tuve que contenerme para no tirarle las pinzas de la ensalada a la cabeza. Odiaba esa actitud. ¿Cómo podía ser «para mejor» tener que dejar de hacer lo que te gusta? Y, aun así, lo oía todo el tiempo en boca de profesores y alumnos de Eagle View.

«Tal vez sea para mejor. ¡Ahora vas a poder vivir los años de instituto como una persona normal!».

«Tal vez sea para mejor. ¡Ahora puedes comer pizza y helado todos los días!».

«Tal vez sea para mejor. ¡Todo pasa por algo!».

A todas estas explicaciones estúpidas, Josie añadió:

—Ahora al fin vas a poder probar otros tipos de baile.

—¿Te refieres al musical? —pregunté, arqueando una ceja—. ¿Por qué tienes tantas ganas de que participe?

Josie se mordió el labio.

—Bueno, es que… ¿conoces a Laurel Adams y a Noah Parker?

—No.

—Son de tu curso —dijo, como si eso fuera de ayuda.

—Que no.

Josie dejó escapar un ruido de exasperación.

—Bueno, pues están en mi clase en Variations. Estoy montando una coreografía para una actuación que tenemos en junio, y quiero que la bailen ellos. Son buenísimos.

—Vaaale… —dije, fingiendo que ya sabía que estaba preparando una coreografía.

Siempre le había gustado coreografiar; siempre estaba inventándose movimientos extraños en la cocina, mientras esperaba a que el pan saliera despedido de la tostadora. Pero no sabía que hubiera empezado a crear coreografías fuera de casa. Aunque la verdad era que no sabía muchas cosas sobre la vida de Josie. Con el horario tan agobiante que tenía cuando bailaba *ballet*, no había sido nunca de esas personas que saben todo lo que hace su hermana pequeña, quiénes son sus amigos y qué consejos necesita. Aunque tampoco era que Josie fuera a hacerme caso jamás.

—El problema es que ambos adoran a Trevor, un chico de último curso, y sé que les va a pedir que hagan su coreografía, y le dirán que sí a él antes que a mí porque él es mayor y un chico, y yo soy una chica y acabo de llegar al instituto.

—¿Y qué quieres que haga yo?

Eché agua en la ensaladera y la enjuagué.

—Noah y Laurel siempre participan en el musical. Si ven lo buena bailarina que eres, quizá piensen que eso de ser un prodigio del baile es cosa de familia y me tomen más en serio.

Le puse a Josie la ensaladera en las manos y cerré el grifo, para que pudiera oírme alto y claro.

—Primero, eso no tiene ningún sentido. Segundo, yo nunca he sido ningún prodigio. Y tercero, vas a clases de nivel avanzado con esa gente. ¿No te toman ya bastante en serio?

Josie me puso su cara de *No tienes ni idea*. Madre mía, cómo odiaba esa cara.

—A las chicas de mi curso nunca las toma nadie en serio —me informó—. Si hubieras ido al instituto a tiempo completo cuando tenías mi edad, ya lo sabrías. —Se agachó y, como por arte de magia, logró hacer hueco para la ensaladera en el lavavajillas, que ya estaba demasiado lleno—. Y yo solo quiero tener las mismas oportunidades que los demás —añadió, enderezándose y apartándose el flequillo castaño oscuro de los ojos—. Si a Noah y a Laurel les gusta más el concepto de Trevor, pues vale. Pero no quiero que me ignoren automáticamente. Y podría pedírselo a otras dos personas de mi clase y ya está, pero ellos dos son los mejores y quiero que sean ellos los que hagan mi coreografía. Va a ser un dúo superintenso sobre contradicciones y contrastes en el mundo, y sobre el hecho de que se pueden enfrentar pero también fusionarse para crear armonías extrañas. Así es como lo voy a llamar: *Armonías extrañas*.

Se me aceleró el corazón al verla describir la coreografía, porque reconocí algo en su rostro. Una mezcla de inspiración, ambición y ansia. La misma expresión que había visto reflejada miles de veces en los espejos de la escuela de Kira Dobrow.

Josie se volvió hacia el fregadero y recogió los cubiertos.

—Entonces, ¿lo harás? ¿Participarás en el musical e impresionarás a todos con tu talento y conseguirás que Laurel y Noah al menos se lo piensen?

Y así fue como empezó el tic, tac, tic, tac dentro de mí: Josie, allí de pie, feliz, de una pieza, capaz de hacer lo que más le gustaba, activó la bomba de envidia que estaba a punto de explotar y hacerme odiarla a ella, a todo el mundo y a mí misma.

—No lo sé, Josie. Y desde luego tu mierda de baile no va a ser un factor decisivo.

Me di la vuelta con brusquedad y subí las escaleras. Mientras recorría el pasillo hacia mi cuarto, oí a Josie cerrar el lavavajillas. Lo más seguro era que no se hubiera inmutado siquiera ante mi salida dramática. Por entonces era algo bastante habitual.

Cerré la puerta, me senté en el borde de la cama y me quedé mirando las paredes color melocotón con marcas rectangulares algo más claras, los fantasmas de las fotos que solía tener allí colgadas. Colleen y yo en *El cascanueces*. Colleen y yo en *Coppélia*. Colleen y yo en *Sueño de una noche de verano*.

El verano anterior las había metido todas en una caja de zapatos, y luego la había guardado en el fondo del armario. Cuando mis padres lo vieron, intercambiaron esa mirada tensa y preocupada a la que ya me había acostumbrado. Esperaba que surgiera algún tipo de conversación, pero a la mañana siguiente, cuando bajé las escaleras, habían desaparecido todas mis fotos de *ballet*. De la repisa de la chimenea, de la nevera, de todas partes. En su lugar había fotos del colegio y de mis cumpleaños y de Navidades. Nadie hizo ningún comentario al respecto.

Era como si nunca hubiera bailado *ballet*. Como si todo hubiera sido un sueño.

Me sobresalté cuando me vibró el móvil y apareció el nombre de Colleen en la pantalla.

Kira nos ha puesto a hacer TRES *adagios* hoy. Mi teoría es que anoche se pescó una buena cogorza bebiendo vodka y la música lenta le venía mejor para la resaca. Nadie me cree.

Tomé aire y lo expulsé despacio. Colleen y yo habíamos seguido quedando durante un tiempo después de que me lesionara. Pero, en julio, cuando volvió de hacer un curso intensivo de verano en el Boston Ballet, tan maravillosa, sana y fuerte, fue… demasiado para mí. No podía mirarla y no ver *ballet*. No podía evitar que me reconcomiera la envidia. Después de aquello, le envié un mensaje para decirle que necesitaba dejar de hablarle durante un tiempo.

Me contestó que lo entendía, pero me preguntó si podía seguir hablándome ella a mí.

No tienes que responderme, me escribió, y no hace falta que nos veamos por ahora. Ponme un «no» si no quieres que te hable. Y no me envíes nada si no te importa que siga haciéndolo.

No le respondí, así que seguía recibiendo mensajes de Colleen un par de veces a la semana. Me mandaba mensajes sobre cualquier cosa: su pitbull, Ferdinand; Kira, por supuesto; y Juliet y Spencer, las chicas de nuestra clase de baile que siempre conseguían los mejores papeles.

Volví a leer el mensaje de Colleen, escuchando mentalmente su voz alegre y efusiva. Normal que nadie se hubiera creído su teoría de la resaca. Colleen se había inventado un montón de teorías poco creíbles a lo largo de los años: que Kira solía bailar burlesque. Que el pianista con el que ensayábamos, Darcio, era un príncipe belga exiliado. Que Khloé Kardashian era en realidad un genio, pero lo mantenía en secreto. Yo sabía que ni ella misma se creía al cien por cien sus teorías. Solo le gustaba la idea de que fueran ciertas.

Dejé el teléfono en la mesilla de noche e intenté ignorar la opresión que sentía en el estómago. Me alegraba de que Colleen no hubiera desaparecido del todo, como mis fotos. Aun así, cada vez que no le respondía, era como si me dieran un puñetazo en el estómago. Porque Colleen era mi mejor amiga y hacía cuatro meses que no hablaba con ella. Lo que probablemente significara que ya no era mi mejor amiga.

Me dejé caer sobre el suave edredón rosa e intenté desconectar.

En un momento dado, un trueno me hizo abrir los ojos con un sobresalto. Al bajar las escaleras, oí a Josie y a mis padres riéndose mientras cubrían los muebles del patio y se apresuraban a entrar. La pierna derecha, la mala, me palpitaba, y el dolor se me estaba extendiendo por todo el cuerpo. Me pasaba cada vez que llovía. Me acurruqué en posición fetal, recordando la espantosa fracción de segundo que lo había cambiado todo.

Había estado practicando *fouettés* después de la clase de *ballet*. Había estado extendiendo demasiado los brazos al hacer *plié*, y no quería irme hasta que lo hubiera corregido. Puede que no me hubiera puesto suficiente resina en las puntas. O tal vez estuviera agotada de clase y tendría que haberme tomado un descanso. Lo único que sé es que un segundo estaba dando vueltas por los aires y al siguiente ya no. Resonó un crujido horroroso por las paredes del estudio. Me había hecho pedazos los huesos. Y, a partir de ese momento, nada volvería a ser lo mismo.

Y ahora me sentía fuera de lugar en mi cuarto rosa melocotón, donde solía dormir con Colleen cuando se quedaba en mi casa y nos pasábamos la noche fantaseando con ser bailarinas profesionales de *ballet* en Nueva York. Perteneceríamos a la compañía American Ballet Theatre. Seríamos compañeras de piso. Iríamos a comer sushi en restaurantes pijos y a cafeterías encantadoras. Conseguiríamos nuestro papel favorito: Giselle.

Me tapé la cabeza con el edredón y metí el portátil dentro. Su luz intensa llenaba mi pequeño y triste fuerte mientras Marianela Núñez bailaba en la pantalla y la música del segundo acto de *Giselle* brotaba tenue de los altavoces de mi portátil.

En el *ballet*, Giselle muere con el corazón roto, porque el hombre al que ama la traiciona, y entonces se convierte en una de las *wilis*, los fantasmas de las chicas despechadas, condenadas a vagar por el bosque para siempre, matando a los hombres que deambulan por allí de noche.

Yo no estaba muerta. Y ningún amante me había dado calabazas. Aunque sí que me sentía traicionada por *algo*: yo seguía adorando el *ballet*, pero ese sentimiento no era correspondido. Lo único que podía hacer era seguir vagando por allí, como un fantasma triste y rechazado, haciéndole daño a gente que no se lo merecía.

Capítulo tres

Sentí una palmadita en el brazo y me volví hacia Margot. Por suerte, las dos teníamos apellidos que empezaban por «K», lo cual significaba que tenía a alguien con quien entretenerme en ese lugar tan deprimente conocido como *aula de tutoría*.

—Te escribo cuando… —empezó a decir Margot, pero la interrumpió un bostezo enorme.

Yo también bostecé, y no solo porque me lo hubiera pegado Margot; entre que me ponía a ver *Giselle* por las noches y el cúmulo de recuerdos que no me dejaban pegar ojo (entre los que destacaban el sonido espantoso de mis huesos al romperse, el dolor punzante que sentí al llegar al hospital y el médico señalando mi radiografía y diciendo: «Menudo destrozo»), nunca dormía lo suficiente.

—Ay, madre, estoy muerta —dijo Margot mientras le daba golpecitos con el lápiz a una ficha de geometría a medio terminar.

—¿Una noche loca? —le pregunté, frotándome los ojos.

—Si se puede considerar una noche loca haber visto *La pequeña tienda de los horrores* con Ethan, sí.

Sacudí la cabeza. Ethan iba a casa de Margot a ver películas todos los jueves, y solo veían musicales.

—¿Nunca os hartáis de los musicales?

—¿Cómo te atreves?

Puse los ojos en blanco. Yo ya estaba harta de los musicales tras un solo día de audiciones. Me había sentido bastante bien al hacer la coreografía por primera vez; me había venido bien dejar que mi cuerpo volviera a moverse al ritmo de la música. Pero la segunda vez había sido un horror, y me había afectado bastante.

—Pero, en serio, ¿por qué te gustan? —le pregunté—. Es que son tan... —Intenté pensar en una palabra que los describiera bien pero que no fuera demasiado despectiva.

—¿Cursis? ¿Vergonzosos? ¿Empalagosos? —intervino Margot.

—Justo. Y tú no eres ninguna de esas cosas.

—¿Y cómo lo sabes? Es posible que por fuera sea todo sarcasmo, pero por dentro soy todo azúcar.

Logró sacarme una sonrisa.

—Esa podría ser tu frase del anuario.

—«El caos es lo que mató a los dinosaurios, cariño» —dijo Margot, haciendo girar el lápiz alrededor del dedo corazón.

—¿Qué?

—Esa va a ser mi frase del anuario. Es de *Escuela de jóvenes asesinos*.

—¿Es un musical?

Margot me miró con un ojo entrecerrado, como tratando de averiguar si estaba de broma.

—Era una película y luego hicieron un musical. Y, para responder a tu pregunta, me gustan los musicales porque son estridentes y raros. Como yo. Además, aquí a la gente que participa en los musicales les da igual ser guais o populares o lo que sea. Es un soplo de aire fresco.

Asentí. Supongo que tenía sentido. Por lo que podía ver, el resto del instituto estaba obsesionado con ser popular. Había más de dos mil alumnos, así que lo normal habría sido que hubiera bastante variedad. Pero la mayoría se juntaba en grupos grandes de gente similar que hablaba de cosas sin importancia y parecía no interesarle nada de lo que sucedía a su alrededor.

—¿La gente de *ballet* era así? —me preguntó Margot—. ¿Les importaba ser guais o estaban demasiado concentrados en bailar?

Me puse rígida. No quería hablar de *ballet*. Sabía que eso era lo que se suponía que debían hacer los amigos —hablar de temas difíciles—, pero la nuestra era una amistad nueva, divertida, y no quería estropearla con asuntos desagradables. No quería ser un muermo. Además, Margot tampoco podría llegar a entenderme del todo.

—Oye, espera, ¿qué ibas a decir antes? —le pregunté para desviar la atención—. Estabas diciendo que ibas a escribirme.

—Ah, sí. Que te mandaré un mensaje cuando vea la lista de los que pasan a la segunda fase.

Margot tenía clase de Apreciación Musical en la sala del coro a primera hora, donde la señora Sorenson colgaría la lista.

—Vale, pero, si la segunda fase es solo para los papeles principales, yo no voy a estar en la lista. Me has oído cantar, ¿no? No es que sea precisamente una diosa de los musicales.

—Nunca se sabe —dijo Margot—. Y, hablando de dioses de los musicales, ¿le hiciste un corte de manga a Jude?

—Sin comentarios.

—O sea, ¿que sí? —Se enderezó en la silla, con cara de estar encantada y confundida a la vez—. ¿Y eso? Quiero decir, que te apoyo al cien por cien, pero ¿qué te ha hecho Jude? Si es la definición de *un amor*.

Le lancé una mirada perspicaz.

—¿Un amor? ¿Tanto como para romper tu regla de no salir con nadie del mismo instituto?

—Ni en broma. Es demasiado puro. Pero rebobina. ¿Por qué le hiciste el corte de manga?

Giró la mano varias veces con impaciencia.

—Uf... Bueno. No es que me haya hecho nada. Estaba de mal humor y resultaba que lo tenía allí delante, tan sonriente y amable y... allí delante.

Margot ladeó la cabeza, confundida.

—Ya, menudo imbécil, ¿eh?

—No, a ver, es que cuando la gente es demasiado amable y te hace demasiados cumplidos y tal me descoloca. Siempre pienso que no van de frente.

Me salté la parte de que casi me había dado un ataque de pánico por haber fallado la estúpida pirueta.

Margot le dio vueltas al asunto durante un momento.

—A ver, para que me quede claro, ¿no te gusta que los chicos sean amables contigo? ¿No serás una de esas a las que les flipan los gilipollas, no?

Unos chicos que estaban sentados en la fila de al lado soltaron una carcajada. Margot los fulminó con la mirada y empezó a aplaudir despacio.

—Vaya, acabáis de ganar el premio a las personas más viejas que aún se ríen de la palabra *gilipollas*. Enhorabuena, tenéis que estar muy orgullosos.

Avergonzados, los chicos se cambiaron corriendo de asiento. Sonreí y sacudí la cabeza mientras miraba a Margot.

—¿Qué? —me preguntó con voz inocente.

Me había acostumbrado al estilo de Margot durante los últimos meses. Nunca se andaba con rodeos, y era algo que podría haber resultado agotador, pero ella conseguía que fuera gracioso.

—No has respondido a mi pregunta —insistió.

—No. Odio a los gilipollas —contesté cuando recordé que aún estábamos hablando de por qué le había hecho el corte de manga a Jude—. Es solo que estaba teniendo un mal día. Espero que no se haya enfadado.

—Bah. —Margot se encogió de hombros—. No creo que Jude se enfade jamás.

Cierto. Lo más probable era que Jude Jeppson, con su voz angelical y su club de fans, viviese en una burbujita de felicidad.

Sonó el timbre. Margot metió la ficha en la mochila y se levantó como siempre, a uno por hora. La única señal de que estaba entusiasmada por ver la lista de la audición fue que alzó ligeramente la voz cuando dijo:

—Atenta al móvil.

—Buena suerte, Lina —le dije.

Aunque Margot no me había dicho en ningún momento que quisiera el papel de Lina Lamont, me lo había imaginado después de que mi madre dijera aquello de que Lina tenía una voz rara. Eso explicaba por qué Margot había fingido ese acento tan extraño en la prueba de canto.

Pareció sorprendida durante un segundo. Luego sonrió.

—Gracias.

Me di la vuelta y me dirigí hacia la clase de Lengua. Estaban construyendo un nuevo edificio enorme en el instituto que, una vez acabado, albergaría a todo el alumnado, pero mientras tanto el edificio antiguo y el ala terminada del nuevo estaban conectados por un túnel muy largo. No me importaba darme un buen paseo entre clase y clase; incluso lo agradecía, me parecía un respiro, ya que el resto del día lo pasaba sentada y escuchando a los profesores dar clase mientras las chicas de detrás cuchicheaban sobre lo aburridas que estaban o lo difícil que era encontrar un vestido plateado «sofisticado» en internet. Antes, ese tipo de conversaciones no me molestaban. Casi ni reparaba en ellas. Porque todos los días, a las once en punto de la mañana, me iba a la escuela de *ballet*, donde todo el mundo estaba concentradísimo y motivado, y lo contrario de aburrido.

Pero ya no me iba a ningún lado. Tenía que escuchar conversaciones insulsas y, lo que era peor, unos comentarios de lo más tontos de algunos chicos. Como no había pasado mucho tiempo en el instituto durante los dos primeros años, algunos me veían como carne fresca.

Cuando entré en la clase de Lengua, me topé con la prueba número uno: los Dos Tontos Muy Tontos, o, como se llamaban en realidad, Jake Lux y Paul Manley, el del supuesto pene pequeño. Se sentaban atrás, en un rincón, hacían bromas sobre la ropa de la señora Belson y nunca se leían los libros que nos mandaban.

Paul juntó las manos e inclinó la cabeza hacia mí.

—Saluden todos a la Princesa Gélida del Este.

Bueno, esa era nueva. Puse los ojos en blanco mientras me dirigía hacia mi asiento. Había cometido el error —inocente de mí— de sentarme delante de Paul y Jake el primer día de clase, y entonces la señora Belson decidió que aquellos serían nuestros sitios asignados, por lo que me quedé atrapada allí para siempre. Y, como nunca me reía de sus chistes tontos, me consideraban una «princesa gélida». Y ahora supongo que se habían cansado de ser solo imbéciles y habían querido probar a ser imbéciles *y* racistas.

Cuando estaba a punto de sentarme, Paul hizo otra reverencia y me guiñó un ojo. Lo fulminé con la mirada y me senté.

A la hora de lidiar con gilipolleces, yo no tenía la filosofía de Margot de responder y atacar; mi filosofía se basaba más bien en evitar e ignorar. Al fin y al cabo, siempre iba a tener que soportar estupideces, así que ¿para qué gastar toda mi energía enfrentándome a algo que en realidad nunca iba a cambiar?

Cuando abrí la mochila, noté algo diferente en el aula. Por lo general, nadie más solía prestar atención a lo que me decían Paul o Jake, o al menos eso fingían. Y la señora Belson formaba parte de no sé qué comité asesor que se reunía en el edificio antiguo, así que nunca estaba en el aula hasta el minuto en que empezaba la clase.

Pero tenía la sensación de que alguien me estaba observando. Miré hacia uno de los rincones de la parte delantera de la clase, junto a las ventanas, donde un par de ojos azules rodeados de rizos alborotados me devolvieron la mirada, parpadeantes. Ethan. El dentista sádico de la audición. Le entregó un papel hecho una bola a la persona que tenía al lado y lo vi pasar de un alumno a otro hasta mi mesa.

Me puse tensa cuando me llegó el papel; esperaba oír algún comentario de Paul o de Jake, pero estaban absortos en una conversación sobre una chica del equipo de fútbol. Desplegué la nota.

Tenía que haberme dado cuenta de que era mi obligación moral decirte que no te sentaras cerca de los gemelos neandertales el primer día de clase. Pero no te lo dije. Por favor, acepta este trocito de papel arrugado como disculpa. Y no me hagas un corte de manga, porfa. Sería muy borde. Y confuso. Aunque también bastante gracioso.

Miré a Ethan, que me observaba con expresión de curiosidad. Me morí de vergüenza al imaginarme a Jude contándole lo borde que había sido sin motivo.

«No te preocupes, pero no te garantizo nada», garabateé, y envié la nota de vuelta. Cuando Ethan la leyó, se le dibujó una sonrisa. Luego asintió con la cabeza en señal de respeto mientras me miraba.

Le devolví el gesto y me di cuenta de que estaba sonriendo yo también.

Vaya. Interactuar con alguien en clase de Lengua y no querer sacarme los ojos con un bolígrafo era una sensación nueva y diferente. Por triste que fuera, tenía que admitir que me había hecho sentir bastante mejor.

Se me iluminó la pantalla del móvil al recibir un mensaje de Margot y, como la señora Belson aún no estaba en el aula, lo abrí.

—¿A quién le escribes? —Paul se inclinó sobre mi hombro.

—A mi amigo Espacio Personal —dije, echándome hacia delante y bajando el teléfono hasta el regazo.

—Hoy es puro hielo —susurró Jake—. Saca las mantas.

Margot me había enviado dos fotos. En la primera aparecía su nombre en la lista de las pruebas para el personaje de Lina Lamont. ¡Lo sabía! La segunda era de mi nombre para las pruebas de una tal Mujer Fatal.

Al instante recibí otro mensaje de Margot: ¡Enhorabuena, amiga! ¡Échale un vistazo a Cyd Charisse, la Mujer Fatal original! Debajo había un enlace a un vídeo de YouTube. La miniatura mostraba a una mujer glamurosa vestida de un verde intenso, con un bob oscuro muy elegante y una pierna muy larga extendida por encima de la cabeza.

Mi mente iba de aquí para allá. No tenía nada claro que me fueran a seleccionar para el musical, ni si quería participar siquiera después del desastre de la audición. ¿Y resulta que había pasado a la siguiente fase?

No tenía por qué ir. Podía irme a casa a echarme una siesta. Me lo repetí una y otra vez mientras miraba la pierna extendida de Cyd Charisse, la curva del pie arqueado.

Cuando entró la señora Belson en el aula, guardé el móvil y me preparé mentalmente para su clase de cuarenta y cinco minutos sobre el existencialismo, los comentarios ingeniosos que seguro que iban a soltar Paul y Jake sobre el jersey de lentejuelas magenta de la profesora y la idea de quedarme otro día en el instituto después de clase. Estaba agotada solo de pensarlo.

Capítulo cuatro

Según Wikipedia, el verdadero nombre de Cyd Charisse era Tula Ellice Finklea —había hecho bien en cambiárselo—, y por lo visto había estudiado *ballet* clásico antes de dedicarse a los musicales. Margot y yo estábamos pegadas, mirando su móvil en el salón de actos durante las pruebas, viendo a Cyd Charisse bailar con Gene Kelly en una escena de «Broadway Melody», que, según Margot, era el número de baile más importante y largo de *Cantando bajo la lluvia*. Resultaba evidente que tenía experiencia en *ballet* por su *en dehors* y por el modo en que mantenía la cabeza erguida. Pero, aun así, aquel baile poco tenía que ver con el *ballet*.

Gene Kelly llevaba un chaleco amarillo y unas gafas un tanto ridículas, y Cyd Charisse, la Mujer Fatal, lo estaba seduciendo con su baile. Se deslizaba de aquí para allá con esas piernas tan largas, de un modo enérgico pero distante, atrevido pero delicado. No lograba entender cómo era capaz de conseguir ese efecto.

—¿Qué más hace? ¿Canta? —le pregunté a Margot, con los ojos aún pegados a la pantalla.

—No —contestó—. Ni canta ni tiene diálogos. Solo baila.

Incluso con todos mis años de formación clásica, yo nunca había bailado así.

Margot apagó la pantalla del móvil y se abanicó con el guion. Ya había terminado de hacer la prueba para el papel de Lina Lamont, pero se había quedado conmigo para apoyarme.

Recorrió el escenario con la mirada, estudiando a los tres chicos que habían llamado para que se presentaran a las pruebas de Don Lockwood: Jude, Ethan y, para sorpresa de todos, Harrison. Ya habían cantado, pero se tenían que quedar para acompañar a las tres chicas a las que habían convocado para el papel de Mujer Fatal.

—Vamos a jugar a eso de a quién te tiras, con quién te casas y a quién matas con esos tres —dijo Margot, señalando a los tres posibles protagonistas—. Venga.

—Nada con ninguno.

—Ay, venga, que uno de ellos va a ser tu pareja de baile. Vas a tener que seducirlos y bailar *ballet* con ellos, lo que significa…

—¿Qué? —la interrumpí—. ¿*Ballet*?

Margot frunció el ceño.

—Ah, creía que lo sabías. Tu personaje empieza con un baile sexi y luego, más adelante, sale vestida de blanco y baila *ballet* con Don.

Se me cortó la respiración.

—Lo más probable es que no tenga nada que ver con el *ballet* al que estás acostumbrada —añadió Margot con delicadeza—. El año pasado, cuando hicimos *La calle 42*, tuvimos un número de *ballet*, pero en realidad solos nos tuvimos que mecer de un lado a otro sosteniendo unas flores. La señora Langford es más de claqué y de *jazz*. No tiene mucha experiencia en *ballet*, así que lo más seguro es que el dúo de *ballet* sea más bien un «dúo de *ballet*» —dijo, haciendo el gesto de las comillas con los dedos—. Lo siento… —agregó en voz baja, como si lo sintiera de verdad.

—No pasa nada —respondí, y conseguí sonar medio convincente.

Pero entonces caí en algo horrible. ¿Y si teníamos que bailar *ballet* en la segunda fase de la audición? Me invadió el pánico y me tuve que agarrar al borde del asiento de plástico duro. Me tranquilicé recordándome a mí misma que, en ese caso, solo tendría que mecerme con unas flores, como había dicho Margot. Sería *ballet* entre comillas. No de verdad. Se me fue calmando el pulso hasta volver a la normalidad.

—Oye —me dijo Margot con un tono tan amable que me sorprendió—, ¿qué haces esta noche? Hay una nueva tienda de discos en Harrisburg que tiene muy buena pinta. ¿Quieres ir?

—Ah, eh… Lo siento, pero es que estoy un poco cansada. Creo que me voy a ir a casa a dormir.

De hecho, ya deseaba estar en la cama, bajo las sábanas, viendo *Giselle*.

—Vale —contestó Margot—. Pero entonces te tienes que venir a la noche de pelis con Ethan la semana que viene. No hace falta que veamos un musical. Y puedes elegir el picoteo.

Me sonrió expectante.

—Eh… Puede.

No es que no quisiera quedar con Margot; era solo que necesitaba que nuestra amistad permaneciera dentro de los límites del instituto. Si se adentraba demasiado en mi mundo real, vería lo patético que era. Lo patética que era yo. Y se compadecería de mí. O, peor aún, me diría: «Supéralo», y no lo podría soportar.

Miré a mi alrededor en busca de la señora Langford, preguntándome cuándo empezaría la prueba de mi personaje para poder hacerla e irme ya a casa. Cuando me volví hacia Margot, estaba trazando con la uña una carrera alargada que tenía en las medias negras, con la boca fruncida.

Cuando vio que la estaba mirando, se enderezó.

—Todavía no me puedo creer que esté aquí Harrison —dijo.

Me giré y lo vi sentado solo. Se le veía nervioso; no paraba de quitarse el gorro, alisarse el pelo y volvérselo a poner.

—¡Quienes hayan venido para el papel de la Mujer Fatal y el de Don Lockwood que se pongan en fila! —nos llamó por fin la señora Langford.

—A por todas, campeona —me dijo Margot cuando me levanté y me subí al escenario para reunirme con las otras dos chicas a las que habían llamado para el papel, Laurel Adams y Diya Rao.

Diya volvió a estudiarme de arriba abajo, como si me hiciera una radiografía. ¿Y a esta qué le pasaba? También la habían llamado para el papel de Kathy Selden, uno con diálogo, así que lo más probable era que no tuviese ningún interés en ser la Mujer Fatal.

Diya y Laurel llevaban un maillot y pantalones cortos de baile, con las piernas desnudas. Me sentía fuera de lugar con mis vaqueros y mi camiseta gris, pero no me iba a cambiar. No pensaba enseñarle a nadie mis cicatrices.

La señora Langford nos emparejó según la estatura, de modo que Diya, que era muy alta, acabó con Ethan —lo cual no pareció hacerle mucha gracia a ninguno—; Laurel, la más bajita, con Harrison; y yo, que no era demasiado baja ni demasiado alta, con Jude.

—Hola, Alina —me saludó Jude mientras se acercaba con esa sonrisa suya amplia y despreocupada, como si no le hubiera hecho el corte de manga el otro día.

Bueno…, si pensaba dejarlo pasar, no iba a ser yo la que sacara el tema.

—Que cada uno se coloque frente a su pareja, a medio metro de distancia —nos indicó la señora Langford—. Y miraos a los ojos. Conectad.

Era imposible mantener el contacto visual con alguien durante un buen rato sin que resultara incómodo, pero yo ya estaba acostumbrada gracias a las clases de compañerismo de mi antigua escuela. Me lo solía tomar con frialdad; me fijaba en el color de ojos, en cómo tenían las pestañas y ese tipo de cosas. Jude tenía unas pestañas tan grandes y oscuras que parecía que se había hecho la raya. Sus ojos eran de un color miel intenso. En las comisuras exteriores se le fueron formando unas leves arrugas debido a la sonrisa que se le estaba dibujando poco a poco en los labios.

De algún modo se nos estaba dando mejor que a todos los demás.

Ethan y Diya estaban a mucho más de medio metro de distancia, y parecía como si estuvieran tratando de ignorarse el uno al otro a base de suspirar y poner cara de asco. Laurel no paraba de soltar risitas cada vez que Harrison decía: «¿Qué?». Rompí el contacto visual durante un instante para mirar a Laurel, porque me acordé de repente del plan descabellado de Josie para que impresionara a Laurel y a Noah con mi formación en danza clásica y conseguir así que al menos se plantearan participar en su coreografía para la actuación.

No sabía si le veía algún sentido a aquel plan, pero, en cualquier caso, al final no iba a tener que hacer ningún movimiento impresionante de danza clásica durante la segunda fase de las pruebas. La coreografía que nos enseñó la señora Langford era sorprendentemente sencilla. Lo único que tenía que hacer era quitarle las gafas de atrezo a Jude, rodearlo, darles vueltas a las gafas en la mano mientras me pavoneaba levantando mucho las rodillas para seducirlo, soplar en los cristales de las gafas y frotármelas contra el muslo de un modo un tanto escandaloso. La señora Langford nos dijo que en ese momento le importaba más el estilo que la técnica.

—Cyd Charisse era toda una contradicción, pero en el mejor de los sentidos —dijo la señora Langford. Los rizos anaranjados le rebotaban mientras gesticulaba con las manos—. Era sensual pero refinada. Calmada pero explosiva. Fred Astaire dijo una vez que era como «dinamita preciosa». Eso es lo que busco hoy.

Mientras hacíamos la coreografía, la señora Langford nos gritaba cosas como «¡Más seductores!» y «¡Dinamita preciosa!». Pero me costaba ir amoldándome a lo que quería cuando no sabía qué parte del cuerpo tenía que ajustar. En clase, Kira solía gritarnos órdenes específicas, como «¡Los hombros más abajo!», «¡Estirad los pies!» o «¡Girad desde la cadera!». Además, era difícil ponerme seductora después de haberme pasado todo el día en Eagle View, sentada en sillas incómodas, con una arruga permanente en la frente por culpa de la clase de Trigonometría y comiendo ensaladas de pollo no demasiado apetitosas para almorzar. Y, para colmo, estuve a punto de sacarle un ojo a Jude varias veces con las estúpidas gafas.

—Supongo que eso no es un movimiento típico de *ballet*, ¿no? —me dijo, frotándose el ojo.

—¿Cómo sabes que bailo… bailaba *ballet*? —le pregunté mientras giraba el cuello, intentando ver cómo les iba a Diya y a Laurel con el tema de las gafas.

Laurel lo tenía controlado, pero Diya se las quitó a Ethan de la cara con demasiada brusquedad y le metió la punta por la nariz. No estaba muy convencida de que no lo hubiera hecho a propósito.

—Ah, porque se te nota —respondió Jude—. Por cómo bailas, cómo te mueves, cómo caminas con los pies hacia fuera como un pato. —Volví la vista hacia él. Estaba sonriendo—. Mi prima hace *ballet*. He aprendido a ver las señales.

Me miré la posición de los pies: *en dehors*, como siempre. Luego volví a mirar a Jude con los ojos entrecerrados.

—Ay, no. ¿Me vas a hacer otro corte de manga?

—Todavía no.

Jude me estudió con expresión de desconfianza.

—Solo por curiosidad…

Le agité la mano delante de la cara.

—Shhh, necesito convertirme en «dinamita preciosa».

Cuando terminaron las pruebas y salí al aparcamiento, ya estaba oscureciendo. Iba detrás de Margot, Ethan y Jude mientras charlaban sin cesar. Y, cuando recibí un mensaje de Colleen, reduje aún más la velocidad.

> Hoy han llegado dos chicas nuevas. Jodys, obvio.
> Parecen majas.

Dejé escapar un suspiro, aunque no me sorprendía. Jody era el nombre de la protagonista de *Camino a la fama*, una película de *ballet* que Colleen y yo habíamos visto un millón de veces. Utilizábamos ese nombre para describir a un tipo concreto de chicas: chicas guapísimas y rubias de ojos azules que, ya tuvieran una técnica excelente o mediocre, siempre amenazaban con ganarse el favor de Kira porque tenían algo «especial».

En general, nuestra escuela de *ballet* estaba llena de Jodys, lo que significaba que Colleen y yo siempre teníamos que esforzarnos más para hacernos notar. Nunca hablábamos de lo inferiores en número que éramos, pero era evidente. Sí que había otras chicas de Asia Oriental en algunos cursos inferiores, y en nuestra clase habíamos tenido un par de ellas a lo largo de los años. Pero Colleen siempre había sido la única chica negra de la escuela.

Tardé un segundo en darme cuenta de que todos habían dejado de charlar y nos habíamos sumido en un silencio extraño. Levanté la vista del móvil. Margot, Ethan y Jude estaban a varios pasos de distancia, con la vista clavada en mí.

—Perdón, ¿qué? —pregunté.

—¿Quieres algo? —Margot señaló con el pulgar las dos máquinas expendedoras iluminadas que había al lado de la escuela.

—Ah, no, no.

Me metí el teléfono en el bolsillo de la chaqueta. A la sensación del puñetazo en el estómago que siempre tenía cuando ignoraba un mensaje de Colleen se le sumaba ahora la vergüenza de estar en las nubes y no darme cuenta de dónde estaba. Aún no había llegado a mi cuarto; todavía no era libre para desconectar.

Margot y Jude se acercaron a las máquinas; Ethan y yo nos quedamos allí parados. Estaba a punto de irme hacia mi coche cuando Ethan se puso la capucha de la sudadera y se giró hacia mí.

—Entiendo que has aceptado mis disculpas, ¿no?

Ay, claro. La clase de Lengua. Paul y Jake. La nota.

—Por supuesto —respondí con una sonrisa—. Gemelos neandertales. Esa es buena.

—Gracias. Y, oye, como eres nueva, ya les echaré yo la bronca por ti.

—¿Qué? —Lo miré con los ojos abiertos de par en par. No podía hablar en serio. Aunque parecía que sí—. Ni se te ocurra, por favor.

—Ya va siendo hora. Cuando estábamos en quinto de primaria, me puse un disfraz de flamenco rosa para el desfile de Halloween, y Paul y Jake fueron por ahí diciendo que era gay y que volvería gay a cualquiera que tocara. Y, a ver, sí que era gay, y el disfraz era una pasada, así que no los culpo del todo por pensar que tenía poderes, pero aun así… Sería catártico.

—Pero… —Hice una pausa, confundida, sin entender por qué pensaba que era una buena idea—. Dudo que cambie nada.

Era como el hecho de que mi escuela de *ballet* estuviera llena de Jodys. Así eran las cosas y punto, y prefería guardar la energía para las cosas que sí podía controlar.

—¿Estás segura? —Ethan me miró vacilante—. Puede que el arte de la intimidación no se me dé tan bien como a

Margot, pero puedo ser devastador cuando me lo propongo. *Devastador*.

Abrió mucho los ojos, con una mirada intensa, como durante su canción en la audición sobre el dentista sádico.

Jude y Margot volvieron con nosotros, con el crujido de las bolsas de patatas que se habían comprado.

—¿Qué es devastador? —preguntó Margot con la boca llena de patatas fritas.

Miré fijamente a Ethan mientras sacudía la cabeza con sutileza. No me hacía falta que nadie más se enterara de lo imbéciles que eran Paul y Jake conmigo en clase de Lengua.

—Bailar con Robozorra —respondió Ethan sin vacilar—. Todavía me estoy recuperando.

Margot rio por la nariz y yo asentí mientras miraba a Ethan, contenta de que estuviéramos en sintonía. Después, el grupo se separó. El coche de Jude estaba cerca del mío, así que caminamos juntos por el aparcamiento.

—Oye, y… ¿estás nervioso por conseguir el papel? —le pregunté para llenar el silencio.

No quedaba nada para estar de camino a casa después de ese día eterno.

—No. —Jude se encogió de hombros—. Si lo consigo, genial. Pero, si no, tampoco es el fin del mundo. La vida sigue. Etcétera, etcétera.

Eso no era lo que esperaba oír, y por alguna razón me molestó.

—Pues sí que te lo tomas con calma —murmuré.

—Vaya. —Jude me miró—. No te ha gustado nada mi respuesta.

—No, es solo que me ha sorprendido. Por lo que he visto de ti, pensaba que te preocuparía más conseguir el mejor papel.

—Ah, así que por lo que has visto de mí… Entonces eres muy observadora, ¿no?

Una vez más tenía ese brillo suyo en los ojos, acompañado de una sonrisa cómplice.

Por algún motivo, al verle esa expresión, un montón de palabras se escaparon solas de mi boca.

—Pues la verdad es que sí. He observado que eres el mejor cantante de los que se han presentado. Y también he *observado* que bailas con mucha soltura, con una especie de elegancia aristocrática. Más como Fred Astaire que como Gene Kelly. Y sí, sé quiénes son. No dije nada en las audiciones sencillamente porque no me apetecía. Así que suponía que querrías conseguir el papel que te permitiera hacer lo que se te da bien. Que te morirías de ganas.

Jude me miraba sin dejar de parpadear y pasó de parecer confuso a muy muy satisfecho. Mi intención había sido demostrarle que era muy observadora, pero por lo visto no había hecho más que lanzarle un millón de cumplidos.

—Vaya, gracias —contestó.

Lo miré, fijándome en esas pestañas que parecían pintadas, ese pelo castaño que le caía hacia un lado con una onda suave, el rubor rosado que se le extendía por las mejillas... Aunque odiara admitirlo, resultaba adorable.

Aparté la mirada.

—Pero que no se te suba a la cabeza —le solté con brusquedad—. La arrogancia se carga la elegancia. Se la carga totalmente.

—Bueno es saberlo. —Me dedicó una media sonrisa mientras llegaba a un viejo todoterreno blanco y sacaba las llaves—. Y no te preocupes, no dejaré que se me suba a la cabeza.

—Eso, que si no me daré cuenta. Por lo bien que se me da observar, ¿recuerdas? —dije, dándome golpecitos con un dedo en la sien mientras caminaba hacia mi coche, un poco más allá del suyo.

—No se te escapa nada —me dijo mientras se despedía con la mano.

Durante el camino a casa, me sentí... sorprendentemente bien. Sí, estaba cansada, y la idea de que Colleen tuviera que lidiar con dos nuevas Jodys sin mí me daba un poco de rabia, y aún no sabía cómo me sentía en cuanto al tema de la Mujer Fatal. Pero, de repente, me empecé a imaginar cómo sería todo si Jude y yo consiguiéramos los papeles y pudiéramos bailar juntos. Si lograra obligarme a mí misma a quedarme después de clase para los ensayos en lugar de esconderme en mi habitación. Si el musical dejara de recordarme que lo que quería en realidad, todo aquello por lo que tanto me había esforzado, ya no estaba al alcance de mi mano.

De repente, dejé de sentirme tan bien. Di un frenazo un poco brusco en un semáforo en rojo y un pinchazo de dolor me recorrió la pierna. Cerré los ojos y respiré hondo; era lo que mi fisioterapeuta, Birdie, solía decirme que hiciera siempre que tuviera ganas de hacerme un ovillo y desaparecer. O llorar. O gritar palabrotas. Respirar hondo era básicamente la solución a la que Birdie recurría para enfrentarse a cualquier emoción incómoda en público, y me sorprendí al comprobar lo bien que funcionaba en un momento de apuro.

Respirar hondo no lograba que se esfumara el deseo de desaparecer, llorar o gritar. Pero lo atenuaba lo suficiente como para que pudiera seguir con mi día a día y parecer una persona más o menos normal. Yo lo llamaba *el ibuprofeno de la naturaleza*.

En una ocasión, en una cita con mi fisioterapeuta, le había preguntado a Birdie si alguna vez había usado ella misma el truco de respirar hondo.

—Por ejemplo, cuando la gente te toca la barriga sin preguntar —le había dicho.

Birdie estaba embarazada de seis meses, y odiaba que le hicieran eso.

—Respirar hondo no sirve en esos casos —me había respondido mientras me ponía una venda en un raspón que tenía en la mano. Me lo había hecho al caerme por las escaleras de la clínica, y me había puesto a maldecir y a llorar como una loca—. A esa gente le digo, con mucha calma, que me quite la mano de encima o que se muera —continuó Birdie—. Respirar hondo solo funciona si la rabia proviene de dentro de casa —me dijo, dándome un golpecito en el pecho.

Birdie siempre decía cosas raras de ese estilo. Iba a tener al bebé hecho un lío cuando la criatura fuera lo bastante mayor como para tener problemas. Aun así, la verdad es que no sabía cómo habría sobrevivido aquel verano sin ella. No podía venirme abajo delante de mis padres porque sabía que les hacía daño, y Josie no me entendía. Colleen lo intentaba, de verdad que sí, pero verla irse a clase o a ensayar solo me hacía sentir peor. Y, claro, en julio ya fue cuando dejé de hablarle del todo.

También me dieron el alta de fisioterapia en julio, porque ya podía andar bien. Y no había vuelto a ver a Birdie desde entonces.

Por ahora, respirar hondo había surtido efecto; así lograba reducir la rabia hasta convertirla en ruido de fondo, en un rumor tranquilo.

Al detenerme en otro semáforo en rojo, miré por el retrovisor. Jude estaba detrás de mí en el viejo todoterreno blanco, bailando con la cabeza al ritmo de una canción que yo no podía oír. Seguía sin entender cómo podía importarle tan poco algo en lo que invertía tanto tiempo. Me preguntaba si alguna vez se preocupaba por algo.

Jude me siguió durante todo el camino de vuelta a casa. Supuse que vivía en una de las millones de urbanizaciones de esa parte de la ciudad, hasta que giré a la derecha para entrar en mi barrio y vi por el espejo retrovisor que seguía justo detrás.

Cuando me detuve en el aparcamiento de mi casa, su todoterreno pasó de largo, giró en la señal de *stop* y dio media vuelta para aparcar en la casa situada justo enfrente de la mía.

Salí despacio del coche.

—Hola, vecina —gritó Jude, con una sonrisa astuta más resplandeciente que nunca.

Capítulo cinco

Varios fragmentos de nuestras conversaciones me atravesaron la mente: Jude preguntándome si lo había visto alguna vez, yo diciéndole que era un desconocido, él alabando mi capacidad de observación… Claro, ahora entendía que había sido una alabanza sarcástica. Joder.

—¿Cuánto llevas viviendo aquí? —le pregunté con recelo.

Jude cruzó la calle hacia mí.

—Solo tres años.

Me pellizqué el puente de la nariz. Yo llevaba toda la vida viviendo allí. ¿Cómo no lo había reconocido? Miré todas las casas que me rodeaban y me di cuenta de que lo más probable era que no pudiera reconocer a nadie que viviera en ellas.

Por supuesto, mi madre eligió ese momento para aparcar el monovolumen y dedicarle a Jude un saludo exagerado desde la ventanilla. Josie se bajó del coche cargada con un montón de libros de la biblioteca.

—¡Jude! —exclamó mi hermana—. ¿Qué tal?

—No me puedo quejar. ¿Qué tal la clase de la señora Palladino?

Josie levantó los libros.

—Tenías razón; menudo demonio.

Me quedé boquiabierta mientras pasaba la mirada de mi hermana a Jude.

Mi madre salió del coche hablando por el móvil.

—Hola, Jude —susurró antes de recorrer el caminito hacia la casa.

Intentó disimularlo, pero se le iluminaron los ojos al vernos a Jude y a mí juntos. Era la misma expresión que se le había puesto cuando había venido Margot a casa. Seguro que estaba pensando: *Madre mía, mi hija tiene ya dos amigos y todo.*

—Seguro que te va bien —le dijo Jude a Josie mientras mi hermana seguía a mi madre a la casa—. Ah —les gritó—, decidle a Arthur que ya tengo ese libro que quería que le prestara.

Arthur. Mi padre. Jude le prestaba libros a mi padre.

La puerta se cerró y volvimos a quedarnos solos. Jude fue lo bastante precavido como para no pronunciar palabra, pero su sonrisa lo decía todo.

—*Vale*, me has atrapado —confesé—. Mi capacidad de observación es una mierda.

—Hombre, yo tampoco diría «una mierda». Solo que nunca te has parado a observar en esta dirección. —Señaló su casa—. Ni en esa, ni en aquella. —Señaló a ambos lados, como un auxiliar de vuelo.

Tenía razón; hasta hacía ocho meses, todo mi mundo se había centrado en el *ballet*.

—Es que he estado… ocupada.

—Ah, ya lo sé. No era un insulto. Solo una *observación*.

Resoplé.

Y luego me sorprendí a mí misma al decirle:

—¿Quieres dar una vuelta?

Jude alzó las cejas. Supongo que también le había sorprendido a él.

—Vale.

Me sentía un poco mal por haberle prestado tan poca atención. Además, si mi madre y mi padre me veían socializando después de haber estado en una actividad extraescolar, seguro que me dejaban quedarme en casa el resto del fin de semana.

Levanté el dedo índice para pedirle que esperara. Luego troté hasta la puerta, la abrí y grité:

—Me voy a dar una vuelta con Jude. Que conste que hoy he pasado tres horas no lectivas fuera de casa. Para que lo tengáis en cuenta a la hora de darme la tabarra.

—Vale, cariño —me respondió mi padre mientras levantaba el pulgar desde detrás del piano.

Mi madre, que estaba sospechosamente cerca de la ventana de la fachada principal, me dirigió un saludo militar.

Jude había quedado para ir al cine a las seis y cuarto, así que teníamos media hora para pasear. Mientras caminábamos por la acera, me ceñí más el polar rojo que llevaba. Una vez que se ponía el sol, en las tardes de otoño como esa hacía bastante frío. Aún no era tiempo de llevar gorro, pero casi.

—Bueno, ¿y cómo es que conoces a toda mi familia? —le pregunté.

—Mi madre organiza una barbacoa para todo el barrio cada año el 4 de julio.

—Ah.

Yo casi nunca estaba en casa en julio. Era el mes de verano en que solían ofrecer más cursos intensivos de *ballet*, esos rigurosos programas para los que había que pasar una prueba y que abrían muchas puertas en el futuro. Ahora que lo pensaba, tenía un vago recuerdo de mis padres diciendo cosas como «esta noche tenemos barbacoa en casa de los Jeppson» cuando hablábamos por teléfono mientras estaba fuera. Pero nunca les llegué a preguntar quiénes eran los Jeppson.

—Molan bastante. Las hamburguesas están increíbles, y la señora Garber siempre se emborracha e imita a Elvis. —Como no reaccioné, Jude añadió—: Te haría gracia si supieras quién es la señora Garber. Créeme.

Se metió las manos en los bolsillos de la cazadora marrón. Llevaba varios parches en la manga izquierda: un trozo de pizza, la bat-señal, una bandera de aliado LGTB y un par de labios rojos rodeados por las palabras ROCKY HORROR PICTURE SHOW. Deberían haberle dado a la cazadora un aspecto caricaturesco, pero, de algún modo, con el pelo así, peinado hacia un lado, le quedaba retro y guay.

Carraspeé y miré hacia otro lado.

—¿Puedo preguntarte una cosa? ¿Cómo es que estabas tan seguro de que no te iba a reconocer? Cuando me preguntaste en las audiciones si te había visto alguna vez, parecías muy seguro de que diría que no.

Jude sonrió y miró al cielo oscuro, como si estuviera recordando algo gracioso.

—A ver... Una vez, hace un par de años, mi tía Liddy estaba de visita y me estaba ayudando a lavar el coche de mi madre, y tú estabas sentada en tu porche con los auriculares puestos. Mi tía me apostó diez dólares a que me sonreirías en dos minutos o menos. Y yo le dije que le apostaba veinte pavos a que ni siquiera me mirarías. Ni una sola vez. Sabía que ganaría, y así fue.

—Pero ¿cómo lo sabías?

—Pues porque siempre parecía que estabas en otro mundo. Sobre todo cuando tenías los auriculares puestos. Aquel día, cuando estábamos lavando el coche, cada vez que mirábamos estabas ahí sentada, haciendo movimientos en plan...

Jude hizo una demostración inclinando un poco la cabeza y girando la mano en círculos delicados.

Asentí. Al recordarlo, se me formó un nudo en la garganta. Solía escuchar una y otra vez la música de cualquier papel o variación que estuviera preparando. Mientras la escuchaba, bailaba en mi cabeza y mi cuerpo la seguía con ligeros movimientos fantasmas. Me ayudaba a que la música formara parte de mi cuerpo. Cuando estaba sentada en el porche, en realidad no estaba allí. Estaba bailando, aunque solo fuera en mi cabeza.

—Me... —Jude vaciló—. Me enteré de lo de tu pierna. Tu madre se lo contó a la mía. Debe de haber sido duro no bailar durante tanto tiempo. Sobre todo para alguien a quien se le da tan bien como a ti.

—Se me *daba* —le corregí. Luego me recordé a mí misma que debía dejar el melodrama para más tarde, cuando estuviera sola en mi cuarto.

Jude parecía confundido.

—Se te sigue dando bien. Has estado genial en la audición. Y no lo digo solo porque dijeras que soy muy elegante.

—Dije que *bailabas* con elegancia.

—Cierto. Y tú también.

—A ver, sí, todavía puedo bailar. Pero no puedo... —Intenté encontrar las palabras para describir lo que sentía al bailar antes. Subirme a las puntas, volverme ligera en un abrir y cerrar de ojos. Deslizarme por el suelo en *bourrées* rápidos. Explotar por los aires en un *grand jeté*. Convertirme en algo distinto. Un hada, un espíritu o un pájaro encantado, cosas que no existían en la vida real pero sí cuando bailaba. Pero no podía decir nada de eso en ese momento. Así que opté por el problema práctico—. Ya no puedo bailar con las zapatillas de *ballet*. Y sin puntas no se puede bailar *ballet*. Al menos, no en serio. Y no quiero hacerlo si no es en serio.

—Pero... —Jude ladeó la cabeza—. Aunque no puedas hacerlo en serio, de manera profesional, ¿no podrías sencillamente...?

—No. No podría bailar *ballet* como afición, por diversión, ni de ninguna otra forma que no fuera de manera profesional. Sin la fuerza y la habilidad que tenía antes, el *ballet* solo sería un eco deprimente de lo que era. Me dolería demasiado. —Le ofrecí una sonrisa forzada—. No espero que usted, señor La Vida Sigue, Etcétera, Etcétera, entienda lo que significa tomarse algo en serio.

—En primer lugar, un apodo impresionante —dijo en un tono irónico.

—Gracias.

—Y, segundo, sí que me tomo las cosas en serio. El hecho de que no esté obsesionado por conseguir el papel de Don Lockwood no significa que no me lo tome en serio. Me gusta hacer muchas cosas, y el musical es solo una de ellas.

—Muchas cosas... —repetí—. ¿En plan deportes?

Recordé que Margot me había dicho algo sobre que Jude se había perdido el musical del año anterior por culpa del fútbol.

—No. Jugué a *lacrosse* y al fútbol durante muchos años, pero los acabo de dejar. Me quitaban demasiado tiempo.

—Ah. ¿Y qué otras cosas te gusta hacer, entonces?

—Mmm, pues jugar a videojuegos; jugar al béisbol con amigos; ver películas de miedo; cantar canciones de Taylor Swift en el karaoke; beber té verde en la bañera; leer, sobre todo novelas de misterio; salir con los amigos, tejer... Ah, y trabajar en Voy Volando. Es un parque de camas elásticas cubierto —me explicó al ver mi cara de desconcierto.

Pero Voy Volando no era lo que me confundía. Eso tenía mucho sentido. Lo que me costaba era reunir todo lo demás en la idea de una sola persona. Quiero decir, lo de leer libros de misterio, los videojuegos y el béisbol, vale. Y era un dios de los musicales, así que puede que eso explicara lo del karaoke de Taylor Swift. Pero ¿beber té verde en la bañera? ¿Tejer? Nunca había oído a un chico de mi edad admitir que le gustaran esas cosas, ni siquiera a los de *ballet*, que ya estaban bastante acostumbrados a desafiar los estereotipos. Eso me recordó...

—No te olvides de lo de bailar claqué en el centro comunitario. Me lo contó Margot.

—Ay, sí, el claqué. —Chasqueó los dedos—. Sabía que se me olvidaba algo. Pero, sí, básicamente me gusta hacer lo que me gusta. —Se volvió hacia mí con una sonrisa orgullosa—. Supongo que lo que me tomo en serio es disfrutar de la vida.

—Uf. —Se me escapó antes de que pudiera evitarlo.

—¿Qué? ¿Demasiado cursi?

Sí.

—No, perdona. Es solo que últimamente yo no disfruto de nada, así que… —Dejé la frase sin acabar y me di una bofetada mental.

Muy bien, Alina. Invitas a un desconocido a dar un paseo con este tiempo gélido y luego te pones a autocompadecerte.

—Ah… —Jude tomó aire como si fuera a añadir algo, pero no lo hizo.

—No me hagas mucho caso. Es solo que estoy cansada —me excusé.

Dejamos atrás unas cuantas casas más mientras el viento soplaba cada vez más fuerte. Las farolas emitían un resplandor tenue y teñían el barrio de un tono dorado. Jude le dio una patada a una piedra, que se deslizó por la acera emitiendo un silbido y desapareció entre una pila de hojas que alguien había amontonado.

—Soy consciente de que solo nos conocemos desde hace cinco días —me dijo—. Pero, ya que somos vecinos, podría darte un consejo, como vecino.

—Eh… Vale…

—No soy un experto ni nada por el estilo. Pero creo que, cuando tienes algún motivo para estar triste, hay que hacer dos cosas. ¿Te las digo?

Parecía uno de esos mensajes motivadores. Pero, bueno, decidí seguirle el rollo.

—Vale.

—Lo primero es difícil. Es aceptar el motivo por el que estás triste. Hacer las paces con él. No regodearse en el dolor, pero tampoco intentar borrarlo.

Pensé en las paredes vacías de mi habitación. En el miedo a las audiciones. En el corte de manga. En la explosión de la bomba de envidia. Desde luego no sentía nada de paz. En lo primero estaba fracasando estrepitosamente.

—Lo segundo es más divertido: encontrar algo que te haga feliz y dedicarte a ello a tope. Sobre todo si es algo que antes no podías hacer.

—¿A qué te refieres con algo que no podías hacer?

—Algo para lo que nunca tenías tiempo, por ejemplo, o que no hacías porque sentías que no podías… —Hizo una pausa, con la boca abierta, como si estuviera tratando de encontrar la manera de expresar lo que tenía en la cabeza. Pero al final se encogió de hombros y añadió—: O lo que sea.

—¿Has sacado todo esto de uno de esos libros de autoayuda que venden en el súper?

Se rio.

—Por desgracia, no. Se lo he robado a mi madre. Es lo que hicimos después de que mi padre se fuera.

—Ah… Lo siento. —Qué horror. Por parte de su padre. Y por mi parte. No tenía ni idea de por qué había supuesto que había sacado todos esos consejos de un libro estúpido y no de su vida. Dimos unos pasos más en silencio—. No pretendía hacerme la graciosa.

—Oye, puedes hacerte la graciosa todo lo que quieras. Si te hace feliz —añadió con un guiño. Seguro que seguía pareciendo incómoda, porque agregó—: No pasa nada, de verdad. Fue hace ya dos años. —Se sacó un par de guantes verdes y gordos del bolsillo de la cazadora y se los puso—. Al principio fue horrible. Y a veces todavía sigue siendo duro, pero creo que mi madre tenía razón. Por ejemplo, una de las cosas que no podía hacer nunca era encargarse de la barbacoa. Eso era siempre cosa de mi padre. Él hacía las hamburguesas y ella se ocupaba de la ensalada. Pues, cuando se marchó, mi madre se compró una barbacoa *gourmet* Magellan Deluxe y empezó a organizar barbacoas el 4 de julio. Y por eso todos los años oímos a la señora Garber cantando «Love Me Tender» borracha, y, en serio, hazme caso, es para partirse de risa.

Sonreí. Quería hacerle más preguntas, como por ejemplo si seguía viendo a su padre o no. Pero no lo conocía lo suficiente.

Volvimos a la zona de la calle que separaba nuestras casas. Miré el móvil: las seis y catorce. Tendría que haberse ido al cine hacía ya un rato. Además, empezaba a hacer mucho frío allí fuera. Pero no quería terminar la conversación con un tema tan intenso, así que me puse a pensar en alguna otra cosa que decir.

—¿Los has tejido tú? —Señalé los guantes verdes que llevaba.

—Sí. Era la primera vez que intentaba hacer guantes, así que me quedaron un poco deformes.

A la luz dorada de las farolas, vi que estaban algo abultados y que uno de los dedos estaba torcido. Pero parecían calentitos.

Me encogí de hombros.

—No están mal.

Ya eran las seis y cuarto. Pero Jude no parecía tener prisa por irse. Y, aunque resultara sorprendente, yo tampoco. Entonces recordé algo que me había dicho durante las audiciones.

—Oye, espera, si sabías quién era desde el principio, ¿cómo es que me preguntaste si acababa de pasar al instituto?

Jude se rio.

—Vale, a ver, es verdad que fue un golpe bajo. Pero en mi defensa diré que yo sabía quién eras desde hacía años y tú acababas de confirmarme que no tenías ni idea de quién era yo. La culpa es de mi ego, que es muy frágil.

Aquello me hizo pensar en Jake y Paul. Ellos sí que tenían un ego frágil, y seguro que yo se lo había destrozado al no reírme de sus bromas estúpidas, y se lo habían tomado bastante mal. Jude, sin embargo, que me había acompañado en aquella tarde helada de otoño porque se lo había pedido, que había intentado hacerme sentir mejor después de que yo le hubiera hecho un corte de manga, no tenía nada que ver con ellos.

—A mí no me parece que tu ego esté tan mal.

—¿En serio? —Se acercó un poco más y se inclinó hacia mí, como si estuviéramos contándonos secretos.

Tuve un *flashback* del momento en que había cantado «Maria» en las audiciones y todas las chicas se habían quedado embelesadas.

—Sí —respondí con indiferencia.

Nos volvimos a quedar callados, y miré el móvil de nuevo. Seis y diecisiete. Estaba claro que no era de esos a los que les importaba llegar tarde, lo cual tenía sentido. Me lo imaginaba entrando en el cine, preguntándole a todo el mundo qué se había perdido, y todos encantados de decírselo, porque era Jude Jeppson, cantante de karaoke, saltador de camas elásticas, disfrutón de la vida.

Pero traté de evitar volver a caer en eso, para no formarme esa imagen tan básica de él que me había imaginado en los últimos días. No era que pensara que esa actitud tan animada fuera falsa ahora que sabía que su padre se había marchado; era solo que sabía que se había esforzado para conseguirla. Que de alguna manera había atravesado toda esa tristeza y había dejado ese peso atrás.

—Bueno —dijo al fin—, ¿y te haría feliz ver una peli de miedo sobre un payaso zombi? Porque eso es lo que voy a ver.

—Eso no debería hacer feliz a nadie.

Sonrió. Y me di cuenta de que, aunque solo hacía cinco días que era consciente de la existencia de Jude Jeppson, podía decir con sinceridad que tenía una de las mejores sonrisas que había visto nunca. Me despedí de él con la mano y empecé a caminar hacia casa, pero seguía imaginándome aquella sonrisa. Era alegre, bobalicona, dulce y sincera. Tan sincera que me atraía y me hacía querer alejarme al mismo tiempo.

—Que pases un buen finde, Alina —me dijo desde atrás.

—Lo mismo digo.

Me giré y vi a Jude caminar hacia el todoterreno, con los pasos ligeros y elegantes de siempre.

Capítulo seis

Mis padres me dejaron en paz durante el fin de semana, tal y como había planeado. Pero el lunes por la mañana, mientras intentaba desayunar tranquila, mi madre empezó a darme la tabarra para que invitara a mis «amigos del musical, Margot y Jude», a casa.

Fingí que me había dejado algo en la habitación, fui hacia las escaleras y empecé a subirlas, pero Josie me cortó el paso a mitad de camino.

—¿Me recoges después del baile? Papá toca en un concierto de *jazz* esta noche y mamá tiene que ir a una charla. Y no me apetece nada que me traiga la madre de Fiona. Sigue intentando venderme cristales.

—Pues cómprale uno para que se calle.

Josie resopló.

—Ya le gustaría. ¡No puedo dejarme camelar! —me gritó mientras yo volvía a bajar las escaleras.

No iba a recogerla ni muerta. Sería buscarme la ruina; no pensaba llevarla y traerla de las clases de baile cada dos por tres. Ni en broma. Si quería bailar, que se buscara la forma de ir y volver.

En ese instante me llegó un mensaje de Margot pidiéndome que nos viéramos en el instituto antes de las clases. Hasta me sobornó con un *latte* de manzana y caramelo, mi bebida caliente otoñal favorita. Recogí la chaqueta y la mochila y me fui.

En lo único en lo que podía pensar mientras caminaba desde el aparcamiento hasta el instituto, mientras el aire frío de la mañana me azotaba el pelo aún húmedo y me hacía temblar, era en una bebida calentita y bien cargada de cafeína.

—¿Por qué estamos aquí quince minutos antes de hora? —le pregunté a Margot después de que me diera el café.

Sabía que me quemaría la lengua si no esperaba un poco, pero le di un sorbo de todos modos.

—Porque van a colgar la lista del reparto final —contestó, y me condujo a la sala del coro, que estaba en el extremo opuesto del edificio.

Cuando llegamos, ya se había formado una pequeña multitud ante las puertas dobles.

Ethan se abrió paso a codazos hasta llegar a nosotras y se pasó una mano por el pelo revuelto.

—Feliz día del reparto —nos dijo con cara de sueño mientras le chocaba el puño a Margot y entrechocaba su botella de batido de chocolate con mi café.

—¡A ver, fiesteros, escuchad! —Davis, el chico de último curso al que había visto bailar la danza del vientre en las audiciones, se había subido a los hombros de otros dos chicos y había empezado a aplaudir con los brazos levantados por encima de la cabeza hasta que todo el mundo dejó de hablar—. Fiesta premusical en mi casa esta noche a las siete. No traigáis a perdedores. Y compartid coche por el bien del medioambiente. Y ya está.

Dejaron a Davis en el suelo mientras todos vitoreaban.

Menudo jaleo para ser tan temprano. Ambos factores me hicieron querer meter la cabeza en la sudadera y hacerme un ovillo en el suelo del pasillo.

—La fiesta premusical es especial. Es totalmente diferente de la posmusical, la fiesta de después de la última función.

—¿Por qué? —pregunté mientras trataba de ahogar un bostezo.

—En la fiesta normal, la posmusical, todos han visto ya a todos en sus peores y mejores momentos. Ya han surgido romances y se han acabado. Han estallado peleas y se han extinguido. Es divertido pero tenso.

Ethan miró a Margot en busca de confirmación.

—Te ha quedado un poco dramático, pero no has dicho ninguna mentira —respondió Margot.

—En la fiesta premusical hay menos tensiones —prosiguió Ethan—. Solo importa lo que está por llegar, las posibilidades. Y las posibilidades pueden ser encantadoras.

Le dirigió una sonrisa alegre a Davis, que se pasó las rastas por detrás del hombro y le guiñó un ojo.

—Aunque también es verdad que la fiesta premusical es entre semana, así que termina a las nueve y media —añadió Margot.

Ethan suspiró.

—Cierto.

Margot miró a su alrededor.

—¿No viene Jude?

—No creo —contesté al mismo tiempo que Ethan decía que venía de camino.

Los dos clavaron la mirada en mí.

—Ah, es que he visto su coche en su casa al salir, así que pensaba que no vendría.

—Anda, por fin te has dado cuenta de que Jude es tu vecino. —Ethan sonrió y Margot se rio.

Se me revolvió el estómago. Ethan sabía que éramos vecinos, lo que significaba que Jude se lo había dicho, lo que significaba que... ¿Jude hablaba de mí con su mejor amigo? No sabía cómo me sentía al respecto.

Margot y Ethan estaban mirándome fijamente una vez más, esperando una respuesta.

—Sí, solo me ha costado tres años... —empecé a decir, pero me interrumpió Jude, que se puso delante de mí de un salto.

—¿Te hacen feliz las fiestas premusical? —me preguntó, haciendo un bailecito bobo moviendo mucho los codos.

Ethan y Margot nos miraron con las cejas arqueadas.

Se me encendieron las mejillas. Menuda tontería. Tenía que controlarme.

—Nunca he ido a ninguna, pero he oído que terminan a las nueve y media. Así que tal vez.

Ethan sacudió la cabeza y se volvió hacia Jude.

—Te juro que se la he intentado vender lo mejor que he podido.

—Seguro que sí, Gene. —Jude le dio un ligero puñetazo en el hombro.

—Gracias por creer en mí, Fred. —Ethan le devolvió el puñetazo a Jude.

Margot puso los ojos en blanco.

—¿A qué viene todo eso?

—Alina ha zanjado nuestro debate sobre quién es Gene Kelly y quién es Fred Astaire —dijo Jude, y añadió señalando a Ethan—: Él es Gene.

—Y él es Fred —agregó Ethan señalando a Jude.

—Aaah, ya veo. Pues no vais a estar pesados ni nada con el temita... —dijo Margot—. Por eso nunca hay que responder a sus preguntas, Alina. Porque luego pasa esto.

—Tomo nota —contesté, viendo cómo iba a más el numerito de Ethan y Jude sobre Gene y Fred.

Poco después se retaron a duelo y empezaron a fingir una pelea con espadas en mitad del pasillo. Le di un buen sorbo al café. Era demasiado temprano para aguantar todo aquello.

A nuestro alrededor comenzaron a surgir cada vez más murmullos entusiasmados que me distrajeron de las tonterías de los dioses de los musicales. Y entonces oí el repiqueteo de los tacones de la señora Sorenson cuando se acercó con unas hojas de papel en la mano.

—No os voy a hacer esperar más —nos dijo, y colgó los papeles en el tablón de anuncios.

Todo el mundo se precipitó hacia allí. Yo retrocedí. Al momento, Margot irrumpió entre la multitud y me puso el teléfono en la cara. Había hecho una foto de la parte superior de la lista.

Don Lockwood — Jude Jeppson
Kathy Selden — Diya Rao
Cosmo Brown — Ethan Anderson
Lina Lamont — Margot Kilburn-Correa
R. F. Simpson — Will Braddock
Tenor de producción — Harrison Lambert

—Vaya… —empecé a decir.

—Espera —dijo Margot, y me enseñó otra foto.

Era de la lista de los bailarines. Y aparecía mi nombre. Y al lado de mi nombre: Mujer Fatal.

Antes de que pudiera reaccionar, Margot me dio un puñetazo en el bíceps.

—¡Enhorabuena, mujer!

—¡Ay!

—Perdona, no soy muy de abrazos, pero tenía que hacer algo para felicitarte.

La fulminé con la mirada, pero en realidad no estaba enfadada. Margot estaba más sonriente que nunca.

—Enhorabuena a ti también —le dije, y le devolví el golpe en el brazo.

Por encima de su hombro, vi a Jude y a Ethan chocando los cinco con una coreografía elaboradísima, repleta de saltos y giros. Había un grupo de gente a su alrededor, vitoreando.

Diya Rao rodeó al grupo con los ojos en blanco. Cuando llegó hasta la lista del reparto, hizo un pequeño gesto de asentimiento con la cabeza, como si todo hubiera salido como debía. Luego desapareció por la esquina. Al cabo de unos segundos, Ethan nos vio a Margot y a mí a un lado y corrió hacia nosotras, arrastrando a Jude.

Pensé que no iba a tener forma de evitar un abrazo grupal forzado, pero, justo antes de que llegaran a nosotras, ambos se tiraron al suelo de rodillas y se deslizaron, moviendo las manos como si bailaran *jazz*.

—¡Tará! —gritaron al unísono.

Esperé a que Margot refunfuñara, pero levantó los brazos y los imitó.

Entonces a todos les dio un ataque de risa. Madre mía, otra vez igual que con la Raja de la Felicidad.

—Es que es lo que dice la señora Langford cuando está enseñándonos las coreografías —me explicó Margot cuando recuperó el aliento—. Ya lo verás.

Una oleada de nervios se extendió por mi cuerpo y me empezó a latir el corazón con fuerza, a toda prisa. Me habían seleccionado. Iba a participar en el musical. Había conseguido un papel, un papel de bailarina. Pensé en el estilo intrigante de Cyd Charisse y en la pequeña coreografía que la señora Langford nos había hecho bailar en la segunda fase de las audiciones. Me había ido bien. No se parecía en nada al *ballet*, así que no tendría ningún problema. Sin embargo, todo estaba sucediendo demasiado deprisa para que pudiera entender por qué estaba tan nerviosa.

Logré tranquilizarme lo bastante como para darme cuenta de que Ethan y Jude volvían a estar de pie y hablaban con Margot sobre la fiesta.

—¿Vamos todos juntos? —preguntó Margot.

Ethan asintió.

—Pues claro.

—Puedo recogeros a todos a las siete —propuso Jude, y luego los tres me miraron.

¿Todos? ¿Cuándo me había convertido en parte de todos?

—Yo iré en mi coche —dije.

—Ah, vale. —Margot parecía decepcionada, pero no tenía ninguna intención de quedarme en la fiesta hasta las nueve y media.

Diez minutos después de llegar a casa de Davis aquella noche, maldije mi decisión de ir por separado a la fiesta sin comprobar si Margot, Ethan y Jude habían llegado ya. Toda la gente que había en el salón estaba bailando y causando alboroto, así que me dirigí a la cocina, donde pensaba quedarme los quince minutos siguientes. Después me iría, estuviera Margot allí o no.

La cocina de Davis era espaciosa y estaba en calma. En el centro había una gran isla rodeada de taburetes, repleta de patatas fritas y galletas del súper. Estaba empezando a picotear cuando alguien carraspeó detrás de mí y me di la vuelta.

Había un chico rubio con un gorro apoyado en la nevera de la esquina. Harrison.

—Lo siento. No quería asustarte —me dijo. Tenía una voz grave y ronca, como la de un actor de un anuncio de *whisky*.

—No pasa nada —respondí, apuntándole con una patata—. Harrison, ¿verdad?

—Sí. —Movió la mano con torpeza para saludarme—. Y tú eres…

—Alina.

—Guay. —Asintió—. Guay.

Me comí otra patata frita mientras me preguntaba si Harrison preferiría que me largase de su escondite. Desde luego, yo estaba deseando que él se largara del mío. Él estaba allí primero, pero bueno.

—Bueno… —empezó a decir, tamborileando con los dedos contra la puerta de la nevera, buscando algo de lo que hablar. No lo encontró.

—¿Qué papel te ha tocado? —le pregunté.

—Tenor de producción.

—¿Y eso qué es?

Harrison se encogió de hombros.

—No tengo ni idea. No he visto la película.

Recordé que Margot había dicho que Harrison era el típico chico pretencioso al que solo le gustaba el cine *indie* y elevado. Se produjo un silencio incómodo y luego alguien en el salón gritó tan fuerte que se me cayó la patata que tenía en la mano. El grito se convirtió en una carcajada de bruja y la habitación entera estalló en risas.

—Madre mía —murmuré, tratando de calmarme.

—Te entiendo… —dijo Harrison mientras se quitaba el gorro, se alisaba el pelo y se lo ponía de nuevo—. Necesitaba un respiro, aunque fuera solo un minuto. O veinte.

Me reí por la nariz. Harrison estaba tan incómodo allí como yo.

—Normal. Solo llevo aquí diez minutos y ya estoy agotada.

—¿Verdad? —dijo Harrison, apartándose de la nevera—. Todo el mundo citando frases de cosas de las que nunca he oído hablar. Es como si estuviera en un planeta totalmente diferente, macho.

—Un planeta muy raro.

No es que no me gustara lo raro. Las bailarinas de *ballet* éramos ultrarraras. Pensé en una típica escena de antes de clase en mi antigua escuela: Juliet raspando la suela de sus puntas con un cuchillo; Spencer recogiendo canicas con los dedos de los pies; Colleen hablándoles a los callos de los pies («Ay, hola, María. Estás muy guapa esta mañana»).

Pero ese era el tipo de rareza al que estaba acostumbrada. Lo del salón… no.

—Propongo que nos quedemos aquí todo el tiempo que queramos —dije, sentándome en un taburete.

Harrison sonrió.

—Me parece bien.

Se acomodó en un taburete al otro lado de la isla y abrió un paquete de galletas.

—¿Te puedo preguntar por qué te presentaste a la audición? —dije al cabo de un minuto—. Todos parecían bastante sorprendidos.

—Yo también lo estaba, si te soy sincero. —Harrison se terminó una galleta y fue a por otra, y se puso a gesticular con la galleta en la mano mientras hablaba—. Siempre había pensado que los musicales eran muy comerciales. Un entretenimiento superficial, sin alma, y no arte de verdad.

Se le cayó un trozo de galleta y salió volando por la cocina al decir la palabra *arte*. De algún modo, eso hizo que el comentario quedara menos pedante. Sonreí. Harrison también. Avergonzado, recogió el cachito de galleta con un trozo de papel de cocina y lo tiró a la basura.

—Y, entonces, ¿por qué has querido participar? —le pregunté mientras volvía a sentarse.

—Porque, eh…, el año pasado hicieron *La calle 42* y fui a verlo. La que por entonces era mi novia quería ir, y a mí… —Hizo una pausa, mirando por la ventanita que había sobre el fregadero. Luego volvió a mirarme a los ojos, como si acabara de recordar que estaba yo allí—. No sé, sencillamente me gustó —añadió a toda prisa antes de meterse el resto de la galleta en la boca.

Oímos el fuerte repiqueteo de unos tacones por encima de la música y Diya Rao entró en la cocina. Llevaba un vestido en tejido de jersey negro, medias grises y botas negras, y sus ondas voluminosas brillaban bajo la luz. Se paró en seco al vernos a Harrison y a mí, pero solo un segundo. Luego se acercó a la nevera, sacó una lata de LaCroix y la abrió. Bebió un sorbo antes de sentarse en un taburete a mi lado.

—Oye, ¿por qué ya no vas a la escuela de *ballet*? ¿Tan mal tienes la pierna?

Vaya. Qué directa. Ya empezaba a entender el apodo de Robozorra.

—Síp —respondí.

Diya me miró, como esperando algo más. Pero no me apetecía darle detalles. Así que le dio un sorbo al refresco en silencio, sin dejar de mirarme e ignorando a Harrison con descaro.

—Bueno, eh…, me parece que me voy a volver al salón —dijo Harrison mientras se ponía en pie.

Quería pedirle perdón. Me sentía como si estuviera traicionando el código de los que nos escondíamos en la cocina o algo así. Pero era culpa de Diya, no mía. Vi a Harrison respirar hondo y desaparecer entre el estrépito del salón. Me comí unas cuantas patatas más en silencio.

—Habías entrado en la escuela esa de Nueva York —comentó Diya—. Lo vi en el periódico.

Me quedé paralizada, sorprendida de que lo hubiera leído. Era un artículo cortito que habían publicado en el mes de marzo sobre jóvenes que iban a diversos cursos o campamentos especializados.

Alina Keeler, de 16 años, irá a Nueva York, al curso intensivo de verano del American Ballet Theatre. Estos cursos son programas rigurosos diseñados para mejorar la técnica, la fuerza y la flexibilidad de los bailarines. También hacen las veces de audición; si Alina lo borda durante las cinco semanas, podrían invitarla a estudiar en la escuela todo el año. Y, si destaca en la escuela, podría formar parte de la élite del American Ballet Theatre, una de las compañías de *ballet* más prestigiosas del mundo.

Había leído esas frases una y otra vez, sin llegar a creérmelas. El American Ballet Theatre, o ABT, era la compañía de mis sueños, y había logrado entrar en su curso intensivo de verano. *Yo*. Estaba tan acostumbrada a quedar por detrás de Juliet y de Spencer que ni siquiera había creído que fuera posible. En ese momento, aquello me hizo preguntarme si el ABT había visto algo en mí que Kira no veía. Tal vez mi sueño iba a poder hacerse realidad: bailar en Nueva York, interpretar a Giselle en el Metropolitan Opera House. Hasta entonces había sido tan solo una idea centelleante que me hacía sentir eufórica, y casi me la estaba empezando a creer. Pero, un par de semanas después de que se publicara el artículo, me rompí la pierna.

Sabía que tendría que haberle respondido a Diya, pero el peso de mis ilusiones me había paralizado la lengua. Al final, tras lo que me pareció un silencio larguísimo, añadió:

—Seguro que preferirías estar allí en vez de aquí.

La miré. Otra vez estaba siendo muy directa, pero no parecía que hubiera maldad tras sus palabras. En realidad, después de tantos «tal vez sea para mejor», solo sonaba como si estuviera diciendo *la verdad*. Con «aquí» no se refería solo a la fiesta. Se refería a todo: al instituto, al musical y a la vida normal de una adolescente. Y «allí» era mi sueño: el *ballet*. Formar parte de una compañía. Dedicar mi vida a la danza.

Diya, que me había estado observando con atención, desvió los ojos hacia el salón. Me giré y vi a Margot, a Jude y a Ethan entrando por la puerta principal. *Por fin*. Se me relajó el cuerpo entero y Diya se dio cuenta.

—Son tus amigos —me dijo, aunque no sabía si era una afirmación o una pregunta.

—Eh… Sí, supongo.

—¿Y qué te parecen?

Me encogí de hombros, confundida.

—No los conozco mucho aún, pero se han portado muy bien conmigo.

Diya suspiró.

—Bueno, claro que se portan bien contigo ahora. Pero antes eras… eras una bailarina increíble. —Volvió a mirarme a los ojos con una expresión seria—. Por entonces no les caías tan bien.

Me sostuvo la mirada durante unos instantes más. Luego se terminó el refresco, tiró la lata a la basura de reciclaje y pasó junto a Margot, que estaba en la puerta de la cocina.

Capítulo siete

—¿De qué iba *eso*? —me preguntó Margot.

Unas chicas del curso de Jude y de Ethan los habían arrastrado al salón para bailar, de modo que nos habíamos quedado Margot y yo solas en la cocina.

¿Qué había querido decir Diya con que no les caía bien cuando aún bailaba *ballet*? Por entonces apenas conocía a Margot, y no conocía de nada a Jude y a Ethan.

Margot carraspeó con fuerza.

—Ah, solo me estaba preguntando qué pensaba de vosotros. De ti, de Ethan y de Jude. Ni idea de por qué.

—Pfff, yo sí lo sé —respondió Margot mientras se acercaba al otro lado de la isla y se hacía con una galleta—. Diya y Jude salieron juntos hace dos años.

—¿En serio?

No me lo podía ni imaginar. Parecían polos opuestos.

—Sí. Pero, vaya, que duraron unos dos segundos. Eran una de esas parejas que se forman mientras se monta el musical. Pasa todos los años, y casi nunca duran más allá de la última función. Pero Jude y Diya ni siquiera llegaron a Navidad. No me acuerdo de qué pasó exactamente, pero seguro que Diya iba de subidita. En fin, como Jude es un amor, y todos los del musical lo adoraban, no fueron muy majos con ella cuando lo dejaron.

En ese momento caí en la cuenta de algo.

—¿Fue entonces cuando empezaron a llamarla Robozorra?

Margot miró detrás de mí, hacia la gente que bailaba.

—Es posible. No fue Jude el que se lo inventó. Pero le va que ni pintado, así que cuajó. En fin, seguro que te vio bailar con Jude en la audición y se puso celosa.

—Puede —contesté, pero Diya no parecía haberse referido a Jude en absoluto.

Aunque, por otro lado, ¿por qué quería defender a Diya? Apenas la conocía. Y acababa de criticar de un modo un tanto críptico a las únicas tres personas con las que me llevaba bien de todo el instituto.

Empezó a sonar una nueva canción en el salón y subieron el volumen; así me era imposible pensar. La multitud empezó a exclamar y a chillar. Margot me lanzó una mirada perversa, me agarró del codo y tiró de mí para arrastrarme hacia el caos.

Se oía una voz ronca y estridente de hombre que hablaba sobre un ritmo rápido, y todo el mundo se había agrupado en dos filas paralelas, cara a cara.

—¿Qué está pasando? —le pregunté a gritos a Margot.

No había oído nada sobre que la gente del musical hiciera novatadas, pero ¿quién sabía?

—El *Time Warp* —dijo Margot—. Es la tradición. Déjate llevar y no hagas preguntas.

El ritmo de la canción se volvió más rápido y el hombre comenzó a gritar. Al parecer, esa era la señal para que todos los que conformaban las dos filas empezaran a bailar. Bueno, a bailar no, sino a enloquecer todos juntos.

Hubo movimientos de cabeza, charlestón, twist, *body rolls* buenos, *body rolls* malos, algo similar al *voguing*, algo que parecía la respuesta a una descarga eléctrica, *break dance* y un montón de cosas más que no sabía ni nombrar. Ethan empezó a hacer el baile del hilo dental, y Jude lo intentaba, pero no lograba coordinar los brazos con las caderas, así que parecía más bien un muñeco de cuerda chalado.

Crucé la mirada con la de Harrison, que estaba al otro lado de la sala y me observaba con la misma expresión de espanto en el rostro que debía de tener yo.

A pesar de que yo también estaba horrorizada, se me escapó una carcajada, una risita aguda, antes de que me pudiera tapar la boca con la mano. No sabía de dónde había salido, pero, entre la cara de Harrison, toda esa gente convulsionándose al ritmo de esa canción tan extraña, Jude bailando descoordinado perdido y con las ondas del pelo rebotando con cada movimiento brusco...

Empezó a sonar una nueva voz en la canción que ordenó a todo el mundo que saltara a la izquierda, diera un paso a la derecha y moviera la pelvis una y otra vez. Yo aún estaba tratando de asimilar todos los movimientos pélvicos a mi alrededor cuando, de repente, alguien empujó a Ethan y a Davis al centro, entre las dos filas. Todo el mundo empezó a gritar y a aplaudir mientras Ethan le daba unos cuantos giros a Davis y lo reclinaba al tiempo que lo sostenía en los brazos. Después de ocho compases, Ethan tiró de Jude para que ocupara su lugar en el centro.

Y Davis, con una sonrisa perversa en la cara, tiró de Harrison.

Al instante, Jude empezó a hacer el *running man* mientras Harrison parecía quedarse paralizado por completo. La verdad es que me dio bastante lástima. Estuve a punto de cerrar los ojos para no tener que presenciar semejante humillación. Pero entonces, así como así, Harrison empezó a imitar a Jude.

La multitud enloqueció. Margot, que seguía a mi lado, aulló. La sonrisa de Harrison pasó de cohibida a auténtica. Cuando Jude y Harrison terminaron su turno, se giraron para elegir a la siguiente pareja de víctimas. Como la estúpida que soy, hice contacto visual con Jude mientras él miraba la fila, de modo que se dirigió justo hacia mí.

Ni hablar.

Me escondí detrás de Margot. Me hizo una pedorreta, pero se puso a bailar alegremente con otra chica que estaba en el centro. La observé flexionar las rodillas, inclinar la cabeza hacia el techo y mover los hombros de un lado a otro. Mantenía esa expresión suya de «me importa una mierda lo que pienses», pero no estaba a la defensiva; era simplemente su actitud. Y todo el mundo vitoreaba.

Entendía por qué a Margot le gustaba tanto participar en el musical. Podía bailar y hacer el tonto al ritmo de *Time Warp*. Podía cantar. Podía mover la pelvis. Al igual que Jude y que Ethan, estaba como pez en el agua. Mientras observaba a todo el mundo bailar a mi alrededor, comenzaba a entender por qué a todos les encantaba formar parte del musical. Les permitía ser quienes quisieran ser.

De repente, me empezaron a escocer los ojos y me clavé las uñas en las palmas de las manos. Respiré hondo varias veces.

Pero, aun así, estalló la bomba de envidia.

Yo nunca sería quien quería ser. Y no era justo. Ellos ni siquiera habían tenido que sacrificar todo lo que yo había sacrificado. No se habían pasado la vida practicando hasta que les dolía todo, y estirando hasta que se les entumecían los músculos, y viendo que Kira los ignoraba y les prestaba más atención a...

—¡Es de *Rocky Horror*! —gritó Margot, sacudiéndome el hombro y devolviéndome al presente. Ya había acabado la canción—. También lo hacemos en la fiesta de primavera —me dijo—. Así que vas a poder ir preparada.

De repente me puse a pensar en marzo, cuando representaríamos *Cantando bajo la lluvia*. En febrero y marzo, mi antigua escuela siempre organizaba un gran *ballet* de acción. Ese año iban a hacer *Giselle*, mi favorito, el de las chicas despechadas que se convierten en *wilis*. Así que, mientras Colleen, Juliet y Spencer estuvieran allí, dándoles vida a esos preciosos espíritus, yo estaría ahí, en otra fiesta con la gente del musical, haciendo como que disfrutaba bailando el *Time Warp*, pero deseando estar en otro lugar.

No podía respirar. No podía estar allí. No podía participar en el musical.

Ethan le gritó algo a Margot y, cuando giró la cabeza para mirarlo, me alejé de allí en silencio. Luego saqué mi chaqueta del montón y corrí hacia el coche.

Mientras iba de camino a casa, me aferré con fuerza al volante e intenté dejar la mente en blanco. Me vibró el móvil al llegar al aparcamiento de casa, que estaba vacío. Era Margot:

¿Dónde estás?

Lo siento, me he ido a casa. Me dolía la cabeza, contesté.

¿Estás bien?

Sin responder, me esforcé por salir del coche. Al menos mis padres aún no habían vuelto del concierto de *jazz* de mi padre, así que no podían interrogarme sobre la fiesta.

Al entrar, vi a Josie tirada en el suelo de la cocina, pegando amebas de papel en un tríptico de cartulina brillante. Se detuvo y miró el reloj del microondas.

—No has aguantado hasta las nueve y media, ¿eh?

—Calla.

Me habría gustado pasar de ella e irme directa a mi cuarto, pero tenía la garganta muy seca y necesitaba beber agua.

—¡Cuidado! —se quejó cuando pasé por encima de todos los tubos de pintura, botes de purpurina y recortes de papel.

Saqué un vaso de plástico y lo puse bajo el grifo. Como me temblaba la mano, derramé agua por los lados. Cuando me giré para subir a mi cuarto, el vaso se me resbaló de las manos y se me cayó al suelo.

—Joder, pero ¿se puede saber qué te pasa? —me gritó Josie, y agarró la cartulina, que goteaba por una esquina. Soltó un grito ahogado al ver que algunas de las amebas nadaban en un charco que se había formado en el suelo.

—Ha sido sin querer —me excusé, y fui a por un paño—. Tranquilízate.

—¡Es para mañana!

—No pasa nada. Ya tienes como un millón de amebas en la cosa esa.

—Son paramecios —me espetó mientras me arrebataba el paño de cocina y frotaba la esquina mojada con rabia.

Puse los ojos en blanco, busqué otro paño y empecé a secar el suelo. Josie no me miraba, y tenía la boca fruncida en un mohín desafiante.

Suspiré.

—De verdad que ha sido sin…

—Ya, claro —contestó—. Siempre haces y dices lo que te da la gana y todos nos tenemos que aguantar porque estás triste por lo del *ballet*.

Me quedé petrificada, con la boca abierta.

—Vete a la mierda, Josie.

Sabía que mi hermana nunca había entendido lo que sentía yo por el *ballet*, pero estaba harta de que tratara todo el tema como si fuera una tontería. A Josie no le habían arrebatado nada en toda su vida. Nada de nada. Ni siquiera se le había estropeado la estúpida cartulina esa de las amebas. Me entraron ganas de hacerla pedazos y tirarla a la basura.

Mientras Josie abanicaba la esquina mojada con la mano, noté que, aunque no quisiera admitirlo, se estaba dando cuenta de que yo tenía razón; no le había pasado nada a su porquería de trabajo.

—Yo solo digo que… —murmuró.

—¿Qué? —dije con brusquedad—. ¿Qué es lo que dices?

Josie agarró un tubo de pintura verde y empezó a decorar la parte superior de la cartulina.

—Que tal vez todo eso del *ballet* y de la escuela de Kira no fuera tan maravilloso como creías, y que a lo mejor deberías alegrarte de no bailar más para ella.

—No me importa lo más mínimo tu opinión sobre Kira y el *ballet*.

Josie guardó silencio durante un segundo. Luego, con una indiferencia que resultaba irritante, me preguntó:

—¿Qué estarías haciendo ahora mismo si no te hubieras roto la pierna?

Entrecerré los ojos. Era noviembre. Estaría en el ensayo de *El cascanueces*. Todos los años, desde que tenía siete, había participado en la función de *El cascanueces* de mi escuela de *ballet*. Para mí era más parte del otoño y de la Navidad que el frío, las luces parpadeantes y la nieve. Había hecho todo lo posible por no pensar en ello, pero, claro, Josie había acabado sacando el tema.

—Lo sabes perfectamente —dije en un tono tajante.

—¿Y para qué papel, para qué *gran* papel, estarías ensayando?

Se me encendió la cara.

—¿Y eso qué importa?

El Té chino. Siempre me tocaba el papel del Té chino. Cuando Marie y el príncipe llegan a la Tierra de los Dulces, todo el mundo va a darles la bienvenida: el Chocolate Caliente español, el Té chino, el Café árabe, etcétera. Cada uno de ellos interpreta un pequeño *divertissement*, un breve baile para lucir sus habilidades. En la mayoría de las versiones, son tres las personas que bailan la danza del Té chino. Pero, cuando yo tenía trece años, Kira decidió convertirlo en un solo. *Mi* solo. Los movimientos eran similares a los de casi todas las demás versiones: tenía que dar muchos saltos delicados, dar pasitos arrastrando los pies por el escenario e inclinarme al compás de la música, con un ritmo muy rápido.

Nunca había sido mi parte favorita, pero siempre intentaba no darle muchas vueltas. Porque el resto del espectáculo era mágico: el árbol de Navidad que crecía, las muñecas que bailaban y la camita que flotaba por el escenario mientras Marie soñaba.

—No sé qué era peor —continuó Josie, mientras le ponía el tapón a la pintura verde y la cambiaba por la azul—: Lo racista que era la coreografía o el hecho de que Kira te hiciera bailarla todos los años porque eres asiática. Y no me hagas hablar del Café árabe.

—Déjalo ya —le pedí.

Empezaba a notar la ira bullendo en mi interior. No soportaba lo que estaba haciendo Josie: encontrar una falla en una tela preciosa de seda, hallar un rasguño en un diamante.

—¿Por qué siempre tienes que buscarle la parte mala al *ballet*?

—No la busco, es que tiene cosas malas. Y, si abrieras los ojos, tú también las verías.

Un sonido incomprensible escapó de mi garganta. Josie no tenía ni idea. El *ballet* me hacía sentir invencible, como una hechicera. El *ballet* lo era todo.

—¿Sabes lo que sentía cuando hacía el *petit allegro*? —le pregunté con una voz aguda—. Como si volara por el suelo. Y, cuando giraba y mantenía el equilibrio a la perfección, parecía que la habitación era la que giraba a mi alrededor y yo estaba quieta… —De repente no supe qué más decir; no sabía por qué le estaba contando todo aquello. Nunca lo entendería, así que opté por algo más concreto—. Y Kira me dejó hacer el papel del Hada de Azúcar el año pasado, ¿recuerdas? —añadí con una voz triunfal.

Dado que las entradas habían volado, la escuela había organizado una función adicional de *El cascanueces*, y Kira dejó que los suplentes se quedaran con los papeles principales. Yo hice del Hada de Azúcar y Colleen de la Reina de las

Flores. Aquella noche frotamos los meñiques contra el telón de terciopelo rojo una vez más, dándoles las gracias a los dioses del *ballet* por aquel giro milagroso de los acontecimientos.

Miré a Josie expectante, pero se limitó a burlarse.

—Sí, pero eso fue una sola vez. Hicisteis *El cascanueces* durante dos semanas, y el resto del tiempo tuviste que hacer la danza del Té chino.

Arrugó la nariz como si estuviera oliendo algo asqueroso.

—¡Es solo un baile, joder! ¿Por qué te importa tanto?

—La pregunta es: ¿por qué *a ti* no?

Tiré el paño al suelo y me dirigí al piso de arriba sin decir ni una palabra. Me desplomé en la cama y busqué *Giselle* en el portátil. Intenté dejarme llevar por los violines. Pero, mientras Giselle hacía un *piqué manège*, girando por el escenario, no lograba dejar de pensar en la audición de *El cascanueces* de la temporada pasada.

Colleen y yo sabíamos que habíamos bailado bien. Los saltos de Colleen habían sido ligeros como el aire, y había movido la parte superior del cuerpo con tanta delicadeza que parecía que bailaba con la brisa. Y, mientras yo hacía *bourrées*, las chicas más jóvenes habían estudiado todos y cada uno de mis movimientos, cautivadas. Habíamos bailado mejor que Juliet. Mejor que Spencer. Y ya habíamos sido sus suplentes como el Hada de Azúcar y la Reina de las Flores el año anterior. Estaba segura de que ya nos tocaba a nosotras.

Sin embargo, cuando me acerqué a ver la lista del reparto, vi mi nombre junto al personaje del Té chino una vez más, y el de Colleen junto a Café árabe. Y volvíamos a ser suplentes.

Cuando miré a Colleen, esa expresión prudente y plácida que habíamos dominado a lo largo de los años para ocultar la indignación o el dolor se había desvanecido. Las dos estábamos confundidas. Enfadadas. Algo raro pasaba.

Nos acercamos a Kira con las piernas temblorosas.

—¿Sí? —nos preguntó, con los ojos azules clavados en los nuestros mientras se echaba una bufanda color berenjena sobre los hombros.

Abrí la boca, pero no me salió la voz.

—¿Qué hemos hecho mal? —le preguntó Colleen, dándose golpecitos nerviosos en los muslos con los dedos.

—¿A qué te refieres? Os han tocado unos papeles maravillosos.

—Es que pensábamos que… —Colleen se detuvo.

—Pensabais que ibais a conseguir los papeles del Hada de Azúcar y de la Reina de las Flores. —Kira no dejaba de pasar la mirada de una a otra—. Creíais que por haber sido suplentes el año pasado conseguiríais los papeles este año. La cosa no va así en el mundo profesional, y aquí tampoco. El objetivo de ser suplente es aprender, mejorar. Y eso ya lo habéis hecho. Ahora podéis aportar esa experiencia a los papeles que tenéis.

Sabía que así era como funcionaba, y tenía sentido. Pero, aun así, había una pregunta que me rondaba la mente sin cesar.

—Pero ¿por qué siempre nos tocan esos papeles? —pregunté con la voz temblorosa.

Kira parpadeó, asombrada.

—¿Qué estás insinuando?

—Que… —No estaba muy segura, así que no me salió nada.

—Las decisiones que tomo a la hora de elegir el reparto han sido siempre de lo más justas —dijo Kira con una voz cortante. Me señaló—. A ti te hace falta mejorar los *entrechats*, y el papel del Té chino te puede ayudar con ese tema. —Se volvió hacia Colleen—. A ti, el Café árabe te permite suavizar el movimiento de los brazos, volverlos gráciles en lugar de atléticos. Mi trabajo es prepararos para que entréis en los programas y compañías más competitivos del mundo. Por eso tenéis los papeles que tenéis. ¿Cómo os atrevéis a insinuar cualquier otra cosa?

El corazón me latía en los oídos mientras empezaba a sudar por la vergüenza, abochornada. No había querido acusarla de nada. Era solo que me había parecido injusto. Pero Kira tenía razón: nos estaba formando para ser bailarinas de *ballet* profesionales. Había hecho mucho por nosotras. Ella era quien nos había dado todas las clases desde que yo tenía siete años, sin faltar ni un solo día. Hasta me había llevado a casa después de clase un día que a mi padre se le había pinchado una rueda. Durante el trayecto, me había contado batallitas sobre la vez que había bailado en *El pájaro de fuego*, a los dieciocho, y me dijo que estaba tan nerviosa que se cayó de bruces durante la entrada triunfal.

—Lo siento —le dije con voz queda, casi un susurro, y los ojos llorosos.

Kira asintió con indiferencia y se puso el abrigo.

—No te pongas sentimental, querida. Recuerda que las bailarinas han de llevar a cabo lo que se les dice y hacerlo bonito. Vosotras queréis ser bailarinas, ¿verdad?

Asentí con la cabeza al instante y me enjugué las lágrimas, avergonzada por haber llorado, y por todo. Claro que quería ser bailarina. Lo necesitaba.

—Sí —dijo Colleen, a mi lado.

—Entonces tenéis que aceptar el papel que os den. —Kira levantó la barbilla mientras se abrochaba el abrigo—. *El cascanueces* es una gran tradición en el mundo del *ballet*. Tenéis la oportunidad de formar parte de ella, en papeles en los que el público os adora. Deberíais estar agradecidas.

Me erguí, imitando su postura. Tenía razón. Formaba parte de una gran tradición del *ballet*. En ese momento me propuse dos cosas: haría la danza del Té chino lo más bonita posible y no volvería a poner en duda mi papel.

No había vuelto a pensar demasiado en aquel día. Era como si Colleen y yo hubiésemos llegado a un acuerdo tácito de no hablar nuevamente de ello. Y entonces ocurrió el milagro y Kira nos dejó hacer los papeles principales, y para mí fue como una prueba de que sí que creía en nosotras, una prueba de que habíamos dejado atrás la horrible conversación del día del reparto, que se había borrado.

Pero ahora no podía dejar de pensar en las palabras de Kira durante aquel día. Varias preguntas incómodas se abrieron paso en mi mente y puse *Giselle* en pausa.

¿No se suponía que no nos había dado a Colleen y a mí los papeles principales porque Colleen tenía que suavizar los brazos y yo tenía que mejorar los *entrechats*? ¿O era que formaba parte de la tradición que nosotras fuéramos el Té chino y el Café árabe, y que Spencer y Juliet —y el resto de las Jodys— fueran el Hada de Azúcar y la Reina de las Flores?

También había algo más: Colleen volvía a ser Café árabe ese año; me lo había contado en un mensaje el octubre pasado. Colleen era una de las bailarinas más gráciles que había visto nunca. ¿Cómo era posible que aún le faltara trabajo a la hora de suavizar los movimientos de los brazos?

Antes de que me asaltaran las dudas, me vibró el móvil. Era Colleen.

Pruebas para el curso intensivo de verano del ABT: 18 de enero en Filadelfia. Mis padres me han dicho que puedo ir.

Se me cortó la respiración. Las preguntas pasaron a un segundo plano y solo pude concentrarme en tres letras. ABT: American Ballet Theatre. La compañía de sus sueños. La compañía de mis sueños. Se me nubló la vista conforme iban llegando más mensajes:

Mi padre me ha dicho que lo pusiera en Google Calendar para recordarlo. Le dije que justo esa fecha la recordaría. Se ha tirado media hora sermoneándome sobre la *app* del calendario. En fin.

Te echo de menos, Ali.

Si a Colleen le iba bien en la prueba del ABT dentro de dos meses, entraría en el curso intensivo de verano. Si le iba bien en el curso, puede que la invitaran a quedarse en la escuela durante todo el año. Y quizás entrara en la compañía en un par de años.

Volví a leer los mensajes y oí la voz de Colleen en la cabeza, pero sonaba lejana. Como si ya estuviera en Nueva York. Olvidándose de mí.

Volví a reproducir *Giselle,* subí el volumen y dejé que los violines lo ahogaran todo.

Capítulo ocho

El martes, después de clases, era el primer ensayo de *Cantando bajo la lluvia*. La noche anterior me había costado dormirme incluso más de lo normal, así que para la última hora ya estaba agotada. Cuando entré en la sala de estudio, me puse a ensayar mentalmente mi discursito de: «Lo siento, Margot, pero voy a dejar el musical». Era una ridiculez. Además, desde que me había presentado a la audición me habían dado más ataques de nervios que en los dos últimos meses juntos. Era evidente que no estaba preparada para estar en ningún sitio que no fuera mi cuarto, bajo las sábanas.

Jugueteé con las mangas del jersey mientras me sentaba en mi sitio habitual, en la última fila. No sabía por qué me ponía tan nerviosa la idea de contárselo. Sí, había sido ella la que me había animado a apuntarme al musical y me había ayudado a elegir una canción para la audición, pero tenía a Ethan, a Jude y a todos los demás que la habían vitoreado en la fiesta. El musical era su remanso de felicidad. Y lo único que iba a hacer yo era cargármelo.

Pocos segundos después, Margot entró dando zancadas y dejó sus cosas en el pupitre junto al mío: una botella de agua de un color rojo intenso y una mochila verde militar con las palabras SI PUEDES LEER ESTO, NO TE PEGUES TANTO, COÑO garabateadas con un rotulador permanente. Nada de eso pegaba lo más mínimo con el jersey drapeado de un tono naranja quemado que llevaba y con el pelo turquesa, pero de algún modo siempre conseguía que sus conjuntos tuvieran sentido.

—Estás viva —me dijo.

Me había quedado dormida y me había saltado la tutoría, así que era la primera vez que la veía desde que me había escapado de la fiesta.

—Sí, ya me encuentro mejor.

—Me alegro —respondió mientras se sentaba y me miraba de reojo.

Respiré hondo.

—Bueno…

—No te perdiste de mucho —dijo Margot al mismo tiempo—. Aunque te eché de menos entre todos esos desconocidos.

—¿Desconocidos? Si todos te adoran.

Se señaló a sí misma.

—¿Adorarme? ¿A mí?

—¡Te estaban vitoreando durante el baile ese de *Rocky Horror*!

Margot miró hacia la mesa del profesor antes de responder. El señor Dale siempre nos dejaba hablar durante la hora de estudio, pero de vez en cuando se metía en las conversaciones de los alumnos y fingía que nos comprendía. En ese instante parecía bastante interesado en el monólogo que Teddy Hansen le estaba soltando a Pauline Caffrey sobre las películas de Hitchcock, así que Margot siguió hablando.

—A ver, animar a alguien y adorarle son cosas diferentes. Me respetan, supongo. Pero muchos de ellos no son amigos cercanos.

—¿Por qué no? —le pregunté.

Margot había participado en el musical todos los años desde que había llegado al instituto, y la noche anterior parecía haber estado en su salsa. Pero, al pensar en ello, me di cuenta de que, en las primeras pruebas de la audición, en la segunda fase y en la fiesta, solo había hablado conmigo, con Ethan y con Jude.

—Es que... —Margot se enrolló las puntas de un mechón de pelo en un dedo—. Antes solía juntarme con otra gente.

—¿Con qué gente? Espera, ¿con el grupito de fans de Hitchcock?

Teddy seguía incordiando a la pobre Pauline. Era difícil ignorarlo.

Margot rio por la nariz.

—Me encanta que no tengas ni idea de nada. O sea, que no sepas nada de la gente del instituto. Pero supongo que en algún momento tenía que salir a la luz. Antes era amiga de Izzy Kramer.

La verdad es que sí sabía quién era Izzy Kramer. Era difícil no conocerla, teniendo en cuenta que habían pegado carteles con su cara en todas las vitrinas de trofeos del instituto, como «princesa» del baile de comienzo del curso y capitana del equipo de voleibol campeón estatal.

La semana anterior, de camino a Trigonometría, había caminado detrás de Izzy y el grupo de chicas con las que siempre se juntaba. Izzy se había vuelto hacia una de ellas y le había dicho: «Olivia, hueles a salchichas de Frankfurt. Échate para allá». Así, sin más. Las otras chicas soltaron una carcajada. No podía imaginarme a Margot siendo amiga de ella. A Margot se le daba genial lanzarles insultos ingeniosos a los imbéciles, pero no iba por ahí siendo cruel con gente inocente.

—No teníamos nada en común —añadió Margot—. Era solo que vivíamos en el mismo barrio. De todos modos, Izzy y las demás eran un grupo muy cerrado, eran unas criticonas, mala gente, y al final me harté. A Ethan lo conocía desde que era pequeña y me caía mucho mejor. Así que, en el primer año de instituto, me convenció para hacer una prueba para el musical. Y poco después me excomulgaron de la Isla de las Chicas Guais.

—¿Te dejaron de lado porque ibas a participar en el musical?

—Bueno, no... Hubo un incidente. —Le hice un gesto para que siguiera contándome y Margot soltó un suspiro muy largo—. El año pasado, se suponía que el novio de Izzy, R. J., que es un estúpido, tenía que pedirle que la acompañara al baile de invierno con una proposición elaboradísima, en Galleria, la pista de patinaje sobre hielo. Izzy se había derramado un frappuccino de fresa en el jersey y me pidió que fuera a su casa a buscarle uno limpio. Ya estaba enfadada conmigo por alguna tontería, así que, cuando le dije que no, me dijo que era una zorra, y yo le dije que era una mierda de persona, y la cosa acabó con una bronca tremenda.

—Hostias...

Sí que sonaba a una buena pelea.

—Desde entonces no hemos vuelto a hablar.

—¿Y lo llevas bien? —le pregunté.

—Claro. —Margot se reclinó en la silla—. Porque *yo* solo soy borde con la gente que se lo merece. Como con... —Miró al señor Dale y vio que para entonces ya estaba centrado en otra conversación, en el otro extremo del aula. Luego le dio una patada a la silla de Teddy—. Chico, para ya. Pauline quiere leer su libro tranquilita, no escuchar tus desvaríos sobre cine.

Y era verdad. Pauline tenía el dedo puesto en la parte del libro donde había dejado de leer y bajaba los ojos cada dos por tres, pero al final acababa volviendo a mirar a Teddy por cortesía, con una sonrisa mecánica y asintiendo con la cabeza.

Teddy fulminó a Margot con la mirada.

—A nadie le importa tu opinión, Margot.

Aun así, se encorvó sobre su escritorio y dejó que Pauline leyera en paz.

Cuando terminé de reírme en silencio, noté por su expresión que Margot estaba dándole vueltas a algo.

—Ethan me dice que sea más maja, incluso con los idiotas. Dice que no debería entrometerme siempre en todo. Que eso hace que a los demás, como por ejemplo a la gente del musical, les dé miedo abrirse conmigo.

Recordé a Josie contándome aquello de que Margot había hecho que Paul Manley tuviera complejo de pene, y por entonces Josie ni siquiera estaba en Eagle View. Las historias sobre la genialidad de Margot llegaban hasta los rincones más remotos, pero lo más probable era que también asustaran un poco a la gente. Pauline le había dedicado una sonrisa rápida de agradecimiento, pero había bajado los ojos con la misma rapidez, como si no quisiera asociarse demasiado con ella.

—Bueno, a mí no me asustas.

Margot sonrió y se miró las manos.

—Ya… Por eso me alegro de que seamos amigas. Ethan y Jude son muy guais, pero tienen su propio grupo con gente de su curso. Además, no he tenido ninguna amiga desde todo el lío con Izzy, y ha sido un poco duro. —Me miró—. Llevaba un tiempo queriendo decírtelo: gracias por participar en el musical conmigo. Significa mucho para mí.

Parpadeé. Si había alguien más escuchando nuestra conversación, tendría pruebas irrefutables de que, bajo la imagen de malota de Margot Kilburn-Correa, había otra capa, una de alguien que se podía sentir sola e insegura. Que de vez en cuando necesitaba cosas de la gente.

Como que yo participara en el musical con ella.

Mierda.

Todo el elenco, desde los veteranos de último curso hasta los pocos novatos que habían conseguido un papel, se acomodó en las butacas granates del salón de actos con partituras recién impresas.

—Hoy vamos a cantar todas las canciones —anunció la señora Sorenson—. Tenemos que sumergirnos en el mundo de *Cantando bajo la lluvia*.

Ah, pues genial.

Al menos Margot había elegido un asiento en una esquina del fondo, fuera del campo visual de la señora Sorenson y cerca de una puerta, por si necesitaba salir pitando sin que me vieran.

Jude y Ethan empezaron con un número de vodevil a la antigua llamado «Fit as a Fiddle». A pesar de que la canción era la cosa más cursi del universo y de que Jude llevaba una camiseta más cursi aún —ponía ESTOY HECHO UN LÍO encima de un ovillo de lana—, lo hizo muy bien.

Cuando terminaron, la sala estalló en aplausos y silbidos. Ethan y Jude hicieron unas cuantas reverencias con mucho dramatismo hasta que la señora Sorenson sacó a Ethan del escenario para poder pasar al solo de Jude, «You Sepped Out of a Dream». Cuando Jude empezó a cantar, le cambió la expresión. Se le veía la concentración en la mirada, tenía las mejillas sonrojadas, y los labios…

—Apuesto a que ahora no quieres hacerle un corte de manga —susurró Margot.

—¿Qué? ¿A qué viene eso? —le susurré.

Margot me miró con los ojos entrecerrados. Luego hizo un gesto hacia Jude.

—Pues a que… Míralo. —Y eso hice: me fijé en su expresión seria, en la broma de su camiseta—. Sería como hacerle un corte de manga a una cría de nutria —dijo Margot, riéndose de sus propias palabras.

—Ah. Pensaba que te referías a… Da igual.

—¿Qué?

—Nada. Es igual.

Margot arqueó las cejas.

—Vaaale.

Me pasé el resto del solo de Jude y las siguientes canciones estudiando la partitura como si fuera a encontrar allí los secretos del universo. No quería levantar la vista y volver a fijarme en los labios de Jude.

—Esto va a estar interesante —dijo Margot.

Harrison se dirigía al piano para su solo, «Beautiful Girl». Ya estaba colorado como un tomate.

La señora Sorenson tocó los primeros acordes y Harrison balbuceó los primeros versos de una canción que cruzaba la línea de lo cursi y pasaba directamente a lo bochornoso. Parecía que estaba sufriendo. Yo habría estado igual si hubiera tenido que cantar una canción de amor tan humillante en público.

Si la hubieran cantado Ethan o Jude, le habrían dado más vidilla y habrían interactuado con el público. Seguro que le habrían lanzado algunos guiños y habrían puesto los dedos en forma de pistola. A pesar de que Harrison había acabado dándolo todo en la fiesta de la noche anterior, era evidente que no se sentía del todo cómodo en el escenario.

Pero entonces Ethan empezó a chasquear los dedos al ritmo de la canción, y mientras tanto iba moviendo la cabeza de un lado a otro. Varias personas más comenzaron a imitarlo, chasqueando los dedos y balanceándose. El ambiente de la sala se relajó y Harrison debió notarlo, porque por fin esbozó una sonrisa. Las últimas estrofas no fueron tan dolorosas de presenciar y Harrison volvió a su asiento sonriendo, aún ruborizado.

De repente recordé la clase de Lengua, cuando Ethan me había pasado aquella nota. Se le daba bien hacer que la gente se sintiera menos sola, al menos durante un rato.

Después de que Harrison se sentara, cuando Diya subió al escenario a hacer su solo, el ambiente del salón de actos cambió de inmediato. Mientras dejaba escapar un torrente de voz cristalina, todos empezaron a encorvarse, a susurrar o a mirar el móvil.

Vaya. Debía de haberle hecho algo espantoso a Jude. Lo miré para ver si podía intuir algo, pero solo le veía la nuca. Cuando Diya empezó a cantar la última nota de maravilla, se me fueron los ojos automáticamente hacia ella.

—Robozorra —soltó un chico fingiendo que tosía un par de asientos más allá, y todos los que nos rodeaban se rieron con disimulo.

Miré al chico. No lo reconocí, pero estaba sentado junto a Laurel, que se estaba sacudiendo por la risa. Para mi sorpresa, Diya siguió manteniendo la nota sin inmutarse.

Terminó con una floritura y le ofreció una sonrisa a la señora Sorenson, que asintió orgullosa.

—Cinco minutos de descanso —anunció la señora Sorenson.

Diya salió del salón de actos con una sonrisa de satisfacción en la cara.

—¿Quién es ese? —Señalé al que había fingido toser mientras todos los demás se levantaban para buscar algo de comer.

—Noah Parker —contestó Margot.

Ah, de modo que era el otro chico al que Josie quería en su coreografía.

—¿Es amigo de Jude?

—Mmm, no creo que se conozcan mucho. ¿Por?

—Es que pensaba... O sea, como dijiste...

Quería decir que me parecía raro que la gente que no conocía a Jude siguiera enfadada con su ex de hacía dos años, pero no sabía cómo decirlo sin que sonara extraño. O como una acusación. O como si estuviera demasiado interesada en el historial amoroso de Jude. Así que abandoné el tema.

Dejé que mi mente divagara durante el resto del descanso. Y durante las siguientes canciones, el sueño comenzó a apoderarse de mí. Lo de quedarme después de clase me estaba quitando horas de siesta.

Apenas podía mantener los ojos abiertos cuando Jude subió a cantar «Singin' in the Rain». Mientras cantaba con esa voz clara y se mecía al ritmo de la música, me di cuenta de que me estaba balanceando con él. Se me acabaron cerrando los párpados por completo y me quedé dormida... Y estaba en los brazos de Jude, bailando por las calles de nuestro barrio.

Mientras Jude cantaba sobre la lluvia y sobre volver a ser feliz, me hizo girar bajo su brazo y se inclinó hacia mí hasta rozarme los labios. Abrí los ojos sobresaltada y me encontré de nuevo en el salón de actos.

—Buenos días —me dijo Margot con una sonrisa.

—Uf... —Me froté los ojos y me enderecé, con la esperanza de que mi expresión no hubiera delatado nada sobre el sueño tan empalagoso que acababa de tener. Tampoco era que significara nada. Abrí mucho los ojos y me obligué a mantenerme despierta.

Cuando llegó el momento de la última canción, ya estaba deseando irme a casa. Llevaba todo el día evitando pensar en Colleen y en el ABT, pero el pensamiento iba reptando por los bordes de mi mente, cada vez con más insistencia, y me empezaba a sentir como una envidiosa y, a la vez, como la peor persona del mundo por no responder, por no desearle suerte, porque sabía lo importante que era para ella.

La señora Sorenson terminó el ensayo dándonos una charla para motivarnos y decirnos que teníamos que esforzarnos mucho durante los próximos cuatro meses para crear un espectáculo «fantabuloso».

Ay, señor. Cuatro meses oyendo la palabra *fantabuloso*.

Mientras todos recogían sus cosas, miré el horario de las dos semanas siguientes, que estaba colgado en la puerta del salón de actos. Tenía ensayos después de clase los miércoles y los viernes. Esos días, las bailarinas y Harrison aprenderían la coreografía de «Beautiful Girl».

Todavía no ponía nada sobre el baile de la Mujer Fatal. Empecé a imaginarme una vez más cómo sería bailar con Jude. Cómo me sentiría si me levantara por los aires, agarrándome por la cintura.

—Nada como el primer ensayo de la temporada —dijo Jude a mi espalda.

Me sobresalté y se me pasó por la cabeza durante un instante la ridícula idea de que Jude podía saber lo que estaba pensando. Traté de ser racional y me dije que no, que no podía.

Jude le echó un vistazo al horario y se apuntó en el móvil la hora de sus ensayos; los tenía casi todos los días.

—Ah, por cierto —me dijo mientras se guardaba el teléfono en el bolsillo trasero—, ¿te importaría llevarme a casa? Mi madre necesitaba el coche hoy y me ha traído ella.

—Claro —dije, intentando recomponerme—. ¿Dónde decías que vivías?

—Ja, ja.

Salimos del salón de actos, atravesamos el pasillo y pasamos por delante de las taquillas de los estudiantes de primero que había a ambos lados del vestíbulo. Acababa de salir un montón de gente de varios clubes, así que tuvimos que hacer zigzag entre unos cuantos grupos de estudiantes de los que se apuntaban a todo, entre ellos Josie y algunos amigos suyos. Sentí que me miraba al pasar, pero no levanté la vista. Todavía estaba enfadada con ella por lo que me había dicho la noche anterior.

Jude redujo la velocidad y miró hacia atrás.

—¿Esperamos a tu hermana?

—No, Josie va en el autobús del instituto —murmuré.

Jude ladeó la cabeza, confundido.

—Su amiga Fiona tiene que ir en bus, así que ella la acompaña. Por solidaridad y tal —le expliqué; no quería que pensara que era un monstruo con mi hermana.

—Vaya, elegir ir en el autobús del instituto cuando no tendrías por qué —dijo Jude, impresionado—. Se merece algún tipo de premio a la mejor amiga o algo de eso.

—Mmm —dije por toda respuesta, todavía dándole vueltas: si Josie era tan buena amiga, ¿por qué se portaba como una imbécil conmigo últimamente?

Es cierto que nunca habíamos sido el tipo de hermanas que son superamigas. Desde que empezamos a ir a escuelas de baile diferentes, nos habíamos ido distanciando, al igual que nuestras vidas; las dos nos habíamos centrado en nuestros propios intereses. Pero era innegable que las cosas habían empeorado después de que me lesioné. Sabía que no había sido la compañía más agradable del mundo, pero a veces Josie era insoportable.

Aceleré el paso; necesitaba salir de allí. Estábamos casi en las puertas que daban al aparcamiento, pero entonces Jude se dio la vuelta.

—¡Josie Keeler! —gritó llevándose las manos alrededor de la boca—. ¡Mis más sinceros respetos por tu épica muestra de lealtad a los que van en bus!

Josie y sus amigas se echaron a reír y le lanzaron miraditas a Jude mientras cuchicheaban entre ellas.

—Oye, queda un asiento libre en el autobús, si quieres unirte a ellas —le espeté, abriendo la puerta de un empujón.

—Ya voy —me dijo con una sonrisa exasperante.

Capítulo nueve

Nos azotó una llovizna fría de camino al coche. Aceleré la marcha, tratando de ignorar la ligera cojera con la que tenía que andar. Se me quedaba la pierna mucho más agarrotada en los días fríos y húmedos. Y eso me ponía aún más gruñona de lo que ya era.

En cuanto salimos del aparcamiento en el coche, Jude toqueteó los botones hasta que encontró la emisora de Broadway en la radio.

—Ay, señor —le solté, mirándolo con incredulidad—. Pero si acabamos de pasar dos horas cantando canciones de musicales. ¿No estás harto?

—Es la temporada del musical, Alina. Tienes que emparte de musicales. —Empezó a sonar una nueva canción con un ritmo animado y Jude se puso a cantar. Me miró—. La conoces, ¿no?

—No.

—¡Es de *Cabaret*! ¡Es Liza! —exclamó, alzando las manos.

—El viaje hasta casa te va a resultar bastante frustrante si esperas que me sepa alguna de estas canciones —le dije mientras miraba por encima del hombro para cambiar de carril.

—Mmm. Interesante. —Me miró con los ojos entrecerrados—. Muuuy interesante.

Puse los ojos en blanco al ver que no explicaba a qué se refería.

—¿Qué?

—Te metiste conmigo porque no me preocupé lo suficiente por conseguir el papel protagonista en el musical y, sin embargo, parece que los musicales ni te van ni te vienen. Bueno, en realidad casi parece que los odias.

Me encogí de hombros.

—Porque el musical es lo que te apasiona. Debería importarte el papel que consigas. A mí el musical me da un poco igual. Y sí, sé que formo parte de él, pero, aun así, no me importa demasiado.

—Mmm. —Jude seguía con los ojos entrecerrados—. Supongo que sí es lo que me apasiona. Aunque me apasionan muchas cosas.

—Ya, lo recuerdo. —Las camas elásticas, los baños, los libros de misterio, el té verde y tejer—. ¿Hay algo que no te apasione?

Jude miró por la ventana mojada por la lluvia.

—Ordeñar cabras.

Aunque traté de evitarlo, sonreí.

—Ah, ¿y eso?

—Pues es que fui a una feria agrícola cuando tenía ocho años y ordeñé una cabra. Me dieron una banda y todo. Pero, aunque la banda estaba guay, supe que ordeñar cabras no era lo mío.

—Vaya, qué delicado.

Se rio.

—Oye, pero, volviendo al musical un segundo, ¿te ha gustado al menos alguna de las canciones que hemos cantado hoy?

Me volvió a la mente la canción de Jude y el sueño cursi en el que bailaba con él, dando vueltas bajo su brazo…

El sueño cursi que no significa nada, me recordé.

—La verdad es que no —contesté.

Estuvimos callados durante un rato. Cada vez que sonaba una canción nueva, Jude señalaba la radio y alzaba las cejas, preguntándome sin palabras si la conocía. Yo negaba con la cabeza y él dejaba escapar un suspiro dramático.

—¿Por qué te metes por aquí? —me preguntó cuando giré para adentrarme en un barrio pequeñito en lugar de continuar por la carretera principal.

—Es un atajo.

—¿En serio?

—Por aquí se tarda dos minutos menos que si seguimos recto. Tres, a veces.

—Guaaau —dijo despacio—. Sobre Broadway no tendrás ni idea, pero la carretera te la conoces al dedillo, Alina Keeler.

Dijo «la carretera» con una voz grave, como si estuviéramos en una película de cine negro.

Solté una carcajada, pero en cierto modo era verdad. Cuando por fin cumplí dieciséis años y medio en marzo y cambié el permiso por el carné, mis padres estuvieron tan contentos de no tener que acompañarme a clases de *ballet* todos los días que me dejaron usar el Honda siempre que lo necesitara. También me dejaban ir a recoger a Colleen, lo que nos venía genial. Vivía a unos quince minutos de casa y no estábamos en el mismo distrito escolar, así que recogerla con el coche significaba que podíamos pasar más tiempo juntas durante la semana, fuera de las clases y los ensayos. La primera vez que fui a buscarla, su padre se puso a estudiar mi carné de conducir y hasta sacó una lupa mientras nosotras poníamos los ojos en blanco por lo típico de padres que nos resultaba todo aquello. Pero, entre el horario de las clases de *ballet* de Colleen y todas las actividades a las que sus padres tenían que llevar a sus dos hermanos pequeños, en realidad sabía que estaban contentísimos de que la llevara yo.

Aunque aquello no duró mucho. Solo diez días. Cuando me rompí la pierna y perdí el *ballet*, también perdí la posibilidad de conducir, aunque entonces apenas reparé en ello. Me resultaba extraño volver a conducir —con una pierna que se me agarrotaba y me dolía cuando pisaba el freno demasiado tiempo—, sobre todo en días fríos y húmedos como aquel. Pero también me sentía bien tras el volante. Era algo que sí había podido recuperar, algo que podía controlar.

Al tomar la calle hacia nuestro barrio, los altavoces empezaron a emitir una melodía quejumbrosa y familiar que me sacó de mi trance.

—Esta sí me la sé —le dije a Jude, escudriñándome el cerebro—. ¿Es… «Memory», de *Cats*?

Esperé a que Jude me elogiara, pero enterró la cara entre las manos.

—No me digas que la única canción que te has sabido en todo el viaje ha sido «Memory», de *Cats*.

—¿Qué? —Llegué a casa y detuve el coche—. ¿Es peor eso que no conocer ninguna?

—Se podría decir que sí. —Jude se quitó el cinturón, pero se quedó allí sentado—. ¿Alguna vez te ha absorbido el agujero negro de YouTube?

—¿Te refieres a ver un vídeo y luego otro y otro y otro hasta que pierdes la noción del tiempo? Pues claro.

—Bueno. Como ahora somos vecinos y pareja de baile, creo que es mi deber enseñarte un agujero muy especial.

Resoplé.

—Eso suena regular.

—Qué malpensada eres, Keeler. —Abrió la puerta del copiloto. Cuando me quedé mirándolo, hizo un gesto exagerado con el brazo—. Vamos, creo que este tipo de agujero te gustará.

—Puaj, no vuelvas a decir eso.

Apagué el motor y lo seguí hasta la puerta de su casa, al otro lado de la calle, agachando la cabeza para protegerme de la llovizna.

Mientras Jude sacaba las llaves, le envié un mensaje a mis padres para decirles que iba a pasar un rato en casa de Jude. Mi padre me envió diez *emojis* de pulgares arriba. Mi madre me escribió:

> ¡¡¡Perfecto!!! He visto un anuncio de que hay una sesión de bolos a medianoche en Sparkle Lanes este finde. ¡Deberíais ir!

Odiaba jugar a los bolos. Y normalmente tenía que estar en casa antes de las doce. Y recordaba que unos cuantos niños se habían intoxicado en la cafetería de esa bolera el año anterior. Sí que estaba desesperada mi madre por que tuviera vida social.

El interior de la casa de Jude me recordaba un poco a la nuestra. Estaba algo desordenada, pero era un desorden interesante. Tenían montones de suculentas en macetas dispares en todos los alféizares de las ventanas, había colchas de punto de muchos colores que cubrían el sofá y los sillones, y casi todas las superficies estaban repletas de libros de bolsillo.

En la cocina, la nevera estaba llena de fotos. Vi una de un Jude muy dormido, con los ojos entrecerrados y el pelo de pincho en todas las direcciones. Al lado había una de una mujer —su madre, supuse— con cara de haberse comido algo asqueroso. Todas las fotos eran así: imágenes muy poco favorecedoras de Jude o de su madre.

—Fue una broma que se nos acabó yendo de las manos —me explicó Jude cuando me vio observándolas—. Resulta que, si pones una foto graciosa de tu madre en la boda de tu tía Liddy en la nevera, un año después, pasa esto. Pero ninguno de los dos queremos rendirnos.

—Comprensible. Dile que, si necesita ayuda, estoy disponible para hacerte fotos durante los ensayos.

—Seguro que aceptaría tu oferta —contestó Jude mientras nos servía dos vasos de agua. Volvimos al salón y me senté a su lado en el sofá de cuero marrón mientras él se hacía con el portátil de la mesita—. Bueno, a ver, todo maratón de vídeos de Broadway que se precie empieza con una balada.

Tecleó algo en la barra de búsqueda y fue bajando por la página, dejando atrás varios vídeos. Me abracé a mí misma; tenía frío, a pesar de que llevaba puesto el polar. Sin apartar los ojos de la pantalla, Jude tiró de una manta burdeos que había en el brazo del sofá y la dejó caer sobre mi regazo.

—Gracias. —Pasé las yemas de los dedos por el dibujo, sencillo pero impecable—. ¿La has tejido tú?

—Claro que no —contestó Jude—. La he hecho a ganchillo.

Reprimí una carcajada y me envolví en la manta, y al instante entré en calor.

—Bueno, allá vamos.

Jude apoyó el portátil sobre una pila de libros en la mesita. Vimos a Jennifer Holliday cantar «And I Am Telling You I´m Not Going», de *Dreamgirls*, en los Premios Tony de 1982. Tuve que admitir que la fuerza y la desesperación de su voz, incluso en ese vídeo antiguo y granulado, eran extraordinarias. Después les echamos un vistazo a las opciones que nos sugería la barra lateral y vimos «Defying Gravity», de *Wicked*; un poco extravagante pero pegadiza. De ahí pasamos a «Maybe This Time», de *Cabaret*, y luego a «Not Getting Married Today», de *Company*.

«Not Getting Married Today» era una canción un poco abrumadora en la que una mujer cantaba cada vez más rápido sobre que no quería seguir adelante con su boda. La letra era ingeniosa y elaborada, y se entrelazaba con la música como si ambas tuvieran vida propia.

—¿Quién la escribió? —pregunté cuando terminó la canción.

—Stephen Sondheim. No me puedo creer que haya tenido el honor de presenciar tu primera canción de Sondheim.

Le pedí que me pusiera más de Sondheim, de modo que Jude eligió «Finishing the Hat», una canción de un musical que se llamaba *Sunday in the Park with George*.

Jude me contó que el musical trataba sobre el famoso pintor Georges Seurat. En el vídeo, George estaba sentado frente a un fondo pintado de un parque, con un cuaderno de dibujo en el regazo. Cantaba sobre una mujer que lo había dejado porque estaba demasiado centrado en la pintura, pero luego empezaba a cantar sobre su necesidad de pintar a la perfección el sombrero en el que estaba trabajando. La canción seguía así, pasando de un tema al otro, y al final parecía olvidarse de la mujer porque había pintado el sombrero a la perfección.

—Guau. —Me recosté en el sofá, dándome cuenta de que me había ido pegando cada vez más a la pantalla—. Qué canción tan…

Hice una pausa para encontrar la palabra adecuada.

—¿Trágica? —intervino Jude—. Desde luego.

Me quedé con la boca abierta.

—Iba a decir «inspiradora».

—¿Inspiradora? Pero si básicamente dice que nunca va a poder estar con la mujer a la que ama porque siempre está obsesionado con el trabajo.

—Obsesionado con el arte —le corregí. Jude me miró como si no entendiera la diferencia—. No es solo un trabajo. La pintura forma parte de él. Creo que es inspirador que sepa que siempre va a crear arte, sin importar quién esté o no en su vida.

—Pero… —Jude cambió de posición en el sofá para mirarme de frente—. ¿No significa eso que también está un poco… apartado de los demás por culpa del arte? ¿Crees que es una buena forma de vivir?

—¿Y por qué no? —dije en una voz bastante alta; no me podía creer que me estuviera alterando tanto por una canción de Broadway.

—Porque se está alejando del resto del mundo —contestó Jude.

Negué con la cabeza.

—Se aleja del mundo para poder verlo con más claridad, para plasmarlo en un lienzo. —Saqué la mano de debajo de la manta y señalé a George, congelado en la pantalla del ordenador—. Es como si pintara para extraer algo bello de toda la fealdad del mundo. Y, cuando la gente ve sus cuadros, percibe esa belleza. Se concentra en ella y deja de preocuparse por la fealdad durante un momento.

—Y eso está bien, pero… —Jude se pasó una mano por el pelo, reflexionando—. ¿Merece la pena renunciar a cosas reales, como las relaciones con otras personas? Quiero decir: ¿qué es más importante, la gente o el arte?

—A ver, la gente y las relaciones son importantes, claro. Pero el arte también es real. El arte puede hacerte sentir vivo y comprendido y como si todo fuera posible. Y eso es algo que la gente no siempre puede hacer. —Se me vinieron a la mente Jake y Paul. Y el médico que había hecho ese juego de palabras tan estúpido tras preguntarle cuándo podría volver a bailar—. A veces la gente puede hacerte sentir lo contrario.

Los dos estábamos hablando muy alto, con las mejillas un poco coloradas. No estaba acostumbrada a debatir. En clase de *ballet* no se debía debatir. La norma principal era escuchar a la profesora y obedecer. Pero discrepar era divertido. Y, a juzgar por la sonrisa que se le iba dibujando poco a poco en el rostro a Jude, creo que al menos en eso estaba de acuerdo conmigo.

—Creo que acabamos de tener nuestra primera discusión filosófica —me dijo.

—Un paso muy importante en cualquier relación de vecinos y pareja de baile —añadí.

Jude ladeó la cabeza, como si me estuviera analizando desde un nuevo ángulo.

—En realidad tiene sentido que interpretes la canción de esa manera. Eres artista. Eres George.

Pero no lo era, y no lo había recordado hasta ese instante. De alguna manera, mientras escuchaba la canción, me habían invadido las sensaciones que siempre experimentaba cuando veía u oía una buena obra de arte: un *pas de deux*, una variación o una sinfonía. Me sentía llena, eufórica, como si el mundo estuviera repleto de cosas maravillosas: alegría y amor y el tipo de belleza que te puedes comer y guardar en tu interior.

Había olvidado que *yo* ya no podía crear esas cosas. Que nunca terminaría mi sombrero. Respiré hondo, recordándome que ese no era el momento ni el lugar para hundirme del todo.

Recogí la mochila.

—Creo que me debería ir yendo. Gracias por…

—Lo siento. No quería sacar el tema de… —Jude se detuvo, observándome con atención.

—No pasa nada.

Me levanté y dejé la manta burdeos hecha un montoncito en el sofá.

Jude me siguió hasta la puerta.

—Sigues siendo artista. Lo sabes, ¿verdad? Sigues siendo bailarina. Y una muy buena.

—Y una mierda —escupí antes de lograr contenerme. La palabra quedó flotando, amarga y desagradable, entre nosotros.

El modo en que me había visto bailar Jude distaba mucho de cómo solía bailar antes. Quería gritárselo, pero ¿para qué? Cualquiera que pensara que era tan sencillo, que bailar en un musical era lo mismo que bailar *ballet*, no lo podría entender jamás.

Metí la mano en la mochila y saqué las llaves antes de recordar que ya había dejado el coche en casa. Intenté volverlas a meter en la mochila, pero se me cayeron al suelo con un ruido seco.

—Ya las recojo yo —dijo Jude en voz baja. Se arrodilló delante de mí y enganchó el dedo en el llavero. Esperé a que se levantara, pero no lo hizo—. Sé que algunas personas dicen cosas agradables solo para quedar bien —añadió, mirándome el tobillo—. Pero yo no. Yo te lo decía en serio.

Sonaba sincero. Y un poco dolido.

Pero qué más me daba eso. No era justo que él pudiera creer en cosas bonitas y yo no. Sentí la ira agitándose en mi interior, amenazando con explotar. ¿Que decía *en serio* que seguía siendo bailarina? ¿Y qué sabía él exactamente? No tenía ni idea de nada.

Jude no sabía que en julio —una semana antes del curso intensivo de verano del ABT— había sacado un par de puntas cuando no había nadie en casa. Había sentido el satén rosa suave en las yemas de los dedos. El alma se me había doblado en cuanto había hecho un poco de presión. La caja seguía firme. Estaban perfectas. Muy usadas, pero todavía valían.

Al deslizar los pies por el elástico y enrollarme las cintas alrededor de los tobillos, me había invadido una sensación de poder. Me había estado limpiando a diario los clavos que me sobresalían de los huesos para que no se me infectaran. Me había inyectado anticoagulantes. Hacía todos los ejercicios que me había mandado Birdie. Había hecho todo lo que se suponía que tenía que hacer, todo para poder volver a subirme a las puntas.

Y ese día fui al sótano, separé de la pared la tabla de madera contrachapada con la que practicaba y la dejé con cuidado en el suelo. Me puse de puntillas con el pie izquierdo; me tambaleé por la falta de costumbre, pero conseguí mantener un buen equilibrio tras unos cuantos intentos. Inspiré hondo y pasé con cuidado el peso a la pierna derecha.

El dolor que sentí fue inhumano. Como si una garra de metal afilada me raspara los huesos. Me caí al suelo debido a la conmoción y aterricé de golpe sobre la rodilla izquierda.

Volví a intentarlo. Otro estallido de dolor metálico. Otra caída. Otra vez. Y otra. Y otra. Hasta que se me quedaron las rodillas en carne viva y la cara cubierta de sudor, mocos y lágrimas. No fue el dolor lo que me hizo llorar. Fueron las palabras del médico, meses atrás, en el hospital. Las que me habían parecido tan imposibles.

«Cuando se rompe un hueso de ese modo, no es tan fácil que se recupere. Y, aunque logre recuperarse, no volverá a ser nunca lo que era».

Fue entonces cuando supe, con absoluta certeza, que la magia extraña y hermosa del *ballet* había desaparecido para siempre.

Tardé un segundo en darme cuenta de que Jude seguía arrodillado frente a mí, mirándome el tobillo.

—¿Te sigue doliendo? —me preguntó casi susurrando.

Sí, me dolía todo. Me dolía por todas partes. Abrí la boca para gritárselo a Jude, pero, antes de que pudiera tomar aire siquiera, la ira se esfumó y sentí un nuevo impulso. Quería contarle lo de aquella noche, en el sótano. Pero no me salían las palabras. En cambio, me agaché, me agarré el dobladillo de los vaqueros y me lo levanté para revelarle las cicatrices.

La de la parte externa de la pierna era la más impresionante. Medía unos veinte centímetros y estaba rodeada de puntitos que habían dejado las grapas que habían mantenido la piel unida. La de la parte de delante era enana en comparación; eran solo unos diez centímetros de piel levantada e irregular.

Las dos últimas eran hendiduras en la espinilla, donde me habían metido los clavos de metal del fijador externo para unirlo a los huesos.

A Jude se le abrieron mucho los ojos conforme lo asimilaba todo. Luego volvió a adoptar una expresión amable, como de costumbre, y por fin me miró de nuevo.

Sentí que se me encendían las mejillas. Nadie, aparte de mi familia, Birdie y los médicos, me había visto las cicatrices. Y se las había enseñado a Jude. A *Jude*.

Me agaché para tapármelas de nuevo, pero Jude ya había llevado las manos a mis vaqueros. Me remangó el pantalón hasta el tobillo despacio, con cuidado. Solo me rozó la pantorrilla con las yemas de los dedos una única vez, pero, al hacerlo, un escalofrío me recorrió el cuerpo.

Al final se levantó.

—Sí que me duele, y mucho —dije a toda velocidad. Porque quizá, si respondía a su pregunta como una persona normal, se olvidaría de que le había enseñado mis cicatrices—. Y se me queda la pierna agarrotada, sobre todo con el frío. A veces es difícil calentarla y relajarla. Tiene, eh… metal dentro. Acero inoxidable.

Ay, madre. ¿Por qué había hecho eso? ¿Por qué se la había enseñado?

—Como Lobezno —dijo.

—Tengo… ¿Qué?

—¿No sabes quién es Lobezno?

Jude me ofreció una sonrisa débil. Podía ver todos los tonos de marrón de sus ojos. Estábamos casi pegados.

En cuanto lo pensé, dio un pasito atrás. Jugueteó con la cremallera de la sudadera.

—Ya nos haremos otro maratón de vídeos de YouTube, y la próxima vez de superhéroes —dijo.

Sentí un cosquilleo confuso en el estómago al oírlo decir «la próxima vez».

—Y, oye… —Me abrió la puerta—. Seguro que todo eso ha sido… superdoloroso. —Me señaló la pierna con la cabeza—. Y te juro que no voy a decir nada más al respecto después de esto, pero las cicatrices y el acero no son los que deciden si eres bailarina o no.

Esa vez me tragué las palabrotas. Había sido sincero conmigo, así que yo también lo sería con él.

—Sí que lo son. En mi caso, sí.

Me colgué la mochila al hombro y me fui.

Capítulo diez

Al día siguiente, cuando entré en el salón de actos para ensayar, busqué a Jude con la mirada, sin saber del todo si quería verlo o no.

No había ni rastro de él. Relajé los hombros y decidí que iba a evitarlo durante un tiempo. Estaba claro que no podía confiar en que no hiciera el ridículo cuando estaba con él. Y, teniendo en cuenta que le había hecho un corte de manga y le había enseñado las cicatrices de la pierna en cuestión de una semana, estaba convencida de que a él también le vendría bien alejarse de mí durante un tiempo.

Entonces busqué a Margot, pero, claro, a ella tampoco la iba a encontrar por allí ese día. Nos tocaba aprender la coreografía de «Beautiful Girl», en la que las bailarinas hacían un espectáculo de cabaret mientras Harrison cantaba una canción que nos cosificaba. No me había parado a pensar que, como Margot tenía un papel protagonista, no estaría conmigo durante los ensayos del cuerpo de baile. Mierda.

—¡Todas en semicírculo alrededor de Harrison! ¡Vamos! —gritó la señora Langford con esa voz grave que tenía mientras un grupo de chicas vestidas con trajes de baile de colores rodeaban a Harrison, que permanecía rígido en el centro.

—¡Los primeros ocho tiempos! —chilló la señora Langford, y procedió a enseñarnos los pasos.

Me gustó ver que pasaba con rapidez de uno a otro. Era una coreografía sencilla pero fluida, de modo que cada movimiento llevaba al siguiente.

—¡Uno, dos, tres, cuatro y posad! —dijo la señora Langford después de que lo hubiéramos repasado todo con música por primera vez. El eco de montones de quejas inundó el salón de actos porque la mayoría de la gente aún no se había aprendido los pasos—. Ya os saldrá —añadió, pasándose las manos por los rizos anaranjados, aunque solo consiguió encresparse aún más el pelo—. Chicas, os podéis tomar un descanso breve. Lo repasaremos una vez más en cinco minutos. Harrison, quédate para que podamos mejorar los movimientos de los pies.

Mientras la mayor parte de las bailarinas salía en estampida del escenario, yo me quedé allí parada, estirando las pantorrillas. Por supuesto, estaba mirando hacia las puertas del salón de actos cuando Jude entró, seguido de Ethan, Diya y Celia Breed, una chica de su curso con una melena rubia que iba rebotando tras ella. Diya se separó del grupo de inmediato y dejó las cosas en la esquina delantera del salón de actos, mientras los demás se pusieron por atrás, charlando y haciendo bromas. Aparté la mirada antes de que Jude me viera, con el corazón latiéndome a toda velocidad.

—Oye. —Alguien me dio un golpecito en el codo y me sobresalté. Era una chica de un curso inferior al mío con la piel pálida y pecosa y el pelo oscuro recogido en una coleta alta. Llevaba el pintalabios rosa más brillante que había visto jamás. A su lado había una chica rubia con una capucha con orejas de gato—. Ay, perdona —me dijo la chica del pintalabios, dando un paso atrás—. Nos preguntábamos si podrías enseñarnos a hacer el movimiento ese en el que tenemos que dar un pasito e inclinarnos.

—¿El *tombé pas de bourrée*?

—Eh... Sí. —Sonrió—. Eso.

Les mostré cómo hacerlo despacio, deteniéndome en cada parte. La zancada, el *pas de bourrée* de tres pasos con brazos fluidos y la pose final, con el brazo estirado hacia arriba en quinta posición mientras mirábamos al público. No paraban de reírse de sus brazos.

—¡Me siento como si estuviera aleteando! —dijo la chica de las orejas de gato.

—Intenta relajarlos primero —le sugerí, y le agarré el antebrazo y tiré con delicadeza de él hacia arriba y hacia abajo, como solía hacer Kira—. Y luego mantén el codo alineado con la muñeca. Así no te parecerá que aleteas tanto.

Se echó a reír y volví a hacerles una demostración.

La chica del pintalabios dejó escapar un suspiro.

—En serio, ¿cómo queda tan bonito cuando lo haces tú y, cuando lo hago yo, es como…? —Agitó los brazos como el pájaro menos agraciado del mundo mientras graznaba tan fuerte que varias personas se giraron hacia nosotras.

Incluido Jude. Volví a bajar la vista.

—Shhh —le dijo la de las orejas de gato—. Por eso no quiere Harrison que conozcas a sus amigos.

Todos miramos a Harrison, que tenía el ceño fruncido por la concentración mientras miraba a la señora Langford, que le estaba enseñando los pasos por enésima vez.

—¿Estás saliendo con Harrison? —le pregunté a la chica del pintalabios.

No sabía si era habitual que los alumnos de su edad salieran con los de último curso, pero eso explicaría por qué Harrison se había animado a participar en el musical.

—Solo en nuestra imaginación —respondió la de las orejas de gato.

—Vaaale —dije despacio.

—Me llamo Laney —intervino la chica del pintalabios, lanzándole a su amiga una mirada de advertencia—. Y ella es Ada.

—Alina —contesté.

—Guay. —Laney estiró los brazos por encima de la cabeza—. Ahora ya no tenemos que llamarte «la Bailarina».

Se me tensó el cuerpo. Siempre me sorprendía que alguien de Eagle View conociera mi pasado en el *ballet*. Suponía que todos sabían tan poco de mí como yo de ellos.

—Bailas *ballet*, ¿verdad? —me preguntó Laney con el ceño fruncido—. Me lo he imaginado porque bailas genial y tu postura es una locura. En el buen sentido, digo —añadió corriendo.

Una palmada fuerte me salvó de tener que contestar.

—¡Desde el principio! —gritó la señora Langford, y todo el mundo se apresuró a colocarse alrededor de Harrison.

Cuando empezó a sonar la música y me fui balanceando de un lado a otro, noté que Laney y Ada me observaban, ajustando con esmero los brazos para que coincidieran con los míos.

Desvié la mirada hacia el salón de actos, donde estaba Jude. Se me cortó la respiración cuando vi que él también me estaba mirando. Su expresión era difícil de interpretar desde allí arriba, pero tenía los ojos entornados y la cabeza ligeramente inclinada, como si estuviera buscando algo.

«Las cicatrices y el acero no son los que deciden si eres bailarina o no».

Cohibida, noté que me estaba sudando la frente. Me concentré en mecer los brazos, dirigirme hacia la izquierda del escenario haciendo un *grapevine* y ponerme en línea tras las otras chicas mientras Harrison nos tomaba de la mano una a una y nos hacía girar hacia el otro lado. Hice el *tombé pas de bourrée* antes de acabar en la pose final, levantando el brazo en quinta posición.

Volví a mirar hacia las butacas y Jude ya no estaba. Se me formó un nudo en el estómago, pero no sabía por qué. Quería evitarlo, ¿no?

Cuando llegué al ensayo el viernes, resonó un graznido estridente en el escenario. Ada y Laney se reían y me hacían señas para que subiera con ellas.

—Hoy vamos a ponernos detrás de ti —me dijo Ada cuando me acerqué—. Tenemos la teoría de que, si nos quedamos cerca, vamos a adquirir tus dotes de baile por osmosis o algo así.

—Tiene lógica —dije con sequedad. Se rieron como si acabara de contar un chiste brillante—. Lo que tenéis que hacer es relajaros —añadí, tras lo que rieron de nuevo. Estaba claro que eran un público fácil, pero sonreí de todos modos.

Durante el ensayo, las raritas de mis compañeras siguieron con su plan y se colocaron justo detrás de mí mientras ensayábamos «Beautiful Girl» un millón de veces. En los descansos, oí fragmentos de su conversación, aunque no entendía nada. Estaba llena de nombres desconocidos, abreviaturas y chistes que solo comprendían ellas. Sentí una punzada de soledad y me recordó al modo en que solíamos hablar Colleen y yo.

—Alina. —Tras dejar que el resto de las chicas se marcharan, la señora Langford se acercó a mí, con Harrison al lado, avergonzado—. Tengo que repasar «Make 'Em Laugh» —dijo, señalando a Ethan, que se estaba subiendo al escenario—. ¿Te importaría ayudar a Harrison con «Beautiful Girl» antes de irte?

—Ah, claro que no.

—Eres un cielo —me dijo la señora Langford, dándome una palmadita en la espalda y entregándome un reproductor de CD del siglo pasado.

Mientras Harrison y yo nos dirigíamos al fondo del salón de actos, Laney nos seguía con los ojos muy abiertos.

—Siento hacerte pasar por esto —me dijo Harrison mientras yo dejaba el reproductor de CD sobre la moqueta gris áspera y lo enchufaba.

—No te preocupes. —La coreografía de Harrison consistía sobre todo en caminar al ritmo de la música, algunos pasos de vals y unos cuantos giros. No me iba a llevar mucho tiempo repasarla con él—. A ver qué recuerdas.

Pulsé el *play*.

Harrison hizo todos los pasos del tirón, lo cual estaba muy bien. Lo que no estaba tan bien era que bailaba dando tumbos y no le quedaba demasiado natural; parecía una marioneta borracha.

—Mmm —dije cuando terminó. Fue lo único que logré pronunciar.

—Ya lo sé… —Harrison suspiró hondo, se quitó el gorro, se pasó una mano por el pelo y se lo volvió a poner.

Ya le había visto hacer eso antes, cuando estaba sentado solo en la segunda fase de la audición y en la cocina durante la fiesta premusical.

—Vale, a ver —dije cuando me di cuenta del problema—. Bailar te hace sentir incómodo, y por tanto, cuando bailas, se te *ve* incómodo.

—Entiendo —contestó despacio—. Y ¿cómo lo… podría solucionar?

Pensé en lo que solía hacer para que una variación fluyera con naturalidad.

—Creo que tienes que escuchar la canción, escucharla de verdad. Quizá no la letra —añadí al momento, porque la verdad era que la letra era espantosa—. Pero sí la melodía y el ritmo. Cuanto más conozcas la canción, más sentirás la música en el cuerpo, y así es como te podrás convertir en ese tipo asqueroso, empalagoso y arrogante al que le encanta cantar sobre chicas guapas.

Harrison puso mala cara.

—¿Esa es tu recomendación? ¿Escuchar la canción y convertirme en un tipo asqueroso, empalagoso y arrogante?

—Me temo que sí.

Harrison cerró los ojos y respiró hondo para recuperar fuerzas mientras yo ponía la música. Luego esbozó una sonrisa extraña y se lanzó a hacer la coreografía con el mismo estilo de marioneta borracha que antes.

—Te diría que... mejor sin la sonrisa —le sugerí.

Harrison se frotó la cara.

—¿Cómo se me puede dar tan mal?

Desvió la mirada hacia el escenario, a mi espalda, donde vi que Ethan estaba bailando pasos de *jazz* con soltura.

—Él va a clases —le dije para animarlo—. No puedes esperar que se te dé tan bien como a alguien que va a clases de baile.

Harrison volvió a hacer todo el numerito del gorro, con la mirada fija en el suelo.

—Ya.

Lo miré. Parecía abatido. Si odiaba tanto ensayar, tal vez debería dejarlo. Podría irse en ese instante y olvidarse de todo.

—No te lo tomes a mal, pero ¿estás cien por cien seguro de que quieres participar en el musical?

Suspiró.

—No lo sé. Quería intentarlo. Sabía que era posible que no me gustara, y sabía que era muy probable que se me diera mal, pero tenía que... intentarlo.

—¿Por qué?

—Puede que tenga ciertos... motivos personales —murmuró, sonrojado.

¿Motivos personales? Inspiré fuerte. Madre mía, ¿Harrison se había apuntado al musical porque le gustaba alguien del reparto? Sentí una opresión en el pecho, porque Colleen estaría encantada. Era una romántica empedernida; adoraba cuando la gente se enamoraba y hacía ridiculeces por ello.

Casi podía oírla chillar: «¡Ohhh! ¡Tienes que ayudarlo!».

De repente, quería ayudarlo de verdad. Tenía que hacer que funcionara su estúpido plan romántico.

Agarré el reproductor, le hice un gesto a Harrison para que me siguiera y salí al vestíbulo por la puerta trasera.

—Vale, escúchame —le dije, buscando un enchufe—. El hecho de que te cueste comportarte como un tipo asqueroso, empalagoso y arrogante en realidad es algo bueno, en general. Te llevará algo de práctica, pero eso es todo.

Harrison enarcó una ceja.

—¿En serio?

—Sí. Ahora, fíjate en mis brazos.

Pulsé el *play* antes de que pudiera pensármelo dos veces. Cuando empezó a sonar el ritmo animado de la batería y las cuerdas, meneé todas las extremidades. Y me puse a bailar, impregnando cada paso de una confianza exagerada. Cuando terminé, Harrison tenía los ojos abiertos de par en par.

—¿Cómo lo consigues?

—Solo tienes que hacer lo que te dice la canción. Y hacerlo con confianza. Y relajar los hombros. Inténtalo otra vez.

Esa vez le quedó algo mejor. Seguía rígido, pero desde luego no era tan doloroso presenciarlo. Laney y Ada salieron del salón de actos justo cuando Harrison llegaba a la parte en la que se suponía que empezaba a darles vueltas a las chicas que estaban en fila, y se me ocurrió una idea. Probablemente Laney fuera demasiado joven para ser la chica que le gustaba a Harrison, pero puede que bailar un rato con una admiradora le ayudara a meterse en el papel.

—Oye, Laney, ¿te importaría ser la compañera de Harrison en la parte de los giros? —le pregunté.

Laney dejó caer la mochila con un ruido sordo y se acercó con una risita nerviosa.

—Eh… vale, supongo.

Ada se sentó en el suelo y sacó un paquete de Skittles como si estuviera en el cine.

Hice que Harrison y Laney repasaran esa parte de la coreografía varias veces. Mi plan estaba funcionando. El entusiasmo de Laney animaba a Harrison, le hacía tomarse menos en serio a sí mismo y darlo todo a la hora de realizar los movimientos.

Poco después me pareció que Harrison ya estaba listo para practicar solo.

—Gracias —dijo, encogiéndose de hombros y sonriéndonos mientras se daba la vuelta para marcharse—. Mi dignidad seguirá intacta gracias a vosotras.

Laney lo siguió con la mirada, embelesada.

—Gracias —dijo también cuando ya había desaparecido Harrison.

—Espero que me invitéis a la boda.

Recogí la chaqueta de donde la había dejado, encima de la mochila.

—Va a ser algo muy íntimo, pero algo podremos arreglar —contestó Laney.

—Eh… —No estaba segura de cómo responder a eso.

Ada rio por la nariz.

—Bueno, se lo voy a contar. Tenemos un juego al que llamamos «amor realista». Elegimos a alguien del reparto que nos gusta e imaginamos cómo sería nuestra vida juntos, desde ahora hasta la muerte. Laney ha elegido a Harrison.

—Ah. —Sonreí—. ¿Y qué ha pasado por ahora?

—Bueno —respondió Laney—, los dos acabamos yendo a la Universidad Estatal de Pensilvania. Harrison pasaba mucho tiempo con sus compañeros de fraternidad, y no me hacía mucha gracia. Pero ahora ya nos hemos graduado, y yo quiero que nos casemos, pero él prefiere esperar hasta que tengamos una situación económica más estable. Así que hay cierta tensión entre nosotros.

Me reí.

—¿Y tú a quién has elegido? —le pregunté a Ada.

—A Laurel Adams. Ahora mismo tengo una relación a distancia con mi novio, así que no tenía muy claro si iba a jugar este año, pero tampoco es que le vaya a pedir salir de verdad ni nada de eso. Ahora mismo estamos de viaje; vamos de mochileras por Europa del Este juntas. ¿Quieres jugar? ¿Tienes a alguien en mente?

Se me vino el rostro de Jude a la cabeza. Sus ojos color miel. Su sonrisa.

—No —dije a toda prisa—. La verdad es que no.

Me pasé todo el viaje de vuelta a casa sin poder sacarme «Beautiful Girl» de la cabeza. Aunque no me parecía mal, porque así al menos me distraía y no volvía a pensar en la cara de Jude.

Cuando entré por la puerta de casa, me envolvió el olor cálido y delicioso del pollo shoyu. Era mi comida favorita del mundo.

—Hola, cariño —me saludó mi padre desde la cocina cuando cerré la puerta.

—Hola.

Dejé la mochila en el suelo del vestíbulo, me dirigí a la escalera y apoyé la mano en la barandilla mientras miraba hacia la cocina, respirando la mágica mezcla de shoyu, jengibre, ajo y azúcar morena.

Mi madre me saludó desde la encimera, donde estaba formando bolitas de arroz.

—¿Te lo has pasado bien en el ensayo? —me preguntó.

Me lo pensé durante un segundo. Esperaba pasarlo fatal en los ensayos sin Margot, pero no habían estado tan mal. Me entretenía con Laney y con Ada. Y ayudar a Harrison me había hecho sentir bien.

—Digamos que no me lo he pasado *mal*.

Mi padre hizo una pausa mientras sacaba una pila de platos del armario.

—Bueno, pues digamos que a mí no me disgusta oír eso.

—Y digamos que a mí tampoco me desagrada —añadió mi madre.

Puse los ojos en blanco mientras mis padres se reían demasiado de sus propias bromitas tontas.

—Adiós —les dije, y empecé a subir las escaleras.

—¡La cena va a estar lista en diez minutos! —me gritó mi madre.

Cuando llegué a mi cuarto, me dejé caer sobre el edredón y me quedé mirando las paredes desnudas de color melocotón. Cerré los ojos, pero, aunque me había pasado todo el día en las clases y los ensayos, estaba muy despierta. Abrí el portátil y escribí «Giselle» en la barra de búsqueda de YouTube.

Luego lo borré y escribí «Beautiful Girl, Cantando bajo la lluvia». Me salió un fragmento de la película y lo vi, contenta de que la señora Langford hubiera añadido mucha más coreografía en su versión. Volví a ponerlo y, de repente, me di cuenta de que me había levantado y estaba haciendo el número, con los pies descalzos rozando la alfombra mullida. Después de hacer la pose final con el brazo levantado, sentí que se me arqueaba el cuerpo hacia atrás poco a poco hasta hacer un *cambré*.

No formaba parte de la coreografía, pero encajaba con la delicadeza con la que iba bajando el volumen de la música. Me enderecé y sentí un ligero tirón en los músculos de la espalda. Hacía siglos que no los estiraba bien.

Me puse a cuatro patas y arqueé despacio la espalda hacia arriba, luego hacia abajo y hacia arriba de nuevo, estirando la zona que me dolía. Inspiré hondo mientras mantenía cada posición, sintiendo que se me calentaban los músculos, se relajaban y se expandían. Estiré los oblicuos, luego los hombros y después los isquiotibiales. Al final me levanté y me sequé el sudor de la frente. Miré hacia la cama, pero aún no tenía ganas de meterme.

Me acerqué a la ventana y descorrí la cortina. Al otro lado de la calle, había una luz encendida en la casa de Jude. Me pregunté si sería su cuarto. Me quedé mirando la ventana iluminada hasta que recibí un mensaje de Colleen.

¿Acabo de pasarme dos horas haciendo gifs de Ferdinand? Sí. ¿Me arrepiento? No.

Debajo había un gif de Ferdinand pavoneándose por la acera al ritmo de «Stayin' Alive». De repente echaba muchísimo de menos a Colleen. Quería ver todos los gifs de Ferdinand, reírme de ellos hasta que se me saltaran las lágrimas y hacerlos yo también mientras estaba tumbada a su lado en la alfombra de constelaciones de su habitación.

Si pudiera contestarle al mensaje, felicitaría a Ferdinand por contonearse con tanto desparpajo. Le diría que sentía haber desaparecido. Le hablaría de Jude.

¿Le he enseñado mis cicatrices a Jude? Sí. ¿Me arrepiento...?

Volví a pensar en aquel momento, en aquel impulso repentino y abrumador de compartir parte de mi dolor. En los ojos de Jude, amables y tristes al mirarme, como si me comprendiera, aunque no podía.

Volví a mirar la ventana iluminada del otro lado de la calle. Me avergonzaba de haberle enseñado mis cicatrices a Jude, y sin duda iba a evitarlo durante un tiempo, pero no me atrevía a decir que me arrepentía. Ni siquiera en un mensaje imaginario para Colleen.

No tenía ni idea de lo que significaba eso.

DICIEMBRE

Capítulo once

Durante las semanas siguientes, hice estiramientos todas las noches y dormí sorprendentemente bien. Y, cuando me despertaba por las mañanas sintiéndome un poquito menos zombi, también sentía que no tenía tantas ganas de matar a todo el mundo. Lo cual me parecía un efecto secundario bastante bueno.

Pero los fines de semana me seguía haciendo falta dormir hasta tarde; por eso, cuando me desperté con un zumbido constante a las siete y media de la mañana del sábado, volví a sentir un poco de ira asesina. Me abalancé sobre el teléfono y lo tiré sin querer de la mesilla de noche. Tanteé por la alfombra hasta que lo encontré.

Era Margot.

> Viene mi abuela de visita. Me va a llevar a comprar un vestido para el baile de invierno. No he podido escaquearme. ¿Me ayudas?

> qie?

Tan temprano por la mañana, me costaba coordinar los dedos.

> ¿Puedes distraerla? ¿Quedamos en el Macy's del centro comercial Capital ahora, porfa? ¿Porfa?

Volví a cerrar los ojos, sin ganas de moverme, y mucho menos de ir al centro comercial. Estábamos en la primera semana de diciembre y, como había dicho Margot el día anterior, fuera hacía «un frío de cojones congelados». Sonó el móvil. Pulsé el botón de responder solo para que se callara.

—¿Qué?

—¿POR FAVOR? —gritó Margot.

Me aparté el móvil unos centímetros de la oreja.

—Pero ¿acaso está abierto Macy's a estas horas? —balbuceé.

—Tienen un horario especial para los días festivos. Venga, anda —dijo Margot con insistencia. Y se puso a cantar «Jingle Bells» inventándose la letra—: Ven a Macy's, ven a Macy's, sálvame de mi abuela.

Dejé escapar un sonido a medio camino entre un gruñido y una risa.

—Vaaale. Te cuelgo.

Salí de la cama y me puse las mallas forradas, las botas y el jersey gordo amarillo mostaza que solía llevar mi abuela Shiho en los años sesenta, cuando vivía en Nueva York. Cuando se mudó a Hawái con mi abuelo Kenny, metió todos los jerséis en cajas, ya que pensaba que algún día les gustarían a sus futuras hijas o nietas. Y tenía razón; en cuanto la temperatura bajaba de los cinco grados, Josie y yo siempre sacábamos los jerséis de la abuela.

Cuando bajé, mi madre se quedó inmóvil en el sofá, con el bolígrafo paralizado sobre la redacción que estaba corrigiendo.

—¿Estoy soñando? ¿O de verdad te has levantado antes del mediodía?

—He quedado con Margot en el centro comercial. ¿Puedo llevarme el coche?

Mi madre sonrió.

—Uuuh, ¿qué vas a comprar?

Si le decía que Margot iba a buscar un vestido para el baile de invierno, pensaría que yo también quería comprarme uno y se emocionaría demasiado.

—Nada. La abuela de Margot quería llevarla de compras y he quedado con ellas allí.

Mi madre sonrió aún más, probablemente porque nos estaba imaginando a Margot y a mí probándonos un montón de conjuntos estrafalarios mientras bailábamos al ritmo de música pop, como en las películas.

—Bueno, entonces, ¿puedo llevarme el coche?

—Claro —me respondió mientras se volvía hacia la redacción—. Pero vas a tener que recoger a Josie de baile a las once y media.

Me detuve mientras buscaba las llaves en el bolso de mi madre.

—¿No puede ir papá?

Mi madre negó con la cabeza.

—Hoy toca en una boda.

Suspiré.

—Bueno, vale.

Me puse el abrigo de plumas, me cubrí la cabeza con el gorro de punto y abrí la puerta de casa. Una ráfaga de aire helado me abofeteó en la cara y maldije a Margot durante todo el camino hasta el coche.

Veinte minutos más tarde, con un *latte* de manzana y caramelo en la mano, entré en la sección juvenil de Macy's bostezando. Me deprimía tan solo de pensar en que dentro de poco tendría que levantarme tan temprano todos los sábados para las horas extra de ensayo, que empezarían después de las vacaciones de Navidad.

Mientras buscaba a Margot, sonó el «Vals de los copos de nieve» por los altavoces. Uf. Además de los árboles de Navidad y las luces parpadeantes por todas partes, el hecho de que no se pudiera ir a ningún sitio medianamente sofisticado en diciembre sin oír música de *El cascanueces* no me ayudaba nada con el síndrome de abstinencia.

—Alina, menos mal. —Margot salió corriendo del probador. Tenía la sudadera torcida y tenía el pelo turquesa, que solía llevar liso y bien peinado, encrespado y despeinado—. Le dije que no iba a ir al baile de invierno. Este año el tema es *neón*, por el amor de Dios. Ni siquiera es un tema; ¡es un gas!

Abrí los ojos de par en par. Nunca había visto a Margot tan alterada.

Una mujer alta y elegante salió del probador con varios vestidos colgados del brazo, cada uno con más brillos y más abullonado que el anterior. Vestía un mono gris pardo de pierna ancha, ceñido por la cintura, y llevaba el pelo recogido en un moño bajo. La habría confundido con una modelo de pasarela si no tuviera más de setenta años.

—Abuela —dijo Margot en español—, esta es Alina. También quiere buscar un vestido.

Luego me susurró un «lo siento». Pero no me importó; había supuesto que eso era lo que Margot había tenido en mente cuando me había dicho que la distrajera. Y eso no quería decir que fuese a ir al baile. Quería decir que ayudaría a apaciguar a la abuela de Margot un rato probándome algunos vestidos.

—Isabel Correa —se presentó la mujer mientras me estrechaba la mano—. Encantada de conocerte. —La verdad era que sí que parecía estar encantada. Y un poco sorprendida—. Margot, es maravilloso que tengas una amiga con la que probarte vestidos. Es algo muy importante en la vida.

—Ay, la virgen —dijo Margot en voz baja cuando Isabel ya se había dado la vuelta.

Isabel empezó a colgar los vestidos que Margot había descartado en el perchero de fuera del probador.

—A veces los amigos que elegimos en la infancia nos decepcionan —continuó—. Siempre me parece admirable que los jóvenes que se distancian de sus viejos amigos encuentren —me miró y se fijó en el jersey *vintage*; parecía que le daba su aprobación— otros mejores.

—Bueno, ¿podemos seguir con esto, por favor? —dijo Margot, apartándose, dispuesta a poner fin a la conversación.

Isabel apenas ocultó la sonrisa.

—Vale. Os dejo que vayáis a echar un vistazo juntas. Elegid algunas prendas y no os daré mi opinión hasta que salgáis del probador.

Margot me agarró del codo y nos alejamos a toda prisa.

—Lo siento —me dijo mientras serpenteábamos entre los percheros de vestidos hasta el fondo de la tienda—. Me desahogué mucho con ella cuando pasó todo lo de Izzy, así que desde entonces me trata como si le diera lástima y tuviera que ayudarme, y se asegura de que vaya a los eventos estúpidos del instituto para que no me «pierda» nada. —Resopló—. Como si fuera a perderme algo por no ir al baile. Madre mía, pero ¿qué es esto? —Sostuvo un vestido que tenía el color y la textura del zumo de naranja con pulpa.

Ya no pude contener más la risa.

—¡Alina! —me chilló Margot—. ¡Que me ha hecho probarme un montón de vestidos de tafetán! ¡Menudo trauma!

Para entonces ya estaba riéndome a carcajadas, y Margot se unió a mí. Cuando nos recuperamos, Margot se dirigió hacia otro perchero.

—Vale, vamos a acabar con esto de una vez. Tenemos que escoger vestidos que no nos dejen en ridículo. Los fotógrafos del anuario van a estar por todas partes, y…

—Espera, pero ¿vas a ir de verdad? ¿No te estabas probando vestidos para tu abuela?

—No, vamos a ir de verdad. Mi abuela va a quedarse aquí hasta después de Navidad. —El baile de invierno era el veinte de diciembre, el último día de clase antes de las vacaciones, y ni siquiera se me había pasado por la cabeza. Margot me sonrió—. Venga, va, que podemos entrar, hacernos una foto para mi abuela y luego pirarnos e ir a El Paraíso de los Gofres.

Sonreí a mi pesar cuando mencionó El Paraíso de los Gofres. Era una cafetería retro con suelos de tablero de ajedrez, bancos de un tono azul pastel y mesas de un rojo resplandeciente. Una monstruosidad total, pero hacían unos gofres para chuparse los dedos.

Le eché un vistazo al perchero y saqué un vestido de fiesta magenta con una abertura en forma de corazón en la espalda. Se lo acerqué a la barbilla a Margot.

—Voy al baile si te pones esto.

—Sinceramente —contestó Margot, que me quitó el vestido de las manos y lo estudió, vacilante—, me he probado cosas peores.

Mientras rebuscábamos entre los montones de vestidos, Margot me contó que Isabel dirigía una galería de arte en Nueva York que exponía obras de artistas mexicano-estadounidenses, y que, cuando venía de visita a Pensilvania, solía aparecer sin avisar.

—Te lo juro, es como si de repente decidiera subirse al tren y ya está. Es mi persona favorita en el mundo entero, pero cuando se le mete una idea en la cabeza no hay quién la pare. Y hoy la idea ha sido: comprarle a Margot un vestido para el baile. Sabía que sucedería algo así cuando el año pasado no le dejé que me comprara un vestido de quinceañera —murmuró Margot—. ¡En qué momento!

—¿Tuviste fiesta de quince? —pregunté con curiosidad.

No sabía mucho sobre esa fiesta, pero una vez leí un artículo en una revista sobre chicas latinas que la celebraban y, en la foto, todas llevaban tiaras y vestidos de fiesta majestuosos y preciosos. No podía imaginarme a Margot vestida así.

—Una pequeñita —me contestó mientras ojeaba más vestidos de otro perchero a la velocidad del rayo—. No quería que me compraran un vestido especial, obviamente, pero mi abuela me regaló unos tacones de diez centímetros. Me costó un poco bailar el vals con ellos, pero supongo que todas tenemos que hacer sacrificios.

Sonreí.

—¿Bailar el vals?

De nuevo, no me lo podía ni imaginar.

Margot parecía un poco avergonzada, pero luego la noté incluso orgullosa.

—Ya ves. No tenía pensado celebrar nada, pero mi abuela me habló de su fiesta de quince, y de lo que significaba para ella, y me apeteció. —Alzó un vestido de noche negro del perchero y se lo echó al brazo. Adoptó una expresión pensativa—. A veces siento que, como solo soy medio mexicana y mi abuela nació y creció en Estados Unidos, no tengo mucha conexión con la cultura mexicana. Y quiero sentirme más unida a ella.

Yo también le había estado dando vueltas a ese mismo tema.

—Te entiendo.

—¿Sí?

—Mis abuelos por parte de madre nacieron los dos en Estados Unidos. No hablo japonés y nunca he estado en Japón. Me encantaría ir algún día, pero eso, que muchas veces siento que no estoy muy conectada con la cultura japonesa. —Margot asintió mientras frotaba los dedos contra la tela suave de un vestido burdeos—. Una vez, cuando estábamos de visita en Hawái, mi abuela Shiho invitó a un grupo de mujeres a jugar al *bridge*, y un par de ellas no paraban de comentar lo «americanizadas» que estábamos Josie y yo.

Margot soltó una risita.

—Las señoras mayores son lo mejor, ¿eh? No tienen filtros. ¿Qué dijo tu abuela?

—Dijo algo tipo: «Bueno, sí, es que son americanas. Son medio japonesas, medio americanas».

—Qué guay.

Sonreí. En aquel momento no me había molestado lo que habían dicho aquellas señoras. Pero también recordaba haber sentido que mi abuela tenía razón. En parte éramos japonesas y en parte estadounidenses. Y eso podía significar todo tipo de cosas. Me gustaba que fuera algo tan abierto, tan lleno de formas de pensar, de comportarse y de ser, que no estuviera sujeto a un conjunto de normas estrictas.

De repente, eché mucho de menos a mi abuela Shiho, su casa desordenada de Honolulu, la plumeria del jardín y a su gato desaliñado, Gyotaku.

—Ojalá mi abuela pudiera subirse a un tren para venir a visitarme —le dije a Margot.

—Sí, pero ir a Hawái a verla tiene que ser una pasada —contestó—. Llévame contigo la próxima vez, ¿vale? Podemos estar todo el día en la playa y luego buscar planes raros en el centro por la noche.

Me eché a reír, imaginándome unas vacaciones en Hawái con Margot y Colleen. Colleen se enamoraría un millón de veces al día y Margot encontraría formas divertidas de acabar con sus flechazos. Me parecía una fantasía tan maravillosa que incluso olvidé durante un instante que hacía cinco meses que no hablaba con Colleen.

Aparté la fantasía de mi mente.

Cuando Margot y yo tuvimos cada una tres opciones de vestidos que no eran demasiado espantosos, volvimos a los probadores, donde nos esperaba Isabel. Margot me clavó la mirada antes de que entráramos en nuestros respectivos cubículos.

—Tienes que salir para que los veamos, ¿vale? —me ordenó.

Nuestras dos primeras elecciones, el vestidito negro de Margot y un vestido azul marino de un solo hombro que había escogido yo, recibieron un *no* rotundo por parte de Isabel. Nos dijo que eran demasiado convencionales para unas «jóvenes tan fascinantes».

Pero la segunda opción de Margot, un vestido gris metalizado reluciente con cuello halter, falda hasta el suelo y bolsillos, obtuvo la aprobación de Isabel.

—¡Por fin! ¡Gracias a Dios! —Margot se tiró al suelo de rodillas y levantó las manos hasta que Isabel le dijo que se calmara.

El mío seguía sin gustarle a Isabel.

Margot se volvió hacia mí y me dijo:

—Venga, que tú puedes, campeona.

Volví al probador y me puse mi tercera y última opción. Era rosa pálido, con un escote redondo sencillo y una cinta de terciopelo negro que se entrecruzaba por delante y se unía en un lazo por detrás. La falda era de tul suave y un poco abullonada; me caía justo por debajo de las rodillas y dejaba al descubierto las cicatrices, por lo que evidentemente quedaba descartado. Pero había algo más.

Fruncí el ceño al ver mi reflejo. Con ese color y la forma de la falda, el vestido me recordaba demasiado a un tutú de *ballet*. Aun así, tenía que enseñárselo a Margot e Isabel. Se lo había prometido. Me puse a toda prisa las mallas bajo la falda, asegurándome de que me cubriesen las cicatrices, y salí del probador. A Isabel se le iluminó la cara y Margot dijo:

—Vaya. Qué bonito.

—Es precioso —susurró Isabel—. Y con qué elegancia te mueves con él…

—Pues claro —le dijo Margot—. Es bailarina de *ballet*.

Isabel alzó las cejas y me miró expectante.

—Lo era; ya no bailo.

—Me encanta el *ballet* —dijo Isabel—. Voy siempre que puedo. Una vez conocí a una bailarina del American Ballet Theatre en una cena. Me dijo que el *ballet* no es algo que haces. Es algo que eres. Yo nunca he bailado *ballet*, pero me pareció que tenía razón.

Sonreí un poco. Una parte de mí quería que terminara la conversación. Pero otra parte, la parte testaruda que había elegido el vestido, quería aferrarse a la idea de que el *ballet* seguía estando en mi interior de alguna manera, para siempre, aunque ya no pudiera bailarlo.

«Las cicatrices y el acero no son los que deciden si eres bailarina o no».

Pero no era cierto, sobre todo si las cicatrices y el acero no te permitían subirte a las puntas o sostenerte al hacer un *relevé* o hacer una pirueta con estabilidad.

—En realidad tengo un vestido de la boda de mi primo de hace un par de años —dije mientras volvía a entrar en el probador—. Me pondré ese y ya está.

No sabía por qué no se me había ocurrido antes. El cuerpo del vestido tenía un encaje color lavanda y la falda era larga y vaporosa. Era ideal para fingir que iba al baile.

Isabel enarcó las cejas, sorprendida.

—¿Estás segura? —me preguntó Margot, examinando la cinta de terciopelo—. Este te queda de maravilla.

—Sí. El otro vestido me queda mejor.

Cerré la puerta del probador y me quité el vestido tan rápido como me lo había puesto, preguntándome por qué me había permitido elegirlo siquiera.

Sentada en el coche, fuera del edificio de ladrillo rojo de Variations, esperando a que terminara la clase de Josie, seguía pensando en ese estúpido vestido. A través de un ventanal de la planta baja, vislumbré varios cuerpos volando por los aires a un ritmo fuerte de tambor.

No pude evitar reparar en lo diferente que era de las clases de la escuela de Kira Dobrow. No solo los movimientos, sino también los propios bailarines. Sí, en su mayoría, eran blancos, porque vivíamos en una ciudad muy blanca. Pero en esa clase había más bailarines de color que en ninguna de mi antigua escuela. Y la profesora era asiático-americana. Recordaba que Josie lo había mencionado alguna vez. De repente, me vino a la cabeza lo que Josie había dicho sobre Kira aquella noche que había derramado agua sobre su trabajo de ciencias: «A lo mejor deberías alegrarte de no bailar más para ella».

Subí la temperatura de la calefacción y sacudí la cabeza para dejar de pensar en ello.

Vi a Josie al fondo de la sala mientras un grupito bailaba en la parte de delante. Estaba cuchicheando con un chico en lugar de practicar. Cuando llegó el turno de su grupo, vaciló un poco a la hora de llevar a cabo los últimos pasos, probablemente porque no los recordaba. Un error que podría haberse solucionado si se hubiera molestado en repasar la coreografía. Estaba claro que no se tomaba la clase en serio. Y, sin embargo, allí estaba, bailando, mientras yo estaba ahí sentada, esperando para llevarla a casa.

La bomba de envidia se me revolvió en el estómago. Cerré los ojos y respiré hondo mientras la injusticia me inundaba y recordaba la vez que me había desahogado con Birdie sobre la falta de dedicación de Josie.

—¡Es que no se lo toma en serio!

—¿Por qué dices eso? —me había preguntado Birdie mientras me masajeaba las cicatrices con movimientos firmes y circulares para romper el tejido cicatricial.

—Hoy ha faltado a clase porque estaba cansada por haber ido ayer a una estúpida fiesta de pijama. Es como si no le importara lo más mínimo.

Birdie se encogió de hombros.

—No todo el mundo muestra el interés de la misma manera.

—En fin...

—Ah, no, ni se te ocurra enfadarte conmigo. Soy yo la que está enfadada.

Antes, durante la sesión de fisioterapia, había cometido el error de mirar una de esas páginas web que comparan fetos con frutas y le había dicho que su bebé era del tamaño de una calabaza.

—Bueno, pues nada —dijo Birdie tras unos instantes de silencio—. Nos enfadamos la una con la otra.

Incluso entonces, sabía que cómo se tomara Josie el baile no tenía nada que ver con mi lesión. Aun así, no soportaba lo injusto que era. Supongo que aún no lo había superado.

Por fin terminó la clase y Josie salió envuelta en su parka blanca. Alguien la llamó y se detuvo en mitad del aparcamiento. El chico con el que había estado hablando en clase se acercó a ella corriendo. Se rieron de algo y sus alientos se convirtieron en nubecitas. Cada vez que creía que la conversación se iba a acabar, alguno de los dos hacía un gesto exagerado y seguían charlando.

Toqué el claxon con fuerza y sentí una satisfacción enorme cuando Josie y el chico dieron un bote como ardillas asustadas. Josie entornó los ojos mirando hacia el parabrisas antes de decirle algo al chico y acercarse al coche.

—Tampoco hacía falta que te pusieras a pitar —me dijo, y se abrochó el cinturón de seguridad. Me encogí de hombros y salí del aparcamiento—. ¿Por qué has venido *tú* a recogerme, por cierto?

—Porque ya había quedado.

—¿Antes del mediodía? —Se llevó la mano al pecho para hacerse la sorprendida.

No le quise seguir el juego, de modo que ni siquiera le respondí y nos quedamos en silencio, un silencio incómodo y tenso que se había convertido en nuestra norma. No nos habíamos hablado mucho desde la pelea sobre el *ballet*. Por eso me sorprendió cuando me detuve en un semáforo en rojo y Josie me preguntó:

—¿Me has visto hacer la coreografía?

—Sí —dije despacio.

—¿Y? —Me miró—. ¿Qué te ha parecido?

Aquello me confundió aún más. Nunca nos preguntábamos la opinión de la otra.

—No lo sé.

—En una escala del uno al diez —dijo Josie.

—Cinco.

Josie bufó y miró por la ventana. Sabía que así se callaría. Disfruté de un minuto entero de silencio antes de que me preguntara, toda enfurruñada:

—¿Qué debería cambiar, entonces?

—Ay, Dios. No lo sé, Josie. Tienes una profesora de baile. Pregúntale a ella.

Josie entrecerró los ojos.

—Estás de peor humor que de costumbre. ¿Es porque hace tiempo que no ves a Jude?

—¿Perdona?

Agarré el volante con fuerza. Se me empezaba a dar tan bien evitar a Jude que su nombre me afectó como una descarga eléctrica.

Josie sonrió con altanería.

—Me lo encontré el otro día a la hora del almuerzo y me preguntó cómo estabas, porque llevaba un tiempo sin verte.

—¿Qué le dijiste? —le pregunté con indiferencia.

—Eso no es lo importante. ¿Es por eso por lo que estás tan gruñona, entonces?

—No.

Encendí la radio y subí el volumen, como siempre que Josie se ponía pesada, y me pasé el resto del viaje ignorándola.

Capítulo doce

—Es el plan más triste del mundo. No podéis arreglaros para el baile de invierno y luego iros a comer gofres —dijo Ethan.

Ethan y yo habíamos empezado a reunirnos junto a las taquillas de los de último curso y a ir juntos hacia clase de Lengua por el túnel.

—Lo dices como si fuera cualquier tipo de gofres; estamos hablando de los gofres de El Paraíso de los Gofres. No es lo mismo.

Ethan alzó la mano.

—No pongo en duda la superioridad de los gofres de El Paraíso de los Gofres. No soy un monstruo. Solo digo que a veces Margot decide que algo no le gusta solo porque a otras personas sí les gusta. No valora nada nuestro instituto.

—O quizá tú lo valoras demasiado...

Ethan tenía una pasión por el instituto que resultaba bastante confusa. Su cuenta de Instagram era famosa porque documentaba todos los acontecimientos de Eagle View. Partidos de fútbol, conciertos de la banda, concursos académicos, sesiones benéficas de lavado de coches, bailes y toda clase de eventos; todo con sus característicos colores cálidos y saturados que convertían cada momento mundano en una obra de arte. Cuando publicaba algo nuevo, recibía cientos de «me gusta» en cuestión de una hora. El periódico local ya había utilizado algunas de sus fotos para su página web.

—A ver, no soy idiota —dijo Ethan—. Sé que mucha gente de aquí solo me habla porque les hago quedar genial en Instagram, y tienen miedo de que, si no me hablan, les pueda hacer quedar fatal. Pero no me importa. En este instituto pasan cosas interesantes. Y a mí me gusta plasmarlas en fotos.

—¿Qué cosas interesantes? —pregunté con escepticismo.

—Pues un montón: victorias, derrotas, la incomodidad desgarradora de un primer baile lento, declaraciones de amor... Bueno, todavía no le he hecho ninguna foto a una declaración de amor. Pero quizás algún día.

—¿Declaraciones de amor?

—En plan, si alguien le confesara sus sentimientos a otra persona en público. Quedaría una foto increíble. ¡La emoción! ¡El riesgo! Pero aquí nadie se atrevería.

Redujimos la velocidad cuando un chico y una chica que caminaban unos metros por delante de nosotros se detuvieron en seco y provocaron un atasco en el pasillo.

—Creía que me habías dicho que la habías bloqueado, Devon —dijo la chica.

—Que sí, mujer. Seguro que es que funciona mal el móvil.

—¡No me llames «mujer»! ¡Sabes que lo odio!

Miré a Ethan mientras rodeábamos a la pareja.

—Vaya. Qué interesante. Te espero, por si quieres hacerles una foto.

—Deja de desviar la atención del asunto —respondió Ethan—. Venga, va, Margot y tú tenéis que venir al baile. El tema es *neón*. Es a la vez el mejor y el peor tema de la historia de los bailes. Y es solo una noche. ¿Qué problema le veis?

El problema era que no quería que se repitiera lo de la fiesta premusical. No quería tener que volver a salir corriendo y ponerme casi a hiperventilar en el coche.

—No sé. Es que... creo que me apetece más lo de los gofres. En fin, ¿vas a ir con alguien? ¿Con Davis?

Sabía que Ethan y Davis habían salido un par de veces desde la fiesta.

—No, doña Cambiadora de Tema —contestó Ethan, y dejó escapar un suspiro—. Davis es genial, pero los dos nos hemos dado cuenta de que no hay nada más entre nosotros. Estuvimos hablando de ir juntos de todas formas: que dos estudiantes de último curso abiertamente gais entraran juntos en el gimnasio mandaría un mensaje muy potente. Pero es nuestro último baile de invierno y los dos queremos ir con nuestros amigos. Él tiene a Pauline, a Brad y a todo ese grupo; y yo tengo a Jude, a Celia y a los demás del musical, incluidas Margot y tú, si dejáis de ser demasiado guais como para ir a eventos del instituto. Además, de todos los bailes, el de invierno es el que tiene más historia. Estaría guay que estuviésemos todos juntos.

—¿Historia? ¿Para quién? —le pregunté. Sabía que Margot había tenido la bronca con Izzy en la pista de hielo, pero eso había sido antes del baile.

—Mmm, ¿qué?

Ethan me miró con demasiada inocencia. Podría haberlo dejado pasar con elegancia, pero no me daba la gana.

—¿Historia para quién? ¿Para ti? —Ethan mantuvo una expresión impasible, de modo que intuí que no—. ¿Para Jude?

—Alina, estoy intentando acabar con el estereotipo ese de que los gais son unos cotillas. No me lo estás poniendo nada fácil.

—Ay, venga ya, no son cotilleos. Es… información. Información que le estás dando a una amiga que tenéis en común, y que la ayudará a ser más prudente si alguna vez habla del baile con Jude.

Ethan se puso delante de mí y empezó a caminar hacia atrás para poder mirarme a los ojos.

—Alina Keeler, ¿por qué ibas a hablar del baile de invierno con Jude?

—No voy a hablar con él de eso —respondí tan alto que algunas personas a nuestro alrededor me miraron—. Quería decir en caso de que surgiera la conversación. Si Jude estuviera cerca.

Ethan seguía mirándome y caminando hacia atrás. Unos segundos después volvió a mi lado, pero seguía sin decir nada. Salimos del túnel y subimos las escaleras hasta el segundo piso.

—Quizá deberías saberlo —soltó al fin—. Para que estés advertida.

—¿Qué?

—Da igual. Le he dado demasiado bombo. No es tan interesante. Hace dos años, cuando Jude y Diya estaban saliendo, Diya quedó finalista en un concurso de canciones de musicales de Pittsburgh.

—No sabía ni que existían esas cosas. —Me preguntaba si serían como los concursos de *ballet*, en los que interpretabas una variación delante de los jueces para intentar ganarte una plaza en una escuela prestigiosa o en un curso intensivo de verano—. ¿Dan becas? —le pregunté.

—No tengo ni idea, pero esa no es la cuestión. La cuestión es que el concurso era la noche del baile de invierno, así que dejó plantado a Jude.

—Uy.

—Sí... La misma noche del baile, la tipa lo llama y le dice que no va a ir. Deberías haberlo visto. Jude, con el traje, sosteniendo una caja con un ramillete... Sé que parece una escena de una comedia romántica mala, pero lo pasó mal de verdad.

Me volvió a la cabeza la discusión sobre «Finishing the Hat», aquello de que Jude pensaba que era lamentable elegir el arte por encima de las relaciones. Entonces caí en otra cosa: Jude me había dicho que su padre se había marchado hacía dos años. Lo más seguro era que el baile de aquel año hubiera tenido lugar no mucho después de que los abandonara su padre. Seguro que eso había hecho que todo le resultara aún más desgarrador.

Pobre Jude.

Yo nunca había salido con nadie; una vez había tenido algo con un chico en un curso intensivo de verano en Filadelfia, pero nada oficial; no le pusimos etiquetas. Pero ¿qué haría yo si estuviera en la situación de Diya? Si de repente tuviera la oportunidad de presentarme al curso intensivo de verano del ABT, y eso significara abandonar a alguien que me importa, ¿qué haría?

En el fondo sabía la respuesta. *Ballet*. Habría elegido el *ballet*. Y habría querido que la persona con la que estaba saliendo lo entendiera, aunque se enfadara, aunque se pusiera triste, aunque tuviera que romper conmigo. Habría querido que respetara mi elección.

—En fin. Desde entonces casi no me hablo con Robozorra —me dijo Ethan.

—Parece que los demás del musical tampoco. —Traté de mantener un tono de voz casual, para que no pareciera que era una crítica.

Ethan se encogió de hombros.

—Se lo ha buscado ella solita.

Uf. Otra vez sentí esa extraña punzada defensiva. Podía entender por qué estaba enfadado Jude con ella por haberlo dejado tirado; querían cosas diferentes. Pero ¿por qué le importaba eso al resto del grupo del musical?

¿Y había sido Ethan quien le había puesto el apodo de Robozorra? A ver, de todos los apodos que había oído en ese instituto, Robozorra no era el peor, pero seguía siendo muy cruel. Seguía implicando que Diya era un robot, una zorra fría y sin emociones, solo porque había elegido los musicales antes que a su novio. Su futuro antes que el baile de invierno. El arte antes que a Jude.

Tenía la pregunta en la punta de la lengua, pero me la tragué. Ethan era mi amigo. Era genial y divertido y me hacía sentir menos sola cuando estaba cerca de Paul y de Jake. No era cuestión de buscar una razón para cargarme todo eso. Mientras avanzábamos por el pasillo hacia la clase, empecé a darle vueltas a otro asunto.

—Oye, espera, ¿por qué has dicho que era una advertencia?

Ethan vaciló, pero luego se lanzó:

—Era para que supieras cómo le había ido a Jude en ese aspecto. Por si te habías dejado engañar por esa fachada animada y vivaz, y pensabas que no era más que un chico despreocupado que canta, baila y liga pero que nunca se toma las cosas en serio y nunca lo pasa mal.

Me lanzó una mirada penetrante.

¿Era eso lo que creía Ethan que pensaba yo de Jude? ¿Y por qué creía necesario advertirme? Hacía semanas que Jude y yo no nos hablábamos. Levanté la vista hacia Ethan, pero tenía la mirada fija hacia el frente, con una expresión neutra en el rostro, por desgracia.

Vaya. Ethan era un cotilla pésimo. Estaba más confundida sobre Jude que nunca.

Cuando llegamos al aula, aún quedaban unos minutos para que comenzara la clase, así que nos quedamos en el pasillo.

—Entonces, ¿qué vais a hacer? —me preguntó Ethan—. ¿Baile o gofres?

—Gofres —contesté.

Ethan apoyó la cabeza contra la pared y cerró los ojos.

—Ay, menudo drama. Que sepas que esto me está matando. Estoy muerto.

Me reí por la nariz.

Vi a Harrison caminando por el pasillo por detrás de Ethan. Cuando nos vio, se detuvo y pasó la mirada varias veces de la espalda de Ethan al suelo, nervioso perdido, antes de dirigirse hacia nosotros. Se quitó el gorro, se alisó el pelo, se lo volvió a poner y… Ay, madre.

Era Ethan. Harrison había participado en el musical por Ethan. Sabía que a la mayoría de la gente no le parecería una prueba muy sólida, pero me había pasado años escuchando a Colleen explicarme que cierto modo de caminar, ciertos gestos o ciertos movimientos del pelo demostraban que una persona estaba colada por otra, y casi siempre tenía razón. Estaba convencidísima.

Miré a Ethan, que seguía haciéndose el muerto. Le di un golpecito en el vientre y abrió los ojos justo cuando Harrison se acercaba.

—Hola, chicos —nos saludó Harrison—. ¿Qué tal?

—Pues aquí estamos. —Ethan sonrió—. Intentando reducir el tiempo que tenemos que pasar en Lengua. —Señaló el aula.

Harrison se rio un poco demasiado alto.

—Ya. Entiendo, entiendo.

Hubo una pausa, e intenté no quedarme mirándolos durante demasiado tiempo. Ethan parecía el de siempre: simpático, bromista, relajado. No sabía si eso era buena o mala señal.

—En fin… —Harrison dio un paso atrás—. Tengo que irme a Mates. Hasta luego.

Vi a Harrison alejarse y Ethan se volvió hacia mí.

—¿Te has leído lo que tocaba para hoy?

—¿Qué piensas de Harrison? Es majo, ¿verdad? —le pregunté.

—Eh… —Ethan levantó una ceja—. Sí…

—He oído que le gusta alguien del musical.

—¿Has *oído*? ¿Eres demasiado guay para el baile de invierno, pero ahora resulta que estás al tanto de los cotilleos de Eagle View?

—Repito: no son cotilleos. Es información.

Ethan se apartó el pelo de los ojos y me dirigió una mirada seria.

—Bueno, pues yo no he oído nada al respecto. Ni tampoco sobre la orientación sexual de Harrison. Así que, sea lo que fuere lo que estés tramando…, déjalo.

Suspiré.

—Vale. —Cuando le pedí a Ethan que no se metiera en el asunto de Paul y Jake, me había hecho caso, así que yo tampoco iba a meterme en sus asuntos—. Pero tú mantén los ojos abiertos —añadí rápidamente.

—Perdona, pero no acepto consejos de gente que elige irse a por gofres en vez asistir a un baile con temática de neón.

Puse los ojos en blanco mientras un profesor que pasaba por allí nos hizo entrar en clase. Antes de sentarse en su esquina, en la parte de delante del aula, Ethan me dio un apretón en el hombro; su forma de darme ánimos para que pudiera aguantar cuarenta y cinco minutos en compañía de imbéciles.

Paul juntó las palmas de las manos y me hizo una reverencia.

—Princesa Gélida, ¿iréis al baile de invierno? —me preguntó cuando me senté—. Podríais dejarlo todo helado. Le daría un toque especial a la decoración.

Jake y él se pusieron a temblar con dramatismo.

—En fin —dije sin girarme hacia ellos.

Se encendió la pantalla de mi móvil en la mochila.

Ethan me había enviado unos cuantos *emojis*: dos chicos, un signo de igual y una caca. Solté una risita. Me llegó otro mensaje.

¿Seguro que no puedo mandarlos a la mierda por ti?
Sería todo un espectáculo.

Que no, respondí al momento.

Vaaale.

Sentí que Paul me miraba por encima del hombro, así que me bajé el móvil al regazo y le respondí con un corazón.

Capítulo trece

—Mmm, mmm, mmm, mmm, mm, mm —Josie tarareaba el «Vals de los copos de nieve» en el coche de camino al colegio. La amiga por la que solía ir en autobús, Fiona, estaba enferma, así que había tenido que llevarla yo—. La, la, la, lalala, la… —Ya estaba cantando a pleno pulmón.

Por fin había llegado el último día antes de las vacaciones de Navidad, así que debería haber estado contentísima. Pero en realidad lo único que quería era matar a Josie.

—*Para* —le solté con brusquedad.

—Madre mía, perdona… —Acercó los dedos enguantados a la rejilla de la calefacción—. Esa canción no es de tu propiedad, ¿sabes? Yo también la estoy bailando.

—Sí, bueno, más o menos —murmuré.

Variations hacía este año su propia versión de *El cascanueces*, que al parecer mezclaba la partitura de Chaikovski con «música *noise*», fuera lo que fuere eso. No tenía muchas ganas de ir a verlo, pero sabía que no me quedaba otra.

—¿Qué quieres decir con eso?

—No me apetece hablarlo ahora —respondí.

Encendí la radio y justo el «Vals de los copos de nieve» retumbó por los altavoces.

Josie soltó una carcajada mientras yo apagaba la radio. Dos semáforos después, seguía riéndose.

—¡Te voy a tirar del coche, te voy a atropellar y me voy a ir a clase como si no hubiera pasado nada! —le grité.

El resto del trayecto transcurrió en silencio.

Cuando llegamos al aparcamiento, Josie ni siquiera esperó a que apagara el motor para salir y dar un portazo. Me reconcomió la culpa mientras entraba en el instituto y me dirigía a la sala del coro para comprobar el horario de los ensayos. Tampoco era que gritarle a Josie fuera algo nuevo. Aunque supongo que nunca la había amenazado con atropellarla. Pero, en fin… No debería haber cantado esa cancioncita sabiendo que podía sacar mi instinto asesino.

Le eché un vistazo al calendario y me detuve al llegar al seis de enero. El primer lunes después de volver de las vacaciones. Solo aparecían mi nombre y el de Jude. Nuestro primer ensayo para el baile de la Mujer Fatal. Respiré hondo. La última vez que había estado a solas con Jude había acabado mal, pero esta vez no tenía por qué ser así. Había pasado ya un mes desde que le había mostrado mis cicatrices. Tiempo suficiente como para olvidarlo. En los ensayos, estaría tranquila y serena, y sería toda una profesional.

Cuando entré en clase, Margot parpadeó varias veces a toda velocidad.

—¿Me recoges a las siete? —me pidió.

—Para… —Fingí estar confusa.

—No me hagas decirlo.

—De verdad que no sé de qué me estás hablando.

Le dirigí una sonrisa boba mientras tomaba asiento.

—Para ir al baile, ¿vale? Para ir al baile.

Me reí. Le había dicho a Margot que seguiría adelante con su plan: ir al baile, hacernos fotos para demostrarle a su abuela que habíamos asistido e irnos de inmediato al edén cálido y dulcecito de El Paraíso de los Gofres.

Era un buen plan. Margot estaba contenta. Y mis padres estaban encantadísimos, lo cual me venía genial. Desde el musical se habían relajado bastante con todo el tema de mi vida social, pero quién sabía cuánto duraría la calma. Había llegado a la conclusión de que, si iba al baile de invierno, tal vez pensarían que había progresado de verdad. Y entonces podría saltarme el baile de primavera, el de graduación y cualquier otro baile del instituto que existiera.

—Allí estaré —le dije a Margot.

—Gracias.

Margot parecía aliviada de verdad al ver que no la había abandonado con el plan. Me preguntaba qué habría hecho si la llegaba a dejar plantada. Seguro que habría ido con Ethan y los demás del musical. Como Jude. ¿Iría Jude? Que a Jude le gustaran los bailes del instituto no me habría sorprendido lo más mínimo. Puede que no fuera por toda la historia de Diya. O tal vez fuera acompañado.

No dejaba de darle vueltas y de saltar de un caso hipotético al otro. Tanto que, para cuando terminaron las clases, estaba harta de mí misma.

Estaba esperando a Josie en el aparcamiento cuando recibí un mensaje suyo en el que me decía que la iba a llevar una chica de su clase de baile que «no estaba como una cabra» y no «gritaba sin motivo». Supuse que no se había olvidado de lo de esa mañana. Suspiré, y volvió a azotarme la culpa.

Cuando llegué a casa, Josie estaba tirada en el sofá, viendo un tutorial de maquillaje de Willa Hoang. Llevaba años viendo a Willa y solía preguntarme si podía probar los diferentes estilos conmigo. Yo siempre me negaba, así que llevaba ya tiempo sin pedírmelo.

Cuando me quité el abrigo, Josie me fulminó con la mirada antes de volver a concentrarse en la pantalla.

—Oye, Josie, no... —Me detuve, distraída al ver que tenía el pie descalzo sobre los cojines del respaldo del sofá. Lo estaba estirando, flexionando y curvándolo como un gancho de manera inconsciente. Tenía la clase de pies por los que las bailarinas de *ballet* matarían. Como los míos—. No... —Me detuve de nuevo. No podía disculparme. ¿Por qué iba a estar enfadada? Le había gritado, sí, ¿y qué? Seguía pudiendo bailar. Ya se le pasaría—. No... no voy a quedarme mucho tiempo, pero voy a ir al baile de invierno, así que a lo mejor podrías maquillarme.

Bien, ya estaba. No era una disculpa, pero algo era algo.

Me dirigió una mirada cargada de desconfianza.

—¿Te puedo maquillar así? —Le dio la vuelta al portátil. «*Look* de diosa invernal resplandeciente», decía encima de Willa, que aparecía con unos rizos sueltos, sombra de ojos plateada, labios rosáceos y pedrería sobre las cejas.

—Vale, pero sin pedrería.

—Obvio —murmuró Josie mientras pasaba a mi lado y subía las escaleras.

Josie le estaba prestando atención al tutorial mientras sostenía un rizador de pelo a pocos centímetros de mi cuello. Yo la observaba con atención en el espejo ovalado de su pequeño tocador morado. Se lo había comprado hacía años, y no me había dado cuenta de lo enano que se le había quedado hasta ahora, mientras evitaba que se me saliera una nalga del taburete.

Tomé aire con brusquedad mientras Josie me retorcía un mechón de pelo y me acercaba demasiado el rizador a la oreja.

—Si me achicharras, te achicharro —le advertí.

—Que no te voy a achicharrar. —Puso los ojos en blanco—. Aunque a lo mejor debería.

—No tendría que haberte gritado, ¿vale? —le dije, esperando que se olvidara del asunto.

—Ni siquiera es eso. Es que... Da igual.

Josie desenrolló despacio el mechón del rizador y comprobó el rizo con los dedos.

—Suelta lo que tengas que soltar, Josie.

—No quiero discutir justo antes del baile.

Josie iba a ir al baile con un trillón de amigos que vendrían a casa a hacerse fotos con ella más tarde. Miré su reflejo en el espejo. Llevaba un vestido negro con cuello halter y un cinturón plateado brillante. Con el pelo suelto sobre el hombro izquierdo y el flequillo peinado hacia un lado, parecía mayor.

—No voy a discutir —contesté con calma.

—Bueno, pues iba a decir que lo que me molesta no es que me hayas gritado en el coche, sino el hecho de que no le grites esas cosas a la gente que se lo merece de verdad. Como… —Vaciló—. Como Paul Manley.

Abrí los ojos de par en par.

—¿Qué sabes tú de Paul Manley?

—Sé que te suelta insultos racistas y sexistas y tú lo ignoras. *Ese* es el tipo de personas con el que deberías explotar. No con gente inocente que lo único que hace es tararear.

Estaba a punto de defenderme, pero me acordé del corte de manga que le había hecho a Jude después de la prueba de baile. Él tampoco me había hecho nada. No me había hecho daño. Ni Josie tampoco. Sencillamente los tenía delante cuando ya no podía contener todo lo malo que sentía por dentro.

Pero no pensaba explotar contra Paul. No valía la pena y no cambiaría nada.

—Bah, me da igual lo que me diga.

Josie se encogió de hombros y empezó a enrollarme otro mechón de pelo.

—Pues a lo mejor no te tendría que dar igual. O sea, cuando estabas en *ballet* te mordías la lengua con estas cosas, pero…

—Josie… —le advertí.

—¿Qué? —dijo, exasperada—. ¿Por qué no puedes hablar de eso? ¿Te lavó el cerebro Kira o algo así? Ahora no la tienes delante. No te puede hacer nada.

Inspiré despacio, ignorando el tono condescendiente de Josie.

—Es verdad que a veces las decisiones de Kira sobre el reparto podían parecer... injustas —contesté, comprobando cómo sonaban las palabras que nunca había dicho en voz alta—. Pero tenía sus motivos.

Volví a pensar en el reparto de *El cascanueces* y en que en el fondo había sabido que algo no iba bien. Me resultó fácil pasarlo por alto luego de la explicación de Kira, y sobre todo después de que nos dejara bailar los papeles principales. Ahora ya era más difícil ignorarlo, pero, por extraño que pareciese, una parte de mí aún quería confiar en ella.

—Vale, pues pongamos que te elige para el papel de Té chino cada año por tus habilidades, no porque seas asiática. ¿Qué me dices de la coreografía?

Bueno, esa era fácil.

—La coreografía no es culpa de Kira. Siempre ha sido así.

—¿Y por qué no puede cambiarla?

—Porque... —Hice una pausa al ver que no me salían las palabras automáticamente. Me ardía la cara mientras buscaba una respuesta—. ¡Porque es la tradición! Las compañías de *ballet* de todo el mundo llevan décadas haciéndolo así.

Josie dejó el rizador y me puso iluminador en las mejillas.

—Yuna siempre dice que el hecho de que algo lleve toda la vida siendo de una manera no significa que no deba cambiar.

—¿Quién es Yuna? —pregunté con indiferencia.

Josie puso los ojos en blanco.

—Mi profesora de baile.

—Ah.

Era verdad que había oído a Josie mencionarla antes, pero lo había olvidado.

—En fin —dijo Josie con sequedad—. Que tiene razón. Ese baile es espantoso. Venga ya, esos pasitos tontos, las reverencias...

Fingió que se estremecía.

—A ver, está un poco… anticuado —admití.

La coreografía era del siglo XIX, así que por supuesto que estaba anticuado. Estaba a punto de argumentar que el Té chino era solo un bailecito de todo el *ballet*, que ni siquiera era tan importante, pero me quedé paralizada cuando me vino a la cabeza la imagen de Paul haciéndome una reverencia en clase de Lengua.

Pero eso era distinto. Supongo que se parecía a lo que tenía que hacer en el baile del Té chino: juntar las palmas de las manos y mover la cabeza arriba y abajo. Pero, cuando lo hacía Paul, era para hacerse el gracioso a mi costa. El público nunca se reía cuando hacía el bailecito del Té chino. Aunque a veces, después de una actuación, veía a niños corriendo, haciendo el movimiento de la cabeza y riéndose…

Pero Paul lo hacía a modo de insulto. Yo lo hacía porque era mi papel en *El cascanueces*, un *ballet* precioso con una coreografía que se remontaba a más de cien años, que, de nuevo, Kira no podía cambiar drásticamente… ¿no?

De repente tenía el cerebro agotado.

—Bueno, es igual —murmuré, con la esperanza de que eso pusiera fin a la conversación.

Evité mirar a Josie a los ojos en el espejo y eché un vistazo a su cuarto para distraerme. Me detuve al ver una vieja foto de las dos en el tablón que tenía sobre el escritorio. En el momento de la foto, yo tenía siete años y ella cinco, y llevábamos los trajes azules de marinera del único dúo que habíamos hecho juntas, en la actuación de verano de la escuela de danza del centro cultural. Era un dúo de jazz al ritmo de «Beyond the Sea», y habíamos estado ensayándolo en el salón día sí, día también, durante meses. Mi madre me había advertido de que Josie era más pequeña y no tendría la capacidad de atención necesaria para ensayar tanto como yo. Pero, cada vez que ponía la música, allí estaba Josie, pegada a mí. Nunca se quejaba, aunque tuviéramos que repetirlo un millón de veces. Es probable que aquel año, con los ensayos, fuera el que más tiempo pasamos juntas.

Después de aquella actuación, Josie quería más libertad y yo más estructura, así que nuestros padres inscribieron a Josie en Variations y a mí en la escuela de Kira Dobrow. Ya no podíamos practicar juntas porque hacíamos bailes muy diferentes, pero a veces nos enseñábamos la una a la otra los nuevos pasos que intentábamos perfeccionar. Un *grand jeté*, un *tour jeté*... Pero, a medida que me tomaba más en serio el *ballet*, el baile de Josie me fue pareciendo menos relevante, menos importante. Ya no recordaba la última vez que Josie y yo habíamos hablado de danza sin que una de las dos desconectara o se enfadara.

Josie siguió mi mirada hacia la foto.

—Esos trajes eran espantosos. Pero el baile no estuvo mal.

—Estaba pensando en lo mucho que lo ensayamos.

—Un montón.

—A mamá le sorprendía que pudieras dedicarle tanto tiempo con solo cinco años.

Josie se encogió de hombros.

—Era importante para mí.

Su mirada se cruzó con la mía en el espejo antes de que se diera la vuelta y sacara del armario una cajita de perfumes a medio usar. Los frascos de cristal tintinearon mientras Josie rebuscaba y olfateaba algunas de las opciones.

—Mira —dijo, frunciendo la nariz y dejando caer una botella púrpura brillante de nuevo en la cajita con un ruido sordo—, entiendo que antes te callaras y aguantaras todas esas estupideces porque estabas centrada en triunfar. En llegar a una compañía de *ballet* profesional. Yo no lo habría soportado, pero lo entiendo. Más o menos. En realidad no del todo, pero, bueno, da igual. La cuestión es que ya no haces *ballet*. Así que, ¿por qué te sigues callando respecto a esos temas?

Cualquier otro día, habría estallado al oír esa clase de discursito de engreída. Pero, por primera vez, sentí que las preguntas de Josie se infiltraban en mi cerebro con obstinación y echaban raíces. Quizás el *ballet* me había enseñado a callarme. A guardarme la rabia y el dolor para mí. Quizá mis arrebatos significaban que esa estrategia ya no me funcionaba. Pero, si no era la bailarina de *ballet* tranquila y dedicada que mantenía la cabeza baja y seguía adelante a pesar de las injusticias, ¿quién era? Y, si el *ballet* era tan injusto, ¿por qué lo echaba tanto de menos?

Josie me roció la nuca con un perfume de vainilla y les dio volumen a las ondas con los dedos.

—*Voilà* —dijo.

Me quedé mirando mi reflejo. Estaba increíble. Los rizos, la sombra plateada, el colorete rosa y el pintalabios... Todo era perfecto. Aunque estuviera enfadada conmigo por haberla amenazado con asesinarla esa mañana, Josie se había esforzado un montón.

Volvió a meter la cajita de perfumes en el armario y desenchufó el rizador. Me fijé de nuevo en la foto de hacía años y se me pasó por la cabeza algo que me sorprendió. Quizá Josie no seguía sacando a relucir todo el asunto del *ballet* solo para ser cruel.

Quizá lo hacía porque se preocupaba por mí.

⁕

De camino a recoger a Margot, no podía dejar de pensar en *El cascanueces*. En Kira. En el Té chino. En la coreografía. En Paul y en Jake. Tenía la cabeza hecha un lío.

Cuando me detuve en un semáforo en rojo, me di por vencida: busqué la música de *El cascanueces* en el móvil, fui hasta el «Grand Pas de Deux» y le di a reproducir.

En cuanto oí las apacibles arpas que tan familiares me resultaban subiendo y bajando por la escala como si flotaran, empecé a sentir que todo volvía a estar bien. Y, aunque me encontraba en medio del tráfico, pasando entre centros comerciales y concesionarios de coches, en realidad estaba en otro lugar: en diciembre del año anterior, en el Teatro Epstein, interpretando por primera vez el papel del Hada de Azúcar.

Estaba en el escenario, tocando con los dedos el tutú rosa que se extendía con rigidez unos treinta centímetros a mi alrededor; sintiendo el peso de la corona plateada brillante que llevaba sujeta a la cabeza con horquillas; bailando los movimientos a los que tan acostumbrada estaba y que, sin embargo, nunca dejaban de ser especiales.

El Hada de Azúcar era un rompecabezas precioso. Era un hada, claro, así que era delicada y fantástica. Pero también era una gobernante poderosa y benevolente. Tardé siglos en averiguar cómo transmitir todo eso al bailar. Tuve que hacer miles de pequeños ajustes en los brazos, las piernas, los dedos y los pies mientras ensayaba por detrás de Juliet y Spencer, como su suplente. Cuando por fin conseguí el equilibrio perfecto de delicadeza y potencia en cada *arabesque* y cada *piqué*, traté de pulirlo todo hasta conseguir que me quedara natural, como si siempre me hubiera movido así.

Cuando me tocó interpretarlo para el público, parecía que volaba sobre el escenario, como si las notas de la celesta, similares a las de una campana, emanasen de mi cuerpo y recorriesen el teatro entero hasta llenarlo de calor, luz y belleza.

Volví en mí, de nuevo en el coche, cuando la orquesta llegó a esa nota final tan dramática. Después, una vez en silencio, respiré hondo y recordé que mi parte favorita de toda la noche había llegado después del baile.

En *ballet*, nos despedimos con una *révérence*, una reverencia. Pero no es una simple reverencia para decir «gracias por aplaudir»; es un gesto de amor y respeto a tus compañeros, a los profesores, a la música, a la orquesta, al público y, sobre todo, al propio *ballet*. Es el modo de mostrar gratitud por haber podido hacer lo que acabas de hacer.

Aquella noche, en el escenario, al ritmo de los latidos de mi corazón y de los aplausos de familiares, amigos, desconocidos, amantes del *ballet* y personas que acababan de verlo por primera vez, había extendido el brazo derecho y luego el izquierdo, y al fin me había arrodillado para la reverencia y bajado la cabeza despacio.

Había derramado un montón de lágrimas y había contenido otras tantas antes de recibir la oportunidad de representar aquel papel. Pero esa noche por fin había ocurrido. Y había bailado de la forma más hermosa que había podido.

Capítulo catorce

—¿Se puede morir por exposición al neón? —gritó Margot por encima de la música, tapándose los ojos mientras entrábamos en el gimnasio.

—Pues quizá…

Entrecerré los ojos ante la decoración cegadora.

Del techo colgaban faroles de neón multicolor, el suelo estaba cubierto de cinta fluorescente en zigzag y las paredes estaban iluminadas con letreros de neón que decían: LÚZ-ETE EN LA PISTA, ESTA NOCHE ES PARA BRILLAR y, mi favorito, ¡¡¡NEÓN!!!!

—¿Dónde nos hacemos la foto?

Margot echó un vistazo alrededor del gimnasio.

—Ese capta el tema a la perfección —gritó señalando el letrero de ¡¡¡NEÓN!!!! que había junto a las gradas. Nos dirigimos hacia allí, abriéndonos paso entre un grupo de chicas con corazones fluorescentes pintados en las mejillas—. ¡Pon cara de que estás contentísima de estar aquí! —me pidió Margot cuando nos colocamos delante del letrero.

Estiró el brazo e hizo la foto. Tocó unos botones y se guardó el móvil en el bolsillo del vestido metálico y resplandeciente.

—Listo, ya está —dijo.

Nos quedamos de pie, incómodas y sin saber qué hacer, durante unos segundos. Vi a Josie en el otro extremo del gimnasio, poniéndose unas gafas de neón enormes y metiéndose en el fotomatón con otras chicas. Al otro lado de la sala, vi a

Ethan con un grupo grande de gente del musical. Estaban bailando como personas normales, no como en la fiesta premusical, y Jude no estaba con ellos.

—¿Nos…? —Señalé las puertas. Ya iba necesitando esos gofres.

—¡Alinaaaa!

Mi nombre atravesó la música y el ruido. Laney corría hacia mí con un vestido vaporoso rosa intenso. Ada iba detrás con un vestido de corte sirena verde oscuro. Cuando se acercaron, hicieron lo que me temía: extender los brazos y empezar a graznar.

Margot abrió los ojos de par en par.

—¿Las conoces? ¿O tengo que intentar acordarme de lo que me enseñaron en aquella clase de defensa personal del cole?

—Bailan conmigo en el musical —respondí—. Son inofensivas.

Entonces la canción cambió de repente y empezó a retumbar un ritmo rápido por todo el gimnasio. Ada se detuvo en seco y agarró a Laney de la muñeca para llevarla a la pista de baile. Laney agarró la mía y me tropecé cuando me arrastró con ella. Presa del pánico, agarré la de Margot y, antes de que ninguna de las dos pudiera decir nada, estábamos avanzando entre lentejuelas y camisas blancas resplandecientes hasta llegar a una zona abarrotada en medio del gimnasio. Me llevé los brazos al pecho para encogerme mientras observaba entre parpadeos los cuerpos que giraban a mi alrededor. A no ser que nos tirásemos sobre la multitud para que nos llevaran en volandas como a unas estrellas del *rock*, no había salida. Miré a Margot, convencida de que encontraría la forma de escaquearse.

Pero Margot estaba bailando con los brazos en alto. Me sonrió con unos dientes que resplandecían de un modo extraño bajo la luz negra.

—Un baile y nos vamos a por los gofres —me gritó, agarrándome de las manos y balanceándolas por encima de mi
cabeza.

Gruñí, me reí y me la quité de encima, y noté que mis manos se movían solas a medida que el ritmo se volvía más intenso. Entonces todo el mundo empezó a saltar, y yo también;
la música me había invadido el cuerpo. Mientras bailaba, mi
falda lavanda iba ondeando y girando, luminiscente bajo las
luces de neón.

Bailamos tres canciones. Había olvidado lo fácil que era
moverse así, sin pasos ni reglas, y sin nadie que te vigilara y
llevara la cuenta de todas las cosas que hacías mal.

—Mejor esto que los gofres, ¿no? —me gritó alguien.

Ethan se había acercado bailando; llevaba un traje color
gris oscuro y un fajín púrpura neón. Laney y Ada se pusieron
a gritar y lo abrazaron.

—Bueeeno… —contestó Margot, pero no pudo ocultar
la sonrisa—. ¿Has terminado ya de hacer fotos para Instagram?

—Por supuesto que no —respondió Ethan con un tono
burlón.

Sentí el impulso de preguntarle si andaba Jude por allí,
pero me contuve.

Empezó a sonar una canción lenta justo cuando Harrison
se acercaba con un traje azul oscuro muy elegante.

—Hola —nos saludó con una sonrisa nerviosa.

Quise mirar a Ethan y ver su reacción, pero habría sido
demasiado descarado. Laney no se pudo controlar y soltó una
risita tonta; era evidente que a ella no le preocupaba ser descarada. Pero Harrison no se dio cuenta, o al menos fingió no
darse cuenta. La verdad es que estaba muy guapo. Tenía una
flor verde neón en la solapa y no llevaba el gorro. En realidad,
se le veía un poco raro sin él, como si tuviera la cabeza desnu-
da. Pero no pensaba decírselo.

—¿Dónde te has dejado el gorro? —le preguntó Margot sin reparos; típico de Margot.

—Eh... —A Harrison le tembló la sonrisa.

—¿Tú qué eres, la policía de los gorros? —le espetó Ethan a Margot, mirándola con una ceja arqueada.

Margot observó al grupo, extrañada ante el atolondramiento de Laney, los nervios de Harrison y la irritación de Ethan.

—¿Qué pasa? Solo preguntaba. ¿Por qué estáis todos tan raros?

—Porque eres una... —Ethan extendió los brazos hacia Margot— *beautiful girl* —cantó, alzando la voz por encima de la música.

Margot soltó un gruñido dramático, pero Laney y Ada se pusieron a cantar con Ethan. Harrison echó la cabeza hacia atrás y cantó más alto que los demás, e hizo reír a Ethan. Todos siguieron cantando incluso aunque las parejas que bailaban lento a nuestro alrededor nos mirasen mal. Ethan hizo una pausa para enfocar con la cámara del móvil y sacarle una foto a Harrison, que cantaba con los ojos cerrados.

Cuando llegó la parte en la que Harrison tenía que hacer un *box step* y dar un giro, logró hacerlo sin parecer una marioneta borracha. De hecho, hasta le quedó bien. Ethan levantó las cejas, impresionado. Harrison le dedicó una sonrisa tímida.

La música pasó a otra canción rápida. Tenía la garganta seca, así que les dije a los demás mediante señas que iba a por agua. Cuando abrí la puerta del vestíbulo, tardé un rato en ajustar la vista a las luces normales del techo. Me quedé allí unos segundos, sujetando la puerta y parpadeando, antes de darme cuenta de que había alguien allí parado, delante de las vitrinas.

Jude.

—Uy —solté.

Había dejado la chaqueta azul cobalto tirada en una silla y llevaba las mangas de la camisa subidas hasta los codos. Me miró con los ojos muy abiertos.

—Eh... —dije al ver que seguía mirándome—. ¿Va todo bien...?

Jude sacudió la cabeza.

—Perdona. Se veía todo un poco raro.

—¿Raro?

—Con las luces negras detrás de ti y el color de ese vestido, parecías un fantasma.

Bajé la mirada. Era cierto que mi vestido lavanda tenía cierto brillo fantasmal bajo las luces de neón. Di un paso adelante y dejé que la puerta se cerrara tras de mí, con lo que el sonido de la música se atenuó.

—No en el mal sentido —trató de justificarse Jude a toda prisa—. No en plan terrorífico. No como un *poltergeist* ni nada de eso. Sino como, ya me entiendes, como uno de esos... fantasmas elegantes.

Estaba divagando. Sobre fantasmas. Estaba claro que algo iba mal, pero Jude no quería que yo lo supiera.

—Claro, claro, lo entiendo perfectamente —contesté, siguiéndole el juego—. Yo sé mucho sobre fantasmas elegantes. ¿Has oído hablar de las *wilis*?

—¿Las qué?

Así que empecé a hablarle de *Giselle*, aunque ahora fuera yo la que estuviera divagando sobre fantasmas, porque con cada palabra veía a Jude más curioso por lo que le estaba contando y menos preocupado por lo que había estado pensando antes de que yo llegara.

—Giselle es una campesina que se enamora de un hombre que llega a su pueblo, pero ella no sabe que en realidad es un conde llamado Albrecht que finge ser un campesino. Pero Albrecht también se enamora de Giselle. Entonces llega su familia y Giselle descubre quién es en realidad, y que está prometido con otra chica. Así que muere de mal de amores.

Jude frunció el ceño.

—Pues vaya final más penoso.

Me reí.

—Eso era solo el primer acto.

—Ah —dijo Jude, y se le levantó la comisura de los labios—. Sigue, sigue.

—En el segundo acto, Giselle se convierte en una *wili*. Son fantasmas de chicas despechadas que murieron antes del día de su boda. Myrtha es su líder, y cada vez que un hombre entra en el bosque por la noche bailan con él hasta que acaba muriendo. Es brutal y precioso al mismo tiempo. En fin, que una noche, después de que Giselle muera, Albrecht va al bosque a visitar su tumba.

—Oh, oh, creo que ya sé hacia dónde va todo esto —dijo Jude.

Sonreí y me pregunté por qué no paraba de hablar de *Giselle*. Vale, sí, estaba distrayendo a Jude de lo que le preocupaba, pero quizá también lo hacía por la misma razón por la que había escuchado el «Grand Pas de Deux» en el coche. Para recordar todo lo que me gustaba del *ballet*. Para defenderlo del caos de pensamientos que se habían arremolinado como un torbellino en mi mente esa noche.

Pensamientos con los que aún no estaba segura de qué hacer.

—Así que Giselle le ruega a Myrtha que no lo mate. No surte efecto, pero Giselle gana tiempo hasta que sale el sol y las *wilis* tienen que volver a sus tumbas. Y está contenta porque ha salvado a Albrecht, el hombre al que seguía amando a pesar de todo.

—Guau. Vaya —dijo Jude, ensimismado—. ¿Y qué pasa después? ¿Sigue siendo Giselle una *wili*, aunque se haya enfrentado a Myrtha? ¿Qué pasa con las *wilis* que se saltan las normas de las *wilis*?

Fruncí un poco el ceño.

—Pues no lo sé. Nunca lo había pensado.

Jude asintió. Luego me recorrió con la mirada, desde el vestido hasta el rostro.

—Estás impresionante, por cierto.

—Me ha maquillado Josie —dije, no sé por qué—. Tú también estás genial —añadí, porque era cierto. Por alguna razón, ese estilo formal pero desarreglado me parecía monísimo. Carraspeé y fingí interés en leer las placas de la vitrina—. Bueno, así que descansando de… —Señalé hacia las puertas del gimnasio, a mi espalda.

—Sí. —Abrió la boca para decir algo más, pero negó con la cabeza. Lo miré con más atención y vi que tenía el ceño fruncido y una especie de tensión en la boca que no solía mostrar. Cuando se dio cuenta de que lo estaba mirando, me dijo—: No me pasa nada. Es solo que estaba… un poco tristón.

Volvió a sacudir la cabeza, como si nada.

Jugueteé con la falda.

—¿Por algo en concreto? ¿Tu padre? ¿Diya?

—No. Es que es una noche rara para mí. —Sonrió, pero no era su sonrisa de siempre. Era la primera vez que veía a Jude Jeppson con una sonrisa triste. Me dolió más de lo que esperaba—. ¿Se te ocurre algún otro *ballet* triste del que puedas hablarme? Me encantaría oírlo.

Había montones, pero ya había tenido suficiente *ballet* por esa noche.

—No se me ocurre ninguno. Lo siento.

—No pasa nada —respondió Jude—. Y gracias por no decirme que me deje de tonterías y me divierta. O sea, sé que tú no eres así. Pero habría sido lo más fácil.

Me preguntaba cómo sabía que yo no era así.

—Claro. Cuando te pasa algo así, cuando te da el bajón, tampoco puedes ignorarlo.

—Exacto. —Me señaló—. ¿Y sabes qué? Que siempre me siento mejor después de permitirme estar triste durante un rato. Como si le diera tiempo a la tristeza para correr y estirar las piernas para que no esté tan inquieta.

—Nunca había pensado en la tristeza como algo con piernas.

—Ah, pues claro que las tiene. Es como un cachorro, al menos al principio.

—Eh… ¿Que la tristeza es como un cachorro?

—Menos adorable, obviamente. Pero sí. Se caga en todas partes, se carga cosas valiosas y no deja de gimotear si intentas encerrarla aunque sea un segundo.

Pensé en la noche en que me di cuenta de que no iba a poder volver a subirme a las puntas. En el vacío desgarrador que se apoderó de mí y que me ha acompañado desde entonces. Desde luego, se había cargado mi relación con Colleen. Y se había cagado en cualquier pensamiento optimista que mi familia me sugiriese. Y me resultaba imposible dejarla encerrada.

—Supongo que tienes razón —admití en voz baja. Pasé la uña por el cristal liso de la vitrina—. ¿Así te sentiste tú, entonces? Cuando tu padre se fue.

Esperaba no estar pasándome de la raya, pero me resultaba fácil hablar con él allí fuera, en calma.

—Justo. —Jude bajó la mirada hacia sus zapatos relucientes color café—. Al principio, seguía fingiendo que todo iba a volver a la normalidad. Pero entonces, en el baile de invierno del año pasado, lo entendí. Me di cuenta de que, hagas lo que hagas y digas lo que digas, no puedes cambiar a los demás. Por mucho que los quieras o te preocupes por ellos, al final son como son. Y, si no quieren lo mismo que tú, no puedes cambiarlo. —Jude suspiró y luego miró al techo—. Lo pasé fatal cuando me di cuenta. Estuve deprimidísimo. Ahí fue cuando nació el cachorro.

Mientras estudiaba el rostro de Jude, noté que se le suavizaba la expresión y volvía la vista hacia mí.

—Pero, más tarde —añadió—, ese mismo pensamiento se convirtió en algo liberador. Mi padre había tomado una decisión y yo podía aceptarla o no aceptarla. Me ayudó a seguir adelante. Y me ayudó a darme cuenta de que no quería que las cosas volvieran a la normalidad.

—¿No querías?

—Mi padre siempre quería que hiciera lo que él quería. No le hacía gracia que me gustaran los musicales. Quería que me apuntara a *lacrosse* y a fútbol, igual que él cuando iba al instituto. E incluso, aunque hiciera esas cosas, no estaba satisfecho. Por ejemplo, si llegaba a casa del entrenamiento y me hacía un té de perlas de dragón y me daba un baño, se ponía muy raro. Murmuraba cosas tipo: «Eso no es lo que hacen los hombres». Cosas típicas de macho inseguro. Palabras de mi madre. Pero es la verdad.

—Joder, qué mal —solté.

Mi padre siempre me había apoyado al cien por cien. Aunque, por otra parte, a nadie le resulta raro que una niña pida unas zapatillas de *ballet* y un tutú de pequeña. Pero no todas las niñas bailaban *ballet* todos los días de la semana, ni pedían un estirador de empeine por Navidad, ni cancelaban la fiesta de su décimo cumpleaños porque querían ir a clase de baile. Y mi padre nunca me había hecho sentir rara por querer esas cosas.

Además, estaba convencida de que, aunque hubiera dejado el *ballet* y me hubiera dedicado a hacer *motocross* o algo así, habría seguido apoyándome. Era el tipo de padre que nos compraba tampones a Josie y a mí en la tienda sin darle mayor importancia. Lo contrario a un macho inseguro. No podía imaginarme la vida sin un padre así.

—Pues sí, la verdad —contestó Jude—. Pero me ayudó a darme cuenta de que estaba mejor sin él.

—¿Y el cachorro desapareció cuando te diste cuenta? —le pregunté.

Jude torció la boca hacia un lado.

—No creo que el cachorro desaparezca nunca. Diría que sencillamente crece. Ya sabes, vives con él durante un tiempo, y luego empiezas a adiestrarlo y a aprender cómo se comporta, y al final ya no te necesita tanto. Se podría decir que se convierte en un perro de exterior. Sigues teniendo que alimentarlo y ejercitarlo y acariciarlo a veces, cuando vuelve. Pero, si haces todo eso, te deja vivir tu vida.

Traté de asimilar todo aquello. Pensé en qué clase de perro era mi tristeza en ese momento. La encerraba cuando estaba con otras personas, pero muchas veces se me escapaba sin querer. De ahí las bombas de envidia, los cortes de manga y las amenazas de atropellar a mi hermana con el coche. Aunque, para ser sincera, el cachorro ya no me mordía como antes. O sea, estaba en un baile del instituto y no estaba aterrada. E incluso le había contado a Jude toda la trama de *Giselle* sin venirme abajo al pensar que nunca llegaría a bailarlo.

Una extraña calidez me recorrió el cuerpo. Tal vez haber ido al baile no era una forma de engañar a mis padres para hacerles creer que estaba progresando. Tal vez significaba que mi cachorro estaba creciendo un poco, que lograba que me dejara en paz el tiempo suficiente para divertirme en un baile de instituto con temática de neón.

Jude seguía callado. Me dio la sensación de que ya había dicho todo lo que quería decir sobre su padre. Al menos por ahora. Así que le dije algo menos serio.

—No conoces a Ferdinand, el pitbull de mi amiga Colleen. Tiene nueve años y la sigue a todas partes, y ella lo mima muchísimo. Le prepara golosinas especiales para perros en el horno.

Me sentí bien hablando de Colleen como si nada hubiera cambiado entre nosotras, al menos durante un momento.

—Como debe ser —respondió Jude.

Ya no tenía la sonrisa tan teñida de tristeza, y me sorprendió lo mucho que me alegraba verlo.

Puede que fuera porque casi había vuelto su sonrisa normal, o por lo de convertir la tristeza en cachorros, o por el hecho de que nos encontráramos solos a pesar de que todo el instituto estaba a unos tres metros de nosotros, pero mi boca dijo algo sin el permiso de mi cerebro.

—Me apetece mucho bailar contigo.

Y entonces la sonrisa amplia y pura de Jude volvió del todo. Más brillante que todas las luces de neón del gimnasio juntas.

No respondió. Tan solo siguió sonriendo. Y, mientras tanto, me recorrió el rostro con la mirada, desde la frente hasta los labios, donde se detuvieron un segundo.

De repente me preocupó que no hubiera entendido a qué me refería.

—¿Has visto el horario de los ensayos para después de las vacaciones?

—Sí.

Alzó los ojos hacia los míos, y yo estaba absorta en ellos.

Así que añadí a toda velocidad:

—No te voy a hacer bailar hasta que mueras, te lo prometo.

Jude arqueó ligeramente las cejas. Luego se inclinó hacia delante y pegó la boca a mi oreja.

—No hagas promesas que no puedas cumplir —me susurró.

No estaba del todo segura de qué significaba, pero me hizo sentir un cosquilleo en la piel y me latió el corazón con fuerza.

Las puertas del gimnasio se abrieron de golpe y Ethan, Harrison y Celia se asomaron.

—¡Jude! —gritó Celia—. ¡Es la última canción!

Ethan nos miró a Jude y a mí. Le rogué en silencio que no dijera nada sugerente, nada que lo volviera incómodo.

—Fred —dijo con severidad, parpadeando mientras miraba a Jude. Luego se volvió hacia mí—. Cyd. Venid aquí ahora mismo, ¡y a bailar!

—A la orden, Gene —contestó Jude.

Y me tendió la mano. La acepté y me llevó de vuelta al gimnasio. Seguimos a Ethan entre la multitud hasta donde aún estaban bailando Margot, Laney y Ada. Sonó un fuerte estallido y nos cayó confeti plateado encima. Margot abrió la boca y sacó la lengua. Eché la cabeza hacia atrás y me reí. Jude me miró y se echó a reír también.

Ethan debió de hacer una foto justo en ese instante, porque un *flash* lo difuminó todo durante un momento. Margot lo miró exasperada y se pasó el resto de la canción intentando hacerse con el móvil de Ethan mientras él seguía bailando fuera de su alcance.

⌇

Esa noche, en la cama, con la cara limpia tras haberme desmaquillado, miré la foto que Ethan había publicado en Instagram. Margot tenía la boca abierta. Jude y yo nos reíamos a su lado mientras caía confeti a nuestro alrededor. Ethan sonreía en una esquina, lo que significaba que había estirado el brazo y se había metido en el encuadre antes de hacer la foto. No era muy habitual; Ethan casi nunca salía en las fotos que publicaba.

Estudié mi rostro. Se me veía… feliz. La verdad es que me había sentido feliz en aquel momento. Me había sentido bien en aquella sala resplandeciente con personas a las que hacía unos meses no conocía de nada pero que se habían convertido en mis amigos.

Y mi felicidad también tenía que ver con la conversación que había mantenido con Jude. Era el tipo de conversación que me llenaba del mismo modo en que me llenaba el buen arte, con ideas, imágenes y momentos que podía guardarme en la cabeza y reproducir una y otra vez: la sonrisa de Jude pasando de triste a feliz; cachorros que crecen y salen a la calle.

Me quedé mirando la foto hasta que se me cerraron los ojos.

Capítulo quince

A la mañana siguiente seguía de muy buen humor, y el olor de las tortitas con pepitas de chocolate de mi padre me ayudó a mantenerlo. Siempre nos hacía desayunos especiales cuando mamá, Josie y yo estábamos de vacaciones.

—Gracias —dije con la boca llena mientras mi padre me servía otra tortita.

—Se te ve contenta. —Mi madre sonrió con cautela sobre su taza de té.

Me encogí de hombros.

—Es el primer día de las vacaciones.

—Y *además* anoche tuvo una noche mágica —añadió Josie, echándose una cantidad bastante generosa de sirope en sus tortitas.

Me quedé helada en pleno bocado.

—¿Qué?

Josie se limpió los dedos en el pijama andrajoso de muñecos de nieve y sacó el móvil. Después de darle unos toquecitos y desplazarse hacia abajo, volvió la pantalla hacia mí. Era la foto que había hecho Ethan. La que me había quedado mirando durante tanto tiempo que resultaba un poco vergonzoso antes de caer rendida. Estaba tan concentrada en la imagen que no había visto el pie de foto: «Un baile de invierno mágico».

Me di cuenta demasiado tarde de que toda mi familia me estaba mirando, probablemente preguntándose por qué tenía esa sonrisa tonta en la cara. Traté de adueñarme del teléfono, pero Josie lo apartó. Mi madre se lo quitó de las manos y se acurrucó junto a mi padre, y se pusieron a comentar lo bien que salíamos todos.

—¡Anda, pero si es Jude Jeppson! —exclamó mi padre, señalando la pantalla con la espátula.

—¡Es verdad! —Mi madre se levantó las gafas y se acercó la foto a la cara—. Qué muchacho tan guapo.

—Uf, mamá.

Avancé hacia ella para quitarle el móvil, pero mi madre se quedó quieta.

—¿Qué pasa? —Tenía una expresión inocente que se contradecía con la sonrisa que le curvaba los labios—. ¿Le gustas?

—¿Eres su *bae*? —intervino mi padre.

Le encantaba utilizar palabras modernas que decían los jóvenes en internet para ver cómo reaccionábamos Josie y yo.

Pero Josie se limitó a decir:

—Muy buena, papá.

Y todos se echaron a reír.

—No y no —dije, y me levanté, agarré el teléfono y lo puse bocabajo sobre la mesa.

—Deberías invitarlos a la actuación de Josie de esta noche —propuso mi madre.

Se me formó un nudo en el estómago y, aunque todavía tenía media tortita delante, perdí el apetito. Había olvidado que Josie bailaba *El cascanueces* esa noche.

—Eh… No van a poder. —Mi madre me lanzó una mirada con la que dejaba claro que me estaba pidiendo una explicación—. Ethan está en Pittsburgh, Jude en Indiana y Margot… tiene que ir a no sé dónde esta noche.

No tenía ni idea de si Margot tenía que ir a algún sitio esa noche en realidad. Pero no pensaba pedirle que viniera. Por mucho que pudiera distraerme de posibles explosiones de bombas de envidia, no quería que me viera así de nerviosa.

Me vibró el móvil y lo saqué con la esperanza de que pusiera fin a la conversación. Una foto de Colleen llenó toda la pantalla. Llevaba un tocado blanco que me resultaba familiar y tenía un ojo cerrado y apretado.

Se me ha metido una horquilla en el ojo. Ojalá estuvieras aquí.

Debía de haber acabado de bailar el «Vals de los copos de nieve». La escuela de Kira Dobrow utilizaba trozos de papel blanco para la nieve; los lanzaban desde bolsas enormes por encima del escenario. Cuando terminaba la actuación, los tramoyistas barrían todo el papel y lo volvían a meter en las bolsas para dejarlo caer de nuevo en la siguiente función. Pero también barrían la suciedad, el polvo y cualquier otra cosa que hubiera en el escenario. Así que, después de unas cuantas funciones, era inevitable que te cayera una horquilla en la cara.

Al observar la foto, sentí una opresión familiar en el corazón; a mí también me habría gustado estar allí con ella. Pero, si hubiera estado allí, llevaría el disfraz de Té chino. Y Colleen se estaría preparando para ser Café árabe, no la Reina de las Flores ni el Hada de Azúcar. No podía seguir ignorando todo aquello, ni los sentimientos incómodos que lo acompañaban.

Josie acabó con las tortitas y dejó el plato en el fregadero con un ruido seco.

—Me voy a casa de Fiona a terminar de hacernos los trajes de los copos de nieve —anunció—. Su hermana nos va a llevar luego al colegio. Tendréis que estar allí para las siete menos cuarto.

Me lanzó una mirada y fue corriendo al piso de arriba.

Moví la tortita de un lado a otro del plato.

—¿Quedaría muy mal si no fuera a…?

—Si puedes ir al baile de invierno, puedes ir a ver bailar a tu hermana, igual que te ha visto ella un montón de veces —me dijo mi madre.

—Eso mismo pienso yo —añadió mi padre mientras fregaba unos platos.

Suspiré. Caso cerrado.

Cuando me subí al asiento trasero del coche a las seis y media, le eché un vistazo a la casa de Jude. Todas las ventanas estaban a oscuras, y sentí un ligero vacío al verlas. Se iba a pasar las vacaciones enteras en Indiana, visitando a su familia. Me resultaba extraño pensar que había estado justo enfrente de mi casa durante tres años sin que yo hubiera sido consciente. Y que ahora, que no llevaba ni un día fuera, lo echase de menos.

Pensé en enviarle un mensaje mientras mi padre nos llevaba al colegio Hope, donde actuaba Variations. Nos habíamos dado los números después del baile de invierno. No se me ocurría nada que decirle; al menos, nada que tuviera sentido en un mensaje de texto. Y él tampoco me había enviado ninguno, así que...

Me centré en respirar hondo mientras aparcábamos y seguí a mis padres hasta el salón de actos. Hacía siglos que no pisaba ese lugar. Mis espectáculos de los bailes de invierno y primavera siempre coincidían con los de Josie, y duraban más, así que nunca tenía tiempo de ir a verla. Lo más probable era que la última vez que había visto bailar a Josie tuviera unos diez años.

Mi madre puso bajo el asiento las rosas de color melocotón que había traído; el papel crujió al dejarlas en el suelo y su perfume inundó el aire. Antes también solían llevarme rosas cuando bailaba. Estaba enrollando y desenrollando el programa cuando las luces se apagaron y empezaron a sonar las primeras notas de *El cascanueces*, tan familiares que me resultó doloroso oírlas.

Se abrió el telón y reveló seis literas destartaladas que rodeaban una mesa con cuchillos. Puse los ojos en blanco. En lugar de ambientar la fiesta inicial en una casa del siglo xix, Variations había decidido ambientarla en un internado-carnicería distópico. Bajo la partitura de Chaikovski sonaban un ritmo tecno, unos cristales rotos y una sierra mecánica. Los invitados de la fiesta se pusieron a saltar y a girar. Los bailarines eran de lo más flexibles, pero nada de lo que vi me llegó al corazón del modo en que me ocurría con el *ballet*. Ni por asomo. Aun así, aplaudí como se esperaba al final de cada baile, mientras contaba los números que quedaban para que se acabara.

Josie participaba en un montón de bailes grupales, como la escena de la nieve, en la que todos llevaban unas uñas falsas larguísimas que les daban un aspecto macabro. Siempre lograba distinguirla entre los demás, y no solo porque fuera mi hermana. Tenía una musicalidad al bailar que aún recordaba vagamente de cuando éramos pequeñas, pero que, como era de esperar, había ido evolucionando. Bailaba con movimientos marcados y limpios, pero siempre encajaban con las emociones de la música. Miré el programa y vi que tenía un solo durante el número del «Vals de las flores»: interpretaba a un «abejorro furioso». Volví a poner los ojos en blanco.

En aquella versión de *El cascanueces* solo había un acto, así que antes de que me diera cuenta Marie y el príncipe estaban en la Tierra de los Dulces. Dejé que mi mente divagara durante la danza del Chocolate español, pero volví a prestar atención cuando empezó a sonar la música del número del Té chino. Se me estremeció todo el cuerpo, listo para lanzarse a hacer los *entrechats* y los pasitos arrastrando los pies que tan bien conocía. Pero lo que estaba viendo en el escenario era totalmente distinto.

Tres chicas corrieron hacia el centro, con una flor de un verde intenso sobre un tallo largo en cada mano. Todas extendieron los brazos a la vez y las flores se transformaron en gruesas cintas que ondeaban en el aire. Las bailarinas comenzaron a girar a toda velocidad, a dar saltos acrobáticos y a hacer el puente, mientras estiraban los brazos con movimientos rítmicos y las cintas formaban figuras sorprendentes en el aire. Era hipnótico. Parecía que las cintas estuvieran vivas.

Cuando acabó el baile, un aplauso atronador resonó por todo el salón de actos y una sensación extraña me revolvió el estómago. No era la bomba de envidia de siempre.

Era vergüenza. Ira.

Respiraba tan fuerte cuando terminaron los aplausos que temí que me oyera la gente. Me escabullí del asiento y recorrí el pasillo a toda prisa. En el vestíbulo, me senté en el suelo y hojeé el programa hasta que llegué a una página titulada «Nota sobre los bailes nacionales», escrita por la directora, Yuna Lee.

Mis alumnos y yo llevamos años debatiendo sobre los estereotipos en los bailes nacionales de El cascanueces. *Me sentí muy orgullosa cuando algunos de ellos se acercaron para decirme que querían convertir estas danzas en representaciones más fieles, respetuosas y complejas de los bailes de todo el mundo. Creo que Josie Keeler, una estudiante de nivel avanzado, lo expresó de la mejor manera posible cuando afirmó: «Durante cientos de años,* El cascanueces *ha perpetuado una visión simplista y racista de las diferentes culturas. Y no quiero que los niños vean el mundo de ese modo». Juntos, los alumnos y profesores de Variations hemos estudiado decenas de danzas increíbles. Junto con Angela Xie, del Centro de Danza China de Filadelfia, aprendimos una danza de cintas para el número del Té chino…*

Dejé de leer y apoyé la cabeza contra la pared.

Siempre me gustaría más el *ballet* que la danza moderna. Y la música clásica que la música *noise*. Estaba tan convencida de ello como siempre. Pero la danza del Té chino que acababa de ver era mucho mejor que la que había bailado durante años en mi escuela de *ballet*. Y ahora, tras haber visto lo que podría haber sido ese número, todas las posibilidades que Kira ni siquiera se había planteado, que *yo* ni siquiera me había planteado...

Me froté la cara con las manos. ¿Por qué no me había dado cuenta de que el baile podía ser muy distinto? ¿Por qué tampoco se había dado cuenta Kira? Pero no era solo yo, y no era solo Kira. Pensé en el sinfín de actuaciones de *El cascanueces* que había visto en los escenarios y en YouTube a lo largo de los años. Muchas compañías de *ballet*, grandes y pequeñas, locales e internacionales, tenían números del Té chino similares. ¿Por qué no lo había cambiado nadie?

De repente, sentí que la cuestión me superaba, que era algo mucho más grande que yo, pero a la vez seguía siendo muy personal. Yo misma había bailado ese número todos esos años, había perpetuado esa visión simplista y racista y, al mismo tiempo, miles de bailarines de todo el mundo también lo bailaban. Tal vez a ellos les resultara fácil aceptar los papeles que les tocaban, como me pasó a mí. Tal vez para los bailarines, profesores, coreógrafos y directores artísticos fuera fácil seguir la tradición, sin tener en cuenta a quién perjudicaba. Tal vez, como yo, adoraban tanto el *ballet*, y creían tanto en su belleza, que no veían todo lo feo, o no querían verlo.

Los primeros acordes del «Vals de las flores» atravesaron las puertas del salón de actos. Me estaba perdiendo el solo de Josie. Pero no podía moverme.

Josie había ayudado a transformar el baile y a convertirlo en algo mejor, y quizá, si hubiera sabido qué decirle a Kira el día en que publicaron la lista del reparto el año anterior, yo también podría haberlo transformado. Pero Variations era diferente de mi escuela. Y, además, ya no bailaba *ballet*. Era demasiado tarde para cambiar nada.

Mientras el frío del linóleo me atravesaba las mallas, una nueva clase de tristeza se apoderó de mí. Diferente del dolor, al que tan acostumbrada estaba, de no poder bailar *ballet*, de echar de menos todas esas cosas que antes había sido capaz de hacer. La tristeza que sentía ahora se debía a todo lo que no había hecho, todo lo que había ignorado.

Me quedé allí sentada, absorta en mis pensamientos, hasta que oí las arpas apacibles subiendo y bajando por la escala como si flotaran. El «Grand Pas de Deux» estaba a punto de empezar. Algo me llevó a rastras hacia la oscuridad del salón de actos, al pasillo y a mi asiento.

En el escenario había una chica con tutú rosa y un chico con un abrigo escarlata bailando *ballet*. Por lo visto, el «Grand Pas de Deux» de Variations era el tradicional. Sin música *noise*; solo Chaikovski. A medida que la música iba *in crescendo*, se me volvió a agitar el cuerpo, deseoso de salir a bailar. Pero me quedé allí sentada, entre el público. Unas lágrimas silenciosas me surcaron el rostro mientras contemplaba el número que yo misma había bailado en el pasado. El que ya no podría volver a bailar jamás. El que aún amaba con todo mi corazón, aunque me lo estuviera partiendo de nuevo.

Capítulo dieciséis

Mis padres se enfadaron un poco conmigo por haberme perdido el solo de Josie, pero para Navidad ya se les había pasado, más o menos. Pero a Josie no. Estaba sentada lo más lejos posible de mí mientras hablábamos por Skype con la abuela antes de abrir los regalos.

—¿Qué creéis que os ha traído Papá Noel? —nos preguntó la abuela, con una amplia sonrisa que le acentuaba las arrugas en su piel morena.

—No es justo —contestó Josie—. Tú eres Papá Noel, así que ya lo sabes.

La risa de la abuela inundó la habitación. Éramos sus únicas nietas, así que nos mimaba todas las Navidades. Más de la mitad de los regalos que había bajo el árbol eran de su parte.

—Apuesto a que nos ha traído algo que has hecho tú misma —dije.

Nuestra abuela era toda una artista y siempre nos enviaba sus últimas creaciones: collares de caracolas, pinturas al óleo o piezas de cerámica.

—Obvio —murmuró Josie en voz baja para que no la oyera la abuela.

—Supongo que vais a tener que esperar para verlo —nos dijo la abuela. Tras ella, la ventana enmarcaba árboles y arbustos de un verde intenso que la brisa mecía despacio. Casi podía sentir el calorcito. Era tan diferente de los árboles marrones y sin hojas y del cielo gris blanquecino que había fuera de casa...—. Tengo que sacar las galletas de jengibre del horno. Os quiero.

—Te echo de menos, mami —dijo mi madre, y le lanzó un beso a la pantalla.

Siempre me había parecido muy tierno que mi madre llamara *mami* a la abuela. Pero esa vez casi se me saltaron las lágrimas. Desde que había visto *El cascanueces* de Josie, estaba de lo más emotiva.

Después de despedirnos, mi madre y mi padre empezaron a ordenar todos los regalos y nos lanzamos a por ellos. Comenzamos por los regalos que nos habíamos hecho la una a la otra, como siempre. Vi como Josie desenvolvía mi regalo; me había gastado un dineral en una paleta de sombras de ojos de la nueva marca de Willa Hoang, con la esperanza de que se le pasara el enfado.

—Gracias —murmuró Josie sin mirarme.

La dejó a un lado y me lanzó un regalo plano.

Lo abrí y vi la foto que Ethan había tomado en el baile de invierno dentro de un marco plateado con estrellas grabadas. Sonreí. Me había quedado mirando la foto todas las noches antes de acostarme, así que conocía bien todos los detalles. Pero de alguna manera tenerla impresa, con un marco y todo, la volvía más auténtica.

—Vaya... Gracias, Josie.

Se encogió de hombros.

—A lo mejor ahora tu cuarto ya no es tan deprimente.

Le sonreí, pero ella se limitó a poner los ojos en blanco.

A continuación abrí los regalos de mis padres. El primero era una esterilla y un conjunto de yoga. El segundo, un libro de canciones de Broadway.

—¡Para las audiciones del año que viene! —me dijo mi madre cuando lo abrí.

El tercero era *Las 385 mejores universidades*, un libro de The Princeton Review. Ahí estaba... Sabía que la charla sobre la universidad estaba al caer desde que se habían ido al garete mis planes relacionados con el *ballet*.

—No hace falta que te lo estudies todavía —me dijo mi padre—. Pero ahora ya lo tienes, por si quieres hojearlo.

Sabía que Ethan había solicitado plaza en un montón de facultades de humanidades de la zona. Y Jude también, además de en otras más grandes, como la Universidad Estatal de Pensilvania y la Universidad de Pittsburgh. Margot planeaba matricularse al año siguiente en alguna universidad de California, Alaska o cualquier otro sitio lejos de allí. Yo aún no tenía ni idea de si quería ir siquiera a la universidad.

Esa noche, después de los regalos, la cena y de haber visto *Qué bello es vivir*, me metí en mi cuarto. Puse la esterilla de yoga, el libro de canciones de Broadway y el marco de fotos en un montoncito sobre mi escritorio.

Tenía el móvil en la mesilla de noche, y empezó a vibrar; era un mensaje de Colleen. Una foto de Ferdinand con un gorro de elfo.

Feliz Navidad, Ali. Te echo de menos.

Me preguntaba qué le habrían regalado a Colleen por Navidad. Seguro que camisetas con dibujos de pitbulls de parte de sus hermanos y joyas con granates de parte de sus padres. A lo mejor también le habían regalado un maillot nuevo para las pruebas del curso intensivo de verano del ABT. Me había dicho que las de Filadelfia eran el dieciocho de enero. Me preguntaba si ya habría vuelto a hablar con ella para entonces. A veces parecía posible. Otras, no tanto.

Me quedé mirando el mensaje durante un buen rato, oyendo la voz de Colleen mientras lo releía.

Mi madre empujó la puerta de mi cuarto con el pie; llevaba una taza en cada mano. Chocolate caliente para Josie y para mí. Dejó las tazas en mi mesilla y se acercó a mi escritorio. Le echó un vistazo a mi nueva foto. Tenía la misma expresión en la cara que cuando había venido Margot a casa, como si su hija se hubiera estado ahogando y le hubieran lanzado al fin un chaleco salvavidas.

—Siento haberme perdido el solo de Josie —le dije.

—¿Y le has pedido perdón a ella?

—No. —Mi madre me fulminó con la mirada—. Me ha estado ignorando —añadí en mi defensa.

—Bueno, seguro que ella piensa que tú la has estado ignorando.

Vaciló un poco antes de sentarse en el borde de la cama. Solía sentarse allí a menudo antes de la lesión. Hablábamos de todo tipo de cosas. Sin embargo, desde la lesión, yo había pasado bastante tiempo allí encerrada, sin dejar que entrara nadie.

De repente, se me escapó una pregunta que había estado conteniendo en el fondo de la cabeza.

—¿Alguna vez echas tanto de menos Hawái como para arrepentirte de haberte marchado?

No había planeado preguntárselo, pero últimamente me daba curiosidad lo que sentían otras personas por las cosas que habían perdido.

Mi madre arqueó un poco las cejas, pero luego volvió a adoptar la expresión pensativa que siempre solía poner cuando le daba vueltas a una pregunta. Era así a todas horas: siempre en su papel de profesora. Siempre contestaba a cualquier pregunta con una respuesta meditada.

—Al principio, cuando llegué y estaba muy abrumada por las expectativas del nuevo trabajo, lo único que recordaba eran las cosas buenas que había dejado atrás. —Se colocó un mechón de pelo detrás de la oreja—. Toda mi vida estaba allí. Me sentía fatal por haberla abandonado. Y culpable por haber arrastrado a tu padre hasta aquí. Y un poco como si ya no supiera quién era.

Asentí al oír la última parte, impresionada por que fuera capaz de decirlo en voz alta con tanta facilidad.

—Y aquí casi nadie se parecía a mí —añadió con una ligera sonrisa—. Sabía que no habría tanta gente de ascendencia japonesa, o asiática siquiera, en el centro de Pensilvania como en Hawái, pero, madre mía..., saberlo y verlo son dos cosas muy distintas. Fue un gran cambio.

—¿Y fue duro? —le pregunté.

—A veces sí, y a veces no —contestó—. Tuve la suerte de conocer a gente increíble aquí, y me encanta nuestro barrio, mis alumnos y mis compañeros de trabajo. Pero me tuve que enfrentar a ciertas cosas que incluso ahora siguen pasando. Por ejemplo, ¿te acuerdas de cuando el hombre ese del supermercado me preguntó si sabía hacer «judías chinas» y le dije que no, y luego no paró de hacerme cumplidos por lo bien que hablaba inglés? —dijo con una sonrisilla.

—Ay, sí...

Josie y yo habíamos puesto los ojos en blanco al ver a aquel hombre blanco felicitar a mi madre, profesora de Inglés nacida en Estados Unidos, por su inglés. Sabía que para Josie y para mí era un poco distinto. Algunas personas se daban cuenta enseguida de que éramos birraciales y cada dos por tres nos preguntaban: «¿De dónde sois?». Otras veces, la gente pensaba que éramos caucásicas. Estaba claro que hacían muchas suposiciones sobre nosotras, pero era diferente.

Cuando ese hombre se topó con mi madre en el supermercado, lo único que vio fue que era asiática. No la vio como una profesora ni como una ciudadana estadounidense, ni siquiera como una nipoamericana. Tan solo como una «asiática». Y, para él, todos los asiáticos sabían preparar «judías chinas» y no sabían hablar inglés.

Volví a pensar en el baile del Té chino y en la imagen de los asiáticos que perpetuaba.

—¿Alguna vez te ha molestado el baile del Té chino? —le pregunté, pasando los dedos por el suave edredón.

Mi madre asintió.

—Pues claro. Una parte de mí quería que te molestara a ti también. Pero otra parte no. Le ponías tanta dedicación, y se te daba tan bien... No quería estropeártelo.

—¿Por qué no me dijiste nunca nada? ¿O a Kira?

No pretendía acusarla con la pregunta. Solo tenía curiosidad.

—Sí que se lo dije a Kira. Pero pensó que estaba siendo la típica madre que se mete en los asuntos de sus hijas bailarinas. Por lo visto muchos padres se quejan de los papeles que les tocan a sus hijos.

—Pero eso era diferente —le dije en voz alta, tan alta que hasta me sorprendió a mí misma.

Mi madre asintió con tristeza.

—Ya lo sé.

Me recosté contra la cabecera. Kira me había enseñado mucho sobre técnica, habilidad y fuerza. Sobre cómo escuchar de verdad una canción. Cómo hacer un *tour jeté* para que parezca que estás volando. Pero ahora era capaz de admitir que también me había enseñado cosas malas. Me había enseñado a sentirme pequeña, inferior e impotente.

—Cuando Kira me dejó bailar el Hada de Azúcar —dije en voz más baja, viéndome de nuevo en el escenario el diciembre anterior, sintiendo la corona de plata sobre la cabeza—, me pareció que todo estaba bien. Como si eso borrara todo lo demás. Sé que no funciona así, pero en ese momento lo sentí. —Respiré hondo, despacio—. Pero ahora... —Me quedé a medias, sin poder encontrar las palabras.

Mi madre me sostuvo la mirada durante unos instantes más.

—Me alegro de que pienses en estas cosas. Es duro, pero es necesario para seguir adelante y pasar página.

¿Era eso lo que estaba haciendo? ¿Pasar página? Sí, supongo que había empezado a hablar sobre el *ballet* de una manera distinta. Me lo había pasado genial en el baile de invierno. Sentía una calidez resplandeciente cada vez que pensaba en la conversación con Jude. Pero una parte de mí seguía estando hecha un lío. Seguía echando de menos el *ballet* desesperadamente, aunque distase mucho de ser ese arte perfecto que me había parecido en el pasado.

No sabía qué significaba todo eso, qué decía de mí.

Mi madre me ofreció una sonrisa cálida y volvió a centrarse en la pregunta que le había hecho:

—Bueno, pues eso, que conforme fue pasando el tiempo este sitio se fue convirtiendo en nuestro hogar. Primero de tu padre y mío. Y luego de toda la familia. Todo parecía muy diferente al principio, pero luego, después de toda la confusión y el cambio, empecé a sentirme cómoda aquí.

Debí quedarme mirándola con cara de escéptica, porque dejó escapar un suspiro y dijo:

—Si quieres que me ponga más literaria, diría que fue como si hubieran sacudido todos los pedazos de mí misma y hubieran salido volando en todas las direcciones, dando vueltas y reorganizándose. Como confeti. Pero al final, después del torbellino, todas las piezas seguían estando ahí. Todas y cada una de ellas. Solo que en sitios distintos.

Me sorprendió darme cuenta de que sus palabras me hicieron recordar algo en lo que hacía mucho tiempo que no pensaba. Cuando teníamos catorce años, Colleen y yo nos obsesionamos con aprender a hacer un *tour en l'air*, un paso que significa «girar en el aire». Se empieza con un *plié* sencillo, pero luego hay que impulsarse hacia arriba, saltar y girar una, dos o incluso tres veces antes de volver a bajar y aterrizar de nuevo en *plié*. Era un paso que solían hacer los chicos; por eso Kira nunca nos lo había enseñado. Pero, juntas, Colleen y yo estudiamos tutoriales en internet y nos fuimos dando consejos la una a la otra hasta que conseguimos reproducirlo.

La primera vez que hice un *tour en l'air* doble, lo único que sentí fue mi propio cuerpo girando por los aires. Y, cuando volví a bajar y aterricé en *plié*, me quedé de piedra. Lo había logrado. Lo había logrado sin Kira. Recordaba haberme quedado mirándome en el espejo después. Por fuera estaba igual que siempre, pero por dentro me sentía diferente. Como si se me hubieran recolocado todas las piezas de mi ser, como si hubieran acabado en lugares distintos.

Al cabo de un rato, mi madre se levantó y señaló la otra taza que había dejado en mi mesilla.

—¿Se la llevas a Josie?

—Claro —respondí, dedicándole una sonrisa mientras salía de mi cuarto.

Unos minutos después, emergí de debajo de las sábanas. Cuando me levanté, tenía la pierna agarrotada, así que giré el tobillo varias veces y lo oí crujir. Tomé la taza de Josie y me dirigí a su habitación. Estaba reproduciendo música en el portátil, una melodía hipnótica de piano. Tenía la puerta entreabierta, así que me asomé.

Josie estaba preparando una coreografía, probando distintos pasos y garabateando en un cuaderno que tenía abierto sobre la cama. Me sorprendió ver sus movimientos. Había supuesto que serían como ella misma: duros, atrevidos e implacables. Y algunos lo eran, pero también había una parte en la que giraba las palmas de las manos hacia el techo y levantaba los brazos, con una sonrisa radiante en la cara. Y, al instante siguiente, cerró los puños y pegó los brazos al cuerpo, arqueó la espalda y frunció el ceño. El contraste fue tan repentino que estuve a punto de jadear.

A eso se refería cuando me había explicado *Armonías extrañas*. Oposiciones y contrastes en el mundo. Alegría e ira. Amor y odio. Belleza y fealdad.

Al final, retrocedí unos pasos y carraspeé. Se detuvo la música y el rostro de Josie apareció por la rendija de la puerta.

Levanté el chocolate caliente.

—De parte de mamá.

Josie lo aceptó, parpadeando como si esperara algo más. Como por ejemplo una disculpa por haberme perdido su solo. Al ver que no decía nada, cerró la puerta. Volvió a sonar la música e inundó el pasillo.

Cuando cerré la puerta de mi cuarto y me senté de nuevo en la cama, noté un silencio extraño, como si estuviera todavía más aislada del resto del mundo que de costumbre. Por primera vez, no me pareció un alivio.

Me levanté y extendí la esterilla de yoga morada junto a la cama, coloqué el libro de canciones de Broadway encima de la estantería y dejé con cuidado la foto del baile en la mesilla de noche, aferrándome durante unos instantes al marco plateado.

Di un paso atrás para observar los cambios. Eran cambios pequeños, pero hacían que mi cuarto pareciera diferente. Como si volviera a vivir alguien en él.

ENERO

Capítulo diecisiete

El primer ensayo de la Mujer Fatal iba a comenzar en cinco minutos.

Desde mi asiento en el salón de actos, vi a la señora Sorenson improvisar con el piano y a la señora Langford repasar la coreografía en el escenario. Jude no había llegado todavía. Al principio había dado por hecho que los nervios que sentía se debían a que iba a aprender mi gran número de baile, el papel para el que me habían elegido. Pero, cuanto más miraba las puertas, esperando a que entrara Jude, más convencida estaba de que, aunque me costara admitirlo, los nervios eran por él.

Durante el resto de las vacaciones, había mirado la foto del baile de invierno todas las noches antes de dormirme. Al verla me entraban ganas de hacer cosas estúpidas, como colarme en casa de Jude en mitad de la noche para que pudiéramos charlar tranquilamente, como habíamos hecho el día del baile, fuera del gimnasio. Aunque, como Jude estaba en Indiana, por suerte mis planes de allanamiento de morada eran solo imaginarios.

Pero entonces me preocupaba que, cuando me viera, se diera cuenta de que no había dejado de pensar en él. Me puse a juguetear con la camiseta de tirantes de yoga que me habían regalado mis padres. La llevaba con unos pantalones cortos de baile negros y unas mallas de un tono marrón claro. La señora Langford me había pedido que no llevara pantalones porque, según ella, mis piernas eran el centro de atención de todo el número y tenía que ver qué podía hacer con ellas.

A lo mejor también estaba nerviosa por eso.

Por fin se abrieron las puertas y entró Jude.

—¡Hola! —me saludó con una sonrisa mientras avanzaba por el pasillo.

—Hola —le contesté.

—¿Qué tal han ido las vacaciones? —Se sentó a mi lado—. ¿Te han regalado algo guay?

—Uy, sí, *Las 385 mejores universidades*, de The Princeton Review.

Dejó escapar un gritito ahogado.

—A mí me han regalado *Las 1001 cosas que todo universitario debe saber*.

—Pues sí que tienes que saber cosas.

—Debería empezar a leerlo ya. Si no, solo me sabré unas setecientas cuando llegue a la universidad, y quién sabe lo que pasará entonces.

—Pues lo más seguro es que mueras.

—Segurísimo.

Sonreí aliviada. Tampoco estaba siendo tan incómodo hablar con él. Pero entonces Jude metió la mano en la mochila y sacó un paquete envuelto en papel rojo.

—Te he traído un regalo.

—Uy...

Mierda. ¿Ya éramos tan amigos como para hacernos regalos?

—No es nada —me aseguró, riéndose un poco, lo que me llevó a preguntarme si lo estaría mirando con cara de espanto—. He tenido mucho tiempo libre en Indiana, así que se me ocurrió hacerle cosas a la gente.

Rompí el papel y un calentador de punto grueso muy suavecito se deslizó sobre mi regazo. El estampado era precioso, pero fue el color lo que me hizo abrir los ojos de par en par. Lavanda. El tono exacto de mi vestido del baile de invierno. Pasé los dedos por el tejido suave, pensando en aquella noche, en el baile, en nuestra conversación fuera del gimnasio, en la forma en que me había mirado.

—Es... eh... Gracias —balbuceé.

Jude asintió mientras su sonrisa se esfumaba.

—Espero que no me haya pasado. Es solo que me dijiste que te costaba relajar la pierna y evitar que se te agarrotara. Así que pensé que... que quizás esto te ayudaría.

Había intentado borrar toda la conversación sobre la cicatriz de mi cerebro, pero Jude se había acordado. Y me había hecho un regalo de lo más considerado.

—No, es genial. Es perfecto.

Me lo puse. Era suave y muy, muy calentito. Flexioné y giré el tobillo varias veces, disfrutando del calor que me envolvía la pierna.

Cuando miré a Jude, estaba observando el calentador con una sonrisita en la boca.

—¡Alina! —La señora Langford me hizo señas para que subiera al escenario.

La señora Sorenson dejó de tocar el piano y el salón de actos se sumió en un silencio extraño. Miré a Jude mientras me ponía en pie. Me levantó ambos pulgares en un gesto de ánimo un poco vergonzoso. Yo se lo devolví haciendo una especie de saludo militar pero agitando la mano. Ay, madre.

La señora Langford agarró un bombín que estaba sobre el piano, sacó una silla al centro del escenario y me indicó que me sentara.

—Ahora, extiende la pierna derecha hacia delante y estira el pie.

Cuando obedecí, la señora Langford colgó el sombrero de la punta de mi zapato de *jazz*.

—Ahora mantén la pierna estirada y levántala despacio, hasta que el sombrero apunte al techo.

No me costó nada extender la pierna hasta arriba. Pero la señora Langford sacudió la cabeza y me dijo que lo intentara de nuevo. Lo hice varias veces más, pero no quedaba satisfecha.

—El objetivo de este movimiento no es subir la pierna. Es seducir a alguien. Para atraerlo. ¡Jude! —La señora Langford le hizo señas para que se acercara. Le indicó que se arrodillara con la cara a unos quince centímetros de mi tobillo—. Solo necesito que le mires la pierna.

Jude me miró a los ojos antes de obedecer a la señora Langford. Ay, Dios. ¿Estaría pensando en mis cicatrices? Ahora no me las podía ver bajo el calentador y las mallas, pero sabía que estaban ahí.

La señora Langford soltó una carcajada ronca y le dio una palmada a Jude en la espalda.

—Pero mírala bien. Como si estuvieras hipnotizado. Eso es lo que tienes que transmitir.

Jude volvió a intentarlo. Seguro que sí se estaba imaginando las cicatrices. Empecé a sudar y a temblar, y estaba a punto de salir corriendo cuando la señora Langford le hizo un gesto a Jude para que se apartara.

—Déjame a mí —le ordenó.

La señora Sorenson suspiró y miró el reloj como para decir que íbamos mal de tiempo. La señora Langford la ignoró, se arrodilló donde había estado Jude y se puso a mirarme la pierna con los ojos muy abiertos y a jadear como un perro. Era una escena tan rara que no pude evitar echarme a reír. Jude también se rio y me di cuenta de que lo estaba haciendo para eso. Para que nos relajásemos.

La señora Langford le hizo un gesto a Jude para que volviera a su puesto.

—No tiene que ser tan exagerado. Pero la mirada tiene que transmitir *algo*. Tiene que transmitir cierto *deseo*. ¿Crees que vas a poder?

—Eh... Sí, claro. Sí.

Jude asintió con la cabeza y, mientras volvía a su posición, de rodillas, respiró hondo. Luego comenzó a observarme. Despacio. El tobillo, la rodilla, el muslo y, al fin, la cara. Y todo con una mirada de... deseo.

Se le daba bien. Sentí calor en todo el cuerpo mientras levantaba la pierna hacia el techo, sabiendo que sus ojos me seguirían, sabiendo que *él* me seguiría, inclinándose hacia mí, más cerca, más cerca...

—¡Eso es! —gritó la señora Langford, y Jude y yo nos sobresaltamos. La señora Langford le lanzó una mirada triunfante a la señora Sorenson—. ¿Ves? A veces tienes que tomarte tu tiempo para darles algo de vidilla a estos niños.

—Tomo nota —respondió la señora Sorenson—. Pero hoy hay una competición regional de debate, y solo tenemos el salón de actos otros cuarenta y cinco minutos.

Mientras discutían, me pasé a toda prisa la mano por la frente. No pensaba que fuera a sudar tan pronto en los ensayos.

A continuación, la señora Langford nos enseñó la primera parte del baile, durante la cual no teníamos que tocarnos en ningún momento. Yo tenía que ejecutar una serie de movimientos sexis alrededor de Jude, y él debía resistirse.

—¡Es para ir creando tensión! —gritó por encima del piano mientras bailábamos los primeros pasos por enésima vez—. Hay algo entre vosotros. Una fuerza eléctrica. Tenéis que sentirla.

Desde luego que la sentía, y ya me había cansado de ella. Quería que nos tocásemos. Quería que las manos de Jude me levantaran, o que me agarraran mientras me dejaba caer hacia atrás, o lo que fuera. Mi cerebro ni siquiera intentaba racionalizarlo. Traté de concentrarme en las correcciones de la señora Langford, pero fue un fracaso absoluto. Perdía la concentración y me movía con torpeza cada vez que me acercaba a Jude.

—¡Vale, vale, suficiente! —nos gritó la señora Langford cuando terminamos de hacer la coreografía entera.

Me preparé para recibir un sermón. Había dejado que mi vida personal interfiriera en el baile. Kira siempre nos decía que la dejáramos «en la puerta» cuando entrábamos en el estudio; que el estrés, las distracciones y los deseos de la vida diaria no debían influir en el baile. Y se me solía dar bastante bien cumplirlo. Pero, por lo visto, ya no.

—¡Tará! —chilló la señora Langford—. ¡Habéis clavado eso de la «dinamita preciosa»! —Nos dio una palmada en los hombros a Jude y a mí—. ¡En la parte final quería empujaros el uno hacia el otro, aunque fuera a provocar una explosión!

Jude soltó una risa nerviosa, pero yo estaba hecha un lío. La señora Langford nos acababa de decir que habíamos sido como dinamita. Pero no había dejado los sentimientos en la puerta. ¿Sería eso algo bueno, entonces?

—Se nos acaba el tiempo —anunció la señora Langford—, pero, antes de que os vayáis, os voy a enseñar el paso en que Jude te levanta por primera vez. Es la transición a la segunda parte del baile, en la que el contacto físico es lo más importante. Quiero que os hagáis una idea de cómo va a ser.

Ya sabía yo que la señora Langford me caía bien.

Nos hizo volver a la parte final de lo que ya nos habíamos aprendido: yo de pie a unos metros de Jude, arreglándome las uñas mientras movía las caderas de un lado a otro.

—Vale, Jude, agárrale la mano. Pero, Alina, tú quédate mirando para el otro lado. —Jude tenía la mano caliente y un poco sudorosa—. Jude, cuando tires de ella, tira hacia ti, pero también hacia arriba, de modo que la hagas girar y la levantes del suelo en un solo movimiento. Alina. —Se volvió hacia mí—. Tienes que acabar así. —Me mostró la posición: con un brazo alrededor del cuello de Jude, el otro extendido por detrás y las piernas dobladas en forma de «V». Luego se hizo a un lado y añadió—: Primero vamos a hacerlo sin música.

Me coloqué en posición, a unos metros de Jude, de espaldas. Dejé caer el brazo con delicadeza y, un instante después, sentí un tirón fuerte. Y de repente giré por el aire hasta que me detuve bruscamente, cara a cara con Jude.

Había tirado de mí con tanta fuerza que, cuando se unieron nuestros cuerpos, Jude estaba muy inclinado hacia atrás, y yo prácticamente encima de él. Pero no sentía que fuera a perder el equilibrio. Me tenía agarrada de la cintura con el brazo, y daba la sensación de que podía sostenerme en esa posición durante días. Notaba sus latidos acelerados en el pecho mientras nos mirábamos.

Su mirada parecía decir: «Bueno —con unos ojos un poco nerviosos pero con cierta esperanza—, ¿qué te parece?».

Me distrajo un movimiento que percibí por el rabillo del ojo: era la señora Sorenson, que se estaba contoneando sentada ante el piano y alzando las cejas mientras miraba a la señora Langford, que a su vez se estaba abanicando con ambas manos con mucho dramatismo.

—¡Menuda química! —gritó la señora Langford, dando un pequeño brinco de alegría.

—¡Fantabuloso! —añadió la señora Sorenson mientras aplaudía.

Nada como las hormonas de las profesoras para cortar el rollo. Jude me bajó con cuidado al suelo. Se rio al ver a las profesoras comportarse como adolescentes atolondradas. Me eché a reír yo también, pero solo podía pensar en Jude agarrándome de la cintura y en que aún sentía la piel caliente en las zonas en que me había tocado.

⚬—⟨—⚬

—¿Estás bien? —me preguntó Jude.

Estábamos saliendo del instituto juntos, y parecía como si Jude se hubiera convertido en un imán; me iba acercando cada vez más a él mientras caminábamos, hasta que me acababa chocando con su brazo y me sobresaltaba, me alejaba y murmuraba una disculpa.

—Claro, ¿por qué? O sea, ¿por qué no iba a estarlo?

Aceleré el paso, arrastrando las botas contra el suelo. Unos minutos antes había entrado en el baño para cambiarme y ponerme la ropa de calle, y me había hecho ilusión y a la vez me había molestado encontrarme a Jude esperándome en el pasillo.

—Pues tú me dirás —me contestó.

Uy, no. Le noté cierto deje engreído en la voz. Cuando lo miré, vi que era tal y como sospechaba. Madre mía, a un chico solo le hace falta levantarte por los aires y ya se cree que es la hostia.

—La chulería no te sienta nada bien —le espeté antes de abrir la puerta del aparcamiento de un empujón y cruzarla sin sujetarla para que pasara Jude.

Jude la paró con el codo y volvió a colocarse a mi lado en un segundo.

—Ya lo sé. La arrogancia se carga la elegancia, ¿no?

Recordaba habérselo dicho después de la segunda fase de la audición. Pero estaba demasiado agotada, y enfadada por estar agotada, como para seguirle el rollo con la broma.

—¿Qué se supone que significa eso? —le dije.

—Eh… ¿En serio?

Se le esfumó la sonrisa de la cara.

Aminoré la marcha al fin, me saqué el gorro del bolsillo del abrigo y me lo puse.

—Ah, es verdad. Fui yo la que te dije eso.

Nos detuvimos junto al coche de Jude.

—Sí… —me dijo, y su aliento formó una nube blanca delante de su rostro.

Ahora parecía mucho menos seguro de sí mismo. Y, aunque era lo que quería, no lo sentía como una victoria. Me calé el gorro para que me cubriera más las orejas. Jude volvía a llevar la cazadora de los parches, demasiado fina para abrigarlo lo suficiente, y los guantes verdes medio deformes. El conjunto, como todo en él en ese momento, resultaba tan mono como irritante.

—En fin, ahora ya sabemos que tienes el poder de volver loquitas a las señoras blancas de mediana edad, así que úsalo con responsabilidad.

Jude ladeó la cabeza y me miró con curiosidad.

—Oye, ¿y si...? —empezó a decir, dando un paso hacia mí.

Se me aceleró el corazón. Tenía que evitarlo de alguna manera; desviar la atención. Porque, por mucho que hubiera pensado en Jude durante las vacaciones, y aunque hubiera estado a punto de darme un ataque al tocarlo hacía unos minutos, no estaba preparada para que pasara nada de verdad. ¿Y si lo fastidiaba? Jude sentiría que lo habían dejado tirado una vez más. ¿Y si lo fastidiaba él? Me sentiría rechazada una vez más. ¿Lo soportaríamos?

—Y si... ¿qué?

En cuanto lo dije, deseé poder atrapar las palabras del aire gélido que nos separaba.

Jude me estaba estudiando de nuevo, recorriéndome la frente, las mejillas y la boca con la mirada. Y de repente dio un paso atrás con brusquedad.

—Nada, que... si te apetece ir a Voy Volando.

Me costó un momento entender a qué se refería.

—¿El... sitio de las camas elásticas? ¿Adonde trabajas?

—Sí, empiezo a trabajar en una hora, pero podemos saltar un poco antes de que comience mi turno.

Se le habían puesto coloradas las puntas de las orejas, y supuse que no era por el frío.

—Es que...

—Parece una estupidez, pero es bastante terapéutico. Te ayuda a liberar toda la energía que te sobra, te lo juro.

Se frotó las manos enguantadas y dio unos botecitos sobre las puntas de los pies sin mirarme a la cara.

Por alguna razón, liberarme de la energía que por lo visto me sobraba a base de dar saltos me pareció una buena idea. Una idea muy sabia. La única idea lógica.

—Nos vemos allí —le grité por encima del hombro mientras caminaba a toda velocidad hacia el coche.

Capítulo dieciocho

Voy Volando estaba más abarrotado de lo que pensaba que estaría un lunes a las cinco. Había padres sentados en las mesas de plástico de la zona de la cafetería con ordenadores portátiles y ojos cansados, bebiendo café en vasitos de papel. Me parecía increíble que lograran ignorar los gritos de alegría que procedían de las camas elásticas que tenían a pocos metros.

Jude me condujo a la trastienda, guardé las botas y la mochila en su taquilla de empleado y me dio un par de calcetines antideslizantes naranjas. Mientras lo seguía hasta la enorme zona de las camas elásticas, vi una hilera de fotografías en la pared. Me detuve en seco ante una de un chico dando una voltereta en el aire, con una expresión sonriente que reconocería en cualquier parte, incluso bocabajo.

—¡Madre mía!

Jude se dio la vuelta y siguió mi mirada hacia la foto.

—Ah, sí, es uno de los requisitos. No puedes trabajar aquí si no sabes dar una voltereta hacia atrás.

—Ah, claro. Me parece que te lo exigen en la mayoría de los trabajos.

Jude se rio, y de repente la tensión entre nosotros pareció atenuarse.

Una vez en la zona de las camas elásticas, nos dirigimos a la sección para mayores de quince años. El espacio estaba dividido en unas treinta camas elásticas rectangulares conectadas de algo menos de dos metros de largo. Según las normas, solo podía haber una persona por rectángulo, así que cada uno tenía su propia zona de salto y podía saltar de un rectángulo a otro. Sentía una sacudida en la pierna en la que llevaba el metal cada vez que aterrizaba en la cama elástica y me impulsaba hacia arriba, pero aun así conseguía saltar bastante alto.

Me costaba no sonreír mientras daba saltos arriba y abajo, viendo a Jude saltar también mientras le rebotaba el pelo.

—¡Haz la voltereta para que te vea! —le grité a Jude, que accedió encantado.

Después de hacer unos cuantos trucos más, gritó:

—No me digas que no te entran ganas de bailar *ballet* dando botes.

Puse los ojos en blanco, pero se me ocurrió una idea. Seguro que era una pasada hacer un *tour en l'air* en una cama elástica. Puse los brazos en tercera posición y, mientras saltaba, usé el brazo extendido para ayudarme a girar. La altura me permitía dar más vueltas de lo que había podido jamás en tierra firme. Cuando aterricé, no podía parar de reír.

Sin pensarlo, salté al rectángulo de la esquina del fondo. Respiré hondo e hice unos cuantos *grands jetés*, saltando de un rectángulo a otro.

Uf, cómo había echado de menos la sensación de volar.

Al cabo de un rato, miramos el reloj y nos dimos cuenta de que el turno de Jude empezaba en diez minutos. Mientras volvíamos a la sala de empleados, caminar por suelo firme me resultaba rarísimo.

—A esa sensación la llamamos «piernas de saltar» —me explicó Jude mientras abría su taquilla y me pasaba las botas y la mochila.

—Ah —respondí casi sin aliento.

Saqué el móvil y vi un mensaje de Colleen.

Jude también le echó un vistazo a su móvil:

—Uy, me han dejado un mensaje en el contestador. Un segundo.

Asentí y me senté en el banco para ponerme las botas y leer el mensaje.

Han publicado la lista del reparto para Giselle.
Adivina quiénes son las Giselles.

Esperé nerviosa a que llegara el siguiente mensaje. Colleen me envió el *emoji* de la chica rubia repetido tres veces. Menudo bajón. En el siguiente mensaje me explicaba que se trataba de Spencer, Juliet y Camden, una de las chicas nuevas que habían llegado a la escuela ese año. Cada noche, una de ellas haría el papel principal.

Al menos me ha tocado Myrtha.

Myrtha era un papel muy bueno. Era la líder de las *wilis*, y el único papel mejor era el de Giselle. Pero, aun así, seguía estando por detrás de Giselle. Y Colleen merecía el mejor papel.

Antes de que pudiera detenerme, mis pulgares empezaron a pulsar teclas y sentí que se liberaba algo de la presión de mi interior. Por fin podía responderle a uno de los mensajes, y le estaba diciendo algo que era cierto. Algo que sabía que era cierto desde hacía mucho tiempo, incluso antes de permitirme a mí misma darme cuenta.

Te mereces ser Giselle. Es injusto. Siempre lo ha sido.

Vacilé antes de darle al botón de *enviar*. ¿Se lo pondría más difícil a Colleen con el mensaje? Yo ya estaba alejada de ese mundo, y tal vez por eso estaba empezando a ver las partes feas. Pero ella seguía formando parte de él. No podía imponerle mi rabia.

Porque, aunque Colleen se enfadara, Kira se limitaría a decirle lo mismo que ya nos había dicho en el pasado. Que las bailarinas de *ballet* aceptan los papeles que les tocan y los hacen bonitos. Colleen haría el papel de Myrtha lo más bonito que pudiera. Al menos de eso estaba segura.

Borré el mensaje mientras me preguntaba si Colleen habría visto los tres puntos parpadeantes que le indicaban que estaba escribiendo, que al menos quería responder. Esperaba que eso fuera suficiente por el momento. Pero sabía que no.

Dejé el teléfono, levanté la vista y vi a Jude con el móvil aún pegado a la oreja y el ceño ligeramente fruncido. Al fin se lo apartó, colgó y dijo:

—Mmm.

—¿Todo bien?

—Sí… —Sacó una camiseta de Voy Volando de la taquilla, de un naranja tan intenso que resultaba cegador, y se la puso por encima de la gris. Luego se colgó un silbato del cuello y se metió un *walkie-talkie* en el bolsillo—. Mi padre me ha llamado y me ha dejado un mensaje de voz. Vuelve a la ciudad por un asunto de trabajo y se queda un par de meses. Dice que quiere verme.

—Uy… ¿Y vas a verlo?

—No —respondió.

Lo vi borrar el mensaje del móvil. Me sorprendió lo seguro que estaba. Por lo que me había contado, su padre no parecía la mejor persona del mundo, pero seguía siendo su padre.

—¿Lo has visto desde que se marchó?

—No. Hablé con él por teléfono un par de veces, pero luego dejé de contestar.

Me dio la sensación de que le estaba dando vueltas a más cosas, así que dejé la mochila en el suelo para hacer hueco en el banco, a mi lado. Se sentó y se inclinó para apoyar los codos en los muslos.

—Es que… una de las cosas que me ayudan a superar todo este tema es darme cuenta de que estoy mejor así. En plan, aceptar todo aquello en lo que mi padre estaba equivocado, y sentir que ahora soy… —dejó la frase a medias, buscando las palabras adecuadas.

—Más libre —intervine al recordar lo que me había dicho en el baile de invierno—. De lo que eras antes.

—Sí. Pero, si quedo con él para comer, no sé. A lo mejor empiezo a recordar sus cosas buenas. Es muy gracioso, y carismático como él solo, y se le da muy bien contar historias… Seguro que mi madre se enamoró de él por eso. Y una vez, cuando era pequeño, vi *Poltergeist: fenómenos extraños* a pesar de que no me dejaban, y me asusté tanto que no podía dormir, así que se quedó despierto durante horas, leyéndome *El hobbit* hasta que me quedé dormido. —Jude se estremeció un poco al recordarlo—. Si empiezo a recordar las cosas buenas junto con las malas, se me haría todo más difícil. ¿Me entiendes?

Claro que lo entendía. Me parecía algo muy práctico y sensato.

—Sí, aunque yo soy todo lo contrario.

—¿A qué te refieres?

Jude se irguió y me miró a la cara.

—Es una historia muy larga. No importa. —Quería seguir hablando sobre su padre—. Entonces, ¿crees que…?

—Espera —me interrumpió Jude—. Cuéntame.

Vacilé. Pero Jude no apartó los ojos amables color miel de los míos y, al cabo de unos segundos, conseguí encontrar las palabras.

—Con el *ballet*, no tengo ningún problema para recordar lo bueno. De hecho, es lo único que quiero recordar. Le dediqué mi vida al *ballet* y, si es algo tan bueno y tan bonito, entonces tiene sentido que lo haya dado todo por él y que ahora esté destrozada por no poder seguir bailando. —Me detuve para ordenar mis pensamientos—. Pero, si recuerdo las partes malas, como el hecho de que siempre eligieran a dos chicas blancas de mi clase para los papeles principales en vez de a Colleen y a mí, o el hecho de que, incluso fuera de la escuela, muchos profesores y compañías de *ballet* decidan seguir tradiciones cuestionables en lugar de cambiarlas... —Me mordí el labio, pensando en *El cascanueces*, en lo difícil que era creer que las decisiones de Kira a la hora de elegir el reparto eran justas, sobre todo después del mensaje de Colleen sobre *Giselle*—. Si recuerdo esas partes, me siento como si hubiera cometido un error al dejar que el *ballet* fuera una parte tan importante de mí. Como si no debiera estar tan destrozada por haberlo perdido, porque no era tan bonito ni tan bueno. Como si estuviera mejor así, sin el *ballet*. Pero eso tampoco me parece que sea verdad.

Inspiré y contuve la respiración un momento antes de soltarla.

—Quizás es porque... —empezó a decir Jude, y se detuvo—. Porque has perdido algo a lo que le tenías mucho cariño. Se le puede tener cariño a algo que tiene muchos defectos, aunque sientas que no deberías... ¿No?

—Quizá.

Quizás el *ballet* también fuera una «dinamita preciosa». Bello y peligroso al mismo tiempo, de modo que adorarlo era complicado; tenías que averiguar cómo gestionarlo, cómo amar las partes bonitas y mitigar las peligrosas. El problema era que no sabía cómo hacerlo. Sobre todo cuando ya no formaba parte de ese mundo.

Jude y yo nos quedamos allí sentados juntos durante un rato, con el sonido de las camas elásticas amortiguado al otro lado de la puerta. De algún modo, al igual que en el vestíbulo del gimnasio durante el baile de invierno, Jude inundaba los ambientes más extraños con una paz que me hacía sentir que podía hablarle de cualquier cosa.

—No me había dado cuenta nunca de eso sobre el *ballet* —dijo al cabo de un momento—. Lo siento. Es una mierda que algo que adoras perpetúe ideas tan retrógradas.

—Ya... —respondí, y recordé que Jude me había dicho que su padre quería que hiciera cosas «de hombres», como deportes, en lugar del musical. Supongo que a algunas personas les cuesta ver más allá de lo que esperan que sean los demás. Una bailarina de *ballet*. Un niño—. Me dijiste que a tu padre no le gustaba que formaras parte del musical. Y Margot me dijo que no participaste el año pasado.

Jude asintió.

—Incluso después de que se fuera, no me podía sacar su voz de la cabeza. Y el año pasado una parte de mí pensó que quizá tuviera razón. Que quizá no debía hacerlo. Fue muy raro, porque no me lo creía ni yo mismo. Y sabía que ese año sería una mierda por no participar en el musical. Y así fue. —Sacudió la cabeza—. Pero esa voz... Supongo que la había oído tantas veces que se me acabó metiendo dentro.

Medité sobre sus palabras y me pregunté cuánto de la voz de Kira seguiría dentro de mí.

Jude miró el reloj. Faltaban unos minutos para que empezara su turno. Nos levantamos despacio.

—Bueno, si alguna vez quieres hablar, de tu padre o de lo que sea, puedes escribirme —le dije—. O, bueno, también podríamos hablar, como estamos haciendo ahora. Bueno, no... no tenemos que estar en Voy Volando. Ya me entiendes.

Mientras me iba por las ramas, Jude esbozó una sonrisa dulce.

—Sí, te entiendo. Me gusta mucho hablar contigo.

—A mí también.

Tomó aire, como si quisiera decir algo más. Pero, en lugar de eso, se inclinó más hacia mí. Me miró con unos ojos penetrantes, intensos, inquisitivos. Yo también me fui inclinando hacia él casi sin darme cuenta.

Hasta que el fuerte crepitar del *walkie-talkie* nos sobresaltó a ambos.

—Jude Jeppson, acuda a la zona del balón prisionero. Cambio.

Jude toqueteó el *walkie-talkie* y se lo llevó a la boca.

—Voy para allá —respondió. Luego vaciló durante un instante—. Cambio y corto —añadió en voz baja.

Sonreí, intentando disimular que me faltaba el aliento, y me colgué la mochila al hombro.

—¿Nos vemos mañana? ¿En el ensayo? —me dijo Jude mientras nos dirigíamos a la puerta.

Cuando volví a mirarlo, supe que a partir de ese momento las cosas serían diferentes. Con el baile, con el paso en el que Jude me levantaba, con los momentos breves pero bonitos de inseguridad y con lo que acababa de ocurrir, algo había cambiado entre nosotros para siempre. Pero no sabía si para bien o para mal.

A pesar de todo eso, le sonreí.

—Nos vemos mañana.

Capítulo diecinueve

Solo faltaban siete semanas para la noche del estreno, lo que significaba que los ensayos cada vez eran más intensos. La señora Sorenson iba repasando las posiciones de todo el reparto en cada una de las escenas, gritando y gesticulando como una loca. La señora Langford me había nombrado capitana oficial de baile, lo que quería decir que tenía que repasar todas las coreografías con los bailarines, de modo que apenas tenía tiempo para descansar.

Jude y yo nunca nos quedábamos solos, lo cual me resultaba frustrante. Aunque sí que hablábamos y nos reíamos, e incluso hicimos otro ensayo del número de la Mujer Fatal para aprendernos el resto del baile, que, como había dicho la señora Langford, se centraba en el contacto físico. Uno de los movimientos consistía en que Jude me agarrara la pierna, se la colocara junto a la oreja y me dejara caer hacia atrás. Cada vez que me sujetaba la pierna, aferrándose al calentador que me había hecho, de alguna manera me parecía incluso más íntimo que si me tocara la piel. Y, cada vez que volvía a levantarme, deteniéndome a quince centímetros de su rostro, Jude siempre tenía la misma expresión: los labios separados, las cejas arrugadas y las pupilas dilatadas.

Como si estuviera a punto de salvar la distancia que nos separaba. Y, si no hubieran estado la señora Langford y la señora Sorenson a medio metro de nosotros, proponiendo cambios y haciendo comentarios, lo habría hecho yo misma por él.

El viernes por la noche, habían pasado ya casi dos semanas desde el día de Voy Volando, y tenía un sentimiento permanente de exasperación instalado en el estómago. Había quedado con Jude, Ethan y Margot a la mañana siguiente para desayunar en El Paraíso de los Gofres antes del primer ensayo del sábado, pero no me bastaba con eso. Así que saqué el móvil y le envié un mensaje a Jude.

¿Te recojo para desayunar y para ir al ensayo mañana?, le escribí, apoyándome en el cabecero de la cama.

No hace falta. Tengo que quedarme hasta las dos y
no quiero hacerte esperar.

Se me tensó más aún el nudo del estómago. Entonces aparecieron los puntitos parpadeantes.

¿Vas a venir a la pista?

Cierto; después del ensayo, un grupo de gente del musical iba a ir a Galleria, la pista de patinaje sobre hielo. Me lo pensé durante un segundo.

Sí. ¿Y tú?

Guay, yo también.

Genial. Nos vemos para desayunar.

En fin, estaba segura de que esa había sido la conversación por mensajes más patética de la historia. Tiré el móvil en la cama y me puse a darle vueltas a algo desagradable.

Era una especie de patrón, ¿no? Jude y yo compartíamos un momento especial que se me quedaba grabado en la mente (el día de las cicatrices, el baile de invierno, el paso del musical en que me levantaba, el rato en Voy Volando...), y luego uno de los dos echaba el freno. Yo lo había evitado después de lo de la cicatriz, y él se había alejado literalmente de mí en el aparcamiento, después del primer ensayo del número de la Mujer Fatal, tras haber estado muy pegados.

A la mañana siguiente, intenté olvidarme del tema mientras tomaba asiento en una mesa de El Paraíso de los Gofres e inhalaba el dulce aroma del sirope. Un minuto después, entraron Ethan y Margot. Menos mal. Me distraerían y harían que dejara de obsesionarme con Jude.

—La señora Sorenson dice que Jude y tú sois, y cito textualmente, «pura pasión» —me dijo Ethan mientras se sentaba frente a mí—. ¿Algún comentario al respecto?

A la mierda eso de distraerme.

—¿Cuándo ha dicho eso? —le pregunté, abriendo una de las cartas y fingiendo estar concentrada en las «ofertas golosas de desayuno de El Paraíso de los Gofres»—. ¿En los ensayos de baile? Qué raro.

—Toma nota de que no ha negado la declaración original —le dijo Ethan a Margot mientras ella se sentaba a su lado.

—Aquí nadie va a tomar nota de nada —le espetó Margot, quitándose el sombrero de cazador que llevaba.

—No ha sido en los ensayos de baile —dijo Ethan—. Estaba hablando con la señora Tipman sobre el musical cuando pasé por delante de la sala de profesores. Eres tema de conversación en la sala de profesores, Alina. Es todo un logro. Podrían hablar de cualquier cosa, pero estaban hablando de ti y de Jude.

—Puede que la señora Sorenson y la señora Langford estén pasando por una especie de segunda pubertad —comentó Margot—. A lo mejor eso es lo que pasa cuando llegas a cierta edad y te atacan las hormonas de nuevo.

—Margot... —dijo Ethan, con cara de irritación.

—Con una pubertad ya basta y sobra. Sé que se supone que la mía ya está llegando a su fin, pero el otro día vi un anuncio de pintalabios y lo único en lo que podía pensar era en un pene. Ni siquiera…

—¡Por el amor de Dios, Margot! Pero ¿qué te pasa? —estalló Ethan—. Alina y yo estábamos hablando de los ensayos de la Mujer Fatal.

—No, *tú* estabas intentando hablar de los ensayos de la Mujer Fatal, pero está claro que a Alina no le apetece. ¿Y no estás siempre diciendo que a ti no te van los cotilleos y bla, bla, bla?

Margot cerró la carta que sostenía con una sonrisa de suficiencia.

Ethan me lanzó una mirada perspicaz.

—No es un cotilleo, es *información*.

Uf, ¿por qué iba por ahí diciendo cosas que la gente podía utilizar contra mí después?

Ethan suspiró y extendió la mano en alto como para pedir una tregua.

—A ver, solo voy a decir una cosa más y ya lo dejo, ¿vale? Ya sabes que Jude ha pasado por muchas cosas últimamente, y…

—Y Alina también —intervino Margot.

—Eso es lo que iba a decir, doña interruptora. —Ethan puso los ojos en blanco—. Jude ha pasado por muchas cosas últimamente, y tú también. Entiendo que ambos tenéis miedo de volver a sufrir, ¿no? ¿Es posible que sea esa la razón por la que todas esas conversaciones secretas y todos esos ensayos de baile apasionados aún no han dado lugar a que se forme la pareja más elegante de todo Eagle View?

—¡Shhhh! —Miré a mi alrededor, nerviosa perdida, para ver si Jude había entrado.

—¡Madre mía! —Ethan me señaló—. ¡Nunca te había visto tan abochornada! —Se volvió hacia Margot—. ¿Tú sí?

Margot me dedicó una mirada de disculpa antes de sacudir la cabeza.

Ethan se echó hacia atrás con aire triunfal.

—Ahora sí que sé que aquí está pasando algo.

—Ni siquiera yo sé si pasa algo. De verdad —admití en voz baja. Vale, lo que había dicho Ethan explicaría por qué Jude y yo nos acercábamos y luego nos alejábamos. Eso en el caso de que le gustase a Jude de verdad. Pero tal vez solo era buena persona y, cuando veía a alguien triste, quería ayudar. Tal vez el hecho de que se alejara significaba sencillamente que no estaba interesado—. Puede que él no...

—Ya te digo yo que sí —me interrumpió Ethan, lanzándome una mirada seria.

Espera. Entonces..., ¿sí? Viniendo del mejor amigo de Jude, seguro que eso significaba algo.

—Es imposible que no —añadió Margot, dándome una patadita en la pierna con la bota por debajo de la mesa.

—Y esto no es ningún cotilleo, porque no te estoy diciendo nada que no deberías saber ya. Estoy diciendo una verdad objetiva —dijo Ethan, pasándose una mano por los rizos.

—No son cotilleos. Es cien por cien objetivo —insistió Margot.

—¿Qué es objetivo? —Jude apareció en la mesa de repente.

—Eh... —dije con una elocuencia digna de admiración.

—Mis historias de la pubertad —interrumpió Margot—. Estaba contándoles historias mías de la pubertad y Ethan ha dicho que eran objetivamente asquerosas.

Jude nos miró con escepticismo antes de quitarse la cazadora y sentarse con nosotros. Me arrimé más a la pared para que nuestros brazos no se tocaran. Llegó el camarero y aproveché ese momento para recuperar la compostura. Mientras esperábamos la comida, aparecieron Laney y Ada. Al parecer, El Paraíso de los Gofres era un sitio superpopular para desayunar los sábados antes de los ensayos.

—¿Vais a ir a patinar esta noche? —nos preguntó Laney.

—Allí estará Fred. —Ethan señaló a Jude.

—Y Gene —dijo Jude.

—Parad *ya* —se quejó Margot.

Jude y Ethan chocaron los cinco mientras Laney y Ada se marchaban para reunirse con un par de bailarinas más del musical, a unas cuantas mesas de distancia.

—¿Por qué tenemos que ir a la pista de patinaje? —dijo Margot—. No me importa que Izzy y yo ya no seamos amigas, pero aun así preferiría no volver al lugar donde pasó todo.

Cierto; la pelea entre Margot e Izzy había sido allí.

—Que le den a Izzy —contestó Ethan—. Tienes que crear nuevos recuerdos en la pista de patinaje con tus amigos del musical, que somos infinitamente más guais.

Jude asintió.

—Y, si aparece Izzy, seremos como las *wilis* y la haremos bailar hasta que se muera.

Me miró mientras subía y bajaba las cejas. Ethan y Margot compartieron una mirada cómplice.

—Ajá —dije, un poco demasiado alto.

Margot nos ofreció una sonrisita de agradecimiento.

—Bueno, vale. Pero ¡ni se os ocurra dejarme tirada! —Me lanzó una mirada penetrante al decir esa última frase, y todos prometimos ir.

Entonces, mientras Ethan nos hablaba sobre su coreografía de «Make 'Em Laugh», vi algo por el rabillo del ojo que me llamó la atención.

Era Diya. Estaba sentada, sola como siempre, en una mesa más pequeña, en la esquina del fondo. Estaba mirando fijamente un fajo grueso de papeles que tenía delante y recorriendo la primera página con el dedo. Entonces sacudió la cabeza de repente, como si estuviera saliendo de una ensoñación. Se enderezó y empezó a hacer una serie de movimientos casi imperceptibles: inclinó un poco la cabeza hacia la izquierda, arqueó ligeramente la espalda y miró hacia atrás y hacia abajo por encima del hombro derecho. Repitió el patrón unas cuantas veces antes de detenerse para darle un bocado a los gofres.

Margot siguió mi mirada.

—Nunca había visto a Robozorra por aquí —dijo.

Me había preguntado si ensayar juntos habría cambiado la opinión de Margot sobre Diya, pero por lo visto no. Miré a Jude para ver su reacción, pero estaba removiendo el agua con una pajita, mirando cómo se arremolinaba el hielo.

—Madre mía, está completamente en su mundo —continuó Margot—. Estamos todos los del musical aquí; podría sentarse con alguien, pero se cree mucho mejor que los demás. —Lo más probable era que Diya no quisiera sentarse con gente que la llamaba Robozorra, pero me mordí la lengua—. Por cierto, ¿qué tal se le están dando los ensayos de «Good Morning»? —preguntó Margot, mirando a Ethan y a Jude.

«Good Morning» era el gran número de claqué que hacían los tres juntos.

—Pues robozorravilloso. Robozorrantástico —respondió Ethan.

Volví a mirar a Jude, esperando a que dijera algo. Era el que mejor la conocía, ¿no? Pero se quedó callado, empezando a fruncir el ceño. Giré el cuello. ¿Por qué me importaba tanto? Margot, Ethan y Jude eran mis amigos. Diya, no. Apenas la conocía.

De repente sentí la necesidad de enviarle un mensaje a Colleen sobre todo aquello, pero, claro, no podía. Además, no sabía nada de ella desde el día de Voy Volando. Y de eso hacía ya once días. El máximo de días que había pasado sin recibir ningún mensaje suyo. Tenía un presentimiento horrible que intentaba ignorar, un vacío en el estómago que me decía que la había perdido para siempre.

No podía perder también a mis nuevos amigos. Así que ignoré ese malestar y traté de sacarme a Diya de la cabeza.

Me resultó más fácil cuando llegó la comida, Jude me rozó el codo con el suyo y lo dejó ahí unos segundos antes de apartarlo.

La señora Sorenson nos dejó claro que empezar a ensayar los sábados por la mañana significaba que las cosas ya iban en serio.

—¡Estamos a dieciocho de enero, chicos! La noche del estreno va a estar aquí antes de que nos demos cuenta, y aún nos queda mucho por hacer —nos dijo sobre el fuerte repiqueteo de sus tacones mientras se paseaba por el escenario.

Ese día estábamos aprendiendo las posiciones de una escena que transcurría casi al principio del espectáculo, cuando Don Lockwood conoce a Kathy Selden. Don y Kathy intercambian bromas sentados en un banco, y los bailarines teníamos que ir de aquí para allá de manera convincente en el fondo, como si fuéramos gente normal que sale a pasar por la ciudad de noche.

Jude y Diya se colocaron junto al banco de atrezo, en una esquina del escenario, y la señora Sorenson dividió al resto en grupos para colocarnos en distintos lugares del fondo. Margot y Ethan no participaban en esa escena, así que estaban ensayando en la sala del coro con la señora Langford.

Como yo estaba parada junto a Laney y a Ada, la señora Sorenson nos agrupó y nos dijo que camináramos despacio de un extremo del escenario a otro.

—Sois tres turistas en Hollywood. Estáis maravilladas por todo lo que os rodea. ¿Entendido? —nos dijo, y pasó al siguiente grupo.

Laney esbozó una sonrisa triste mientras veía a la señora Sorenson indicarle a Harrison que fingiera estar en un quiosco, vendiendo periódicos.

—Harrison va a estar tan desilusionado con el mundo a los cuarenta que no va a leer los periódicos. Solo se quejará de que ya no se cree arte del bueno.

—¿Alguna de tus relaciones del juego este del «amor realista» ha acabado bien? —le pregunté, medio prestando atención, medio mirando a Diya ocupar su puesto en el banco.

—Pues claro que no —respondió Laney—. Por eso se llama «amor realista». Antes solía dejarme llevar un poco por mis flechazos. —Ada asintió con énfasis—. Me ponía a fantasear con chicos que en realidad no existían. Y, de esta forma, busco las imperfecciones que hay debajo de todo el atractivo, y así es menos probable que haga el ridículo delante de ellos.

Seguía estando bastante convencida de que a Harrison le gustaba Ethan, pero no pensaba decir nada. No quería que Laney lo pasara mal, pero era difícil distinguir si le gustaba de verdad Harrison o si todo era por el jueguecito. Aun así, tenía razón; no estaba haciendo el ridículo delante de él. Desde el baile de invierno, Laney y Harrison hablaban más en los ensayos y a veces en los pasillos, entre clase y clase. Ahora eran amigos y, para mi sorpresa, Laney parecía estar llevándolo muy bien.

La señora Sorenson dio una palmada para llamarnos la atención.

—¡Todos a sus puestos del principio de la escena! —nos gritó mientras volvíamos a nuestras posiciones en el escenario—. ¡Vamos!

Ada, Laney y yo comenzamos a caminar por el escenario, señalando cosas y fingiendo que charlábamos. Pero, por más que intentaba concentrarme, no podía apartar los ojos de Diya en el papel de Kathy. Estaba graciosísima. Descarada. Pasional. Sabía que cantaba de maravilla, pero por alguna razón con aquella escena había superado mis expectativas. Jude se estaba defendiendo con el papel de Don, pero el escenario era de Diya. Reconocí sus poses extravagantes: la cabeza inclinada, la espalda arqueada, la miradita hacia atrás y hacia abajo sobre su hombro derecho. Era la versión desarrollada por completo de los movimientos que le había visto ensayar en El Paraíso de los Gofres. Había estado practicando esa parte de la escena mentalmente, repasándola una y otra vez. Lo mismo que solía hacer yo cuando escuchaba música de *ballet*: pequeños movimientos fantasmas mientras bailaba mentalmente.

Repasamos la escena varias veces más, y mi paseíto de izquierda a derecha del escenario era siempre igual. Pero Diya no dejaba de probar cosas diferentes: un cambio de inflexión por aquí, un gesto más amplio por allá. Cuando encontraba algo que le funcionaba de verdad, lo pulía una y otra vez. Verla trabajar, perfeccionando cada palabra y cada movimiento, hizo que se sacudiera algo en mi interior.

Me había pasado las dos últimas semanas comiéndome la cabeza con preguntas. Preguntas sobre Jude, sobre Colleen y sobre el *ballet*. Y no había sido capaz de responder a ninguna de ellas. Pero al menos una cosa me estaba quedando clara: por qué había sentido la necesidad de defender a Diya desde nuestra conversación en la fiesta premusical.

Porque la entendía. Porque era como yo.

Capítulo veinte

En cuanto me hizo *clic* la revelación acerca de Diya, mi cerebro hizo algo inesperado. Fue como una montaña rusa que había estado subiendo a un ritmo constante, pero, de repente, al llegar a la cima, en lugar de salir volando hacia delante, cayó para atrás. A toda velocidad. Intenté centrarme en mi papel, fingiendo que era una turista, pero no podía controlar la respiración ni evitar que se me anegaran los ojos de lágrimas. Me estaban acribillando todos mis pensamientos oscuros.

Nunca vas a dejar de estar triste. Nadie te entiende. Deja el musical. Nada ni nadie te va a hacer sentir jamás como te hacía sentir el ballet.

No. Ya había admitido que el *ballet* tenía cosas malas. Lo había hablado con mi madre y con Jude. Había estado a punto de contestarle a Colleen. Me había apuntado al musical, había ido al baile de invierno y tenía amigos y un chico que me gustaba. Estaba pasando página. Me vino a la mente la foto del baile de invierno: el confeti, mi sonrisa. Pensar en ello solía reconfortarme. Pero de repente me pareció que era falso, que no era yo la que estaba en aquel marco plateado con estrellas. La verdadera yo estaba ahí, a punto de derrumbarse en ese salón de actos tan feo, igual que durante las audiciones.

Cuando la señora Sorenson dijo que el ensayo del cuerpo de baile ya había acabado, salí corriendo del escenario y fui a por mi mochila. Sentí un ligero roce en el codo y me giré.

—Oye —me dijo Jude—, ¿quieres que vayamos juntos a la pista de patinaje esta noche? Puedo recogerte. O, bueno, supongo que, más que recogerte, sería ir hasta tu puerta y luego ir andando hasta mi coche. Así que... ¿quieres ir andando hasta mi coche conmigo?

Me dedicó la mejor sonrisa que me había ofrecido hasta entonces: cargada de esperanza, nervios y posibilidades.

Era lo que había estado deseando durante dos semanas. Más tiempo a solas con Jude. La prueba de que él también quería pasar más tiempo a solas conmigo. Pero en ese instante no lograba centrarme en eso.

—La verdad es que tengo algunas cosas que hacer antes, así que ya iré yo por mi cuenta. Nos vemos allí.

Intenté salir a toda prisa del salón de actos, pero Margot me detuvo junto a las puertas.

—¿Quieres venir a cenar y luego ir juntas a la pista? —me preguntó.

Le puse la misma excusa que a Jude.

—Nos vemos allí —añadí, y me acerqué a las puertas—. ¿A las siete?

—Vale. —Me dedicó una sonrisa tensa—. Nos vemos a las siete.

Cuando llegué a casa, me puse a buscar a Diya Rao en internet como una loca. Cuando se suponía que tenía que estar comiendo, la estaba buscando en Google. Cuando se suponía que tenía que estar eligiendo un conjunto que quedara decente con los patines, estaba leyendo una reseña biográfica que había escrito Diya en la columna «Héroes para los adolescentes» del periódico, donde hablaba de su ídolo de Broadway, Shoba Narayan, que al parecer había sido la primera mujer sudasiática en obtener un papel protagonista en Broadway desde hacía más de una década.

Cuando tenía que estar saliendo de casa para ir a la pista de patinaje, estaba en la página web del Concurso de Canciones de Musicales de Pittsburgh, viendo la actuación con la que Diya había ganado, de una canción titulada «Could I Leave You?», de Stephen Sondheim. Era una actuación fascinante y auténtica. Había tomado la letra intrincada y desgarradora de Sondheim y la había hecho suya. Antes de que pudiera darme cuenta, se me saltaron las lágrimas.

Diya había dejado tirado a Jude por aquello. Mientras la escuchaba cantar las últimas notas, lo único en lo que podía pensar era: *Tomaste la decisión correcta*. Y, cuando terminó la canción, lo único en lo que podía pensar era: *Jude, Ethan y Margot me odiarían si supieran que pienso eso*.

Respiré hondo, me enjugué los ojos y miré el reloj: las ocho menos cuarto. Iba muy pero que muy tarde. Miré el móvil; tenía cinco mensajes.

Margot: ¿¿¿¿Dónde estás????

Margot: Si no llegas pronto, me voy a aburrir tanto que voy a intentar hacer un axel triple, y fijo que me hago daño, y la culpa va a ser tuya.

Ethan: En serio, seguro que lo hace, así que más vale que vengas ya.

Jude: Ey, ¿estás bien? Si no vienes porque quieres que Margot haga un axel triple, me parece muy buena idea. Pero ciertas personas tienen muchas ganas de verte.

Jude: Para que quede claro, yo soy ciertas personas. Tengo muchas ganas de verte.

Me quedé mirando la pantalla, asimilando los mensajes, pero solo a medias. No podía sacarme a Diya de la cabeza, y no dejaba sitio para nada más. Compartíamos tantas similitudes que no me podía creer que no me hubiera dado cuenta antes. A mí me gustaba Jude. A Diya también. Yo quería dedicarme al arte. Diya también. Diya había sacrificado sus relaciones por el arte. Yo también. Éramos muy parecidas y, sin embargo, todos mis amigos la odiaban. Y la llamaban Robozorra. La única diferencia era que yo nunca llegaría a ser una artista profesional, y ella todavía podía llegar a serlo.

Me azotó un pensamiento desagradable. Si hubiera seguido bailando, ¿también me habrían odiado? Quise ignorarlo, apartarlo, porque era ridículo, pero esa sensación, ese mal presentimiento que albergaba en mi interior, no me lo permitió.

Cuando llegué a la pista de patinaje sobre hielo, un óvalo enorme al aire libre rodeado de césped, pinos y luces parpadeantes, Margot me esperaba junto al puesto de comida con una bolsa gigante de palomitas.

—¿Dónde te habías metido? —me preguntó mientras me pasaba la bolsa.

—Lo siento, se me ha echado el tiempo encima.

—Ah… —Margot me miró, no demasiado convencida—. Bueno, Jude te estaba buscando. Ethan, Harrison y él han ido a buscar algo calentito para beber, porque lo que sirven aquí es lo peor.

—Vale.

—Bueno, cuéntame, ¿qué es lo que pasa con Jude? Me imaginé que no querías hablar sobre el tema en El Paraíso de los Gofres porque estaba todo el mundo allí, pero mira…

—Señaló hacia un cenador que había en una colina a unos seis metros del otro extremo de la pista—. Allí no hay nadie. Podemos ir a charlar.

—No hace falta. No me pasa nada.

Margot, un poco inquieta, se empezó a tirar de las orejeras del gorro.

—¿Te acuerdas de lo que dijo Ethan sobre que quizá te daba miedo empezar algo con Jude porque habías pasado por un montón de cosas? —dijo con tacto—. Al oír eso me puse a darle vueltas. Sé que lo estás pasando mal por lo del *ballet*. No he sacado nunca el tema porque pensaba que no estabas preparada para hablar de eso. Pero a lo mejor nos vendría bien hablarlo.

Una parte de mí estaba deseando aliviar un poco el lío que tenía en la cabeza. Y quizás hablarlo con Margot me ayudase. Pero seguía teniendo ese mal presentimiento que me retenía, que me decía que fuera prudente. Si hubiera seguido bailando, muy probablemente Margot me odiaría al igual que odiaba a Diya. ¿Cómo iba a esperar que entendiera lo que me estaba pasando?

—No, de verdad, no me pasa nada.

Me dirigí hacia la pista y Margot me siguió. Nos quedamos apoyadas en la barandilla, comiendo palomitas y mirando a todo el mundo. Laney y Ada estaban haciendo como que eran una pareja de patinaje artístico, pero Laney no paraba de caerse y reírse. Noah y Laurel estaban a un lado de la pista, bailando como unos repelentes al ritmo de la música que sonaba por los altavoces. Seguía sin entender por qué Josie pensaba que encajarían bien en su baile, sobre todo ahora que había visto algunas de sus coreografías. Pero en fin.

Suspiré; no podía dejar de pensar en el ensayo.

—Diya ha estado genial hoy —dije. No pude evitarlo—. Ha estado muy graciosa.

Margot se encogió de hombros y se metió un puñado de palomitas en la boca.

—Lástima que no sea graciosa en la vida real. Es una intensita.

Era el tipo de respuesta que esperaba, pero aun así se me revolvió el estómago.

—¿Te parece que es intensa porque le gustan mucho los musicales? —le pregunté.

Margot frunció el ceño.

—¿A qué te refieres?

—Pues que... vi a Diya ensayando la escena del banco, la de hoy, en El Paraíso de los Gofres. Estaba practicándola una y otra vez, como si no se diera cuenta de que había gente alrededor. La verdad es que su dedicación me pareció increíble.

Esperé unos instantes, con el corazón a mil. Si conseguía que Margot entendiera a Diya, tal vez también podría entenderme a mí.

—Madre mía, menudo ego tiene —contestó Margot, poniendo los ojos en blanco—. Es un musical de instituto. Supéralo, Robozorra, que no es para tanto.

Apreté los dientes y me acordé de que Josie me había dicho que «superara» el tema del *ballet*. Cuando algo es toda tu vida, no hay manera de superarlo. Lo es todo. Está en todas partes.

—Quizás ella lo vea como algo más —respondí, intentando disimular lo alterada que estaba—. Como si se tratara de practicar el arte al que quiere dedicarse toda la vida.

Margot se encogió de hombros, observando a la gente patinar.

—Pero es que es justo eso. Es como si solo tuviera ojos para eso. No es agradable estar cerca de alguien que siempre está pensando en una única cosa, en la cosa a la que quiere dedicar toda su vida. Te sientes insignificante e ignorada, y como si estuvieras por debajo de ellos. Y a nadie le gusta eso. Por eso a nadie le cae bien Diya.

—Pero yo antes era así —contesté, incapaz de controlar el volumen de mi voz—. Antes de lesionarme, solo tenía ojos para el *ballet*, y siempre ignoraba a todo el mundo.

—Bueno, puede ser. Pero no te preocupes, que lo de Diya está a otro nivel.

Me invadió una sensación de invisibilidad que me resultaba familiar. La que sentía cada vez que Kira no me tenía en cuenta para un papel, o miraba a Juliet y a Spencer con un poco más de atención de la que me prestaba a mí. La sensación de que alguien ve tu silueta, pero no a la persona de verdad.

—No, ni siquiera me estás... No era algo de lo que me avergonzara. No era algo malo. Se suponía que debería estar bailando. Tendría que estar en Nueva York. No aquí. En Eagle View. En el musical. En esta estúpida pista de patinaje.

—Vaaale... —dijo Margot despacio, con una expresión entre confusa y ofendida—. ¿Quieres irte?

—No tengo a dónde ir. Ese es el problema —le espeté.

Margot entrecerró los ojos.

—¿Cómo que no tienes a dónde ir? *Siempre* tienes un sitio al que ir. Siempre que quedamos vienes en tu propio coche para poder irte a ese sitio luego.

—¿Y eso a qué viene?

Vale, sí, me gustaba ir a los sitios por mi cuenta. ¿Era eso algo malo?

—A que siempre tienes que tener una escapatoria cuando estás con nosotros.

—No es... —Me pellizqué el puente de la nariz—. No lo entiendes.

Margot se rio, pero no era una risa sincera.

—Cierto. Nunca podría llegar a entender el dolor de la gran Alina Keeler.

—No quería...

—Tal vez no lo entiendo porque nunca me cuentas nada. No me cuentas nada sobre Jude, y ¿sabes qué? Que no pasa nada. Es tu decisión. Pero no me cuentas por qué no vienes a las noches de pelis, no me cuentas por qué me dejaste tirada en la fiesta premusical, y no me cuentas por qué has llegado tarde hoy, cuando habíamos quedado a las siete y me habías prometido que no me dejarías plantada. Alina, llevo meses intentando andarme con cuidado para no herir tus sentimientos, asegurándome de no hacer nada que te pueda sentar mal, porque sabía que estabas pasando un mal momento. Pero tú no has hecho nunca eso por mí. No te has parado a pensar: «Quizá Margot no quiera estar sola en la pista de patinaje, que es un sitio que le trae malos recuerdos».

Mierda. Me había olvidado de lo de Izzy. Pero tampoco había estado sola del todo.

—Estaban Ethan y Jude contigo —le respondí.

Margot me miró incrédula.

—Pero yo quería que estuvieras *tú* aquí.

—¿Por qué?

Sonó mal en cuanto lo dije.

—¿Que por qué? Pues porque eres mi amiga. Eres mi *mejor* amiga, ¿vale? El año pasado fue una mierda por lo de Izzy. Pensaba que el penúltimo año de instituto también iba a ser un infierno. Pero no lo está siendo. Y… es en gran parte gracias a ti.

No sabía qué responder a eso, porque lo que me había dicho Diya en la fiesta me azotó de golpe: «Claro que se portan bien contigo ahora. Pero antes eras… eras una bailarina increíble. Por entonces no les caías tan bien». De repente, todo tenía sentido.

—¿Antes decíais cosas de mí a mis espaldas? —le pregunté.

Margot abrió los ojos de par en par.

—¿Qué?

—De mí. De tu *mejor* amiga. ¿Decíais cosas de mí?

—No es… —Margot extendió las manos—. No…

—¡Hola, chicas! —nos saludó Laney.

Ada y ella venían patinando hacia nosotras. Ada se deslizó hasta detenerse junto al borde de la pista mientras Laney se precipitaba sobre la barandilla y se aferraba a ella para mantener el equilibrio.

—Hola —contestó Margot, intentando poner cara de que no pasaba nada.

—¿Dónde están Ethan y Jude? —nos preguntó Ada.

Todo el mundo había empezado a hacer eso: juntarnos a los cuatro como si fuéramos en *pack*. Antes solía gustarme. Ahora no sabía cómo me sentía al respecto.

—Ahora vienen —respondió Margot, intentando mantenerse impasible—. Han ido a por bebidas.

—Mmm, qué rico —dijo Laney, ajustándose las orejeras de panda. Sonrió mientras miraba por encima del hombro de Margot—. Ahí están.

Jude, Ethan y Harrison venían hacia nosotras, cada uno con dos portabebidas en la mano.

—¡Chiiiiicooos! —gritó Laney cuando se acercaron—. No paro de caerme y Ada se está enfadando conmigo porque le ha robado estos vaqueros a su hermana para que me los pusiera y los estoy dejando hechos polvo. Harrison, ¿puedes patinar a mi lado? Y tú, Ethan, ¿puedes patinar a mi otro lado?

Ethan y Harrison intercambiaron una sonrisa socarrona.

—¿Tú qué dices, Lambert? —le preguntó Ethan.

—No sé, Anderson, ¿crees que nos necesita de verdad?

Ethan ladeó la cabeza.

—No sé yo. Pero lo que sí sé es que las hermanas no llevan nada bien eso de que les estropeen los pantalones.

Harrison se rio.

—Pues al lío, entonces.

Ethan sonrió. Harrison y él les pasaron las bebidas a Margot y a Jude y fueron a ponerse los patines con cara de felicidad.

Un montón de gente rodeó a Margot y a Jude para quedarse con algunos vasos humeantes y pasar los demás. Di un paso

atrás, hacia el aparcamiento, preguntándome hasta dónde podría llegar antes de que alguien se diera cuenta.

Pero entonces Jude salió de entre la multitud. Por fin había decidido ponerse un abrigo más gordo. Era azul marino y
acolchado. Pero seguía llevando los guantes verdes de punto.
Tenía un vaso en la mano.

—Te he traído un *latte* de manzana y caramelo —me dijo.

—¡Elegid uno ya, frikis! —les gritó Margot a un par de
indecisos de un curso por debajo, que se hicieron al momento con las dos últimas bebidas—. ¡Y tirad esto! —le puso el
portabebidas en la mano a uno de ellos y vino decidida hacia Jude y hacia mí—. Espera un segundo —le dijo a Jude
mientras me tomaba del codo y empezaba a llevarme hasta
el cenador—. Ahora te la traigo de vuelta, te lo prometo.

—¿Qué pasa? —preguntó Jude, que había empezado a
seguirnos; pero al ver que no lo miraba a los ojos se detuvo.

Dejé que Margot me llevara colina arriba.

—A ver —soltó con una exhalación—. El año pasado,
como una semana después de que me peleara con Izzy, te
pregunté en clase de Química si querías venir a un concierto
conmigo. Era la tercera vez que te invitaba a algo y la tercera vez que me rechazabas. Y yo lo entendía, porque estabas
ocupada, pero me sentía muy sola y no estaba pasando por
un buen momento. En fin, la cuestión es que me desahogué
con Ethan durante los ensayos, y le dije que eras tan cuadri-
culada y tan intensa con el *ballet* que no eras solo una zorra;
eras una robozorra. —Me quedé con la boca abierta. Margot
bajó la mirada hacia los zapatos—. Me sentí fatal porque
sabía que en realidad no eras así. Pero supongo que, cuando
lo dije, alguien me oyó y pensó que me refería a Diya, así
que empezaron a llamarla así a ella. Y luego te pasó todo lo
de la pierna, y empezaste a participar en el musical, y nos
hicimos amigas de verdad y no te dije nada al respecto porque hacía mucho tiempo de todo aquello, y no me parece

que seas una robozorra, de verdad. Fui una imbécil, y muy cruel. Lo siento.

Lo único que pude hacer fue sacudir la cabeza, tratando de procesar lo que me acababa de decir. Cuando hacía lo que de verdad me gustaba, para ellos no era más que una robozorra.

Sentí que me temblaba el cuerpo entero por la rabia y el dolor. No solo por ser la Robozorra original, sino porque me había engañado a mí misma al creer que formaba parte de su grupo. Que ellos eran, como había dicho Margot, mis «amigos de verdad».

—Ethan y Jude no te llamaron así en ningún momento. Bueno, puede que Ethan lo dijera una vez para hacerme sentir mejor cuando me desahogué con él, pero fui sobre todo yo. Lo siento —repitió Margot.

Ya casi no le estaba prestando atención. La rabia que sentía, hacia Margot, hacía mí misma por haber sido tan estúpida, hacia todo el mundo, se había convertido en ira absoluta.

—No lo sientas. Eres así y ya está.

—¿Qué estás queriendo decir? —preguntó con cautela.

Quería que se sintiera tan traicionada y dolida como yo.

—Pues que insultas a la gente porque no quieren quedar contigo. Es muy triste, joder. No me extraña que apenas tuvieras amigos después de lo de Izzy. Seguro que no puedes aspirar a nada mejor.

Di media vuelta y bajé la colina en dirección al aparcamiento, con el corazón acelerado y la cara encendida. Mientras bordeaba la pista, Jude apareció trotando a mi lado.

—¿Qué te pasa?

—Nada.

Me detuve para intentar recuperar el aliento, mirando a cualquier parte menos a él.

Agachó la cabeza, tratando de mirarme a los ojos.

—¿Seguro? —Asentí a toda prisa—. Vale —dijo despacio—. Eh... ¿Quieres... patinar?

Por fin me permití mirarlo. No importaba que Jude nunca me hubiera llamado Robozorra; lo nuestro nunca podría funcionar. Él quería esa vida: Eagle View, el musical y sus amigos. Encajaba en ella. Yo no. Pero con Jude no podía explotar como había hecho con Margot. Tenía que decírselo con madurez. Cortar por lo sano, por una vez.

Asentí, y pasé a su lado en dirección a la pista. Tenía la pierna más agarrotada de lo normal por haber estado tanto tiempo en el frío del exterior, y tener que inclinar la pierna hacia dentro por los patines no ayudaba nada. Pero seguí acelerando, con la esperanza de que el aire gélido me sacara la pelea con Margot de la cabeza. Aunque no estaba funcionando.

Jude me seguía el ritmo cada vez que cambiaba de velocidad, vuelta tras vuelta. Ir en círculo era exasperante. Doblar una esquina para acabar en el mismo sitio. Era como una metáfora irritante de nuestra relación. Nos acercábamos y luego nos alejábamos. Incluso el día de las camas elásticas, que por entonces me había parecido un momento trascendental, había acabado siendo lo mismo. Arriba y abajo, arriba y abajo. Como si no pudiéramos movernos en una única dirección de manera constante. Lo nuestro no podía salir bien, y puede que lo hubiéramos sabido desde el principio.

Doblamos otra esquina. Y entonces ocurrió todo a la vez.

En un extremo de la pista, Ethan y Harrison empezaron a cantar «Beautiful Girl» a pleno pulmón, por lo que Jude y yo miramos hacia atrás para verlos. En el otro extremo, Noah y Laurel comenzaron a hacer carreras con un par de carritos en forma de pingüino que servían para ayudar a patinar a los niños. Corrían unos metros y luego empujaban los pingüinos para que se deslizaran sobre el hielo.

Todavía estaba mirando hacia atrás, hacia Ethan y Harrison, cuando oí a Jude gritar:

—¡Ey! ¡Ey! ¡Ey!

Solo pude ver la sonrisa de bobalicón que tenía pintada el pingüino durante un milisegundo antes de que chocara contra mi patín y me hiciera salir volando hacia delante.

Jude me agarró del brazo para atraparme, pero él también había perdido el equilibrio e íbamos demasiado rápido. Caímos uno encima del otro y, mientras nos resbalábamos hacia el borde de la pista, me aplasté el tobillo derecho y me lo torcí.

Y entonces se oyó el eco de un fuerte crujido.

Capítulo veintiuno

Me azotó un torbellino de pensamientos enredados.

La pierna rota otra vez. No voy a poder bailar en el musical. Otra operación. No voy a poder bailar en el musical. Birdie me va a matar. No voy a ver a Margot, a Ethan y a Jude todos los días. No los voy a ver nunca. Clavos en los huesos. Más tornillos en la pierna. Y no voy a poder bailar en el musical.

—¡Muerte a los pingüinos! —gritó Jude mientras se incorporaba; luego alzó un brazo en el aire y recibió vítores de toda la pista.

—¡Lo siento! —gritó Noah. Todo el mundo lo abucheó.

Yo seguía sin recuperar el aliento.

Jude se volvió hacia mí con una sonrisa. Y entonces se quedó inmóvil.

—¿Qué te pasa? ¿Te has hecho daño? —Se arrodilló y se acercó deslizándose hasta quedarse delante de mí. Cuando vio que me agarraba el tobillo derecho con las manos, tomó aire con brusquedad—. ¿Te lo has...?

¿Me lo he...?

Me aferré el tobillo con más fuerza y supe, con una certeza extraña, que no. No me lo había roto. No me había hecho un esguince ni me lo había torcido siquiera. No era nada. Extendí las manos despacio y me las miré. Me estaban temblando.

—¿Alina? —Jude me miraba con atención.

—No... Estoy bien. Es que... pensé... pensé que me había vuelto a pasar.

Entonces llegaron las lágrimas. Unas lágrimas espantosas y vergonzosas.

—Ey —me dijo Jude con delicadeza mientras me ayudaba a levantarme.

Me rodeó la cintura con un brazo firme mientras me sacaba de la pista. No sé cómo, pero logré quitarme los patines y ponerme las botas. Luego Jude me acompañó hasta el cenador y me desplomé en el banco que había allí.

—Lo siento, lo siento, lo siento —lloriqueé.

—¿Por qué lo sientes? Si ha sido culpa del pingüino. Deberíamos hacer una expedición para cargarnos a unos cuantos pingüinos a puñetazos tú y yo.

Me puso la mano en la espalda y empezó a hacer círculos lentos y reconfortantes. Sentí su calor a través del abrigo.

—Me da a mí que… no estaría muy bien visto —conseguí balbucear.

—¿Y eso?

—Pues porque todo el mundo… adora a los pingüinos.

Jude sonrió y noté que se le relajaba todo el cuerpo. No me había dado cuenta de lo tenso que había estado antes.

Dejó de masajearme la espalda y me acarició las mejillas con el guante verde para secarme las lágrimas que amenazaban con quedarse ahí congeladas. Luego me pasó el dedo por la nariz. Como si nada. Como si no fuera asqueroso tener los mocos de otra persona en unos guantes que has tejido a mano.

Respiré hondo varias veces, parpadeando mientras miraba hacia arriba, a las vigas de madera inclinadas del techo del cenador.

—Ha sido muy raro —pude decir por fin—. Ni siquiera me ha dolido de verdad, pero… me ha parecido oír que se me rompía el hueso.

Jude guardó silencio un momento, mirando hacia la pista.

—¿Ha sido la primera vez que te caes así desde que te rompiste la pierna?

Asentí con la cabeza. Hay caídas en las que te tropiezas y te levantas casi de inmediato. Y hay caídas en las que pierdes el control de tu cuerpo durante un instante que se hace eterno. No me había caído de ese modo desde que me había roto la pierna.

—Entonces a lo mejor es solo que te ha desenterrado un recuerdo, ¿no? —supuso Jude.

—A lo mejor.

Últimamente mi cerebro había estado haciendo cosas raras, como cuando había entrado en bucle después de haber visto la escena del banco de Diya durante el ensayo. Quizá tenía sentido que eso fuera también cosa de mi cabeza. Hacía tiempo que no oía el sonido horroroso de mis huesos al romperse mientras intentaba conciliar el sueño, pero, como era de esperar, no me iba a librar del miedo tan fácilmente.

—Me alegro mucho de que estés bien —añadió Jude.

—Yo también. —Tomé aire, y esa vez ya no me costó tanto—. Pensé… pensé que no iba a poder bailar en el musical.

Se produjo un silencio durante unos segundos, salvo por los sonidos lejanos de la gente patinando y las risas. Miré a Jude. Me sonrojé ante la forma en que me estaba mirando.

—No lo habría permitido. —Me apartó unos mechones de pelo del rostro—. Me prometiste que me harías bailar hasta que muriera. No puedes dejar que me libre así como así.

Me incliné hacia él, susurrando.

—Te prometí que *no* te haría bailar hasta que murieras.

—Cierto… —me dijo susurrando también. Su aliento me hizo cosquillas en la oreja—. Supongo que lo otro suena más excitante.

Y lo era. Al estar tan cerca de Jude, me inundaron todo tipo de sensaciones excitantes, lo que logró que mi pelea con Margot y el numerito del hielo se esfumaran. Y eso me gustaba. Me gustaba mucho.

—¿Te puedo dar un beso? —me preguntó Jude en voz baja.

Y de repente, así como así, todo lo demás desapareció por completo.

Acerqué los labios a los suyos. Inspiró con fuerza y al instante me devolvió el beso. Hacía mucho frío a nuestro alrededor. Pero la sensación de sus labios sobre los míos me transmitió calor y seguridad. Oí el roce de una tela y al momento los dedos de Jude, ya sin guantes, me sujetaron la cara y me acariciaron el pelo.

Fue… increíble. En algún rincón de mi mente sabía que lo estaba besando por el motivo equivocado. Para distraerme. Para aliviar el dolor. Pero no podía negar que todo mi cuerpo sentía que estaba haciendo algo que quería, algo que sentía que estaba bien.

Cuando al fin nos separamos nos quedamos muy cerca, con la respiración acelerada y el aliento formando una nube enorme entre nosotros.

—Llevaba mucho tiempo preguntándome cómo sería besarte —me dijo Jude, apoyando la frente en la mía.

—¿En serio?

Me miró incrédulo.

—Pensaba que era obvio.

—Es que ha habido otros momentos en los que podría haber pasado…

—¿Sí?

—En el baile de invierno, en el aparcamiento después del ensayo, en Voy Volando…

Los fui contando con los dedos.

—Ya —dijo Jude, con una sonrisa enorme y bobalicona, como si estuviera algo aturdido—. Tenía ganas de besarte en todos esos sitios.

—¿Y por qué no lo hiciste?

Lo decía más bien de broma, pero Jude se apartó un poco.

—Porque…

Oí unos pasos que me hicieron desviar la mirada de los ojos de Jude.

—¡Uy! Lo siento —se excusó una voz que me resultaba familiar, y crucé la mirada con alguien a quien no creía que fuera a volver a ver.

—¿Juliet?

—¿Alina? ¡Madre mía!

Me levanté y Juliet me dio un abrazo. Hacía tanto tiempo que no la veía que me costaba creer que la tuviera delante de mí de verdad. Cuando se apartó, me apretó los hombros antes de soltarme. Me quedé mirándole el rostro, esas mejillas rosadas por el frío, esos ojos azules enmarcados por unas cejas pálidas.

—Me alegro de verte —logré decir por fin.

—Yo también. Te hemos echado de menos. Un montón.

Miró por encima de mi hombro hacia donde estaba sentado Jude y luego volvió a mirarme con una sonrisa cargada de curiosidad.

—Ay, Jude, esta es Juliet —dije girándome hacia Jude—. Íbamos a la misma escuela de *ballet*.

—Ah, hola —murmuró Jude mientras se volvía a poner los guantes.

—Alina tenía la mejor sensibilidad musical que he visto. Y unas extensiones increíbles —dijo Juliet. No pude evitar sonreír. Eso no significaría mucho para alguien ajeno al mundo del *ballet*, pero Juliet estaba intentando hacerme quedar bien de la única forma que sabía—. Colleen también te echa de menos, pero seguro que ya lo sabes. Qué horror lo de la prueba del ABT, ¿eh?

—Espera, ¿qué...?

Me dio un vuelco el corazón. La prueba para el curso intensivo de verano del ABT. El dieciocho de enero. Era ese día. Con todo lo que estaba pasando, me había olvidado por completo. ¿Cómo era posible?

¿Le habría ido mal a Collen? ¿No iría a entrar? Sentí cierta esperanza revoloteando en mi pecho junto a los rápidos latidos de mi corazón.

—¿Qué ha pasado? —le pregunté a Juliet.

Juliet ladeó la cabeza, confundida.

—Que... la operaron de apendicitis hace unas semanas —respondió casi en tono de pregunta—. Así que hoy no ha podido ir a la prueba de Filadelfia.

Me quedé paralizada. Era evidente que le sorprendía que no supiera que a mi supuesta mejor amiga le habían extirpado un órgano, pero lo disimuló al momento. A las bailarinas de *ballet* se les dan genial esas cosas.

—Está perfectamente. No le estalló, por suerte, y no le hizo falta cirugía abierta, así que no va a tener que estar en reposo durante mucho tiempo. Pero aun así se ha tenido que perder la prueba. Les ha enviado un vídeo, al menos; algo es algo.

Vale. Colleen estaba bien. Me iba la mente de un lado a otro a toda velocidad mientras inhalaba el aire gélido. Las grandes escuelas de *ballet* como el ABT organizaban pruebas para los cursos intensivos de verano en ciudades de todo el país. Filadelfia era la ciudad que más cerca le quedaba a Colleen para presentarse. Lo más seguro era que sus padres lo hubieran planeado todo con mucha antelación, que hubieran despejado sus agendas de trabajo y que hubieran organizado otros medios de transporte para sus hermanos. Lo más probable era que, a esas alturas, intentar ir a la prueba de otra ciudad fuese imposible. Mandar un vídeo no estaba mal, pero era mucho mejor presentarse en persona. A la hora de bailar, hay mucho que no se puede transmitir a través de una pantalla.

Aun así, Colleen no había perdido por completo la posibilidad de entrar. Como la había perdido yo.

Todavía podían seleccionarla.

Me di cuenta de que no le había respondido aún a Juliet.

—Qué horror —dije a duras penas.

—Juliet, ¡vamos! —la llamó una chica que la esperaba a los pies de la colina.

Tenía una melena de un rubio rojizo y un sombrero campana. Seguro que era una de las chicas nuevas que habían llegado a la escuela de Kira Dobrow ese año desde alguna otra institución. Quizá fuera Camden, la otra Giselle, la otra Jody. Juliet se despidió de mí y la vi alejarse para reunirse con la chica nueva, agarrarla del brazo y marcharse.

No tenía ni idea de cuánto tiempo me había quedado allí plantada. Lo que me sacó de mis pensamientos fue Jude, que me apoyó la mano en el hombro.

— Oye —dijo con delicadeza.

Me aparté. No merecía que me pusiera la mano en el hombro. Ni la amabilidad de su voz. Ya estaba bastante mal que me hubiera olvidado de la prueba de Colleen, pero había algo muchísimo peor que eso. Durante un segundo, al creer que a Collen no le había ido bien, me había puesto contenta. No podía ignorar ese hecho. Me había puesto contenta al pensar que mi mejor amiga había fracasado. Y había sentido envidia al darme cuenta de que todavía tenía posibilidades de entrar. Por desagradable que fuera, una cosa me quedó clara en ese instante: no solo tenía destrozado el cuerpo. Mi cerebro no podía dejar de pensar en todo lo que había perdido. Y mi corazón… Era evidente que mi corazón ya no funcionaba como era debido. Era cruel, envidioso y espantoso, y no tenía arreglo.

Margot había tenido razón desde el principio. Era cierto que era una robozorra. Y Jude no se merecía eso. Ninguno de ellos se lo merecía.

—Soy lo peor —susurré.

—Alina, eso no es verdad —me contestó Jude, tomándome de la mano.

Volví a apartarme.

—Eso no lo sabes. Tengo que irme.

—Vale, pero espera, déjame decir lo que iba a decirte antes de que apareciera Juliet. Por favor. ¿Vale? —Me volví hacia él, aunque no podía mirarlo a los ojos—. Me estabas preguntando por qué no te había besado todas las veces que había tenido ganas. Es porque estaba siendo un idiota. Quería dejarte espacio porque, cuando pasas por algo que te cambia la vida, no siempre sabes lo que quieres. Yo, desde luego, no lo sabía cuando mi padre se marchó. Así que me dije a mí mismo que tenía que pararme los pies y ser tu amigo y que, si querías más, como yo, tenía que venir de ti. Pero fue una estupidez. Eres inteligente y fuerte y no necesitas que yo decida las cosas por ti. Tendría que haberte besado cuando me apetecía. —Dio un paso despacio hacia mí. Al ver que no me movía, soltó un suspiro—. Tendría que haberte besado en el baile de invierno. —Un paso más—. Tendría que haberte besado en el aparcamiento. —Otro paso—. Y desde luego tendría que haberte besado en Voy Volando. Porque aquel día, cuando no te besé, te juro que estuve a punto de llorar.

Solté una carcajada temblorosa. No pude evitarlo. Otra vez estaba consiguiendo que me olvidara de todo. Me sostuvo la cara con ambas manos.

—Tendría que haberte besado todas esas veces, porque sé que me habrías dicho que me alejara si tú no hubieses querido. Y te habría escuchado.

Sabía que era verdad. Seguía siendo verdad. Al fin me había dejado muy claro lo que sentía. Pero en última instancia era mi decisión. Jude seguía esperándome. Odiaba lo que estaba a punto de decir. Pero Jude había estado manteniendo las distancias para protegerme a mí, no para protegerse a sí mismo. Yo tenía que protegernos a los dos. Tragué saliva.

—Necesito que te alejes.

Seguíamos muy cerca, y Jude tenía los ojos clavados en los míos, pero se le humedecieron. Dio un paso atrás, aturdido. Noté que flaqueaba bajo el aire frío que se levantó entre nosotros.

—Vale —dijo, apretando la mandíbula con fuerza.

Pero no era suficiente. Tenía que saber por qué lo nuestro nunca podría salir bien.

—No sabía que habían tenido que operar a mi mejor amiga, porque ya no hablo con ella. Me manda mensajes y no le contesto porque me da envidia. No soporto que ella pueda bailar *ballet* y yo no. Y, justo ahora, me he puesto… —Se me cortó la respiración—. Me he puesto contenta al pensar que no le había ido bien en una audición. Porque no quiero que vaya a una escuela de *ballet* si yo tampoco voy a poder.

Lo miré a los ojos, esperando ver una mirada crítica, pero no la encontré.

—Alina… —Jude estiró el brazo hacia mí y de repente lo retiró—. Las cosas se complican cuando pierdes algo que era importante para ti. Haces y piensas cosas que antes te habrían parecido imposibles. Pero eso no te convierte en una persona horrible.

Las cicatrices y el acero no son los que deciden si eres bailarina o no. Alegrarte de que tu mejor amiga fracase no te convierte en una persona horrible. Eran pensamientos reconfortantes. Pero no eran ciertos.

—Te habría abandonado en el baile de invierno. Igual que Diya —le dije—. Así soy yo. Pongo el arte por encima de la gente. Soy egoísta. Y te besé porque quería algo que me distrajera de todo eso.

Jude abrió la boca sorprendido y, tras unos segundos de silencio, miró al suelo y asintió, como si por fin comprendiera lo poco que le convenía.

—Vale —respondió—. Está bien.

Se me atragantó un sollozo. Me di la vuelta para salir corriendo, pero de repente me topé con Ethan. Pasó la mirada de mí a Jude y luego volvió a mirarme, con los ojos entrecerrados.

—¿Qué ha pas…?

—Me voy —le dije.

Ethan odiaba a Diya por haberle hecho daño a Jude. Estaba claro que me iba a odiar a mí también.

Mientras corría hacia el aparcamiento me eché a llorar, al igual que cuando pensaba que me había roto la pierna en la pista de hielo. Solo que esa vez sí que había algo roto. Muchas cosas. Todo.

Capítulo veintidós

Me pasé casi todo el domingo en mi cuarto. No me sonó el teléfono en ningún momento, pero tampoco esperaba que sonara. ¿Quién iba a querer hablar conmigo para nada?

Intenté saltarme las clases el lunes, pero, cuando traté de fingir que estaba enferma, mis padres no se lo tragaron. Así que me recogí el pelo —sin cepillármelo siquiera— en una coleta, me puse una sudadera y unos vaqueros y me subí al coche para ir a Eagle View.

Cuando entré en el aula de tutoría, allí estaba Margot, sentada en el mismo sitio de siempre. Y, en cuanto la vi, haciendo un dibujo con un rotulador permanente en su mochila, no me puse a pensar en que me había llamado Robozorra. Pensé en que, el primer día de clases, me había esperado junto a mi taquilla. En que me había convencido para participar en las audiciones para el musical, en que me había animado durante la segunda fase y en que había bailado conmigo en el baile de invierno. Durante los peores meses de mi vida, de alguna manera se había convertido en mi mejor amiga.

Margot no alzó la vista; tan solo se quedó muy quieta. Caminé despacio hasta mi asiento, frente al suyo. Cuando estuve lo bastante cerca como para tocar la silla, abrió la cremallera de su mochila, metió el rotulador y sacó su libro de Economía. Fue pasando las páginas sin levantar la mirada en ningún momento. Margot me había dicho una vez que preferiría comerse una caca de un ganso a leerse el libro de

Economía, así que capté el mensaje, alto y claro. Normal que no quisiera hablar conmigo. Sabía que se había sentido sola y sin amigos después de lo de Izzy, y yo le había clavado un puñal justo en esa herida. Mi intención había sido hacerle daño, y lo había logrado.

Cambié el rumbo y me senté en la esquina del fondo. Cuando terminó la hora, salí corriendo, pasé por delante de las taquillas de los del último curso sin esperar a Ethan y atravesé el túnel yo sola.

—¿Una noche movidita? —me preguntó Paul cuando me senté en mi sitio en clase de Lengua—. Te gustan las noches moviditas, ¿verdad, princesa?

En ese momento entró Ethan en el aula, pero, al igual que Margot, ni siquiera me miró.

—Estás pasando de nosotros más de lo habitual —añadió Paul, haciendo pucheros—. Pensábamos que, después de que te dieran lo tuyo, te descongelarías un poco. Y está claro que le han dado lo suyo —le dijo en un susurro más alto de lo normal a Jake—. Mira qué pelo lleva de haberse tirado a alguien.

Paul tenía razón en una cosa: estaba pasando de ellos más de lo habitual. Ese día ni siquiera podía distraerme con sus mierdas. Solo podía pensar en la expresión de ira de Ethan en la pista de patinaje sobre hielo. La misma expresión que tenía ahora. Con la mandíbula apretada y sacudiendo la cabeza. Sacó una libreta de la mochila, la abrió dando un golpe y empezó a escribir. Ya no le importaba. Al igual que a principios de año, no le importaba a nadie allí.

Logré aguantar hasta el final de las clases como pude, lo que significaba que tocaba ensayo, y la mera idea de ir a ensayar me resultaba aún peor que el instituto. Se me revolvió el estómago cuando me paré frente a las puertas del salón de actos. Oí el chirrido de un par de zapatillas que se detuvieron tras doblar la esquina del vestíbulo.

Jude.

—Ah. Hola —me dijo en voz baja, cambiándose la mochila de hombro.

—Hola.

Me abracé los codos y bajé la mirada al suelo.

Jude miró hacia las puertas del salón de actos.

—¿Vas a entrar? —me preguntó con una voz fría, sin ningún atisbo de sonrisa ni brillo en los ojos.

Abrí la boca, pero entonces Celia y unos cuantos estudiantes más de último curso doblaron la esquina, charlando y empujándose unos a otros.

—¡Venga, Judey! —dijo Celia, tirando de Jude por el brazo hacia el salón de actos, y al instante Jude se había esfumado.

Me quedé allí unos segundos más antes de marcharme.

Mientras conducía hasta casa, me fui recordando cada uno de los detalles dolorosos de la noche del sábado hasta que me empezó a doler la cabeza. Esperaba que, por algún milagro, el horario del lunes de mis padres hubiera cambiado y no estuvieran en casa. Pero, cuando abrí la puerta, mi madre y Josie se giraron desde el sofá.

—¿No tienes ensayo hoy? —me preguntó mi madre mientras mi padre entraba desde la cocina.

—Lo han cancelado.

—Está mintiendo —dijo Josie.

La fulminé con la mirada, pero ni siquiera tuvo la decencia de aparentar sentirse culpable. Sabía que seguía enfadada por haberme perdido su solo de *El cascanueces*, pero no pensaba que fuera a delatarme.

—Muchas gracias —murmuré.

Subí las escaleras a toda prisa antes de que mis padres pudieran pronunciar palabra, cerré la puerta de un golpe y me tumbé bocabajo en la cama.

Unos minutos después llamaron a la puerta y, antes de que me diera tiempo a responder, entró mi padre. Retiró la silla del escritorio, la giró para que quedara frente a mí y se sentó.

—Bueno... —me dijo al cabo de un momento—. Esta mañana has intentado saltarte las clases. Y ahora decides faltar al ensayo. Percibo un patrón. Lo que en el mundo de la música llamaríamos «un motivo».

Suspiré y apoyé la barbilla en las manos. Mi padre había optado por tomar la vía de intentar aligerar el ambiente.

—No me apetecía ir. No es para tanto.

Procuré mantener la voz neutra, pero me tembló un poco durante las últimas palabras.

—Cariño... —empezó a decir mi padre mientras se inclinaba hacia delante para apoyar los codos en los muslos y juntar las manos—. No sé de qué va todo esto, pero hay una cosa que llevo tiempo queriendo decirte. Sé que no he hablado mucho de este tema, pero, después de que te lesionaras, estuve muy asustado. Y no solo por esa monstruosidad de fijador externo, aunque eso también fue... —Se estremeció—. En serio, ¿cómo es que no se desmayó nadie más al ver ese aparato?

—Papá... —le dije.

—Perdona, que me voy por las ramas. La cuestión es que me daba miedo que tardaras mucho en encontrar algo que te apasionara, que te hiciera tan feliz como el *ballet* —continuó—. Sabía que acabarías encontrándolo, pero no sabía cuándo. Y tú eres una persona muy apasionada, cielo. No sabía qué pasaría con toda esa pasión en caso de que no tuvieras hacia dónde dirigirla. —Se enderezó y tamborileó con las manos sobre los muslos—. Pero, cuando hiciste las pruebas para el musical, pensé: «Oye, mírala. Se está esforzando por algo». Y de repente vemos que vas a ir a un baile del instituto y que tienes amigos... —Hizo una pausa—. No quería decir que me sorprendiera que tuvieras amigos. Claro que tienes amigos.

Soltó una risita incómoda.

Había planeado mantener una expresión impasible durante toda la conversación, pero puse los ojos en blanco sin querer. No sabía cómo podía mi padre mostrar un aspecto tan sofisticado y sereno mientras tocaba el piano en los conciertos y ser tan bobo en la vida real.

—Lo que estoy intentando decir es que no sé cuál es la respuesta. No sé cómo se recupera uno de algo así. Pero sí sé que no va a ocurrir en una línea recta y constante. Y no pasa nada. No renuncies a todo lo que has progresado solo por un contratiempo. Tienes un corazón enorme, cariño. Recuérdalo cuando las cosas se pongan difíciles.

No pensaba que fuera posible sentirme peor aún, pero, por lo visto, lo era. No tenía un corazón enorme; tenía un corazón de mierda. Y había engañado a mi padre, haciéndole creer que iba mejorando, de la misma manera en que me había engañado a mí misma.

Me incorporé; necesitaba irme de allí, estar en cualquier otro sitio. Así que salí de mi cuarto, me llevé mi abrigo y mi mochila y volví al coche. Después de conducir un rato, me encontré en El Paraíso de los Gofres. Era lo que necesitaba en ese momento.

Los gofres de fresa y Nutella y los deberes de Trigonometría consiguieron dejarme el cerebro entumecido y aletargado, como sumido en una neblina. Mi cuerpo pareció notar al fin que no había dormido casi nada las dos últimas noches y, antes de que me diera cuenta, estaba usando el libro de Trigonometría como almohada.

—¿Qué haces aquí?

Me levanté de un brinco. Diya estaba de pie junto a mí, con la mochila colgando de un hombro. Era la última persona a la que me apetecía ver. Y eso teniendo en cuenta a toda la gente a la que intentaba evitar.

—¿*Hola*? —me dijo, agitando la mano delante de mi cara de un modo muy molesto.

—Pues comerme unos gofres. ¿Qué te parece que estoy haciendo? —le espeté. Miré el reloj: las cuatro y cuarto. Los demás debían de estar en pleno ensayo—. ¿Qué haces *tú* aquí?

Diya vaciló durante un segundo. Luego se sentó frente a mí y se quitó el chaquetón. Quise preguntarle qué se creía que estaba haciendo, pero no tenía fuerzas.

—La señora Sorenson y básicamente todo el reparto me han dicho que me tomase el día libre. —Abrió una de las cartas, enfadada—. Que me hace falta relajarme un poco. Que un día libre me permitirá volver más «descansada». O sea, que son tan vagos que no hacen nada bien y no quieren asumir su responsabilidad.

Diya sacudió la cabeza y soltó unas cuantas palabrotas entre dientes.

Las dos estábamos de tan mal humor que me dio miedo que El Paraíso de los Gofres nos echara por cargarnos el ambiente alegre que pretendían crear.

—No puedes decir palabrotas aquí —le dije de mala manera.

Esperaba recibir la mirada característica de Diya, como si me hiciera una radiografía, pero solo me topé con unos ojos cansados que me observaban. Me fijé en su melena larga y normalmente brillante que ese día llevaba encrespada y recogida en algo parecido a una coleta. Se la veía triste y estresada, igual que yo.

—O sea —dije en un tono un poco más suave— que estamos en El Paraíso de los Gofres. Ten un poco de respeto.

Se le dibujó un atisbo de sonrisa en el rostro. Luego llamó la atención de un camarero con la mirada y pidió unos plátanos al estilo Foster.

—¿Cómo es que no has ido al ensayo? —me preguntó cuando se marchó el camarero.

—Estoy mala —contesté.

Le di un mordisco enorme al gofre y me derramé un poco de Nutella por la barbilla.

Diya entrecerró los ojos, sacó una servilleta del dispensador y me la dio.

—He oído a Jude y a los demás hablando de ti antes de irme —me dijo.

—¿Te han dicho alguna vez que eres demasiado directa? —murmuré, resistiendo las ganas de preguntarle qué habían dicho sobre mí.

—Sí —respondió Diya con un parpadeo y una expresión imperturbable.

—Ah, pues lo eres.

Volví a centrarme en los deberes. Diya me observó unos segundos más antes de sacar una carpeta de la mochila. Llegó su plato y las dos nos pusimos a trabajar en silencio, tomándonos un descanso de vez en cuando para atiborrarnos.

Después de un rato, me di cuenta de que no podía concentrarme con Diya allí. Oficialmente había echado a perder mi refugio de gofres, así que recogí las cosas para marcharme.

—¿Quieres venir a mi casa? —me preguntó Diya, con los ojos clavados en mí.

—¿Y eso?

Soltó un suspiro profundo.

—Mi padre me va a preguntar por qué no he ido a ensayar, y prefiero no tener que darle explicaciones. Si hay invitados en casa, no me preguntará nada.

Mmm. La verdad era que todavía no quería volver a casa y tener que enfrentarme a mis padres otra vez.

—Vale. ¿Te sigo con el coche?

Capítulo veintitrés

Si hubiera tenido que adivinar cómo era la casa de Diya Rao, habría dicho que seguramente sería moderna y espaciosa, con sofás blancos en los que no tenías permitido sentarte. Pero me habría equivocado. Era una casa con diferentes alturas construida sobre un terreno en desnivel, con una mezcla de sillones coquetos y muebles de madera de aspecto *vintage*. Y las paredes estaban repletas de fotos enmarcadas de personas sonrientes, mayores y jóvenes, algunas con saris y otras con vaqueros y camisetas.

Mientras le entregaba a Diya mi abrigo en el pasillo, una voz sorprendida la llamó:

—¿Diya?

—Sí, soy yo, papá —contestó cuando entramos en la cocina.

Había un hombre alto, con corbata y camisa, fregando los platos. Al verme se quedó paralizado, con los ojos abiertos de par en par. También había un chico sentado a la mesa que parecía una versión masculina y mayor de Diya, con un bocadillo de albóndigas gigantesco en las manos. También me miraba fijamente.

—Hola… —saludé, algo incómoda.

—Alina, este es mi padre, y este es mi hermano, Jai. Vamos a hacer los deberes —les informó, y se dio la vuelta para irse, pero su padre se secó las manos en un trapo y se acercó.

—¡Alina! Bienvenida. Encantado de conocerte. —Me dio la mano con mucha energía—. ¿Vas al mismo curso que Diya? ¿También participas en el musical?

—Eh…

Jai sonrió al verme tan abrumada.

—Normalmente Diya repele a la gente, así que estamos un poco sorprendidos de que estés aquí —me explicó.

Diya lo miró con los ojos entrecerrados.

—Yo sí que estoy sorprendida de que te estés comiendo eso cuando mamá viene de camino. —Se volvió hacia mí—. Jai no quiere que su mami descubra que no es vegetariano.

—Vamos a haceros una foto, por si acaso esto no se repite nunca —dijo Jai mientras se ponía en pie—. Voy a por la cámara.

—Shh. —El señor Rao le hizo un gesto con las manos a Jai para que se dejara de tonterías antes de volverse hacia mí—. ¿Quieres algo de beber, Alina? Tenemos refrescos y limonada. Bueno, id yendo al cuarto, que ahora os llevo ambas opciones y unas cuantas galletas de chocolate.

Vaya. Refrescos y galletas. Sí que se había propuesto tratarme como a una invitada vip. Me recordó al modo en que mis padres habían tratado a Margot cuando había venido a casa por primera vez después de que me lesionara.

Traté de deshacerme de ese recuerdo mientras Diya me llevaba a su cuarto, en el sótano.

—Siento lo de esos dos —dijo, señalando hacia arriba.

—Parecen majos.

Le eché un vistazo al cuarto de Diya. Había pósteres enormes colgados a intervalos uniformes. Eran de diferentes espectáculos; musicales, supuse, la mayoría de los cuales no lograba reconocer. *The Fantasticks*; *Anything Goes*; *My Fair Lady*; *Oklahoma!*; *Natasha, Pierre y el Gran Cometa de 1812*; *Hamilton* y muchos más. Algunos parecían nuevos y otros tenían los bordes curvados, como si los hubiera colgado hacía mucho tiempo.

Me dejé caer en la silla del escritorio de Diya y ella se sentó sobre la colcha de flores.

—Elegí el cuarto del sótano para que Jai no se quejara por pasarme el día cantando. —Se soltó el pelo y lanzó la goma a modo de tirachinas volando por la habitación. Aterrizó con suavidad encima de la cómoda—. Ahora que va a la Universidad Estatal de Pensilvania solo viene a casa durante las vacaciones, así que podría haberme mudado al piso de arriba, pero me gusta estar aquí abajo.

Volví a observar los carteles y el corcho que tenía sobre la cama, repleto de entradas de espectáculos y de fotos de Diya con distintos disfraces. Sus paredes eran un santuario dedicado a sueños, como solían ser las mías.

—Es un cuarto muy chulo —dije en voz baja.

—Gracias.

Nos sumimos en un silencio incómodo. Pero no me apetecía volver a sacar los deberes, así que le eché un vistazo al escritorio que tenía a mi espalda, pulcro y ordenado. Junto al portátil había un fajo grueso de papeles. Lo reconocí: era el que se había llevado a El Paraíso de los Gofres el sábado, mientras practicaba los movimientos para la escena del banco.

Lo levanté. En la primera página ponía: «Lo que pasó en el desván».

—¿Qué es esto? —le pregunté.

—Es el guion de un nuevo musical de Broadway —dijo Diya mientras estiraba el brazo hacia él. Cuando se lo pasé, lo recorrió con los dedos como si fuera una joya—. Trata de tres hermanas que llevan toda la vida encerradas en un desván, no se sabe por qué; y tienen una cuarta hermana, pero nadie habla de ella. Después se descubre que las otras tres se la habían comido. Es una comedia.

—Eh... Entiendo, supongo.

Sonreí. No sabía si me sorprendía más el concepto de aquel musical o el hecho de que estuviera sonriendo. Con mi humor de perros, me costaba creérmelo.

—Es difícil de explicar, pero es una maravilla, en serio —dijo Diya.

—¿Y por qué tienes el guion?

—Uno de los directores de *casting* me vio en un concurso de canciones de musicales que hice hace un par de años en Pittsburgh. Se puso en contacto conmigo el mes pasado y me envió el guion. Les mandé un vídeo actuando y cantando, y les gustó. Pero me dijeron que la presencia escénica, el ritmo, la interacción con el resto del reparto y todo eso es muy importante para saber quién es la más adecuada para el papel. Así que van a ver a varias chicas en distintos espectáculos en directo. Van a venir a verme en *Cantando bajo la lluvia*.

—Vaya. Menuda… Guau. Menuda pasada, ¿no?

—Pues sí. Lo que pasa es que el papel para el que he hecho la prueba, el de la hermana menor, tiene mucho de comedia física. Los directores de *casting* ya saben que sé cantar y actuar, pero tienen que asegurarse de que también pueda ser graciosa en el escenario, ¿sabes? Y Kathy Selden no es graciosa. O sea, tiene una escena divertida al principio, en el banco, cuando conoce a Don, pero luego se convierte en un personaje aburrido que no es más que el objeto de deseo de Don.

—Pero esa escena te sale de maravilla. Quizá sea suficiente para convencerlos, ¿no?

Toda la pantomima que había hecho en El Paraíso de los Gofres cobraba aún más sentido ahora. Diya tenía que clavar la escena del banco.

Sacudió la cabeza con pesar.

—No creo. O sea, a saber qué papeles tendrán las otras chicas. Lo mismo interpretan a Ado Annie en *Oklahoma!* o a la Dama del Lago en *Spamalot* —dijo, dejándose caer sobre la cama de espaldas. No sabía qué significaba todo aquello, pero asentí de todos modos—. Intenté que la señora Langford me cambiara la danza hula de «Good Morning» por algo más extravagante. Algo que fuera ridículo, exagerado y llamativo, como lo de Ethan y Jude, para que al menos tuviera algo más que demostrarles.

—Ya...

No era mala idea. Había una parte en «Good Morning» en la que los tres se turnaban para hacer un baile cómico con un impermeable. Jude hacía un bailecito graciosísimo al estilo cancán; Ethan bailaba charlestón, también con mucha gracia; y Diya hacía una versión un poco cutre de una danza hula.

—Pero la señora Langford me ha dicho que tengo que estar guapa mientras bailo, porque es lo que le pega a Kathy —se quejó Diya, mirando el techo—. Que no tendría sentido para el papel de Kathy hacer algo exagerado y alocado. Y lo entiendo, pero ojalá... —Se sentó y hojeó el guion—. Es un papel buenísimo. Y, si alguna de las otras chicas es mejor que yo, mejor de verdad, pues vale. Pero necesito que la gente del *casting* vea de lo que soy capaz. Y me temo que no lo van a poder ver.

Esa vez sabía exactamente a qué se refería, y empecé a visualizar imágenes de Spencer y de Juliet bailando en el centro del escenario. Volví a mirar los pósteres de Diya y me di cuenta de algo. Aparte de los de *Hamilton* y *Natasha, Pierre y el Gran Cometa de 1812*, en todos aparecían mujeres blancas; la mayoría de ellas, Jodys rubias de ojos azules. Era posible que esas mujeres fueran de verdad las mejores. Pero tal vez hubiera otras igual de buenas, e incluso mejores, a las que sencillamente habían ignorado.

Miré a Diya, que seguía hojeando el guion. Una chispa de determinación se encendió en mi interior. Quería que los directores de *casting* la viesen de verdad.

—Pues yo creo que deberías hacer algo diferente para esa parte —opiné—. Algo exagerado, alocado y gracioso. Puedes hacerlo la noche en que vengan a verte los del *casting*. La señora Langford y la señora Sorenson no podrán pararte los pies, ¿no? Y estás en el último año de instituto, así que no te tienes que preocupar por si te cargas tus posibilidades de volver a participar en el musical.

Diya abrió los ojos de par en par.

—No puedo cambiar la coreografía así como así.

Me acordé de cuando le había dicho eso mismo a Josie sobre *El cascanueces*. Entonces lo pensaba de verdad, pensaba que tenía que seguir haciendo una caricatura espantosa de un baile año tras año, solo porque lo decía Kira, solo porque siempre había sido así.

—Sí que puedes. Si quieres, yo te ayudo.

Diya fue esbozando poco a poco una sonrisa.

—Vale. Pues hagámoslo.

De modo que nos pusimos a bailar. Hicimos el baile del hilo dental. Sacudimos la cabeza al estilo *heavy metal*. Intentamos hacer el gusano, pero nos salió de pena. Meneamos el culo. Un montón. Nos aprendimos el baile de *Napoleon Dynamite* de principio a fin. Y, entre tanto, el señor Rao nos trajo las bebidas y las galletas. El azúcar nos hizo bailar todavía más alocadas. Una hora después ya habíamos conseguido crear algo que pensábamos que podía funcionar. Dos compases de cuatro por cuatro que esperábamos que hicieran reír a los directores de *casting* de Broadway.

—En serio, me muero de ganas de ver a Ethan y a Jude cuando me saque este baile de la manga en la noche del estreno —dijo Diya, y vio que me cambiaba la cara—. Lo siento. No quería mencionarlos.

—No pasa nada. Es solo que… ya no somos amigos.

—¿Por qué?

Me encogí de hombros, tratando de mantener las emociones bajo control. No podía permitirme entrar en todo ese entuerto. Seguro que acabaría llorando. Así que intenté apartarlo de la cabeza y volver a lo que Diya había dicho en la fiesta premusical.

—¿Te acuerdas de cuando me dijiste que no les caía bien a Jude, Margot y Ethan antes de que me rompiera la pierna?

Diya asintió.

—No quería decirlo así. —Se cruzó de brazos y se sentó de nuevo en la cama, frunciendo los labios, dándole vueltas a algo—. Te vi, ¿sabes? —dijo al fin—. Cuando hacías del Hada de Azúcar en *El cascanueces*.

—Ah, ¿sí?

Me senté a su lado.

—Sí. Estuviste increíble. Y estabas viviendo la vida que yo quería vivir. Estudiabas a tiempo parcial para poder ensayar, y luego te ibas a ir a Nueva York... —Diya sacudió la cabeza, como si fuera todo demasiado increíble para imaginárselo siquiera—. Me dio mucha pena cuando me enteré de lo de tu pierna y de que ya no podrías ir. Y supongo que, cuando te vi con Jude, Ethan y Margot después de todo aquello, me pareció muy injusto.

—¿Qué fue lo que te pareció injusto?

—Es injusto que la gente del musical solo me hablase cuando estaba saliendo con Jude. Es injusto que, cuando gané el Concurso de Canciones de Musicales de Pittsburgh, nadie me felicitara. Lo único que hizo la gente fue juzgarme por dejar a Jude tirado. Y es injusto que personas como tú y como yo solo tengamos amigos en este estúpido instituto cuando no hacemos lo que mejor se nos da, ¿sabes? No podemos tener ambas cosas. No podemos tener amigos y centrarnos en lo que nos gusta hacer.

Diya dejó escapar un suspiro, como si llevara mucho tiempo queriendo soltar todo aquello.

—Tienes razón.

—Esa es la cosa, que no sé si la tengo. Es verdad que algunas personas siempre van a pensar que soy una zorra y una egoísta por haber participado en el concurso en vez de haber ido al baile de invierno. Y, sí, me enfadé muchísimo con Margot y con Ethan por haber sido majos conmigo y luego haber cambiado de actitud por completo, como si no fueran capaces de entender por qué eran más importantes para mí los musicales que ir a un baile con un chico con el que llevaba saliendo un mes. —Diya hizo una pausa y se quedó pensativa un momento—. Sé que fue muy inoportuno, pero es que me llamaron literalmente a las seis de la tarde, el día del baile de invierno, para decirme que había quedado una plaza libre en el concurso y que tenía que estar allí a las nueve de la mañana siguiente. Tuve que hacer las maletas y salir pitando; me fue imposible ir al baile. Habría estado genial que se lo hubiese podido decir antes, pero no pude hacerlo. El concurso era muy importante para mí. Y me sentó fatal que nadie lo entendiera.

—Yo sí que lo entiendo —le dije.

Incluso después de saber por experiencia propia lo que era perder a los amigos, perder a Jude, seguía entendiendo por qué lo había hecho. Y sabía que yo habría hecho lo mismo.

—Gracias —respondió Diya—. Pero, en fin, lo que te quiero decir es que tú estabas muy unida a esos tres. Más de lo que llegué a estarlo yo con Jude o con cualquiera de ellos. Así que tal vez tu situación sea diferente…

—¿Cómo sabes lo unidos que estábamos? —la interrumpí.

Diya se encogió de hombros.

—Se me da bien observar a la gente. Es lo que hacemos las actrices.

Puede que otra persona hubiera puesto los ojos en blanco por la manera en que había dicho aquello. Como si fuera Judi Dench. Pero a mí me hizo acercarme más a ella, para no perderme ni una palabra.

—¿Y…? —le pregunté.

Diya soltó un bufido.

—No me voy a poner a contarte todo lo que observé. Tampoco soy una espía. Pero, créeme, estabais muy unidos. Y, si algo he aprendido de tener un hermano mayor megamolesto, es que, cuando estás muy unido a alguien, las peleas no duran demasiado.

En parte, sus palabras me reconfortaron un poco. Pero, antes de que pudiera darme cuenta, estaba negando con la cabeza. Diya no había visto lo que había pasado el sábado. No sabía todas las cosas espantosas que había pensado y dicho. No había visto cómo me habían tratado Jude, Ethan y Margot esa misma mañana. Casi como si no existiera.

Me levanté.

—¿Repasamos el baile una vez más?

Cuando llegué a casa, eran más de las seis. Mis padres me dijeron, con rostros inexpresivos, que la cena estaba en la nevera. Les dije que había cenado en casa de una amiga, y aquello pareció despertar su curiosidad, pero no me preguntaron nada. Supuse que habían decidido darme un poco de espacio. Por el momento.

Arriba, una vez en mi cuarto, no pude evitar ponerme a darle vueltas a todo lo que había estado evitando pensar. La pista de patinaje sobre hielo. El ensayo. Me preguntaba si Jude, Ethan y Margot se habrían quedado aliviados al ver que no había ido a ensayar. Si la señora Langford y la señora Sorenson estarían enfadadas. Se suponía que teníamos que enviarles un correo electrónico si íbamos a faltar, y teníamos que darles una buena razón. No me parecía que «me volví loca en una pista de patinaje sobre hielo y me di cuenta de que soy una persona horrible y ahora mis amigos me odian» contase como una buena razón, así que no les había enviado ningún correo.

Mientras me ponía el pijama, me llegó todo el cansancio de golpe. Me estaba dando el bajón por la falta de sueño, el baile en la casa de Diya y la cantidad de azúcar que me había metido en el cuerpo en las últimas horas. Pero no podía quedarme quieta. No dejaba de botar la pierna y me iba la cabeza de un lado a otro.

Me sonó el móvil, que había dejado en la mesilla de noche, y me sobresalté.

Gracias de nuevo por haberme ayudado. Creo que va a salir bien. Te debo una.

Era Diya.

De nada, respondí, sonriendo sin querer.

La coreografía que habíamos preparado era la cosa más ridícula del mundo. Pero me lo había pasado muy bien ayudando a Diya. Y no era solo eso; de alguna manera, lo sentía como algo importante. Como si estuviéramos rompiendo una regla que era necesario romper. Al menos había hecho algo bien en esos últimos días, aunque hubieran sido espantosos. Algo que no fuera por crueldad ni resentimiento ni envidia…

Me levanté de un modo tan brusco que me mareé. Había ayudado a Diya. Aunque debería haberme explotado la bomba de envidia al ver que Diya tenía la oportunidad de cumplir su sueño, no había sido así.

Me paseé de un lado a otro de la habitación.

En parte, todavía seguía sintiéndome fatal por cómo estaban las cosas con Margot, Ethan y Jude. Pero ahora otro sentimiento, además de ese, empezaba a tomar forma. Había ayudado a una artista a acercarse un paso más a su sueño sin que me diera envidia, sin derrumbarme. Quizá ya no tuviera el cerebro y el corazón tan destrozados, después de todo. Quizá podían soportar más de lo que creía.

De modo que, en ese instante, supe lo que tenía que hacer.

Volví a subirme a la cama de un salto y tecleé «audiciones para el curso intensivo de verano del ABT» en el portátil.

Llegué a la página, le eché un vistazo al calendario nacional de audiciones y pasé por alto la de Filadelfia, el dieciocho de enero. Lo último sobre lo que Colleen me había escrito había sido sobre *Giselle*, dos semanas atrás. Si le hubiera enviado el mensaje que le había escrito en Voy Volando, podríamos haber retomado el contacto. Me habría contado lo de la operación de apendicitis. Podría haberla apoyado. Esperaba que no fuera demasiado tarde.

Houston, Orlando, Birmingham, San Francisco... Se me cayó el alma a los pies al ver la lista de ciudades; todas quedaban demasiado lejos para que Colleen fuera hasta allí. Me quedé paralizada al final. La última fecha de las audiciones: «Washington, D. C., sábado 1 de febrero, a las 15:30». No era ese sábado, sino el siguiente. Busqué las indicaciones para llegar en coche desde la casa de Colleen hasta el Washington Ballet Theater, donde se celebraban las audiciones. Unas dos horas, más o menos. Me costaría convencer a mis padres para que me dejaran ir en coche hasta allí, pero ya les explicaría por qué era necesario que fuera.

Bajé las escaleras volando. Mis padres estaban en la cocina hablando, pero se quedaron callados en cuanto entré.

—¿Puedo hablar con vosotros? —les pregunté.

—Vale —me respondió mi padre con sequedad.

—Siento haberme ido antes. Estaba molesta por algunas cosas de las que todavía no quiero hablar, pero siento haberme ido. —Mi madre abrió la boca para contestar, pero alcé la mano—. Espera, por favor. Hay algo más.

Les conté la situación con Colleen. Se les iluminó la cara cuando mencioné su nombre, y luego adoptaron una expresión de preocupación cuando llegué a la parte de la operación; después me escucharon con cautela cuando les hablé de las audiciones del ABT, y al final parecían confundidos por completo cuando les dije que quería llevar a Colleen a Washington en dos semanas.

—Cariño —contestó mi padre tras un rato—, podríamos llevarla nosotros. Seguro que alguno de los dos puede ese sábado.

—Ya lo sé. —Se me saltaron las lágrimas, porque era verdad. Aunque mis padres estuvieran enfadados conmigo, aceptarían llevar a la amiga con la que no había hablado desde hacía meses a una audición que quedaba a dos horas de allí—. Sé que lo haríais. Y os quiero mucho por eso. Pero tengo que hacerlo yo misma. He sido una amiga horrorosa y necesito compensarla de alguna manera, y esto sería un comienzo.

Mi madre suspiró y miró a mi padre. Después de lo que me pareció una eternidad, los dos asintieron.

—¿En serio? —pregunté casi chillando.

Me dedicaron una mirada tierna. Como si estuvieran orgullosos. Entonces mi padre se dirigió al estudio de mi madre.

—Voy a imprimir las direcciones. Que no me fío de esas aplicaciones.

—¡Gracias! —grité mientras corría escaleras arriba, hacia el móvil.

Te recojo el 1 de febrero a las 10 de la mañana para la audición del ABT en DC.

Por primera vez en mucho tiempo, pulsé el botón de *enviar*.

Ahora me tocaba a mí ver los tres puntitos que parpadeaban, parpadeaban y desaparecían. Esperé. Después de todo lo que le había hecho esperar a ella, eso no era nada. Si no me respondía, lo entendería. Incluso si me decía que podía llevarla, pero que no pensaba hablar conmigo, lo aceptaría.

Me vibró el móvil. Un mensaje:

Ok.

El alivio hizo que la opresión que sentía en el pecho se esfumara, pero pronto volví a notarme ansiosa, agobiada por todo lo que necesitaba decirle a Colleen pero que no podía contarle por mensaje. Rebusqué en el cajón del escritorio hasta que encontré un cuaderno. Empecé a escribir. Escribí disculpas y confesiones. Recuerdos y pensamientos desordenados. Escribí hasta que me dio un calambre en la mano.

Escribí hasta llenar seis páginas de papel a rayas. Una por cada mes que había estado desaparecida.

Febrero

Capítulo veinticuatro

Aparqué y me quedé mirando la puerta principal de la casa de Colleen. Hacía ya una semana que había ido hasta allí para entregarle la carta que le había escrito. Ese día no había nadie en casa, así que la había echado al buzón. Quería darle tiempo para leerla con tranquilidad antes de que nos viésemos. Tiempo para pensar lo que quería o no quería decir antes de tener que pasar dos horas en el coche, yendo a la audición más importante de su vida, con una mejor amiga que la había abandonado. No había vuelto a saber nada de ella desde que me había enviado el mensaje de «Ok». Pero tampoco me había dicho que hubiese cambiado de opinión, de modo que allí estaba yo.

Colleen abrió la puerta y bajó los escalones, sujetando la bolsa del baile con la parte interior del codo. Sonreí. Estaba igual que siempre. El pelo recogido en un moño alto, los hombros echados hacia atrás y las piernas largas mientras bajaba las escaleras como si fuera Cenicienta entrando en el salón de baile del príncipe en lugar de en el Honda Civic de mis padres.

—Hola, desconocida —me saludó después de subirse al asiento del copiloto y quitarse un poco de pelo de Ferdinand de los vaqueros.

—Hola —dije, y me salió un gallo. Sabía que iba a ser incómodo. Pero una cosa es saberlo y otra vivirlo, y una de ellas es mucho peor que la otra. Inspiré hondo y traté de aunar fuerzas—. ¿Lista? —le pregunté.

Asintió con la cabeza, mirando hacia el salpicadero. Al principio, los únicos sonidos que se oían en el coche eran el zumbido del motor y la música clásica de la radio. Sabía que tenía que ser la primera en hablar. Y, sobre todo, lo que quería saber era si se encontraba bien después de la operación, así que empecé por ahí.

—¿Cómo estás?

—Como si me faltara un órgano —respondió Colleen, dirigiéndome una mirada rápida antes de devolverla a la carretera.

—¿Te... te duele?

Había buscado información sobre la recuperación de una operación de apendicitis y por lo visto podían dolerte el estómago y los hombros durante un tiempo.

—Ya no —me contestó—. Todavía me noto un poco la cicatriz, pero ya han pasado más de tres semanas, así que puedo bailar sin problema.

—Menos mal —dije con una exhalación—. Te habría contestado —añadí en voz baja—. Necesito que sepas que, si me hubieras contado lo de la operación y lo de tener que perderte la audición, te habría contestado.

Colleen entornó los ojos sin apartar la vista de la carretera.

—Eso quería creer. Pero luego pensé, ¿y si no? Sabía que, si te enviaba un mensaje y no me respondías, significaría que todo había terminado de verdad. Y supongo que no quería enfrentarme a esa posibilidad.

—Siento haber desaparecido —dije, agarrando el volante con fuerza—. Lo siento mucho. Es que...

Pensaba que tendría más claro todo lo que le quería decir después de habérselo escrito en la carta, pero seguía confundida y con un revoltijo enorme de pensamientos en la cabeza. Decidí seguir hablando de todos modos.

—La verdad es que no tenía ni idea de quién era sin el *ballet*. Sigo sin saberlo, para ser sincera. Tenía un lío tremendo, y estaba enfadada por muchísimas cosas, y te tenía envidia, muchísima, y no podía soportarlo. He leído siempre todos tus mensajes y me alegraba mucho saber que no habías desaparecido del todo, pero no podía... No... Era demasiado duro, así que te dejé tirada. Lo siento mucho. Ha sido una cagada por mi parte. —Tomé aire antes de continuar—. Y siento haber hecho parecer que el *ballet* era más importante para mí que tú. No lo es. Y, si me odias, estás en todo tu derecho.

Colleen me observaba con atención. Luego inclinó la cabeza hacia atrás en el asiento y cerró los ojos.

—Sí. Estuvo mal. Estuvo fatal, la verdad.

Nos sumimos de nuevo en el silencio. Se me revolvió el estómago. Era el fin.

—Pero no te odio —añadió Colleen después de un momento—. Eres mi mejor amiga. Te quiero, pase lo que pase.

Me quedé con la boca abierta.

—Pero me he... me he pasado seis meses sin hablar contigo.

—Y, como te he dicho, estuvo fatal. Fue una mierda. Pero lo que te pasó, la lesión... —Colleen se estremeció—. Yo estaba allí contigo, ¿te acuerdas? Lo vi todo. Lo oí. Y no me puedo ni imaginar lo que se siente al no poder bailar. Perder aquello por lo que te has esforzado toda la vida. Eso sí que es una mierda. Normal que desaparecieras durante un tiempo. Fue un asco, y me dolió, pero lo entiendo. De verdad.

El sol que entraba por las ventanillas parecía más brillante de repente. Colleen me seguía queriendo. Lo entendía. Había perdido el *ballet* y nunca podría recuperarlo. Y eso no significaba que nunca iba a poder volver a ser feliz, pero sí significaba que había perdido algo irremplazable, por muy imperfecto que fuera, y que no era una persona egoísta y horrible por estar destrozada por ello.

Había hecho algo que estaba fatal. Pero podía dejarlo en el pasado.

—No sé si merezco tu comprensión ahora mismo —le dije, intentando mantener la voz firme—. Pero me alegro mucho de que me comprendas, porque te he echado muchísimo de menos.

Colleen esbozó una sonrisilla.

—Sí, eso decías en la carta. Unas diecisiete veces.

Sonreí y me avergoncé al mismo tiempo.

—¿Parecía que estaba como una cabra en la carta?

—No, solo parecía que estabas arrepentida. Y, bueno, a lo mejor un poquito como una cabra también. —Me reí—. Y yo también te he echado de menos, boba.

Entonces las dos nos echamos a reír. Y, después de incorporarme con cuidado a la interestatal, empezamos a hablar sin parar. Nos pusimos al día de todo. Me habló de los ensayos de *Giselle*, de la primera cita de su hermano y de la obsesión de Ferdinand con el ficus que tenía su nuevo vecino en los escalones de la entrada.

—Me muero de vergüenza, porque tienen un hijo de nuestra edad, y es muy mono, y está siempre en el porche leyendo.

—¿Habéis hablado?

—Un poco. Suelo estar demasiado ocupada intentando que Ferd no se mee en el ficus. Pero no se lo toma mal; es muy majo.

—¿Cómo se llama? —le pregunté.

Colleen carraspeó.

—No te rías.

—Ay, tú verás.

—Swanson Vandervort.

Me quedé en silencio durante cinco segundos antes de echarme a reír como una loca.

—¡Es muy elegante! —gritó Colleen por encima de mi risa.

No pude parar hasta pasado un rato. Solo a Collen podía gustarle un chico que se llamara Swanson Vandervort.

—Colleen Vandervort no suena mal —dije, parpadeando para deshacerme de las lágrimas.

—Sabes que no me voy a cambiar el apellido nunca —dijo—. Siempre voy a ser Colleen Alexander. En fin, ¿qué tal has estado tú?

Suspiré, sin ganas de estropear el buen rollo. Pero Colleen me insistió, así que se lo conté todo, desde la audición para el musical hasta la pista de patinaje sobre hielo, pasando por las últimas semanas horribles, en las que no me había sentado con Margot en la clase de tutoría ni en la sala de estudio, había evitado mirar a Ethan en Lengua y había tratado de esquivar a Jude.

Y había seguido faltando a los ensayos. Había faltado a seis en las últimas dos semanas, y el día anterior la señora Sorenson me había dejado un mensaje muy seco en el contestador, en el que me decía que lamentaba informarme de que tendría que hacer «modificaciones» para mi papel. Me entraban ganas de llorar cada vez que pensaba en ello.

—Ojalá todo volviera a ser como antes —le dije a Colleen.

Hablar de ello me hacía echar aún más de menos a Margot, a Ethan y a Jude, y el musical.

—¿Y no es posible? —preguntó Colleen—. Sobre el musical, no sé, pero ¿no puedes reconciliarte con Margot y con Ethan? ¿Y volver a liarte con Jude?

Arqueó una ceja.

—No creo… No creo que sea tan sencillo.

—¿Por qué?

—Porque esa noche perdí los papeles por completo. Me cabreé muchísimo con Margot; y luego empecé a berrear delante de Jude cuando pensaba que me había vuelto a romper la pierna; y, cuando me di cuenta de que no me había pasado nada, le di un *beso*; y luego le dije que se alejara de mí y le saqué el tema de su ex… Lo eché todo a perder.

Colleen trató de disimular su sonrisa.

—¡Colleen! ¡Que no es gracioso!

Levantó las manos.

—Ya, ya. Es que nunca te había visto tan desatada. Me da pena habérmelo perdido.

—Créeme, no querrías tener esa imagen en el cerebro.

Colleen resopló.

—A ver, a veces está bien enfadarse, incluso con tus amigos. Está bien tener miedo aunque no te hayan hecho daño. Está bien darle un beso a alguien aunque no sea por una razón de peso. Tenías los sentimientos a flor de piel esa noche, y ya está. No creo que se cabreen contigo para siempre por eso.

—Pero ¿quién va a querer tener a alguien así como amiga? Y, peor aún, ¿quién va a querer salir con alguien así? —Dejé escapar un suspiro profundo y pesado—. Creo que tengo que aceptar que nada va a volver a ser como antes.

Colleen me miró fijamente durante un instante. Tomó aire para decir algo, pero desvió la mirada hacia la ventana.

—Que algo se rompa no quiere decir que no tenga arreglo, Alina —dijo al fin—. Seguro que puedes solucionar algunas cosas.

Conduje en silencio durante un rato, dándole vueltas a aquello. Al caerme, me había roto la pierna, de modo que ya no podía subirme a las puntas. Y eso significaba que nunca iba a poder formar parte de las compañías de *ballet* clásico con las que siempre había soñado. Pero no todo lo que se rompía era irreparable. Colleen y yo estábamos empezando a arreglar nuestra amistad, incluso tras habernos pasado seis meses y medio sin hablar. Y había ayudado a Diya a arreglar su parte del baile del musical, con lo que era más probable que consiguiera un papel en Broadway.

Tal vez, aunque todo se hubiera ido a la mierda en la pista de patinaje, también podría arreglar las cosas con Margot, con Ethan y con Jude. Pensar en eso me hizo recuperar la esperanza.

Todo aquello me llevó a hacerle una pregunta que llevaba un tiempo rondándome la cabeza.

—¿Crees que el *ballet* se puede arreglar?

Aunque nunca habíamos hablado de ello, estaba convencida de que Colleen sabría a qué me refería.

—Sí —respondió, y me sorprendió la seguridad en su voz—. O sea, sé que no siempre se puede cambiar a las *personas*. Por ejemplo, es muy probable que Kira nunca vea tanto potencial en mí como en Juliet o en Spencer.

Al oír aquellas palabras sentí la ira burbujeando en mi interior.

—Es superinjusto que no seas Giselle. Estás hecha para el papel.

Era cierto; clavaría la inocencia liviana y desenfadada de Giselle en el primer acto y la delicadeza grácil y etérea del segundo.

Colleen esbozó una sonrisa mordaz.

—Según Kira, no. —Meneó los brazos—. Demasiado atlética, ¿recuerdas?

Solté un gruñido.

—¿Por qué decía eso siempre?

Colleen ladeó la cabeza.

—Hay mucha gente en el mundo del *ballet* que mira a las chicas negras y ve un cuerpo de atleta musculosa en lugar del de un hada grácil y delicada.

—Uf.

Le di vueltas a sus palabras. Las bailarinas de *ballet* sí que eran atletas musculosas, pero creaban una ilusión de suavidad y delicadeza. Y a Colleen se le daba tan bien que me dejaba con la boca abierta. ¿De verdad Kira no lo veía? ¿No serían capaces de verlo las demás personas del mundo del *ballet*?

Sacudí la cabeza.

—Nunca llegué a entender a qué se refería Kira cuando te decía lo de suavizar los brazos —le dije.

—Al principio me lo creí —contestó Colleen—. Pero luego, no sé. Te haces mayor y empiezas a verte a ti misma y tus puntos fuertes con más claridad. Y también te das cuenta de los prejuicios de los demás y de cómo te ven... o no te ven. Por ejemplo, ¿te acuerdas del trabajo ese del modelo a seguir de cuando teníamos trece años? Cuando Kira nos pidió a todas que eligiéramos una persona que fuera nuestro modelo a seguir para analizar su trayectoria, y dejó que las demás escogieran a quien quisieran, pero a mí casi me obligó a elegir a Misty Copeland.

—Sí... —dije despacio mientras empezaba a recordarlo.

—A ver, *adoro* a Misty, no me malinterpretes. Es increíble. Pero somos bailarinas muy diferentes, y cualquiera debería poder verlo, sobre todo mi profesora de *ballet*. Pero, como Misty Copeland es la única *prima ballerina* negra en la historia del ABT, Kira no tuvo otra cosa que hacer que decir: «Bueno, Colleen también es negra. Así que tiene que ser como Misty Copeland».

Me aferré con fuerza al volante y me di cuenta de que, aunque Kira nos había limitado a ambas, nuestras experiencias en su escuela habían sido muy distintas. En ciertos aspectos Kira me había agrupado con las bailarinas blancas; me había dado las mismas ventajas. Y, si no me hubiera lesionado, nuestras experiencias fuera de la escuela de Kira también habrían sido muy diferentes.

—Ojalá hubiera sabido cómo hablar de estas cosas antes —le dije. Odiaba lo sola que debía sentirse Colleen en la escuela de Kira—. Siento no haberlo hecho.

—Siempre me preguntaba cuándo saldría el tema —respondió Colleen, sonriendo un poco—. Creo que las dos estábamos demasiado centradas en convertirnos en las mejores bailarinas que podíamos ser. Pero llega un punto en que ya no puedes seguir ignorándolo. Sobre todo cuando te das cuenta de que hay muchas otras personas como Kira en el mundo del *ballet*.

Asentí, sin saber qué decir.

—Pero en el *ballet* no solo hay ese tipo de personas, ¿sabes? —continuó Colleen, alzando la voz—. También hay mucha más gente que forma parte de ese mundo: directores artísticos, coreógrafos, profesores, bailarines y niños que van a verlo por primera vez y se enamoran de él porque no se parece a nada que hayan visto antes. Ahora mismo hay una niña de diez años que va a ser la próxima gran coreógrafa del mundo del *ballet*, y quién sabe cómo cambiará las cosas. Y he leído que algunas compañías están trabajando con activistas para cambiar las partes racistas de los *ballets* clásicos. Además, las escuelas preprofesionales son cada vez más diversas, así que es posible que las compañías de *ballet* sean muy diferentes dentro de poco. El *ballet* puede evolucionar. Y yo quiero formar parte de eso.

Me quedé mirándola. Durante todos los años que habíamos bailado juntas, había pensado que Colleen y yo queríamos lo mismo. Bailar en el ABT. Pero, en algún momento, Colleen había empezado a querer algo más: ahora quería cambiar el *ballet* para mejor. Una vez más, pensé que me habría gustado haber podido hablar antes de esos temas con ella. Saberlo hacía que me preguntase si las cosas podrían haber sido distintas. Pero todavía no era demasiado tarde.

—¿Te acuerdas del día que hablamos con Kira después de que colgaran la lista del reparto de *El cascanueces*? —le pregunté.

—Ay, madre, sí. Y nos quiso hacer sentir culpables por haberla cuestionado.

—¡Justo! Y como el *ballet* me había entrenado tan bien para «seguir las reglas» y «escuchar a tu profesora», lo acepté sin más. Ni siquiera puse en duda si lo que nos decía estaba bien o mal. Era como si Kira fuera todopoderosa.

—Ya… —dijo Colleen.

Respiré hondo y sentí que algo cambiaba dentro de mí. Era como si, solo por hablar de ello, le estuviéramos quitando parte de ese poder.

Entonces caí en otra cosa. ¿Hasta qué punto afectaba el hecho de aceptar papeles como el del Té chino al modo en que vivía mi vida ahora? Ni siquiera había intentado arreglar las cosas con Margot, con Ethan y con Jude en las últimas dos semanas. Sencillamente había dado por hecho que no iba a poder arreglar nada. Jude me había dicho que la voz de su padre se le había metido en la cabeza durante un tiempo. Y esa era una de las formas en que la voz de Kira se había metido en la mía: diciéndome que tenía que aceptar las cosas tal y como eran, aunque no estuvieran bien.

—En fin —continuó Colleen—, que el *ballet* tiene muchos problemas, pero puede cambiar. Y yo quiero ayudar a que cambie.

—Y yo te ayudaré a cambiarlo —le garanticé—. Como pueda.

Nunca me había sentido tan segura de nada en toda mi vida.

—Lo sé —me dijo Colleen, y mientras pronunciaba las palabras sucedió algo extraño, y supe que nunca sería capaz de explicárselo a nadie: vi algo, como una visión, aunque no creía en ellas. Era Colleen, con el mismo aspecto que tenía en ese instante, con una mirada de concentración y una leve sonrisa curvándole los labios, pero con el famoso traje de *wili* de Giselle.

Extendió el brazo derecho y luego el izquierdo. Después se arrodilló, se inclinó y bajó la cabeza despacio. Estaba haciendo su reverencia final ante un público enorme en el Metropolitan Opera House.

Y yo estaba en primera fila, animándola.

⁂

Vi a Colleen colgarse un número en el maillot, dedicarme una última sonrisa nerviosa y desaparecer en el enorme estudio entre el resto de las chicas. Yo me quedé en el silencio del vestíbulo y, como me dolía la pierna por haber hecho un viaje tan largo, me puse a estirar el tobillo. Había una parte de mi corazón que no podía alegrarse del todo por Colleen, porque seguía triste por mí. Pero también estaba... orgullosa. De Colleen, por estar un paso más cerca de su sueño. De mí, por ayudarla a conseguirlo. De nosotras, por querer cambiar el *ballet*. De repente, recordé el día en que había estado bailando con Diya en su cuarto. Por eso me había sentido tan bien en ese momento: no se trataba solo de ayudar a alguien a cumplir sus sueños; se trataba de cambiar toda una disciplina artística. Abrirla a nuevas voces y cuerpos. Mejorarla.

Me di cuenta de que mi cachorro estaba creciendo aún, a pesar del revés que había sufrido hacía un par de semanas. Era un pensamiento agridulce, y me recordaba a Jude. Así que hice lo que había empezado a hacer por entonces cuando me invadía la tristeza. Me permití sentirla durante un rato. Me quedé sentada en el suelo con la espalda apoyada en la pared. Cuando empezó a sonar la música clásica a través de las puertas del estudio, me puse tensa, y esperaba sentirme abrumada, pero no fue así. Ni siquiera tuve que recordarme eso de respirar hondo. Birdie me había dicho que con el tiempo ya no me haría falta. Ese día no me lo había creído, y se lo había dicho. Birdie se había encogido de hombros y me había respondido: «Qué sabré yo, si solo soy la persona que te ha enseñado a caminar de nuevo». Sonreí al recordarlo.

Al cabo de un rato, me empezó a vibrar el móvil. Diya me estaba enviando mensajes.

Le he dicho a la señora Sorenson que te ha surgido un asunto personal delicado y que por eso te has perdido las dos últimas semanas de ensayos.

Le he pedido que no te echase del musical.

Tengo un montón de influencia con la señora S, así
que tienes una última oportunidad.

No la cagues.

Vi un destello de esperanza. El mensaje que me había dejado la señora Sorenson en el buzón de voz había sonado muy
tajante. Pero, si alguien podía hacerla cambiar de opinión, era
Diya. Era mi última oportunidad. El lunes me disculparía con
la señora Sorenson y con la señora Langford. El lunes volvería
a los ensayos.

Allí estaré. Gracias, respondí.

Te lo debía. Ahora estamos en paz.

Ah, y de nada.

Sonreí mientras se abrían las puertas batientes. Las mismas chicas que habían entrado en la sala un par de horas
antes salían ahora en tropel, con la respiración acelerada y
brillantes de sudor. Vi a Colleen entre la multitud.

Cuando llegó hasta donde la esperaba, vi que tenía la mirada perdida.

—¿Lista para irnos? —le pregunté con delicadeza.

Colleen asintió y nos dirigimos al coche en silencio. Sabía
que tenía que recomponerse antes de decir nada. Quise darle
tiempo hasta que estuviera preparada.

Hasta que Colleen no subió al coche, cerró la puerta y
tiró la bolsa de baile al asiento trasero, no emitió sonido alguno. Fue un suspiro largo y tembloroso que dejó escapar
mientras enterraba la cara entre las manos. Sabía que no era
una señal de cómo había ido la prueba, sino de la liberación

de la presión tan inmensa a la que se había sometido en el estudio.

—Necesito que me escojan —susurró al fin—. Y todas han estado geniales. Pero geniales de verdad. —Levantó la cabeza—. Odio esta parte.

Le agarré el brazo y le di un apretoncito. La visión grandiosa que había tenido de Colleen en el escenario del Metropolitan Opera House solo podría hacerse realidad si la gente de esa sala la seleccionaba. De momento, solo podíamos esperar que fueran capaces de ver lo buena que era entre la multitud de chicas con talento. Que la aceptaran en el curso intensivo de verano del ABT, que le pidieran que se quedara en la escuela de manera permanente, que la contrataran en la compañía y que la ascendieran a solista y a *prima*. Era un camino largo y agotador, y seguro que estaría lleno de momentos como ese.

Pero Collen podía conseguirlo. Estaba convencida.

Se frotó los ojos.

—Sé que puedo conseguirlo —dijo, como si fuera el eco de las palabras en mi cabeza—. Es solo que…

—Te entiendo.

Entonces yo también rompí a llorar. Lloramos porque los actos de valentía no siempre te hacen sentir valiente. Lloramos porque arreglar las cosas era difícil y los cambios eran lentos. Lloramos por el hecho de que adorar algo con todo tu corazón puede rompértelo al mismo tiempo.

Al fin emprendimos el camino de vuelta a casa. En algún punto entre Rockville y Frederick, Colleen agarró mi móvil y encontró la lista de reproducción que habíamos creado un par de años atrás. Empezaba con «I Wanna Dance with Somebody» de Whitney Houston y terminaba con «Your Best American Girl» de Mitski, pasando por Lizzo, Shakira y Beyoncé. Cantamos todas y cada una de las canciones a viva voz, alocadas y entusiasmadas.

Porque sabíamos, tal vez desde hacía mucho tiempo o tal vez solo desde ese viaje, que los corazones rotos no tenían por qué quedarse así para siempre. Que el amor, junto con la fuerza, ya se empleara para hacer el *grand jeté* más grandioso del universo o para no soltar el pie del acelerador, podía cambiar el mundo.

Capítulo veinticinco

Seguía aferrada al viaje con Colleen y a lo mucho que me había motivado mientras conducía hacia el instituto el lunes, dispuesta a arreglar las cosas. O a intentarlo, al menos.

Josie había perdido el autobús, así que había tenido que venir conmigo.

Seguíamos sin hablarnos desde que se había chivado a nuestros padres de que el ensayo no se había cancelado. Estaba convencida de que me había delatado en parte porque aún estaba enfadada conmigo por haberme perdido su solo. Pero era posible que, al igual que cuando sacaba el tema del racismo en el *ballet*, también fuera porque se preocupaba por mí.

—Siento haberme perdido tu solo —le dije.

Josie levantó la cabeza de repente.

—Eh… Menuda sutileza para sacar el tema.

—No me lo pienso perder la próxima vez.

Josie parpadeó unos segundos mientras me miraba antes de volver la vista hacia el salpicadero con los ojos abiertos de par en par. No se esperaba una disculpa por mi parte, lo cual era normal. Yo tampoco recordaba la última vez que me había disculpado con ella.

—Bueno, y ¿te van a dejar volver al musical? —dijo al cabo de un minuto.

—No lo sé. —Se me aceleró el corazón—. Pero eso espero.

—Pues se supone que tenemos que elegir a nuestros bailarines para la actuación de los estudiantes antes del mes que viene, y sigo necesitando a Noah y a Laurel. Así que, si te dejan volver, ponte a bailar delante de ellos o algo.

Seguía sin entender por qué era tan importante para Josie que justo ellos dos bailaran su coreografía. Era cierto que a Laurel se le daba de maravilla hacer *battements*, y Noah era muy hábil y rápido con los movimientos de pies. Pero les faltaba algo. Cada vez que los veía bailar, me parecía como si estuvieran demasiado ocupados intentando impresionar a todo el mundo con sus habilidades como para sentir de verdad la música o expresar emociones.

—¿Quieres saber lo que pienso sobre tu coreografía? —le pregunté.

Josie me miró con desconfianza. Hacía años que no me interesaba tanto por su baile como para darle consejos así como así.

—Eh… Vale.

—No creo que Noah y Laurel sean los más adecuados. No bailan con sentimiento y, según lo que decías de *Armonías extrañas*, necesitas que los bailarines expresen emociones, no que solo demuestren su técnica.

Josie abrió la boca para discutir, pero luego frunció el ceño y se quedó pensativa.

—Vi parte de lo que estabas creando —le dije—. En las vacaciones de Navidad. Me pareció muy bueno, Josie. Porque lo estabas haciendo tú. Creo que deberías bailar tu propia coreografía.

Josie continuaba sin decir ni una palabra. Apagó la radio y se quedó mirando por la ventanilla. Seguíamos sumidas en un silencio sepulcral mientras entraba en el aparcamiento del instituto, encontraba un sitio y apagaba el motor. Josie recogió su mochila y posó los dedos sobre el tirador de la puerta.

—Puede que tengas razón —dijo al fin.

Entonces fui yo la que se quedó mirándola incrédula, sin dejar de parpadear.

—¿En serio? —dije mientras me recuperaba de la sorpresa—. O sea, claro. Piénsatelo.

—Me lo pensaré.

Abrió la puerta y me ofreció una sonrisita vacilante antes de salir del coche y juntarse con su grupo de amigos enfrente del instituto.

Esperé un segundo antes de salir y me di cuenta de que yo también estaba sonriendo. Las cosas no iban del todo bien entre Josie y yo, y la verdad era que me costaba imaginar cómo sería tener una relación normal con ella. Pero estaba contenta por la conversación que habíamos mantenido. Y eso, combinado con lo motivada que estaba aún por el viaje con Colleen, me hizo entrar en el instituto con más confianza que nunca.

Llegué al aula de tutoría preparada para hablar con Margot. Pero no estaba. Empecé a moverme de un lado a otro en la silla, inquieta, levantando la vista cada vez que alguien pasaba por la puerta, pero nada, no llegaba.

En cuanto sonó el timbre, corrí hacia las taquillas de los de último curso para intentar encontrar a Ethan, pero tampoco lo vi. Cuando entré en Lengua, ya estaba sentado, jugueteando con el bolígrafo y mirando por la ventana. Miré mi pupitre, y a Paul, que estaba sentado justo detrás. Juntó las manos e hizo una reverencia.

Me quedé mirando la cara de Paul, con esa sonrisa de suficiencia, y empecé a sentir unas chispas en mi interior que acabaron convirtiéndose en llamas. ¿Por qué mierdas había aceptado que me tratara así? ¿Qué más daba que me hubiera sentado allí el primer día y hubiera escrito mi nombre en la lista de asientos? Menuda estupidez. ¿Por qué iba a decirme un trozo de papel dónde sentarme?

—Hola, Princesa Gél…

Me dirigí a mi mesa, pero, en lugar de sentarme, la agarré por los lados y me la llevé de un extremo del aula al otro.

Emitió unos chirridos horribles al arrastrarla por el suelo mientras la colocaba entre el sitio de Ethan y la ventana. Y luego me senté.

Todo el mundo me estaba mirando, incluido Ethan. Se le dibujó una sonrisa de sorpresa en el rostro.

Jake le dio una palmada a Paul en la espalda.

—¡Cómo ha pasado de ti! —gritó con regocijo.

Paul hizo una mueca de desagrado.

—Zorra de mierda —me dijo.

Supuse que, mientras estuviera delante de él, ignorándolo, él tendría el control del juego. Pero, ahora que había roto las reglas, ya no podía seguir jugando. Abrió la boca para decir algo más, pero Ethan dio una palmada en su mesa.

—Cállate, Paul —le espetó Ethan—. Todos te hemos visto intentar llamar su atención con tus gilipolleces. Te hemos visto, te hemos oído, y te ha salido de pena. Así que cállate ya.

El único indicio de que Paul hubiera oído las palabras de Ethan fue un leve gesto de la boca. Pero no pensaba dejar que Ethan desviara la atención de mí.

—Sabes que es gay, ¿verdad, princesita? Si estás tan desesperada, yo mismo podría haberte dado un poco de… —añadió mientras se miraba la entrepierna de manera sugerente.

—Por lo que me han contado —dijo Ethan, agitando la mano hacia el regazo de Paul—, tampoco tienes mucho que ofrecer.

Separó el índice y el pulgar unos cinco centímetros.

Aquello bastó para que Paul llegara a su límite. Fulminó con la mirada a Ethan mientras se levantaba y daba un paso hacia él para asustarlo. Pero yo también me levanté. Tensé el torso, eché los hombros hacia atrás y enderecé la columna. Con toda la adrenalina bombeando por mi cuerpo, adopté automáticamente la postura de *ballet*. Paul seguía avanzando hacia Ethan, así que levanté el brazo para cortarle el paso.

—Paul —le dije—, si quieres que la gente deje de hablar de lo que te mide el pene, deberías probar a dejar de ser un capullo integral. Es una correlación negativa. Mientras más gilipollas parezcas, más pequeña dará por hecho la gente que tienes la polla. Así que empieza a comportarte como una persona normal, como por ejemplo dejando de ligar con chicas que no quieren ligar contigo o dejando de hacer chistes racistas, y todo el mundo supondrá que la tienes de un tamaño normal. ¿Estamos?

Silencio. Luego una risita, seguida de una carcajada. Entonces alguien carraspeó y dirigí la vista hacia la puerta a toda prisa, donde encontré a la señora Belson.

—Muy bien —dijo, analizando la situación—. Por ahora vamos a dejar los asientos tal y como están. Alina, por favor, ven a verme después de clase.

Por lo visto, la señora Belson no te castigaba por decir la palabra *polla* en su clase. También ayudó el hecho de que le dijera que Paul y Jake llevaban acosándome desde el principio del semestre. Y que Ethan se quedara para respaldarme, y que hubiera llevado un registro. Había anotado en su cuaderno todo lo que Paul y Jake me habían dicho y cuándo. Incluso había seguido haciéndolo durante las dos semanas que habíamos pasado sin hablar. Por supuesto. Así era Ethan.

La señora Belson se disculpó por no haber estado al tanto y nos dijo que hablaría con Paul y con Jake, y que informaría al director de su comportamiento. Me dijo que guardara el registro de Ethan de todo lo que me habían dicho, porque podría serme útil si quería tomar más medidas.

Cuando nos dejó marchar, Ethan y yo nos fuimos juntos. Para entonces solo faltaban un par de minutos antes de que empezaran nuestras próximas clases, pero nos quedamos en el pasillo. Sonreí al ver el cuaderno que aún tenía en la mano, abierto por la página en la que había anotado todos y cada uno de los insultos de Paul y de Jake. A lo largo de los márgenes había hecho garabatos de ellos devorados por diversos animales: un tiburón, un oso, un conejito muy cuco.

—No es mi obra más sofisticada, pero es muy terapéutico —soltó Ethan.

Me eché a reír. Lo había echado mucho de menos.

—Gracias. De verdad —le dije—. Y siento haber faltado a los ensayos y no haberte esperado en las taquillas y... haberle hecho daño a tu mejor amigo.

Me descompuse al decir esa parte.

—Alina —me cortó Ethan, un poco exasperado—. No es... No estoy enfadado contigo por eso. Siento lo que pasó, pero tú también eres mi amiga. —Tendría que haberlo sabido, pero me puse contentísima al oírlo—. Solo me dio rabia que decidieras alejarnos de tu vida de repente. Como si no te importáramos.

—Eso sí que no es verdad.

—Lo sé... —Nos quedamos callados durante unos segundos—. En fin, mira, ni siquiera te ha hecho falta disculparte conmigo, porque me has dado una foto maravillosa.

Sacó el móvil de la mochila y lo alzó. Me quedé mirando la foto. Era mi perfil, y, como Ethan había estado sentado al hacerla, se me veía enorme. Tenía el brazo estirado por delante, como si fuera una hechicera protegiéndonos de un mal invisible.

—Vaya...

—Creo que la voy a llamar «El discurso de la correlación negativa de las pollas».

—No irás a subirla, ¿no?

Ethan puso los ojos en blanco.

—¿Crees que te acabo de conocer o qué? No, no la voy a subir. Pero seguro que la gente va a hablar del tema, y las noticias vuelan por aquí, así que prepárate.

—Vale, pero ¿me la puedes enviar?

Ethan pulsó unos botones y se me iluminó la pantalla del móvil al recibir la foto.

—Hoy sí vienes al ensayo, ¿no? —me preguntó.

—Sí —contesté, nerviosa—. Bueno, si me dejan volver.

Ethan me apretó el hombro y dejó la mano ahí durante unos segundos antes de que un profesor nos obligara a ir a clase. Y, aunque todavía tenía un nudo en el estómago, me sentí más ligera de lo que me había sentido en mucho tiempo.

Esa sensación me ayudó a superar mi segunda conversación seria con una profesora del día. Me reuní antes del ensayo con la señora Sorenson y con la señora Langford en la sala del coro. Las convencí de que merecía seguir en el musical, escuché sus sermones y les juré que no volvería a desaparecer.

—Más te vale —dijo la señora Langford cuando me levanté para irme—. Si no, el fantasma de Cyd Charisse te perseguirá.

Sabía que tenía que ser una broma, pero lo dijo sin sonreír. Así que asentí a toda prisa y salí de allí pitando.

Me sentí bien al saber que al fin estaba arreglando las cosas. Respiré hondo al entrar en el salón de actos. Me dio tiempo de dar unos dos pasos cuando oí un grito.

—¡Alinaaaaa!

Laney se precipitó por el pasillo agitando una barrita de chocolate que llevaba en la mano. Ada, que estaba tumbada en el suelo usando su abrigo como almohada, se levantó de un brinco. Me envolvieron en un abrazo.

—¡Te hemos echado de menos! —dijo Ada.

—Casi no podíamos bailar sin ti —añadió Laney, e hizo una versión espantosa de la coreografía a propósito para demostrármelo.

—Bueno, bueno. —Le hice gestos para que parase—. Lo siento, no volverá a ocurrir.

—¡Más te vale! —dijeron Laney y Ada al unísono, y luego se echaron a reír.

Vale, puede que con todo el drama me hubiera olvidado de lo bien que me caían esas dos raritas fanáticas de los musicales. Mientras me ponían al día de los ensayos que me había perdido, escudriñé el salón de actos. Ni rastro de Margot. Jude, Ethan y Harrison estaban sentados en el borde del escenario, y unos cuantos alumnos más de último curso estaban de pie frente a ellos, pasándose comida los unos a los otros. Ethan y Harrison estaban compartiendo un Dr Pepper, lo cual me resultó interesante. Le había contado a Colleen que estaba segura de que Harrison se había apuntado al musical para acercarse a Ethan y, como era de esperar, estaba encantada. Le envié un mensaje rápido para contarle la última novedad.

Me respondió unos segundos después:

En algunas culturas, compartir un Dr Pepper significa que estáis casados. ¿Qué tal el ensayo?

Bien... Espero. Luego te cuento.

Me guardé el móvil mientras Margot entraba en el salón de actos con los cascos puestos. Se los quitó cuando el grupo de los de último curso la saludó desde el escenario. Ethan le lanzó una bolsa de galletitas saladas a la cabeza. Margot esbozó una sonrisa de superioridad, la atrapó y se la lanzó a Ethan de nuevo tan rápido que él no tuvo tiempo de reaccionar y le dio en la cara. Todo el mundo se echó a reír.

Puede que hubiera ocurrido poco a poco, o quizá durante los ensayos que me había perdido, pero Margot parecía sentirse comodísima con todo el mundo. En una ocasión me había dicho que tampoco era muy amiga de gran parte de la gente del musical, pero ya no parecía ser cierto.

—Voy a rellenarla —dijo Laney, alzando su botella de agua—. No desaparezcas otra vez.

—No, tranquila —respondí, distraída, mientras Ada recogía su botella de agua y seguía a Laney hacia la puerta.

Me balanceé sobre los talones y evité volver a mirar a Margot y al grupo del escenario. Aún no estaba preparada para hablar con ellos, y menos delante de toda esa gente. En lugar de eso, me puse a buscar a Diya. Estaba sentada en el banco del piano, en el extremo opuesto del escenario, estudiando su partitura.

—Hola —la saludé mientras me subía al escenario e iba hacia ella.

Me senté en el suelo junto al banco y empecé a estirar.

Diya me dedicó una sonrisa cómplice.

—Bienvenida de nuevo.

—Gracias por haber hablado con la señora Sorenson. Sí que tienes influencia sobre ella, sí. Pensaba que iba a tener que arrastrarme mucho más.

Se encogió de hombros.

—Ya te dije que te lo debía.

Nos quedamos en silencio, aunque no un silencio incómodo, mientras seguía estirando y ella iba pasando las páginas.

—¿Cómo llevas el paso del gusano? —le pregunté un minuto después.

—Mal. Tengo una quemadura en la barbilla de tanto raspármela contra la alfombra.

Me reí por la nariz.

—No, en serio —añadió, levantando la cabeza y señalándose una marca en la parte inferior de la barbilla—. Mi hermano pensaba que era un chupetón —dijo en voz baja—, y estuvo interrogándome durante una hora.

—Es un sitio un poco raro para un chupetón —contesté riéndome.

—¡Eso le dije yo!

Nuestras risas resonaron por el salón de actos. Dejé de reírme de repente, porque toda la estancia se había quedado más silenciosa de lo normal. Miré a mi alrededor y vi al grupo de los de último curso en el escenario, observándonos fijamente. Margot apartó la vista a toda prisa y volvió a ponerse los auriculares. Ethan me miró con cara de «¿qué haces?» y Jude parecía confundido. Se me formó un nudo en el estómago. No quería empeorar más aún las cosas entre nosotros.

Me había vuelto hacia Diya, intentando hallar algo que decir, cuando alguien tosió a nuestra espalda. Me giré, un poco nerviosa. Era una de las bailarinas del curso de Josie. Extendió las manos en un acto reflejo.

—Lo siento, no quería asustarte.

El salón de actos volvió a llenarse con los ruidos habituales, así que me relajé un poco.

—No te preocupes —respondí.

La chica me sonrió mientras jugueteaba con la cremallera de su sudadera rosa.

—Me he enterado de lo que le has dicho a Paul Manley. Mi hermana está en esa clase, y…, en fin, quería darte las gracias.

Vaya, Ethan tenía razón; las noticias volaban.

—Ha sido, eh…, un placer. —Sonreí, porque en cierto modo sí que había sido un placer—. ¿Cómo te llamas?

—Marin.

—Espera, espera. ¿Qué le has dicho a Paul? —preguntó Diya alzando una ceja.

Vacilé un instante, y Marin intervino.

—Ay, Dios, ha sido increíble. Bueno, supongo que lo habrá sido. Pero básicamente…

Le contó a Diya toda la historia, empezando por las estupideces constantes de Paul y de Jake y terminando con mi discursito sobre la correlación negativa de las pollas.

Se produjo una breve pausa, pero luego Diya echó la cabeza hacia atrás y se echó a reír, casi tan alto como cuando habíamos estado bailando en su habitación.

—¡Que me parto! —dijo al fin.

—Ah, por cierto —añadió Marin, mirando a Diya con timidez conforme dejábamos de reírnos—. Me parece que tienes una voz increíble. Me da un montón de envidia. Y no solo a mí; a mucha gente. Estoy segura de que vas a estar actuando en Broadway de aquí a un año, como mucho.

—Oh. —Diya le dedicó una sonrisita—. Gracias, Marin.

Marin asintió. Mientras se alejaba, Diya sacudió la cabeza con asombro.

—Sigo flipando con la parte de «empieza a comportarte como una persona normal y todo el mundo supondrá que la tienes de un tamaño normal».

Volvimos a soltar una carcajada. Diya y yo solo habíamos quedado un día, pero ya parecía que fuéramos viejas amigas.

Cuando volví a mirar al grupo del escenario, se esfumó mi alegría. Ethan estaba observando a Jude, que a su vez tenía la mirada fija en el suelo, con la boca tensa. Después se bajó del escenario y se marchó del salón de actos.

Capítulo veintiséis

El ensayo estaba a punto de comenzar, pero Jude aún no había vuelto. Lo había notado muy dolido. ¿Sería porque me había hecho amiga de su ex? ¿Tanto la odiaba? ¿Tanto me odiaba a mí?

—¡Alina! —La voz de la señora Langford me sacó de mis pensamientos. Me hizo señas para que me acercara a donde estaba sentada, en primera fila—. Tengo buenas noticias sobre el dúo de *ballet* para el número de «Broadway Melody» —me dijo con un tono un poco cortante; seguía molesta conmigo por haberme perdido tantos ensayos, y no podía culparla.

—Genial —respondí, intentando aparentar entusiasmo.

Uf, era muy probable que a Jude no le apeteciera nada aprenderse otro baile conmigo. Estaba segura de que sería cortés conmigo, al igual que con Diya, cuando tenían que ensayar la escena del banco. La idea me dejó helada. No quería tener que ser cortés con Jude cuando antes habíamos estado tan unidos.

—Quería contar con alguien que pudiera hacerle justicia, así que he hecho unas cuantas llamadas, y Kira Dobrow ha aceptado. Me ha dicho que eras alumna suya, ¿no?

Aquello me arrastró de vuelta a la realidad.

—¡¿Que qué?! —Intenté recordar cómo respirar—. ¿No... no lo va a coreografiar usted?

—El *ballet* no es mi fuerte, Alina. Kira os va a poder ayudar muchísimo más que yo con esta coreografía. Tu primer ensayo con Jude es este sábado.

El sudor me recorría la frente y la nuca. Si Kira se encargaba de la coreografía, no sería *ballet* entre comillas. Sería *Ballet* con *B* mayúscula. El tipo de *ballet* que yo ya no podía bailar.

—Eh... Señora Langford... La cuestión es que...

—Ay, casi se me olvida. Vamos a tener que tomarte las medidas para el vestuario —me interrumpió la señora Langford.

Siguió hablando sobre las medidas, pero yo ya no procesaba nada de lo que decía. Al final, me mandó volver al escenario. Me coloqué en mi puesto, a la derecha del todo, y vi a Jude. Por fin había vuelto. Vi a la señora Langford contarle lo del dúo. Jude asintió con la cabeza, con una expresión un poco sombría. No me buscó con la mirada.

No sé cómo, pero aguanté lo que quedaba del ensayo. Me sentía fatal. Pero las profesoras me habían dado otra oportunidad, junto con el resto del reparto. Tenía que dar el cien por cien; se lo debía. Así que canté, sonreí y bailé dejándome la piel. Acabé tan agotada que, cuando la señora Sorenson nos dijo que podíamos marcharnos, solo podía pensar en echarme una siesta.

Margot salió pitando del salón de actos antes de que pudiera decirle nada. Aunque no pasaba nada, porque seguía tan confundida que lo más probable era que lo estropeara todo si intentaba hablar con ella en ese momento. Fui corriendo hacia el coche, conduje hasta casa a toda velocidad, me puse el pijama y me senté en la esterilla de yoga, con la cabeza apoyada contra el lateral de la cama.

Arreglar las cosas con Margot y con Jude no iba a ser tan fácil como con Ethan. Y volver al musical tampoco había sido tan fácil como había pensado, ya que de repente tenía que bailar *ballet*. *Ballet* de verdad. Con Kira. Apreté más la cabeza contra el colchón mullido, tentada de meterme en la cama y cubrirme la cabeza con las mantas. De esconderme de la realidad, como solía hacer antes. Pero había prometido que no volvería a desaparecer del musical, y me había prometido a mí misma que intentaría arreglar las cosas.

Respiré hondo. Kira. *Ballet*. Eso sería el sábado. Por ahora, podía esperar. Lo que no podía esperar más era hablar con Jude. Necesitaba que recuperásemos lo que habíamos tenido. Necesitaba hablar las cosas con él con calma, solos, como antes.

Bajé las escaleras corriendo, todavía en pijama. Porque, cuando al fin reúnes el valor necesario para hablar con el chico con el que llevas semanas queriendo hablar, no te quedas pasmada esperando. Abrí la puerta de golpe y casi solté un grito.

Allí estaba Jude. En la puerta de mi casa. Junto a una mujer que me sonaba de algo. Tenía el puño en alto, como a punto de llamar a la puerta.

—¡La famosa Alina! —me dijo con una sonrisa amplia y bajando el brazo—. ¡Qué ganas tenía de conocerte! Soy Isla.

Me estrechó la mano con energía pero con calidez. Ay, madre. Las fotos de la nevera. Era la madre de Jude.

—Hola, eh…, encantada de conocerte —le dije, y observé a Jude, que se esforzaba por evitar mirarme a los ojos.

Mi madre apareció de repente detrás de mí y me apartó de la puerta. Los invitó a pasar y agarró la bolsa que llevaba Isla mientras charlaban sobre un mercadillo que estaban organizando. Jude y yo nos quedamos allí plantados, incómodos. Me alegraba mucho de que hubiera venido, pero ¿qué hacía allí?

Isla se volvió hacia mí.

—He oído hablar tanto de ti que es como si ya te conociera. Estoy deseando veros bailar juntos en el musical. Estaba…

—Que sí, mamá, que será el momento más emocionante de tu vida —la interrumpió Jude.

Isla me dedicó una sonrisa socarrona.

—Uy, por lo visto he avergonzado a mi hijo. —Se llevó una mano al corazón y suspiró con dramatismo—. A mi único hijo. El fruto de mis entrañas. No sé cómo podrá perdonarme un pecado tan grave. Solo espero...

—¡Mamá! Ya vale —se quejó Jude.

Isla le levantó las cejas, como si le dijera «te lo mereces», y luego me guiñó un ojo.

—¡Vale, bueno, ya os podéis ir, venga! —Isla le puso las manos en los hombros a Jude y le giró el cuerpo hacia las escaleras—. La madre de Alina y yo tenemos un mercadillo que organizar.

Mientras me dirigía a las escaleras con Jude, miré hacia atrás para ver la reacción de mi madre. Nunca había estado en mi cuarto con un chico y no sabía si le parecería bien. Pero mi madre estaba mirando el té que estaba removiendo como si fuera la cosa más fascinante del mundo, sin intentar ocultar siquiera la sonrisa que se había apoderado de todo su rostro.

Cuando llegamos a mi cuarto, Jude se volvió hacia mí, pero mantuvo la mirada en el suelo.

—Lo siento. Le he comentado que iba a venir y me ha dicho: «Genial, tengo que hablar con Ella sobre el mercadillo. Voy contigo». Quería explicarle que no era un buen momento, pero...

—No pasa nada. —Me señalé los pantalones de pijama—. Está claro que estaba en mitad de algo muy importante.

Sonrió. Ay, cómo había echado de menos esa sonrisa. La noté más tensa que de costumbre, pero aun así...

En el silencio que se produjo después, Jude le echó un vistazo a mi habitación y observó las paredes desnudas, la esterilla de yoga y la foto en mi mesilla de noche. La sostuvo y la estudió con una expresión inescrutable en el rostro. Me senté en el borde de la cama.

—Siéntate, si quieres.

Volvió a colocar la foto en su sitio con cuidado y se sentó a mi lado.

No dejaba de dar botecitos con la pierna arriba y abajo, y respiraba con nerviosismo.

—Quería… Quería decirte que lo siento mucho —le solté—. Por lo que dije sobre Diya en la pista de patinaje.

—Ajá… —respondió, distraído. El silencio volvió a llenar el cuarto hasta que Jude dejó escapar un suspiro de frustración—. Lo siento, seguro que no quieres hablar del tema, pero no puedo… no puedo evitarlo. —Estaba inquieto; no dejaba de frotarse las palmas de las manos contra los muslos, de girarse hacia mí y luego apartar la vista de nuevo—. Dios, estoy tan enfadado que siento que voy a explotar o implosionar o…

Dejó la frase a medias y sacudió la cabeza.

Nunca había visto a Jude enfadado. Lo había visto contento, serio, triste, un poco engreído y cualquier otra emoción que se pueda sentir en una cama elástica. Pero podía entender por qué estaba enfadado. Lo había besado y luego le había dicho que lo habría dejado tirado al igual que había hecho su ex. Y luego me había hecho amiga de ella.

—El puto Paul Manley —escupió Jude.

—¿Q… qué?

—No me puedo creer que te haya dicho todas esas cosas. Y Jake igual. Menudos imbéciles. —Abrí la boca para decirle que no pasaba nada, pero clavó la mirada en mis ojos—. Ya sé que te has enfrentado a ellos tú sola, y que has estado increíble. Pero, cuando escuché a Marin hablando sobre lo que había pasado, solo podía pensar en darle un puñetazo a Paul y a Jake en esas caras de tontolabas estúpidos que tienen. Aunque tampoco serviría de nada, porque ¿qué iba a conseguir con eso…?

—Oye, oye —lo interrumpí mientras Jude divagaba, aliviada de que estuviera enfadado por Paul y por Jake, no por el desastre de la pista de hielo. Aliviada de que aún le importara lo suficiente como para cabrearse. Cabrearse a su manera, tan típica de Jude. Estuve a punto de marearme de lo aliviada que estaba. Me eché a reír sin poder parar.

Jude me miraba como si me hubiera vuelto loca.

—Eh...

—¿«Caras de tontolabas estúpidos»? —solté.

Jude seguía mirándome.

—Me alegro de que te haga gracia mi rabia.

Oír eso me hizo reír aún más. Y al final Jude se echó a reír también.

Estaba contentísima de que estuviéramos juntos, temblando de risa, con el vientre dolorido, como si acabara de hacer cien abdominales.

Por fin se nos pasó el ataque de risa y volvimos a respirar a un ritmo normal. Lo miré.

—De verdad que estoy bien.

Me miró a los ojos sin apartar la vista por primera vez en semanas.

—Lo sé.

Quería aferrarme a esa mirada para siempre. Esos ojos cálidos color miel. Quería volver a besarlo, pero Jude apartó la mirada demasiado pronto, como si para él no fuera un momento importante.

—Y siento mucho todo lo que dije en la pista de hielo. Es que...

—No pasa nada. —Jude negó con la cabeza—. No tienes que disculparte por eso. Lo comprendo. —Sonaba tranquilo pero firme. Como si quisiera dejar esa conversación atrás—. En fin... —Apoyó la cara en las manos, más calmado después del ataque de risa—. Parece que tenemos ensayo el sábado, ¿no?

Suspiré.

—Sí...

Me miró con los ojos entrecerrados.

—He visto el dúo de *ballet* en YouTube, el de la película. Y ella no lleva puntas. Va descalza. Así que quizá no sea tan distinto del baile que hemos estado practicando, ¿no?

Sonreí, pero negué con la cabeza.

—Kira, mi antigua profesora de *ballet*, se va a encargar de la coreografía. Así que va a ser diferente. Será *ballet* de verdad.

—Ah… —respondió Jude, frunciendo la boca hacia un lado—. Lo siento.

Asentí, pero no me vi capaz de decir nada.

—Bueno —añadió Jude—. Yo voy a estar bailando *ballet* contigo, y voy a hacer tanto el ridículo que quizá te distraiga de todo lo demás.

—Qué va. Seguro que tienes un talento innato. Tienes cuerpo de bailarín de *ballet*.

—Ah, ¿sí?

Se miró el torso para estudiárselo.

—Sé que suena como si fuera algo femenino, pero…

—Ah, no, no me lo parece. He visto a chicos bailando *ballet* en las actuaciones de mi prima. Es solo que pensaba que estabas siendo demasiado maja conmigo.

Por supuesto. Estaba hablando con Jude. Si lo asociaba con el *ballet*, no se lo tomaría como una amenaza para su ego. Bebía té en la bañera, tejía sus propios guantes un poco deformes y era sencillamente… Jude. Y, aunque pensar en eso me entristeció aún más por no estar besándolo en ese instante, también se me hizo más fácil confesarle algo.

—Me da miedo volver a bailar *ballet* —le dije—. Ya es bastante difícil tener que superar ese tema, pero, ahora que tengo que volver a bailarlo…, no sé. Va a ser muy diferente. La mayoría de la gente no lo notará, pero yo sí. Y Kira también. No me sentiré igual ni se me verá igual, y me temo que me va a doler. No físicamente —añadí—. Pero lo voy a pasar mal en todos los demás sentidos.

—Yo no quiero que lo pases mal —respondió Jude—. Nunca. Pero, para ser sincero del todo, no puedo dejar de preguntarme… —Vaciló un momento.

—¿Preguntarte qué?

—Cómo serás cuando bailas *ballet*. O no, no es eso exactamente. Más bien me pregunto cómo será el *ballet* cuando lo bailas tú.

Parpadeé.

—Ah…

Respiró hondo.

—Llevo tres años viéndote desde el otro lado de la calle mientras escuchas las canciones que bailas estando en otro mundo. Y «oyéndote» bailar. Y yo solo sé un poquito sobre *ballet*, por mi prima. O sea, sé que es precioso y que os tenéis que poner faldas vaporosas y poco más. Viéndote desde lejos, me parecía que tenía sentido que se te diera bien, porque eres preciosa y seguro que te quedan geniales las faldas vaporosas. Pero luego… —Jude hizo una pausa, buscando las palabras adecuadas—. Luego te conocí de verdad. Y me hiciste un corte de manga, lo cual me sorprendió bastante. Y eres lista y graciosa y dices cosas como «la arrogancia se carga la elegancia», e interpretas las letras de Sondheim con mucha pasión y me… me hablaste de tristeza y de cachorros en mitad del baile de invierno. Podrías haberme dicho cualquier cosa educada y dejarme allí, pero no lo hiciste.

Antes, oír todos esos cumplidos me habría incomodado. Como si estuviera recibiendo algo que no merecía. Pero, en ese momento, al pensar en cada uno de ellos, solo sentía felicidad.

Jude continuó hablando, en voz más baja esa vez.

—Y no dejaba de pensar en que ver a esa persona haciendo *ballet* tenía que ser algo extraordinario. Sé que te dolerá. Sé que te hará sentir mal. Pero también sé que será… fascinante y precioso, y me gustaría formar parte de todo eso. Contigo. Supongo que es superinsensible, ¿no? ¿Es horrible lo que estoy diciendo?

No era capaz de decir nada en ese momento, así que me quedé allí sentada, inspirando y espirando.

—No es horrible —logré contestar por fin. Porque yo también quería que ambos fuéramos parte de eso. Quería bailar *ballet* con Jude.

En cuanto me lo admití a mí misma, me di cuenta de otra cosa. Me había equivocado en cuanto a «Finishing the Hat», pero él también. No se trataba de elegir entre el arte y las relaciones. No era el arte *o* las personas. En realidad eran ambas cosas. Las relaciones de los artistas con el resto de la gente podían cambiar lo que creaban, tanto para bien como para mal. Cuando había bailado con Jude en el papel de la Mujer Fatal, lo que sentía por él me había permitido usar el cuerpo como nunca antes lo había hecho, y lo había sentido como algo nuevo, intenso y maravilloso. ¿Cómo sería bailar *ballet* con Jude?

¿Cómo sería bailar *ballet* estando enamorada? Porque, desde luego, lo estaba. Enamorada. De Jude. Abrí la boca para confesárselo antes de perder el valor.

—Y, para que conste —dijo entonces Jude—, no estoy intentando ponerme romántico ni nada por el estilo. Me quedó claro cuando me dijiste que eso no era lo que querías, y estoy totalmente de acuerdo.

¿Cómo? No. No, no, no.

—Jude…

—No pasa nada —me dijo—. He estado pensando, y me he dado cuenta de que, de todos modos, tampoco estoy preparado para una relación. Estoy… —Se detuvo y dejó escapar un fuerte suspiro—. Todavía estoy tratando de afrontar ciertas cosas, desde que mi padre se fue. Creía que no, pero sí, y no quiero que tengas que cargar con nada de ello. Ni tú ni nadie —añadió al momento.

Me quedé boquiabierta. Quería decirle que no importaba que todavía estuviera lidiando con otras cosas. Yo también lo estaba, y eso no significaba que no pudiéramos estar juntos. Aunque me di cuenta de que eso no era del todo cierto. Siempre me preocuparía que estuviera pasándolo mal.

—¿Qué tipo de cosas? —pregunté en voz baja.

Jude cerró los ojos un segundo.

—Por mucho que quisiera creer que había superado del todo las opiniones de mi padre…, parece que me sigue importando lo que piensa de mí.

—Ah…

Estaba confundida. Pensaba que llevaba mucho tiempo sin ver a su padre, y que no planeaba volver a verlo pronto.

—Fui a almorzar con él —me explicó Jude, con la boca tensa—. Después de que me dejara el mensaje ese en el contestador.

Me quedé sorprendida; en Voy Volando había parecido muy seguro de que no quería ir.

—¿Cuándo? —le pregunté.

—La semana pasada. Llegué a la conclusión de que no tenía sentido seguir huyendo de él. Mi plan era mirarle a los ojos, responder con sinceridad a cada una de sus preguntas cargadas de prejuicios y no hacerle ni puto caso a lo que opinara.

—Parece un buen plan.

—Sí, pero acabé haciendo lo contrario —dijo Jude, alzando la voz—. Cuando me preguntó cómo me iba con el *lacrosse* y con el fútbol, le dije que genial. Que de maravilla. Me inventé mis estadísticas de la temporada. No mencioné siquiera el musical. Fue patético. Cuando nos estábamos yendo, me dio una palmada en la espalda, como solía hacer, y me dijo que se alegraba de que me fuera tan bien. —Sacudió la cabeza, molesto—. No le he dicho ni a mi madre ni a Ethan ni a nadie que fui a almorzar con él. Todos creen que lo dejé plantado, y me daba demasiada vergüenza decirles que no fue así. Soy un cobarde. Madre mía, y yo dándote consejos estúpidos… «Estas son las dos cosas que tienes que hacer cuando estás triste». «La tristeza es como un cachorro» —dijo con voz burlona—. Soy peor que un cobarde; soy un farsante.

—No es verdad —respondí con firmeza. Era una de las personas más auténticas que había conocido. Era cierto que me resultaba difícil imaginarme al Jude que conocía mintiéndole sobre sí mismo a su padre. Pero un almuerzo no cambiaba quién era en realidad—. Las cosas se complican cuando pierdes algo que era importante para ti, ¿recuerdas? —dije, repitiendo lo que me había dicho en la pista de patinaje. Yo no había estado preparada para oírlo aquel día, pero quizás él ahora sí—. Haces y piensas cosas que antes te habrían parecido imposibles. Pero eso no te convierte en un cobarde ni en un farsante. Solo significa que estás en una situación complicada.

—No debería ser tan complicada. Sobre todo después de dos años y medio.

Dejé escapar un suspiro de frustración.

—No lo entiendo. Eres la persona menos crítica del mundo. En serio, desde que te conocí, has sido tan comprensivo que casi resulta difícil de creer. Me aseguraste que no era una persona horrible cuando sí que me sentía así. Me perdonaste cuando fui borde contigo. Me has pasado muchas cosas por alto; me has dejado meter la pata muchas veces sin juzgarme. ¿Por qué no eres así contigo?

Se quedó en silencio, con el ceño fruncido.

—No lo sé.

—Y lo que me dijiste —continué—, la metáfora del cachorro y tal… me ayudó mucho. No fue un consejo estúpido. Para nada.

Me miró, tratando de averiguar si estaba diciendo la verdad. Le devolví la mirada, intentando comunicarle todo lo que él me había ofrecido en los últimos meses, todo lo que significaba para mí. Pero, una vez más, apartó la vista demasiado pronto.

—Me alegro de que te haya ayudado —respondió en voz baja—. De verdad. Pero la cuestión es que, si no estoy lo bastante satisfecho conmigo mismo cuando estoy con mi padre, tampoco lo estoy para salir conti... —Se detuvo—. Para tener una relación con cualquiera. Pero espero... espero que podamos seguir siendo amigos.

Estaba a punto de decirle que quería que fuéramos mucho más que amigos. Que entendía que estaba lidiando con muchas cosas, pero que lo quería de todos modos, y que podríamos resolverlo todo juntos. Pero entonces me miró, y tenía los ojos llorosos, y se me cayó el alma a los pies. Porque caí en lo duros que debían haber sido los últimos dos años para él. En que tenía que cargar con todo aquello, aunque a veces pareciese que no le afectaba. En lo aterrador que sería para él empezar una relación con alguien que ya le había hecho daño una vez. No quería hacerle pasar por eso.

Me obligué a sonreír.

—Sí. Sí, claro. Amigos.

Jude también sonrió, parpadeando para deshacerse de las lágrimas.

—Genial. —Se tomó unos segundos para calmarse, y luego me dio un puñetazo suave en los hombros de un modo tan amistoso que me sentó fatal—. Y los amigos se ayudan a terminar sus sombreros.

Mientras intentaba conciliar el sueño esa noche, dos pensamientos me rondaban la cabeza.

No puedo volver a bailar ballet.

No puedo ser solo amiga de Jude.

Pero entonces me detuve. ¿Por qué no? Se me empezaba a dar bien hacer cosas que había pensado que no podía hacer. Solo tenía que ser valiente. Y pedirle a la señora Sorenson y a la señora Langford otro favor enorme.

Capítulo veintisiete

—Hola —me saludó Jude al entrar en el salón de actos vacío el sábado por la mañana, mientras se quitaba el abrigo acolchado azul marino.

Me quedé con la boca un poco abierta al ver que no llevaba su atuendo habitual de los ensayos: unos pantalones de chándal de color gris y una camiseta de Voy Volando. En su lugar, se había puesto una camiseta blanca ajustada y medias negras opacas, el uniforme más o menos estándar de los chicos de *ballet*.

—Qué... qué modelito tan apropiado —le dije cuando se subió al escenario conmigo.

—He pensado que, al menos, debería tener la pinta adecuada para el papel.

Me dio un vuelco el corazón. Jude se había puesto ropa de *ballet*. Se había propuesto mostrar respeto por el *ballet*, por lo que estábamos a punto de hacer. Me dieron ganas de besarlo, aunque eso tampoco era nada nuevo.

Durante la semana, todo había ido bien entre nosotros. Habíamos charlado y nos habíamos reído, y no solo estábamos siendo corteses. Habíamos vuelto a ser amigos de verdad. Y, aunque no podía evitar querer más, me alegraba de tenerlo de nuevo en mi vida, en general. Intenté concentrarme en eso.

Jude me miró con los ojos entornados al notar que tenía la respiración acelerada y me sudaba la frente, prueba de que llevaba un rato bailando.

—¿Llego tarde? He estado estirando antes de venir, así que estoy listo para empezar.

—No, no llegas tarde —contesté, intentando no sonreír.

—Ah, menos mal. —Recorrió el salón de actos con la mirada—. ¿Es Kira la que llega tarde, entonces?

—Kira no va a venir.

En ese momento ya no pude contener la sonrisa.

Jude también sonrió, aunque seguía confundido.

—Pero, entonces…, ¿quién nos va a enseñar la coreografía?

—Yo —contesté, y decidí soltárselo todo—. No quería que Kira volviera a ser mi profesora. Si voy a bailar *ballet*, quiero hacerlo por mí misma. Así que la señora Sorenson y la señora Langford lo han estado hablando y, basándose en mi experiencia, han aceptado dejarme coreografiar.

Aún seguía sintiendo la emoción que me había invadido durante aquella conversación. Se me habían pasado por la cabeza miles de posibilidades mientras iba de vuelta a casa en el coche, con unas ganas de empezar que me moría.

—¡Qué pasada!

Jude alzó la mano para chocar los cinco. Después de unir ambas palmas, entrelazamos los dedos durante un momento antes de soltarnos.

—Bueno, ¿empezamos? —me preguntó, dando un paso atrás.

Asentí con la cabeza y decidí adoptar una actitud profesional.

—Lo primero en lo que tenemos que centrarnos es en tu postura.

Me acerqué a él, le puse las manos en los hombros e hice un poco de presión sobre los músculos tensos. Luego le pasé las yemas de los dedos por ambos lados del cuello, empujando hacia arriba para que lo estirara. Sentí varias contracciones ligeras mientras Jude tragaba saliva.

Di un paso atrás y lo examiné.

—Bien. Lo único que falta es que muevas la pelvis hacia delante.

La empujó hacia delante de un modo exagerado.

Solté una risita por la nariz.

—No tanto. —Entonces se pasó al echarla hacia atrás—. No…

Parecía que estaba haciendo el baile de *Rocky Horror* en el que había que sacudir la pelvis.

—A ver —le dije, acercándome un poco más—. ¿Puedo?

Extendí las manos.

Jude volvió a tragar saliva.

—Claro.

Le coloqué la mano izquierda en la base de la columna y la derecha justo debajo del hueso de la cadera. Notaba su respiración entrecortada, pero no se puso tenso. Empujé un poco, hasta dejarle la pelvis en el lugar exacto.

—Justo —dije, y retrocedí a toda prisa.

—Ah, vale, bien.

Jude asintió mientras mantenía el cuerpo rígido en la postura de *ballet* que acababa de aprender.

—Con el tiempo te irás sintiendo más cómodo, más natural. Te lo prometo —le aseguré.

Y entonces lo único que me quedaba por hacer era enseñarle la coreografía en la que había estado trabajando sin parar durante toda la semana.

Le indiqué que se colocara a la izquierda del escenario, cerca del borde, y yo me quedé a la derecha, en el fondo. Le dije que correríamos en círculos en direcciones opuestas y, con cada vuelta, aumentaríamos el tamaño de los círculos hasta acabar encontrándonos en el centro del escenario. Pensaba que los movimientos circulares encajaban con el toque onírico del número. Los sueños no siguen patrones lógicos; no van paso a paso. Giran, se mezclan; nunca te llevan por un camino recto. Una vez que perfeccionamos los círculos, le enseñé la parte en que iba haciendo *pirouettes* hasta acabar en sus brazos y él me atrapaba y me sujetaba las caderas mientras yo abría la pierna en un *grand rond de jambe*, extendiéndola y girándola hacia atrás mientras estiraba los brazos hacia los lados. Esa parte se parecía mucho al *pas de deux* del balcón de *Romeo y Julieta*, cuando los amantes se tocan y el mundo entero cambia. Siempre me había encantado ese momento. Así que decidí usarlo.

Tardamos un rato en sincronizarnos del todo, en que Jude me sujetara bien por las caderas después de llegar girando hacia él, pero se le daba muy bien sujetarme y mantenerme firme. Sonreí al recordar nuestro primer ensayo del número de la Mujer Fatal, cuando había tenido que alzarme por primera vez. Me había resultado emocionante, pero también un poco confuso, como si todas las piezas de mi mundo se hubieran estado reorganizando. Cuando me permití a mí misma recordar aquello, ejecuté el *rond de jambe* con mucha más amplitud y energía.

El resto del baile era una mezcla de pasos que encajaban con el ascenso y el descenso de la música y movimientos inspirados en mis *ballets* favoritos. Mi parte preferida era la de *Giselle*. En el segundo acto, cuando Giselle es una *wili*, intenta convencer a las demás de que no maten al hombre que la ha traicionado porque, a pesar de todo, lo sigue queriendo. Hace un *développé* lento, levantando la pierna hacia un lado, casi hasta la oreja, y la mantiene firme, como si no le costara nada. Como si tuviera control total de su cuerpo. Nunca le había prestado especial atención a esa parte, pero ahora significaba algo más para mí. A pesar de que había perdido su vida, Giselle logró sacar fuerzas y aceptar su destino. Pero eso no significaba que hubiera perdido por completo la conexión con su pasado. Seguía queriendo a quien había querido antes, y usaba su poder para salvarlo.

Por último, repetimos los círculos, pero alejándonos el uno del otro, haciéndolos más pequeños con cada vuelta hasta que volvíamos a estar en extremos opuestos del escenario. Después yo retrocedía despacio hasta quedarme entre bastidores mientras Jude me observaba con el brazo extendido, listo para pasar a la siguiente parte de la secuencia onírica de «Broadway Melody».

Jude se levantó el dobladillo de la camiseta para secarse el sudor de la frente después de haber hecho toda la coreografía por primera vez.

—¿Qué tal me ves? —me preguntó.

—Impresionante.

Y era verdad. No se estaba quedando atrás, a pesar de que nunca hubiese bailado *ballet*. Estiré el tobillo. Me dolía un poco, pero nada insoportable.

—No, tú sí que eres impresionante. Puedes levantar la pierna hasta la oreja y dejarla ahí como si nada.

Bebió un poco de agua.

Le sonreí. Tenía que admitir que yo también me había impresionado a mí misma. Me parecía que llevaba siglos sin bailar *ballet*, pero había logrado retomarlo en un abrir y cerrar de ojos. Como una canción que crees que has olvidado, pero luego suena y te das cuenta de que aún te sabes toda la letra.

Y, como era de esperar, no me sentía igual que antes al bailar. Pero tampoco era *tan* diferente.

Puede que ya no tuviera la mejor técnica, y puede que se me tambaleara un poco el tobillo al elevar los talones en *relevé*, pero ese número no iba de ser perfecto. Iba de sueños, deseos, alegría y amor. Y sentía todo eso mientras bailaba, quizá más que nunca.

—¿Y lo has coreografiado tú todo? —me preguntó Jude con cara de asombro.

—Todo, no. He sacado algunas partes de mis *ballets* favoritos.

—Ah…

Jude ladeó la cabeza, como esperando que le contara más.

—Sí. Es que he pensado que será la única vez que gran parte del público vea un número de *ballet*. Y… puede que sea la última vez que lo baile. —Jude frunció un poco el ceño mientras jugueteaba con el tapón de la botella de agua—. O sea, aún no lo sé. Todavía no lo he decidido. Pero no pasa nada. El *ballet* siempre va a ser una parte importante de mi vida. Pero, si es la última vez que lo bailo, he pensado que sería buena idea bailar mis partes favoritas.

Las que creía que nunca llegaría a bailar.

Al fin lograría hacerlo. Y, aunque no fuera en el escenario del Metropolitan Opera House, aunque fuera en el salón de actos del Eagle View —cuna de la misteriosa Raja de la Felicidad, hogar de bailarines de claqué, gente del mundo del espectáculo y mujeres que decían «fantabuloso» sin que fuera de un modo irónico—, seguía siendo *ballet*. Iba a terminar mi sombrero. Solo que de una manera distinta a la que me había imaginado.

Si quería volver a bailar *ballet* tras haber hecho el musical, me lo permitiría. Y, si no quería, también me permitiría no hacerlo. Me parecía una decisión sencilla y trascendental al mismo tiempo.

—¿Quieres que lo repasemos otra vez? —le pregunté. Jude asintió mientras bebía un trago más de agua—. Vale, pero recuerda —añadí mientras volvíamos a nuestras posiciones, en extremos opuestos del escenario— que esto es un sueño, una fantasía. Así que no te contengas, ¿vale?

Me miró a los ojos.

—Vale.

Puse la música.

Seguí mi propio consejo y le inyecté más energía y efusividad a cada movimiento. Jude no apartó los ojos de los míos ni una sola vez. Esa vez noté que algo… encajaba. Estábamos sincronizados a la perfección. Sentía que estábamos bailando algo único, maravilloso y extraordinario. Un sueño.

Mientras bailaba, recordé el sábado anterior, cuando iba en el coche con Colleen. En ese momento me había dado cuenta de lo mucho que se me había metido la voz de Kira en la cabeza a lo largo de los años. Pero la verdad era que ya no la oía. Había hecho mío todo lo que había aprendido de ella sobre el movimiento, la música y la elegancia. Ahora era solo mío. Podía hacer lo que quisiera con ello.

Antes admiraba a Kira. Acarreaba generaciones de *ballet* a su espalda, que habían llegado hasta ella a través de sus profesoras, y de las profesoras de esas profesoras. Era como la personificación de un archivo de *ballet*; devolvía el pasado al presente en cada clase que impartía. Pero Kira no representaba todo el *ballet*. Tan solo era una persona. Ahora nos tocaba a Colleen y a mí conservar todo lo bueno que habíamos aprendido de ella y desechar lo malo. Ahora nos tocaba bailar no para ella y para el pasado, sino para nosotras y para el futuro, fuera cual fuere.

Cuando terminamos de ensayar, Jude y yo recogimos las cosas, respirando todavía con dificultad. En silencio, nos marchamos del salón de actos, atravesamos el vestíbulo y salimos por las puertas. Era como si estuviéramos bajo los efectos de un hechizo que se rompería si hablábamos. Una vez fuera, Jude ya no pudo contenerse.

—Ha sido… O sea, ha sido tan… —Estaba moviendo las manos en el aire, tratando de agarrar físicamente las palabras adecuadas—. Sin ánimo de ofender a mi prima, pero tu coreografía… —Señaló hacia el instituto—. Tu coreografía ha estado a otro nivel. Madre mía, cuánto se pierde la gente que juzga algo y decide que no es para ella sin darle una oportunidad siquiera. Ojalá pudieran entenderlo.

Lo miré a los ojos, porque sabía que estaba pensando en su padre. Me daba mucha rabia que siguiera pasándolo mal por él, y me preocupaba que aún no se hubiera perdonado por haber mentido. Pero al menos me alegraba de que se sintiera lo bastante cómodo como para hablar de ello conmigo, aunque fuera de forma indirecta.

—Y *tú*... —continuó—. Eres increíble. Cuando haces esos *grands jetés* es como si se parase el tiempo y te quedaras suspendida en el aire.

Sonreí, disfrutando de nuevo de sus cumplidos; su entusiasmo me llenaba de energía. Cada vez estaba más enamorada de él.

—Me parece que te estás convirtiendo en un balletómano —le dije.

—¿Y eso qué es?

—Alguien a quien le encanta el *ballet*.

—Pues sí, por lo visto, sí.

Cuando volvió a mirarme a los ojos, toda esa energía desenfrenada se concentró en mí. Me olvidé de respirar durante un segundo.

—Mi antigua escuela va a representar *Giselle* en un par de semanas —le dije cuando me recuperé al fin—. Podríamos ir.

—¿Y conocer por fin a las *wilis*? Sí, por favor.

Nos despedimos, me subí al coche y apoyé la cabeza un segundo en el volante. Vale... Aunque me doliera un poco estar con Jude, podía conseguirlo. Podía ser solo su amiga.

Capítulo veintiocho

Estaba a punto de salir del aparcamiento cuando me vibró el móvil. Sonreí y lo saqué de la mochila; sabía quién era sin tener que mirarlo siquiera.

¿Cómo ha ido?

Le di unas cuantas vueltas a mi respuesta. Tenía que andarme con cuidado; si decía algo tipo «muy bien», la mente romántica de Colleen lo traduciría como «Jude está loquito por mí».

El baile está quedando genial. Qué ganas de que lo veas.

¡¡Me muero de ganas!! No me puedo creer que hayas hecho la coreografía tú solita. Qué reina eres, qué reina.

No pude resistirme y escribí:

Jude iba vestido con ropa de ballet.

Me preparé para la respuesta de Colleen: cinco líneas enteras de *emojis* de ojitos de corazón.

¿Alguna novedad por tu parte?, le escribí. Sabía que pronto recibiría noticias del ABT.

Del ABT, nada. Pero Swanson y yo hemos estado hablando hoy durante seis minutos enteros.

¡¡Vandervort va sumando puntos!!

Me respondió con un *emoji* de ojos en blanco.

Seguimos mandándonos mensajes hasta que se me entumecieron los dedos de estar sentada en el coche sin la calefacción encendida y Colleen tuvo que volver a los ensayos de *Giselle*.

Vete a matar a unos cuantos chicos a base de bailar, le escribí. Hablamos luego.

Al fin arranqué y salí del aparcamiento, pero no fui a casa. Había recuperado a una de mis mejores amigas. Ahora tenía que recuperar a la otra.

Margot abrió los ojos de par en par cuando me vio en la puerta de su casa, pero al segundo recuperó la actitud fría.

—Hola —me saludó.

—Hola.

Moví los pies con inquietud en el umbral de la puerta.

—Mis padres van a volver de un momento a otro, y luego tengo que ir al TGI Fridays —me dijo.

Margot odiaba tener que ir un sábado de cada mes a almorzar al TGI Fridays con sus padres. Según ella, esos almuerzos eran una «toma de rehenes».

—A lo mejor puedo hacer que te libres —respondí—. Les puedo decir que me ha surgido una emergencia o algo así.

Margot me miró durante un segundo y luego volvió la vista al suelo.

—No, da igual.

Uf. Echar a perder la oportunidad de librarse del TGI Fridays significaba que no tenía ninguna gana de hablar conmigo. Pero tenía que seguir intentándolo.

—¿Puedo pasar? Solo unos minutos.

Margot suspiró y se apartó de la puerta. Nos sentamos en el sofá color crema del salón. Nunca había estado en casa de Margot, aunque me había invitado varias veces. Me invadieron más oleadas aún de culpabilidad al pensar en ello.

—Quería pedirte perdón por todo lo que pasó en la pista de patinaje —le dije, yendo al grano.

Margot se encogió de hombros.

—No pasa nada. No fue solo culpa tuya. Te llamé Robozorra, así que supongo que estamos en paz —me dijo con una voz fría y cortante, y sentí una punzada en el pecho.

No quería estar en paz; quería que volviéramos a ser amigas.

Margot y yo habíamos conectado desde el primer día de clase de ese curso. Se había abierto conmigo, cosa que no solía hacer con casi nadie más. Viniendo de Margot Kilburn-Correa, ahora sabía que era un privilegio. Esperaba no haberlo perdido para siempre.

—Te echo mucho de menos.

Se quedó callada un momento.

—Ya, yo a ti también. Pero, mira, a veces las amistades sencillamente no salen bien. Y, si se llega al punto de gritarse en una pista de patinaje sobre hielo, lo más probable es que signifique que se ha acabado. Ya te lo digo yo.

Desvió la vista hacia la repisa de la chimenea, donde había varios marcos de fotos.

Observé las fotos. En una aparecían Margot y su abuela en Hersheypark. En otra, Margot e Izzy en la graduación de hacía tres años; Margot iba vestida con un modelito de lo más pijo, y llevaba el pelo castaño rojizo recogido en una trenza larga lateral.

Me quedé mirando la foto.

—¿Todavía tienes una foto con Izzy? —dije, confundida. Margot parecía haber dejado atrás esa parte de su vida al cien por cien.

—Le dije a mi madre que la tirase. Pero se puso en plan: «No debes olvidar tu pasado, aunque ya no te guste». Y yo: «No todo tiene que ser una lección, mamá». En fin, que ganó ella.

Margot encendió el móvil para ver la hora.

—Mmm... Interesante —dije.

—¿El qué?

—Pues que, cuando me enteré de que no iba a poder volver a subirme a las puntas... —empecé a contarle, tratando de vencer el reparo que siempre había sentido al hablar de *ballet* con Margot. Había querido que nuestra relación fuera llevadera y ligera, pero la amistad no funciona así. Hay que hablar de las cosas difíciles. No te puedes escaquear—. Cuando me enteré, quité todas las fotos de *ballet* que tenía en el cuarto, y luego mis padres quitaron las del resto de la casa. Solo me estaban imitando, y sé que lo hacían con intención de ayudarme, pero... no creo que sea malo tener recuerdos de quién eras. Incluso aunque ya no puedas o no quieras ser esa persona.

Margot me estaba observando con una mezcla de curiosidad y recelo, preguntándose, probablemente, por qué le estaba contando todo aquello. Bajó la vista hacia su regazo y no respondió.

—Pero es igual —añadí, restándole importancia al asunto—. Ya me colaré en tu casa y robaré la foto. También me llevaré algunos objetos de valor, para que nadie sospeche. —Margot alzó una de las comisuras del labio y al momento la volvió a bajar—. Margot, siento haberte hecho sentir que no te valoraba —le dije—. No es verdad. Fuiste mi primera amiga fuera del mundo del *ballet*, y lo aprecié mucho. Pero, como el *ballet* era toda mi vida, no sabía cómo desenvolverme fuera de ese mundo. Pero estoy aprendiendo.

—Ya lo sé —respondió Margot. Luego suspiró—. Sí que me dolió sentir que no me valorabas. Y me recordó todo el tema de Izzy. —Hizo un gesto con la mano hacia la foto—. Siempre era todo como ella quería, y nunca salía de su mundo para prestarle atención o preocuparse por lo que estaba pasando en el mío. Sé que no es lo mismo. Es decir, sé que tú estabas lidiando con algo que te había cambiado la vida, y los únicos dilemas de Izzy eran del estilo de tener que cambiar de proveedor para su fiesta de cumpleaños. Cosas que no te cambian la vida. Pero, aun así, me molestó mucho.

Asentí.

—Lo sé. Pero necesito que sepas que, aunque no siempre lo pareciera por cómo me comportaba, me importabas. Me importas. Y, madre mía, no me puedo creer que haya dicho que Izzy era lo mejor a lo que podías aspirar. No lo pienso para nada. —Tomé aire—. Quiero que sepas que tú también eres gran parte de la razón por la que he sobrevivido a este año. Y te considero mi mejor amiga.

Al fin sonrió de verdad. Me miró de arriba abajo.

—Así que lo que quieres decir es… ¿que *tú* eres lo mejor a lo que puedo aspirar?

Le devolví la sonrisa.

—Si aparece alguien mejor, le haré bailar hasta que muera.

Margot rio por la nariz y sentí que se disolvía el peso con el que había estado cargando. De repente, quería contárselo todo.

Así que eso hice.

Le hablé del *ballet*. De Kira. De Colleen, de que había estado meses sin hablar con ella, pero que luego la había llevado a Washington DC. Le conté lo que había pasado con Jude, que nos habíamos besado y que le había dicho que no debíamos estar juntos, y que él había estado de acuerdo.

Margot negó con la cabeza.

—Espera, espera, espera —me detuvo Margot, sacudiendo la cabeza—. ¿Quién está de acuerdo con algo así, sin más? ¿Quién escucha lo que le dice alguien y luego sencillamente le *cree*?

Me encogí de hombros, triste.

—Bueno, ¿y qué vas a hacer? ¿Sigues pensando que no podría funcionar?

Me mordí el labio y di una sola respuesta para ambas preguntas:

—No lo sé.

—Pues habrá que averiguarlo —dijo Margot—. ¿Quieres decirle a Colleen que venga? Molaría conocerla, y este parece el tipo de asunto que debería involucrar a tantas chicas como sea posible...

Tenía razón. Tenía muchas ganas de hablar con Colleen. Quería que conociera a Margot. Pero tenía ensayo de *Giselle* durante todo el día.

—Tiene ensayo hasta las seis —le dije—. ¿Y tú no tienes que ir al TGI Fridays?

Margot negó con la cabeza mientras escribía en su móvil.

—Me dejan saltármelo una vez al año. Y, por lo visto, esa vez va a ser hoy. ¿Puede venir Colleen esta noche?

Sonreí y saqué el móvil para mandarle un mensaje. Pasé el resto de la tarde con Margot. Hablamos. Vimos vídeos en YouTube de las representaciones de *Cantando bajo la lluvia* de otros institutos y las comparamos con las nuestras. Comimos un montón de *nuggets* del Burger King.

A las siete y media, Colleen apareció con Ferdinand porque Margot había respondido «ay, Dios, sí», cuando le había preguntado si le parecía bien que Colleen trajera a su perro. Justo después de haber hecho las presentaciones, Margot se arrodilló y saludó a Ferdinand con voz bobalicona y empezó a rascarle el trasero. Como era de esperar, Ferdinand se quedó enamorado perdido de Margot. No pensaba que a Margot le fuesen a gustar los perros. Aunque, por otra parte, había muchas cosas de Margot que me sorprendían.

—Pero ¡¿cómo puede ser tan mono?! —gritó Margot.

—¿Cómo es que ya te adora? —preguntó Colleen—. Normalmente tarda al menos unos diez minutos.

—Tengo un toque especial. —Margot agitó los dedos.

—¿Quieres darle una chuche de queso y mantequilla de cacahuete? —le preguntó Colleen, rebuscando en el bolso—. Pero, te lo advierto, si le das esto, no se va a separar de tu regazo en toda la noche. Y tendrá un aliento espantoso.

Margot no pudo evitar soltar una risita mientras Ferdinand le chupeteaba toda la mano al comerse la chuche, y vi que el *piercing* esmeralda le brillaba bajo la luz. Colleen soltó una carcajada mientras se reía por la nariz como una boba, ese tipo de risa que tanto había echado de menos, y se llevó la mano a la boca en un gesto tan elegante que casi parecía coreografiado. Sentí como se me henchía el corazón y me maravillaba ante lo familiares, sorprendentes, fascinantes y preciosas que podían llegar a ser las personas. Como obras de arte en sí mismas.

Después de que Ferdinand decidiera instalarse en el regazo de Margot, sacamos unos cuantos aperitivos y vimos *Cantando bajo la lluvia*. Se nos quedaron los ojos como platos cuando Cosmo Brown hizo esas acrobacias tan espectaculares en «Make 'Em Laugh» Aplaudimos cuando Kathy Selden le tiró una tarta a la cara a Lina Lamont. Silbamos cuando Cyd Charisse bailó con Gene Kelly. No llegamos a ninguna conclusión sobre la situación con Jude, pero tampoco pasaba nada.

Cuando terminó la película, Margot soltó un grito ahogado.

—Ay, madre, ¿cómo es que no hemos hablado de lo que le dijiste a Paul?

—¿Te lo ha contado Ethan? —le pregunté, apartando los Doritos porque estaba tan llena que iba a reventar.

—¿Qué le dijiste a Paul? ¿Quién es Paul? —preguntó Colleen, llevándose una patata frita a la boca con delicadeza.

—Paul es un imbécil —contestó Margot—. Y no, no fue Ethan; oí a un tipo que no conozco de nada hablar del tema en el pasillo, y luego Ethan me lo confirmó. —Margot se volvió hacia Colleen—. Básicamente le dijo a uno de su clase que, como dice cosas racistas y sexistas, la gente piensa que tiene la polla pequeña. A ver, fue un poco más poético, pero, en esencia, eso fue lo que le dijo.

—¡Alina! —gritó Colleen. Luego hizo como que se ponía muy seria—. Pero ¿qué mosca te ha picado, jovencita?

Estaba de broma, pero la verdad era que yo me preguntaba lo mismo. Pensé en las últimas semanas. Me había enfrentado a Paul. Había ayudado a Diya y a Colleen. Había vuelto a bailar *ballet* y me había sentido bien al hacerlo. Había arreglado las cosas con Margot, con Ethan y con Jude. ¿Qué mosca me había picado? ¿Qué me pasaba? Fuera lo que fuere, me gustaba.

Me encogí de hombros, y las dos se rieron.

Después de aquello nos pasamos la mayor parte del tiempo entre risas, y me di cuenta de lo feliz y relajada que estaba allí con ellas. Volví a pensar en Diya y en que me había sentido igual al bailar en su habitación. Si Diya hubiera estado allí, con Margot de tan buen humor, podría haber estado bien. Podría haber sido divertido. Pero estaba tan contenta de volver a ser amiga de todos —de Colleen, de Margot, de Ethan y de Jude— que todavía no quería correr riesgos.

Capítulo veintinueve

Rebusqué en el armario por enésima vez, maldiciéndome por haberle dicho a Jude que fuéramos a ver a *Giselle* juntos. Y maldiciendo a la abuela de Margot por llevar a Margot y a Ethan a un concierto y que no pudieran venir con nosotros.

Me hacía mucha ilusión ver a Colleen en el papel de Myrtha, de verdad, pero ¿qué te pones para ir a la representación de tu *ballet* favorito en tu antigua escuela de baile, con el chico que quería salir contigo pero que ya no? Pasar tiempo con Jude durante los ensayos, con mucha gente alrededor, era una cosa. Ir a un *ballet* con él, los dos solos, un sábado por la noche, era otra completamente distinta, y me estaba empezando a volver loca.

Al final me puse un vestido recto gris, medias negras y unas zapatillas planas antes de bajar corriendo a la cocina. Jude iba a llegar en cualquier momento.

Abrí la nevera, saqué las rosas que había comprado esa misma mañana y me las acerqué a la nariz. El dulzor de su aroma me calmó un poco los nervios y una sutil sensación agridulce ocupó su lugar. No era una sensación mala del todo, pero me habría gustado poder ponerle nombre. La había sentido mucho durante esas dos últimas semanas, mientras estaba con Jude en los ensayos y mientras hablaba por mensajes con Colleen sobre el estreno de *Giselle*.

—Uuuh, ¿le has comprado flores a Jude para vuestra cita? —dijo Josie, acercándose por detrás.

De repente me volvieron a invadir los nervios.

—¡Son para *Colleen*, y no es una cita!

Josie se rio.

—Te vendría bien calmarte un poco.

—¡Y *a ti* te vendría bien…! —Me mordí la lengua; me había propuesto no hablarle mal a Josie. Aunque a veces, como en ese instante, me parecía un reto monumental.

Mi madre entró en la cocina con una pila de trabajos de sus alumnos. Le lancé una mirada suplicante.

—Josie —intervino mi madre—, ¿por qué no subes y rebuscas en la caja que la tía Ruth nos ha enviado de la tienda de segunda mano? Si encuentras algo que quieras, te lo puedes quedar.

Relajé los hombros en cuanto Josie se fue corriendo al piso de arriba.

—Graci…

—¿Seguro que no es una cita? —me interrumpió mi madre mientras dejaba los trabajos sobre la mesa y ponía agua en la tetera.

—Sí —respondí entre dientes.

—Pero ¿estás segura…?

—¿Te parece que llevo ropa para ir a una cita? —le espeté.

Mi madre me miró de arriba abajo.

—Pues ni idea. ¿Era lo que pretendías?

Gruñí.

—Jude y yo somos amigos. ¿Cuántas veces os lo tengo que repetir?

—Bueno, cariño —me dijo mi madre, apoyándose en la encimera—, si fuera normalito, pues supongo que solo una vez. Pero ¡es que guapísimo! Nos va a costar un poco aceptar que no estáis juntos.

Las dos nos quedamos paralizadas cuando oímos unos pasos acercarse a la puerta de casa. Mi madre se apresuró hacia la ventana.

—Lleva corbata —me informó.

Fui a por el abrigo, me dirigí a la puerta, salí y la cerré con firmeza tras de mí. Jude se detuvo en seco. Pues sí que llevaba corbata. Mierda.

—Hola… —empezó a decir, viéndome pasar a su lado a toda prisa.

—Súbete al coche —le ordené—. Hazme caso.

Cuando ambos entramos en el coche, Jude no puso la emisora de Broadway como yo esperaba.

—Bueno, ¿qué tal tu sábado? ¿Qué has estado haciendo? —me preguntó al salir del barrio.

Ah, nada, ya sabes, solo me ha dado un ataque por no saber qué ropa ponerme y le he dicho a mi familia que no estábamos saliendo.

—Nada especial. ¿Y tú?

—Pues esperando que llegara este momento —respondió, frotándose las manos—. Tengo varias teorías sobre las *wilis* y quiero ver si tengo razón. Además, tengo muchas ganas de ver los programas.

—¿Por?

—Una vez fui a un concierto sinfónico y en el programa había una sección entera sobre qué hacer durante el intermedio. En plan: «¡Puedes mantener una conversación! ¡Puedes ir al baño! ¡Incluso te puedes tomar un tentempié!». Quiero ver si en estos programas hay consejos diferentes.

Solté una carcajada, pero me salió demasiado alta y Jude se sobresaltó un poco. Carraspeé.

—Tiene gracia.

Noté que Jude me miraba.

—Oye —dijo por fin—, me alegro mucho de que vayamos a ver este *ballet*. Y, si en algún momento sientes que te supera, sabes que estoy aquí, ¿no? Sabes que puedes hablar conmigo.

Apreté el volante. Jude creía que estaba nerviosa por ver la representación de mi antigua escuela, y en parte era cierto. Pero lo que no sabía era cuánto estaba contribuyendo él mismo a la tensión que me recorría el cuerpo solo por estar ahí sentado y diciendo cosas tan tiernas.

—Lo sé —respondí con firmeza—. Gracias.

Estuvimos bastante callados durante el resto del trayecto, y seguimos así mientras caminábamos hacia el Teatro Epstein, con la luz cálida de las ventanas iluminando la calle del centro. Hasta que no entramos en el vestíbulo abarrotado, con sus bombillas colgantes estilo *vintage* y su suelo de terrazo, no se me calmaron un poco los nervios con respecto a Jude. Sentía la energía de la gente que me rodeaba, vestida de gala y entusiasmada por lo que estaba a punto de presenciar.

Conduje a Jude escaleras arriba hasta la entrada del entresuelo y, cuando ingresamos en el teatro, casi me quedé boquiabierta. Por muy familiares que me resultaran el telón de terciopelo rojo y las lámparas doradas, siempre me dejaban sin aliento.

—Menuda pasada de sitio —dijo Jude, mirando primero el techo y después las butacas.

Sonreí y señalé el foso de la orquesta.

—Hace unos años, había un director que sudaba tanto que llevaba una toalla al cuello todo el rato.

Jude se rio.

—¿En serio? ¿Como un boxeador?

—Síp. —Miré hacia arriba y señalé el palco de la izquierda—. Y ahí es donde Colleen y yo nos escondíamos y comíamos queso durante los ensayos.

Para entonces ya me costaba menos respirar y hablar como una persona normal.

Jude fingió sorprenderse.

—No sabía que venía acompañado de una adicta al queso.

Las luces parpadearon, lo que indicaba que el espectáculo estaba a punto de comenzar, así que conseguimos unos programas y llevé a Jude a nuestros asientos. Eran los mejores: en la primera fila del entresuelo, lo bastante altos como para ver la coreografía completa de las *wilis* y lo bastante cerca como para ver los detalles.

Se apagaron las luces y dejé las rosas bajo mi asiento mientras empezaba a sonar la obertura dramática, cada vez con más intensidad. Se abrió el telón y reveló una pintoresca escena de pueblo, con campesinas bailando y haciendo mímica. A todas se las veía encantadoras; cada uno de sus movimientos, cargados de propósito y elegancia. Me volvió a invadir esa intensa sensación agridulce. No me di cuenta de que estaba apretando el programa con fuerza hasta que Jude acercó la mano y apoyó los dedos sobre los míos. Casi se me paró el corazón. Relajé los dedos y dejé que su mano, cálida, tranquilizadora, maravillosa y familiar, se posara en mi palma.

Sabía que solo era un gesto amable —uno de tantos, cuando se trataba de Jude—, de modo que traté de acallar la estúpida esperanza que crecía en mi interior y me concentré en la entrada de Giselle. Esa noche, Juliet era Giselle, y bailaba con una osadía inocente que encajaba muy bien con el papel. Después del vals de las campesinas, todos empezaron a aplaudir, y Jude retiró la mano para poder unirse a los aplausos. Me miró con las cejas algo arqueadas, como preguntándome en silencio si estaba bien. Le sonreí con toda la confianza que pude reunir y, cuando volvió a sonar la música, Jude volvió a dejar las manos en su regazo. Pues ya estaba.

No dejé de echarle miraditas durante todo el primer acto. Colleen y las *wilis* no iban a salir a escena hasta el segundo acto, y temí que Jude se aburriera con tanto baile de campesinas, pero miraba el escenario con ojos atentos y seguía la trama con interés. Después de que Giselle enloqueciera y muriera al enterarse de que Albrecht estaba prometido a otra persona, se encendieron las luces para el intermedio. Antes de que pudiera preguntarle qué opinaba, Jude se lanzó a hablar de lo imbécil que era Albrecht.

—Llega al pueblo y le miente a Giselle sobre quién es y sobre su compromiso. ¿Qué se creía que iba a pasar?

—No estaba pensando en lo que podría pasar en el futuro —contesté, encogiendo las piernas para que una pareja pudiera atravesar el pasillo—. No esperaba enamorarse de ella, pero al final ocurrió, y para entonces ya era demasiado tarde, y no pudo evitar que todo se fuera al garete.

Jude dejó escapar un suspiro.

—Cierto. Pero me sigue pareciendo que la culpa de todo es suya. —Señaló la parte del escenario donde Giselle había muerto—. Que se haya enamorado no es excusa. Al enamorarse de Giselle debería haber pensado: «Vale, tengo que distanciarme un poco y resolver mis problemas antes de que esto vaya a más». ¿No?

Mientras Jude y yo debatíamos fervientemente sobre mi *ballet* favorito, sentí como si alguien me apuñalara en el corazón. ¿Por qué no podía Jude odiar el *ballet* y ya está? ¿Por qué no podía haberme dicho «sí, no está mal» y luego ponerse a mirar el móvil? Porque Jude no era así, y ese era justo el problema.

Fue un alivio cuando se apagaron las luces y se abrió el telón para el segundo acto. El decorado era totalmente diferente: un cementerio de una belleza inquietante con una niebla que iba cubriéndolo todo desde los extremos del escenario.

Los instrumentos de cuerda tocaban una melodía espeluznante y Colleen, en el papel de Myrtha, recorría el escenario haciendo *pas de bourrée*. Movía los pies a toda velocidad, pero tenía la parte superior del cuerpo tan inmóvil que parecía un espíritu flotando en la niebla. El público se quedó boquiabierto y oí a Jude susurrar:

—Guau.

Sentí un destello de orgullo.

Colleen tenía al público comiendo de la palma de su mano. Se la veía serena y etérea mientras hacía un *penché*, se·

paseaba en *arabesque* y convocaba a las demás *wilis*. Luego dirigió el ataque contra Albrecht con una actitud feroz. A pesar de haber visto el *ballet* cientos de veces, me di cuenta de que iba inclinándome poco a poco hacia delante en el asiento. Cada vez que Colleen giraba la cabeza, irradiaba una combinación fascinante de fuerza y elegancia. Lo sentía todo en mi propio cuerpo y me parecía increíble que un *ballet* de hacía casi doscientos años pudiera resultar tan vivo, auténtico y actual.

Después de que Giselle lograse salvar a Albrecht, y Myrtha y las *wilis* desapareciesen al amanecer, deseé que volvieran. Que siguieran bailando un rato más.

Se encendieron las luces y el público se puso en pie para aplaudir. Tenía el corazón rebosante de alegría, henchido. No me había dado cuenta de cuánto había echado de menos lo que se siente al ver un *ballet* en directo. Lo mucho que me emocionaba, aunque no estuviera bailando yo.

Cuando se detuvieron los aplausos y el público se dirigió hacia las salidas, Jude no dijo ni una palabra.

—Bueno, entonces, ¿qué? ¿Eran ciertas tus teorías sobre las *wilis*? —le pregunté tras recoger las rosas de debajo del asiento y recorrer el pasillo.

—Qué va. Ha sido mucho más guay de lo que me imaginaba. ¿Qué te ha parecido a ti? —me dijo, observándome con atención.

Le sonreí.

—Me ha encantado.

Le hice un gesto para que me siguiera mientras me abría paso entre la multitud del vestíbulo, recorría un largo pasillo, pasaba por los camerinos y cruzaba la puerta que conducía a los bastidores.

Olía a madera, a sudor y a laca. Me adentré en el escenario, a oscuras, y pasé el meñique por el terciopelo suave del telón rojo, como solía hacer antes de cada actuación. Jude se quedó a unos metros de mí, respetando mi espacio, aunque espacio era justo lo último que necesitaba de él.

Noté un movimiento tras él: Colleen, entrando en el escenario, caminando como si se deslizara por él. Se había cambiado y llevaba puesto un vestido granate vaporoso. Fui corriendo hacia ella y la abracé, con lo que aplasté las rosas. Cuando por fin nos soltamos, le entregué el ramo.

—Estabas preciosa —le dije—. Tan... —No encontraba las palabras adecuadas para describirlo.

Me sonrió.

—Gracias. Me alegro de que hayáis venido.

Jude esperó unos segundos antes de acercarse.

—Colleen —le dije—, este es Jude. Jude, Colleen.

—¡Hola! —se saludaron al mismo tiempo.

Los dos sonreían de oreja a oreja y ambos parecían fascinados. Sabía por qué lo estaba Jude: acababa de ver a Colleen como la reina de las *wilis*. Pero Colleen... seguro que veía a Jude como el protagonista de la película romántica que se había montado en la cabeza.

—¡Qué ganas tenía de conocerte al fin! —exclamó Colleen, sin dejar de pasar la mirada de Jude a mí.

Intenté decirle telepáticamente que se calmara.

—Lo mismo digo —le contestó Jude—. Has estado genial. Llevo un montón de tiempo pensando en las *wilis*, pero haberlas visto en directo ha sido... —Hizo como que le explotaba el cerebro con las manos.

Colleen se rio.

—¡Gracias! Bueno, entonces vosotros dos sois pareja de baile, ¿no?

Sabía de sobra que lo éramos, claro, pero tenía la mirada clavada en Jude, preparada para analizar su respuesta y usarla como prueba de que estaba enamorado de mí.

—Síp —respondió Jude, dándome otro de esos puñetazos amistosos en el hombro—. Por lo visto, tenemos química.

—Ah, ¿sí? —Colleen alzó las cejas casi hasta el cielo—. Química, ¿eh?

No sabía por qué no había visto venir que Colleen no iba a ser capaz de mantener la compostura. Traté de pensar en una manera de cambiar de tema, pero de repente apareció una multitud y oí una voz familiar que me dejó congelada: Kira. Estaba hablando con un grupo de padres que acompañaban a sus hijas pequeñas. Reconocí a algunas de ellas; eran estudiantes de nivel básico.

Por mucho que mis sentimientos hacia Kira hubieran cambiado durante el último año, ella seguía igual que siempre: el mismo pelo rubio blanquecino recogido en un moño, el mismo cuello de cisne y la misma postura rígida, tiesa como un palo. Y esos aires de benevolencia regia cuando se dirigía a las pequeñas bailarinas que la miraban con asombro, pendientes de cada una de sus palabras.

Mi primer impulso fue salir pitando de allí sin que me viera, pero decidí quedarme donde estaba y mantenerme firme. Me ayudaba saber que Colleen y Jude estaban a mi lado, pero también había algo más. Algo que por fin empezaba a comprender. Adoraba el *ballet* con todo mi corazón, pero no quería ser como Albrecht y dejar que ese amor me cegara. Ni tampoco como las *wilis*, y echarlo a perder. Ni siquiera quería ser como Giselle, y salvarlo sin haberlo hecho responsable de todo el daño que había causado. Quería adorar las partes buenas del *ballet* y mitigar las peligrosas. Y tenía ante mí a una de las peligrosas.

Capítulo treinta

—Voy a hablar con ella —les dije—. No tardo nada.

Jude asintió.

—Te espero en el vestíbulo.

Antes de desaparecer entre bastidores, me dio un apretón en el hombro, dándome a entender que comprendía que tuviera que hacerlo sin él, pero que estaba ahí siempre que lo necesitara.

—Voy contigo —me dijo Colleen.

—¿Estás segura? Quiero decir, yo ya no soy su alumna; no tengo que preocuparme por el reparto del año que viene…

Me detuve. Ambas esperábamos que Colleen entrara en el curso intensivo de verano del ABT y que le pidieran que se quedara en la escuela al año siguiente, que ni siquiera tuviera que volver a ser alumna de Kira. Pero, si no era así, tendría que pasar otro año en su escuela, y era uno muy importante. Empezaría a presentarse a audiciones para diversas compañías, y necesitaría atención y apoyo.

Colleen negó con la cabeza.

—Kira no se dejaría llevar por el rencor para darme un papel u otro. No es injusta en ese sentido. Es más bien como si no entendiera que es injusta… Y, en cualquier caso, esto también es importante para mí. Estoy preparada para hablar con ella. Quiero hacerlo.

Me armé de valor, nos agarramos de los brazos y nos acercamos a Kira justo cuando los padres y las hijas se marchaban.

Me temblaban las piernas, igual que cuando nos habíamos acercado a ella el día de la lista del reparto de *El cascanueces*, el año anterior. Pero, por dentro, me sentía diferente.

—Ah, has estado excelente esta noche, Colleen —dijo Kira, asintiendo. Luego se volvió hacia mí alzando un poco las cejas—. Alina, me alegro de volver a verte.

Nadie era capaz de hacerme sentir tan insegura de mi cuerpo como ella. Pero resistí el impulso de alinear el culo y las caderas, echar los hombros hacia atrás y levantar la barbilla.

—Hola, Kira —la saludé en voz baja pero firme.

—He oído que participas en el musical de tu instituto. —Hizo una pausa—. Qué bien.

Asentí, incómoda. No recordaba haber hablado nunca con Kira de algo que no fuera *ballet*, y estaba claro que a ambas se nos hacía raro.

—Te echamos de menos en *El cascanueces* —continuó—. Aunque a Greta Chin le queda muy bien el Té chino.

Ahí estaba: la forma de sacarle el tema.

—La verdad es que me preguntaba si podría hablar con usted sobre eso.

—¿Sobre la actuación de Greta?

—Sobre el Té chino. Eh… ¿Ha pensado alguna vez en cambiarlo?

Kira frunció el ceño.

—¿Cambiarlo en qué sentido?

Tomé aire y moví los pies, nerviosa.

—Bueno, ahora mismo el baile es bastante irrespetuoso. La verdad es que algunos de los movimientos, como cuando arrastran los pies o hacen reverencias, son estereotipos racistas.

Un brillo de irritación le cruzó la mirada, y pensé que iba a decirme otra vez: «¿Cómo te atreves?». Pero, en lugar de eso, levantó la barbilla.

—Mi trabajo es preservar y transmitir los *ballets* más preciados del mundo. Y eso es lo que estoy haciendo. Además, ese baile es muy memorable y a todo el mundo le encanta.

—A todo el mundo, no —contesté. Kira tensó la boca, como cuando no bailabas al nivel que esperaba. Decidí ir más allá—. Creo que margina a las personas asiáticas, tanto a los bailarines como al público, y les hace sentir que no encajan, que se están burlando o riendo de ellas.

—Pero si tú misma interpretaste ese baile durante años —dijo Kira, y su confusión parecía sincera.

—Antes no era consciente de todo lo malo que representaba. Y, cuando lo vi, no supe cómo decirlo. Pero ahora ya sí lo sé.

—Muchas de las grandes compañías están cambiando el baile del Té chino y el Café árabe —añadió Colleen—. En realidad no es tan difícil.

—Cierto, y es una forma interesante de pensar en el *ballet*. Por ejemplo, ¿cómo se puede mantener lo divertido del Té chino o el glamour del Café árabe sin ser irrespetuoso o hiriente?

Kira no dejaba de pasar la mirada de Colleen a mí. Por primera vez, se había quedado sin habla.

—Y no solo es cosa del Té chino y el Café árabe —intervino Colleen—. A veces yo misma siento que este no es mi sitio.

Aquello sacó a Kira de sus pensamientos.

—Pero ¿qué tonterías son esas? ¿A qué te refieres?

—A que para usted es fácil ver a sus alumnas blancas como elegantes y delicadas, perfectas para los papeles de hadas y princesas y heroínas inocentes. Son las Giselles, las Odettes y las Hadas de Azúcar. Pero, cuando me ve a mí, ve un «Café árabe seductor» o una «reina villana y vengativa». *Dice* que es porque soy demasiado atlética, porque no soy lo bastante delicada para los papeles protagonistas, pero la cuestión es que no es verdad. Estoy segura de que no lo es.

—Eh…, bueno… —Kira hizo una pausa, sacudiendo la cabeza—. Tú… —Se interrumpió, recuperando la compostura—. Myrtha es un papel increíblemente importante, y es en el que más encajas.

—Pero ¿por qué no encajo en el papel de Giselle?

Kira entreabrió la boca, pero no emitió ningún sonido. No estaba segura de si era porque de verdad no sabía la respuesta, o porque no quería admitirlo, ni a nosotros ni a sí misma. Estaba clarísimo que, incluso después de haber sido su profesora durante años, Kira nunca había visto a Colleen como era en realidad.

—Creo que no ha visto del todo cómo bailo en realidad porque tenía una imagen ya formada de cómo es una bailarina negra. Si quiere asegurarse de que *todos* sus alumnos reciban las oportunidades que se merecen, tiene que ser consciente de sus prejuicios.

Las palabras de Colleen quedaron flotando en el aire mientras Kira permanecía en silencio, con la frente arrugada y la mirada perdida por detrás de nosotras. Lo único que se oía era el murmullo de las voces que llegaban del otro lado de las puertas traseras.

—A todas nos encanta el *ballet* —dijo al fin Colleen—. Todas queremos que sea lo más bonito posible. Y, para ello, tiene que cambiar. Llevará mucho trabajo, pero todas podemos ayudar a hacer realidad esos cambios.

Asentí con energía.

—El *ballet* no es algo muerto que tengamos que preservar. Es algo vivo, y tiene que evolucionar. —Recordé a Kira diciéndonos que debíamos estar agradecidas por formar parte de la gran tradición inalterable del *ballet*, nos diera el papel que nos diera. Me alegraba saber que ya no me lo creía—. Debería estar agradecida de poder contribuir a la evolución del *ballet*.

Kira seguía sin decir ni una palabra. Las puertas traseras volvieron a abrirse y entraron grupos más grandes de gente

MARIKO TURK • 345

que se reía y charlaba en voz alta. Alguien pronunció el nombre de Kira. Al cabo de un segundo, tomó aire y nos miró a los ojos.

—Disculpad —nos dijo, y se alejó con frialdad para unirse a la multitud.

Exhalé y oí a Colleen hacer lo mismo. Nos volvimos la una hacia la otra, pero era como si no nos quedaran palabras. No tenía ni idea de qué haría Kira con respecto a la conversación que acabábamos de mantener; si la ignoraría o se esforzaría por ayudar a que el *ballet* cambiara. Pero al menos le habíamos dicho todo lo que le queríamos decir. Lo habíamos conseguido.

—Ay, madre —susurré.

—Ay, madre —repitió Colleen.

—¡Ahí está! —dijo una voz grave desde la multitud.

Retrocedí unos pasos mientras la familia de Colleen la abrazaba y le entregaba tantos ramos de rosas de color rojo intenso que al final apenas podía sostenerlos todos.

El padre de Colleen fue el primero en fijarse en mí.

—Parece ser que esta noche aparecen todos los fantasmas —dijo con una sonrisa.

La madre de Colleen me abrazó. Su hermano pequeño, Jack, me contó que sus jerbos habían tenido bebés, como si nunca hubiera desaparecido de sus vidas. Calvin, que era solo un par de años más joven que nosotras, me saludó con la mano, pero no se acercó demasiado. Siempre había sido protector con Colleen y seguro que seguía enfadado conmigo. Pero ya me encargaría de demostrarle que había vuelto para quedarme.

Mientras la familia de Colleen debatía sobre dónde ir a celebrarlo, Colleen me dio un codazo.

—Ve a buscar a Jude. Y procura que el edificio no eche a arder con toda vuestra... —bajó la voz hasta convertirla en un susurro sugerente— «química».

Reí por la nariz, le di un último abrazo y salí al vestíbulo, donde me estaba esperando Jude.

—¿Qué tal ha ido? —preguntó mirándome con atención.

Seguía sin encontrar las palabras adecuadas para expresarme, así que asentí con la cabeza y esbocé una sonrisa enorme. Jude me pasó un brazo por los hombros y me estrujó. Aquel gesto me hizo sentir que era capaz de hacer cualquier cosa. Salir volando del teatro. Conquistar el mundo. Decirle lo que sentía de verdad.

—Tengo la pareja de baile, barra vecina, barra amiga, más guay del mundo.

Me desanimé un poco, pero intenté seguir sonriendo. Compañera de baile, vecina y amiga. Tampoco estaba tan mal.

Antes de irnos, Jude fue al baño, así que lo esperé en un banco del vestíbulo. Tenía la cabeza apoyada contra la pared para intentar ordenar la multitud de emociones que me invadían cuando vi un gorrito familiar entre la multitud.

Me incliné hacia delante y mi mirada se encontró con la de Harrison. Me sonrió, se separó de un grupo de mujeres de mediana edad y se acercó mientras miraba a su alrededor.

—Hola —me saludó al sentarse a mi lado—. ¿Qué haces aquí?

—Ah, pues… —Caí en la cuenta de que Harrison no tenía ni idea de que había sido alumna de Kira. Después de lo intensas que habían sido las últimas horas, fue un alivio—. He venido a ver el *ballet*. ¿Y tú?

—Yo también. Mi madre quería venir a verlo. No me esperaba tanta muerte, pero me ha gustado. ¿Has venido con alguien?

Volvió a mirar a su alrededor. Suspiré. Tenía clarísimo a quién estaba buscando.

—¿Te gusta Ethan? —le pregunté sin rodeos. Puede que no fuera demasiado educado por mi parte, pero ya no me quedaba ningún filtro.

Harrison se quedó callado un segundo. Luego se miró los zapatos.

—Así que es evidente, ¿eh?

—Deberías decírselo —le dije a toda prisa—. O sea, no sé lo que siente por ti, y sé que puedes tener muchas razones para no habérselo dicho aún, y lo respeto, pero solo quiero que te plantees la posibilidad de que, si no se lo dices ahora, quizá sea demasiado tarde y ya no tengas oportunidad de decírselo.

Tomé aire para recuperar el aliento. Harrison me miraba con los ojos muy abiertos, confundido.

—Espera, ¿por qué iba a ser demasiado tarde?

—No lo sé, pero es una posibilidad —respondí, alzando la voz—. Y entonces puede que no llegue a saberlo nunca y, bueno, no pasaría nada, siempre y cuando a ti te pareciese bien. ¿Te parecería bien?

—Guau —dijo Harrison, y levantó las manos—. Se lo voy a decir. O sea, le he estado dando vueltas.

—Buenas. —Jude se acercó a nosotros y di un brinco. Nos miró a Harrison y a mí antes de entrecerrar los ojos—. ¿Todo bien?

Me levanté intentando fingir indiferencia, obligándome a controlarme.

—Síp. Hasta luego, Harrison —me despedí, y, por segunda vez esa noche, dejé a Jude atrás y me dirigí al coche.

Capítulo treinta y uno

A la semana anterior a la noche del estreno la llamaban la *semana de los ensayos técnicos*, y era de lo más intensa. Teníamos ensayos todos los días de cuatro y media a once en punto. Mis padres estaban encantados de que estuviera tan ocupada. Para ellos, cantar y bailar dentro de los confines del instituto sonaba a diversión de la buena. Estaba claro que nunca habían vivido una semana de ensayos técnicos.

—¡Ay, la virgen, id a un hotel! —dijo Margot en una voz a medio camino entre un grito y un susurro, tras haber entrado y salido a toda prisa del armario de la limpieza que había entre bastidores.

Había sorprendido a Noah y a Laurel allí liándose, pero salieron pitando en cuanto vieron a Margot. Margot suspiró mientras guardaba el portacigarrillos de atrezo en una de las estanterías.

—Pero ¿qué le pasa a la gente?

Me encogí de hombros sin demasiado entusiasmo. La emoción, el cansancio y los nervios estaban haciendo que se desinhibieran todos los miembros del reparto, todos salvo yo. Yo seguía completamente cohibida, lo que me impedía tantear el terreno para ver si Jude había cambiado de opinión acerca de no estar preparado para una relación.

En las últimas semanas, los ensayos que habíamos tenido juntos, los del número de la Mujer Fatal y los del *ballet*, habían ido genial, lo que a veces me daba esperanzas. Pero tenía que recordarme a mí misma que estábamos interpretando un papel. El verdadero Jude solo quería que fuéramos amigos, y yo tenía que respetar su decisión. Menuda mierda.

Me giré para ver desde los bastidores a Jude, Ethan y Diya bailando «Good Morning». Eran ya las diez y media y aún no habíamos terminado el primer acto. La señora Sorenson y la señora Langford querían solucionar algunos problemas importantes con las luces, así que tuvimos que repetir varios números un millón de veces. Desde luego, estaba claro que no íbamos a llegar a «Broadway Melody» esa noche, lo que significaba que no iba a bailar con Jude. De nuevo, menuda mierda.

Margot y yo salimos de los bastidores y nos dirigimos a los asientos del salón de actos, donde habíamos dejado nuestro sustento para esa noche, regaliz y zarzaparrilla. Me llevé un regaliz a la boca mientras miraba el escenario con atención. En mitad de la secuencia de claqué más rápida e impresionante que había visto jamás, Diya se detuvo y le hizo un gesto con las manos a la señora Langford. La orquesta fue dejando de tocar poco a poco, con torpeza, mientras la señora Langford se dirigía al escenario.

No lograba entender lo que le estaba diciendo Diya, pero no paraba de gesticular hacia la señora Langford y de mover la cabeza con decisión. Ese era el número con el que esperaba llamar la atención de los directores de *casting*, así que todo tenía que quedar perfecto antes de que ejecutara el baile sorpresa. Ethan y Jude se habían quedado a un lado, con cara de agotamiento. Al fin la señora Langford se acordó de que estaban allí y los dejó marchar mientras ella y Diya seguían discutiendo.

Ethan y Jude bajaron del escenario de un salto, fueron dando tumbos por el pasillo y se desplomaron en el suelo, junto a donde estábamos sentadas Margot y yo.

—¿«Good Morning»? Más bien la *peor* mañana de mi vida —dijo Jude, con la voz amortiguada por estar tumbado boca abajo.

—Es culpa de Robozorra, como todo en el universo. —Ethan se giró hasta quedarse bocarriba y se tapó los ojos con un brazo.

—Ya… ¿De qué se está quejando ahora la tipa esa? —Margot bebió un trago de la botella y entornó los ojos mirando hacia el escenario; al parecer la señora Langford aún no había convencido a Diya para que siguiera bailando.

—Quién sabe —respondió Ethan—. Hace años que dejé de prestarle atención.

Sabía que era tarde y que habían pasado mucho más tiempo en el escenario que yo ese día, y que eso pondría de mal humor a cualquiera. Pero ya estaba harta de que la trataran de ese modo.

—A lo mejor no deberíais llamarla así —les dije en voz baja.

Comparado con mi «Discurso de la correlación negativa de las pollas» y mi encuentro con Kira, aquello resultaba un poco flojo. Pero algo era algo.

—Pero es que le queda tan bien… —contestó Margot, sacando otro regaliz de la bolsa, sin darse cuenta de que se lo había dicho en serio.

Jude levantó la cabeza del suelo para mirarme. La moqueta le había dejado una marca roja en medio de la frente, y le quedaba adorable. Me dieron ganas de echarme a reír y olvidarme de todo el asunto, pero no podía.

—La verdad es que no. Siempre estáis hablando mal de Diya, y sé que a lo mejor no es la persona más divertida del mundo durante los ensayos, pero eso no significa que sea un robot ni una zorra ni una combinación extraña de ambas cosas.

Los tres me estaban mirando fijamente.

—Vale… —dijo Margot despacio, observándome con atención, estudiándome—. Te he visto hablando con ella varias veces, pero no sabía si… O sea, ¿ahora Diya y tú sois… amigas?

—Bueno, sí, pero esa no es la cuestión.

—¿Y cuál es? —me preguntó Margot.

—La cuestión es que la odiáis porque es demasiado intensa o ambiciosa o lo que sea. Y sé que su ambición fue justo el motivo por el que Jude lo pasó mal. Pero se puede ser intensa y ambiciosa y no ser una zorra robótica, ¿sabéis? Incluso puedes romperle el corazón a alguien y no ser una zorra robótica. ¿No?

—En teoría, sí —contestó Ethan—. Pero no le rompió el corazón a cualquiera. Se lo rompió a mi *amigo*. Y, por lo tanto, la odio. Es una de las reglas de la amistad.

—Bueno, pues ódiala si quieres, pero... —Moví la mano en círculo, abarcando todo el salón de actos—. Aquí la gente os presta atención. Cuando la llamáis Robozorra, los demás os imitan. Y dudo que sea porque todos siguen esa regla de la amistad. Estoy bastante segura de que la mayoría la llama así porque Diya es muy buena cantando y bailando, y llamarla Robozorra les hace sentirse menos intimidados. —Entonces miré a Jude, esforzándome por evitar que se me fueran los ojos a esa marca tan encantadora de la frente—. Es que no me parece justo que a una chica como Diya la llamen *zorra* porque le apasiona lo que hace. Os quiero mucho, chicos, pero no es justo.

Me mentalicé para recibir la reacción de los tres, pero no dijeron nada. Margot estaba contemplando la botella de refresco. Ethan, que tenía el ceño fruncido, miraba a Diya, aún en el escenario. Jude me estaba mirando a mí, clavándome la vista en los ojos. No sabía qué pretendía encontrar. ¿Tal vez una disculpa por estar usando una vez más su pasado con Diya para hacer una observación?

Cuando la señora Sorenson nos dejó marchar al fin, me levanté a toda prisa.

—Eh... Hasta mañana, chicos —murmuré, y salí corriendo por el pasillo.

Durante el ensayo general de la noche siguiente, me puse el vestido verde Kelly escotado de la Mujer Fatal en la sala del coro. Esa sala se había convertido en un segundo camerino de chicas, ya que el camerino que estaba justo detrás del escenario parecía una tienda de disfraces de época que hubiera explotado; había zapatos de baile, medias y vestidos de los años veinte por todas partes.

La puerta se abrió de golpe y Laney entró corriendo, con un vestido antiguo color amarillo canario y blandiendo un rollo de cinta adhesiva.

—Ya he terminado con Ada y Margot no me deja. ¡Te toca a ti!

Me agarró del codo y me llevó detrás de los casilleros del despacho de la señora Sorenson.

—Que me toca a mí... ¿qué? —pregunté mientras Laney cortaba una tira de cinta adhesiva.

—Ponerte cinta adhesiva en las tetas —contestó—. Te hace un escote tremendo.

—¿Y para qué quiero yo un escote tremendo?

—¿Sabes eso de que tienes que llevar mucho maquillaje en el escenario para que te vean bien los rasgos desde lejos? Pues esto es igual, pero para las tetas.

Vaya. Nunca había querido que se me viera más pecho en el escenario. Siempre lo había visto como una distracción muy molesta que me desequilibraba y me estropeaba la postura. Cuando estaba en la escuela de Kira, para actuar, me lo apretaba con un leotardo beige por debajo de la ropa.

—Bueno... —empecé a decir, pero me quedé en blanco. Era difícil conversar con alguien que te estaba poniendo cinta adhesiva en las tetas—. ¿Cómo va el tema del «amor realista»?

—Harrison y yo nos hemos divorciado —respondió Laney, cortando otro trozo de cinta mientras yo me quedaba ahí de pie, aplastándome los pechos y mirando fotos enmarcadas de las hijas de la señora Sorenson jugando con un corgi. Muy normal todo.

—Vaya, qué pena.

Laney se encogió de hombros.

—Queríamos cosas diferentes.

—¿Y ahora qué? ¿Eliges a otra persona y empiezas de nuevo?

—¡Pues claro que no! —respondió, ofendida—. Solo tengo cincuenta y seis años según la línea temporal de «amor realista». Ahora mismo estoy en Argentina, aprendiendo tango.

Me reí.

—Así que ha sido un divorcio amistoso, ¿no?

—Claro. Harrison es genial.

—¿El Harrison de verdad o el del juego? —le pregunté.

—El de verdad. El otro era un poco imbécil. Pero, no sé, a lo mejor el de verdad saca algo bueno de todo esto —dijo sonriendo.

—¿Algo bueno?

Laney se encogió de hombros.

—Tú mira el programa —susurró.

Antes de que pudiera preguntarle qué era lo que quería decir, Laney me miró el pecho, asintió con expresión de aprobación y se fue a buscar a su próxima víctima.

Me subí los tirantes, me volví hacia el espejo que había apoyado contra la pared y… guau. Pues sí que me hacía un escote tremendo. Con el vestido verde de lentejuelas y las medias con costuras, parecía otra persona. Echaba de menos el calentador, pero no podía ponérmelo para el ensayo general. Mientras me miraba, se abrió la puerta de la sala del coro y entraron Ethan y Margot. Menuda estampa; parecía una foto antigua. Margot llevaba un vestido brillante color champán

354 • LA OTRA CARA DE LA PERFECCIÓN

con un chal de piel sintética blanca. Ethan iba vestido de traje, con el sombrero ladeado a la perfección.

Ambos me miraron el pecho nada más entrar.

—Ya veo que no te has librado de ella —me dijo Margot—. Yo he tenido que salir corriendo.

—He acabado cediendo. Y la verdad es que creo que me gusta...

—Normal. Estás impresionante —dijo Margot.

Ethan asintió mientras se sentaban en las sillas del coro. Me acerqué para sentarme a su lado.

—Vosotros sí que estáis impresionantes —les dije señalando sus trajes—. Margot, tu abuela se va a hartar de hacerte fotos.

—Más le vale. No pienso volver a ir a comprar vestidos con ella, así que con esto va a tener que bastarle para toda la vida.

Sonreímos y nos quedamos todos callados.

—Oye, tenías razón con lo de Robozorra —me dijo Margot. Habíamos estado tan ocupados yendo de aquí para allá, haciendo pruebas de vestuario, ensayando los bailes y echándonos siestas de unos minutos cada vez que podíamos, que aún no habíamos tenido tiempo de hablar del tema—. Estuvo fatal por mi parte llamarte así cuando lo único que habías hecho era tomarte en serio tus sueños. Y con Diya, igual. Sobre todo porque sé que a las chicas nos llaman *zorras* por hacer cosas que no tienen nada de malo. O sea, a mí me llaman *zorra* por ser una tía chulísima, y lo odio. Lo sé, y lo odio, y aun así yo misma lo hacía. Lo siento.

Sonreí.

—Gracias. Aprecio mucho que me digas eso.

—Yo también lo siento —añadió Ethan—. O sea, al principio me enfadé mucho con Diya. Pero Jude lo superó, así que no sé por qué yo no. Supongo que nunca me había parado a pensarlo.

—Yo tampoco. —Margot se encogió de hombros—. Es como si, con el tiempo, lo de odiarla nos saliese solo. —Levantó las cejas—. A lo mejor las robozorras somos tú y yo, Ethan. En fin, que le vamos a pedir perdón a Diya también, y llamarle la atención a cualquiera que siga llamándola Robozorra. Igual que has hecho tú con nosotros.

Sonrió.

—Exacto. Jude también lo siente —añadió Ethan—, pero está... Ya sabes.

Señaló hacia el escenario. Lo más probable era que para entonces Jude estuviera besando a Diya antes de hacer su solo de «Singin' in the Rain».

Dejé escapar un suspiro que esperaba que no sonara demasiado melancólico pero que sin duda lo era.

—Bueno —dijo Ethan, cruzando las piernas y mirándome—. Pues es cierto que hemos venido para decirte que tenías razón y que estábamos equivocados. Ese era nuestro objetivo, ¿verdad?

Se volvió hacia Margot.

—Sí —respondió Margot, asintiendo solemnemente.

—Pero, como eso ya lo hemos hecho, ahora vamos a decirte en qué tenemos razón nosotros y en qué te equivocas tú. ¿Preparada?

—¿Qué? No. ¿En qué me equivoco?

—Te equivocas sobre la persona por la que acabas de soltar ese suspiro tan patético —me dijo Margot.

—O sea, se refiere a que te equivocas sobre él, no a que seas la persona equivocada para él. Es una diferencia importante —añadió Ethan.

Jugueteé con el traje, nerviosa.

—¿En qué me he equivocado sobre Jude?

—¡Pues en no haberle declarado aún tu amor eterno! —gritó Ethan. Antes de que pudiera pedirle que se callara, agregó—: Y no le has declarado tu amor eterno porque crees que él no quiere. Y ahí es donde te equivocas.

—A ver —les dije—, sé que antes le gustaba. Pero luego se dio cuenta de que no podría salir bien. Él mismo me lo dijo. Me dijo que no estaba preparado para una relación.

Margot me hizo un gesto con la mano como para quitarle importancia.

—Pero ¿tú le dijiste que tú sí estabas preparada? Porque eso podría cambiar las cosas.

Ethan se quitó el sombrero y le dio unas vueltas.

—A ver, Jude sentía, siente y sentirá siempre algo por ti; eso es tan evidente que resulta hasta bochornoso. Y tú también por él. Lo único que queremos es que actúes en consecuencia. Si fuera posible, en algún sitio con buena iluminación, para que pueda haceros una buena foto.

Margot le dio un empujón.

—Para, que esto es serio.

—Bueno, venga, vale. Puedes ser una sosa y hacerlo en privado, si quieres.

Los miré fijamente a ambos.

—¿Habéis hablado con él de esto? ¿Sabéis con seguridad qué es lo que quiere?

—Pues no —contestó Ethan de mala gana—. No nos ha hablado demasiado sobre ti desde el día de la pista de patinaje.

Dejé caer los hombros. No eran más que especulaciones. ¿Me atrevería a poner en peligro mi corazón aun sabiendo que me lo podían volver a romper?

Sí, me atrevería.

Me sorprendió lo convencida que estaba de ello. Si las cosas con Jude no salían bien, estaba segura de que volvería a acabar destrozada. De que lo pasaría mal cada vez que lo viera, quizá durante un tiempo. Pero podría soportarlo. Después de todo, no era la primera vez que aniquilaban mis esperanzas. E incluso aunque los pedazos se rompiesen, saliesen volando y dando vueltas, estaba aprendiendo a recogerlos y..., quizá no a recomponerlos, pero sí a reorganizarlos y crear algo diferente. Algo familiar pero distinto.

Me incorporé y les sonreí.

Ethan y Margot soltaron un gritito de alegría y chocaron los puños. Luego me arrastraron hacia el centro de la sala del coro para celebrarlo con un bailecito improvisado. Mientras me mecía de un lado a otro con mi traje escotado, caí en la cuenta de que el año anterior, por esas fechas, mi vida se había desmoronado. Y ahora estaba bailando con dos personas que se preocupaban tanto por mi vida que querían que las piezas encajaran a la perfección.

—¿Seguiréis quedando por las noches para ver pelis una vez que acabe el musical? —les pregunté.

—Sí —respondieron los dos al mismo tiempo.

—Fantabuloso. Contad conmigo.

Capítulo treinta y dos

Estaba entre bastidores, inquieta, oyendo a Jude ensayar «Broadway Melody» con una voz clara y dulce. Había tenido la esperanza de pasar un rato con él antes de ensayar nuestra escena juntos para decirle…, no sé, *algo*. Pero no había logrado encontrar el momento en medio de todo el caos, y ahora estaba entre bastidores, en el lado izquierdo, esperando a que aparecieran los bailarines de charlestón. Cuando entraron, y el escenario se llenó de los colores vivos de sus trajes, los seguí y me senté en la silla preparada para mí en la esquina del fondo. Me coloqué el sombrero en la punta del zapato y esperé. La música cambió, los bailarines salieron formando un torbellino de colores y nos quedamos Jude y yo solos en el escenario.

Jude se arrodilló a mi lado, yo levanté despacio la pierna, él agarró el sombrero y dio comienzo el número. Las luces, las trompetas sensuales de la orquesta, el chaleco de punto amarillo adorable de Jude, mi escote tremendo… Todas las piezas encajaron. Sentía la electricidad en el ambiente mientras me deslizaba a su alrededor y Jude me miraba como si fuera dinamita preciosa.

La primera vez que me levantó del suelo, sentí la tensión en su cuerpo y vi el deseo en sus ojos. No sabía si era la reacción de Don ante la Mujer Fatal o la de Jude ante mí. En ese momento no me importaba. En el escenario, en ese instante, Jude era mío.

—¡Fiu, fiu! —se oyó desde la zona del salón de actos donde estaban sentados Ethan y Margot.

Vi a Jude tratando de contener una sonrisa.

—¡Paso, que van ardiendo!

Con eso bastó para que sonriésemos como tontos.

—¡Más seductores! —gritó la señora Langford, y volvimos a adoptar expresiones seductoras a toda prisa.

Alcé la pierna hasta la oreja de Jude y él me agarró el tobillo; era la primera vez que lo hacía sin llevar el calentador lavanda. Se me revolvió el estómago al sentir el calor de sus dedos a través de las mallas. Jude me dejó caer hacia atrás y, una vez que me subiese de nuevo, debía detenerme a unos quince centímetros de su cara. Pero por alguna razón me acerqué más de lo debido. Estuve a punto de rozarle los labios con los míos.

Las luces se atenuaron, lo que me indicaba que tenía que salir del escenario. Mientras retrocedía para adentrarme entre bastidores y ponerme el traje de *ballet* rosa, no dejé de mirarlo a los ojos.

Él tampoco desvió la mirada. Las luces recuperaron la intensidad y el cuerpo de baile volvió al escenario. Empezaron a bailar el siguiente número, pero Jude seguía mirándome. Un segundo después, volvió la cabeza al frente y se unió al resto con un poco de retraso.

Durante la parte de *ballet*, no se oyó ningún silbido ni nada por el estilo desde los asientos. Sí que oímos algunos gritos ahogados, como cuando hice el *développé* despacio y mantuve la posición unos segundos. Pero, por lo demás, silencio absoluto. Cuando terminamos de bailar, me costó soltarle la mano a Jude y alejarme de él dando vueltas en círculos hasta salir del escenario. Pero Jude tenía una escena justo después y se pasó casi el resto del ensayo en el escenario. Al menos iba a llevarlo a casa esa noche. Tendría que hablar con él entonces.

Una vez que acabamos de ensayar el número final, tras cerrar el telón, la señora Sorenson nos reunió en el escenario para una última ronda de apuntes. Margot, Ethan, Jude y yo nos sentamos en grupo. Empezaron a repartir los programas del espectáculo mientras la señora Sorenson nos daba unas indicaciones finales. Además de una lista con los nombres de los miembros del reparto y el orden de las escenas, el programa era como un minianuario para quienes participaban en el musical. La gente enviaba mensajes cortos para sus amigos y fotografías de los ensayos con pies de foto graciosos.

—Alina —dijo la señora Sorenson en voz alta, por encima de los susurros y las risitas—, te has acercado mucho a Jude al final del baile de la Mujer Fatal. Ha estado genial; hazlo siempre así.

Asentí, ignorando las miradas de Margot y de Ethan.

—Y, Jude, cuando te has quedado mirando hacia los bastidores después de que Alina saliera del escenario y te has perdido la primera parte del siguiente baile… Has estado fantástico. Has logrado transmitir a la perfección que te había dejado hechizado. Hazlo así siempre tú también.

—Vale.

Jude bajó la mirada hacia el programa a toda prisa. Debajo de toda la base de maquillaje, me pareció ver que se ruborizaba.

La señora Sorenson nos dijo que estaba muy orgullosa de todos y que nos quería mucho. O, al menos, eso me pareció; los murmullos habían ido aumentando a medida que la gente señalaba algo que había en el programa.

—Pero ¿qué pasa? —se quejó Margot, hojeando su programa.

Laney asomó la cabeza entre nosotros.

—Página siete —susurró, y luego se alejó a cuatro patas.

Todos fuimos pasando las páginas del programa hasta encontrar una foto de Ethan y Harrison ensayando una escena en la que Cosmo Brown sale de una fiesta y Harrison le ayuda a ponerse el abrigo. Habían tenido que ensayar esa escena muchas veces sin tener el abrigo en realidad, y en esa foto se estaban riendo por ello. El pie de foto decía: «El motivo por el que he participado en el musical es Ethan Anderson».

Desvié la mirada hacia Ethan a toda velocidad. Se estaba sonrojando mientras miraba la foto y poco a poco fue esbozando una sonrisita. Luego levantó la vista y sonrió de oreja a oreja. Me giré y vi a Harrison entre bastidores, de pie. Ethan se levantó y los demás se apartaron para dejarle paso.

—Ay, madre —exclamó Jude, rebuscando en los bolsillos—. ¡Una declaración de amor!

Sacó el móvil y salió corriendo para conseguir un buen ángulo. Mientras Ethan y Harrison se besaban, Jude les sacó una foto y todos los miembros del reparto gritaron: «¡Uuuuuuh!».

Después les dejaron un poco de espacio, pero todos empezaron a moverse de aquí para allá, inquietos, chillando y saltando. La señora Sorenson y la señora Langford se olvidaron de las indicaciones y sonreían mientras miraban a Ethan y a Harrison con un orgullo maternal.

Laney dejó escapar un suspiro de satisfacción.

—¿Lo sabías? —le pregunté.

—Sí —dijo en tono soñador—. Mientras estudiaba a Harrison para todo eso del «amor realista» fui viendo indicios de que estaba colado por Ethan. Luego nos hicimos amigos y me lo contó. Parece ser que vio a Ethan en *La calle 42* el año pasado y fue un flechazo, así que se apuntó a las audiciones para ver si lo que sentía era real. Y después intentó mostrarle a Ethan que le gustaba con sutileza, pero luego fue en plan «a la mierda; voy a ir de frente».

—Y tanto… —dijo Margot—. Joder, cómo mola Harrison.

Se me revolvió el estómago de los nervios. Aunque me alegraba mucho por Ethan y por Harrison, me preocupaba mi propia declaración de amor. No me iba a salir jamás tan perfecta como la suya. ¿Y si acababa mal?

En el fondo, sabía que no importaba. Tenía que intentarlo.

***

—Todavía no me creo lo increíble que ha sido —me dijo Jude, aún en *shock* por la declaración de amor de Harrison, mientras recorríamos las carreteras casi vacías de la ciudad a las once y cuarto de una noche de entre semana—. Los musicales son mágicos. ¡Tienes que admitirlo de una vez!

Solté una risita nerviosa.

—¿Estabas al tanto de lo que iba a hacer Harrison? ¿Lo sabía Ethan?

—La verdad es que no. —Jude sonrió—. Es decir, a Ethan le empezó a gustar Harrison hace un tiempo, pero no sabía si Harrison sentía lo mismo. Parece ser que sí.

—Sí...

Se produjo un silencio incómodo. Era mi oportunidad. Había llegado la hora. Pero entonces sonó «Singin' in the Rain» en la emisora de Broadway. De modo que tuvimos que ponernos a hablar sobre lo raro que era, sobre que era una señal de que el estreno iba a ir de maravilla al día siguiente, bla, bla, bla. Estuve intentando buscar la manera de cambiar de tema, pero no lo logré.

Y, para cuando me quise dar cuenta, estaba aparcando frente a mi casa. Se produjo otro silencio durante un momento mientras detenía el coche despacio y echaba el freno de mano. Decidí lanzarme de lleno antes de perder el valor:

—¿Podemos hablar...?

—Espera, ¿puedo decir una cosa primero? —Jude se giró en el asiento para quedar frente a mí.

Era difícil parar cuando ya me había lanzado, sobre todo porque ya habíamos dejado la conversación a medias muchas veces. Pero parecía un poco nervioso, así que asentí.

—Es por lo de Robozorra. Debería haberles pedido que dejaran de llamar así a Diya. No me siento orgulloso de admitirlo, pero, cuando oí el nombre por primera vez, en parte me pareció apropiado. Estaba triste, dolido y enfadado, y en parte le eché la culpa a ella de lo mal que lo estaba pasando por mi padre. Pero luego me di cuenta de que era muy injusto. Es decir, es *normal* que fuese al concurso de canto en vez de haber venido al baile conmigo. Es su pasión, su futuro. Y nunca le pedí a Ethan ni a Margot ni a nadie que dejaran de llamarla así porque…, suena fatal, pero creo que me acostumbré tanto que ignorarlo era muy fácil… Pero no debí permitirlo.

Me puse a juguetear con las mangas del abrigo.

—A veces es demasiado fácil ignorar lo malo —dije.

—Sí. En fin, después de que sacaras el tema, me sentí fatal y empecé a fustigarme por ello. Pero luego me puse a pensar en la pregunta que me hiciste, en por qué no me permito meter la pata nunca, por qué me juzgo tanto, si no juzgo a los demás. Y creo… creo que es por lo mucho que me juzga mi padre. Creo que lo de ser tan duro conmigo lo aprendí de él. Y no quiero seguir haciéndolo. Cuando meta la pata, quiero *hacer* algo al respecto. Así que le he pedido perdón a Diya, y ha aceptado mis disculpas. Sé que eso no lo arregla todo, pero es un comienzo.

Noté el corazón pleno.

—Desde luego —respondí.

Jude se miró las manos y soltó un suspiro. Me miró. Esa mirada triste, ese ceño fruncido, esa boca que no estaba besando… Ya no podía soportarlo más.

—¡No quiero ser solo tu amiga! —le solté. Jude arqueó las cejas, pero seguí hablando—: Quiero ser más que eso, hace tiempo que lo quiero, solo que no sabía si…

Jude se quitó el cinturón, se lanzó hacia mi asiento y me besó.

Le devolví el beso mientras forcejeaba con el cinturón. Al final fue Jude quien encontró el botón para desabrocharlo y, cuando me liberó, tiró de mí por encima de los portavasos y me subió a su regazo. Y allí, en el asiento del copiloto, encima de Jude, me dio un calambre en la pierna derecha y una de las rejillas de la calefacción me empezó a abrasar la espalda. Pero me pareció que estaba en el mejor lugar del mundo.

No sé cuánto rato nos quedamos así —había perdido la noción del tiempo— antes de oír los lamentos quejumbrosos de «Memory» en la emisora de Broadway. Me giré para apagar la radio, pero Jude me agarró de la muñeca.

—No, espera, déjala encendida.

Me quedé mirándolo a los ojos un momento. Entonces se me escapó una carcajada y no pude parar de reírme.

—Si solo puedes liarte conmigo mientras escuchas canciones de musicales, vamos a tener un problema —conseguí decir al fin.

Jude se rio, pero me apartó la mano del botón.

—¿En serio? ¿*Cats*? ¿Eso es lo que quieres escuchar ahora mismo?

Hice todo lo posible por fingir indignación, pero no podía parar de reírme.

Jude sonrió, pero no me dio ninguna explicación. Se limitó a meter las manos en mi abrigo y hacerme cosquillas en los costados, con lo que me resultó imposible volver a llevar la mano hacia los botones de la radio. Pero, de repente, mientras aquella mujer aullaba sin parar sobre sus recuerdos, recordé una cosa.

«Memory» era la única canción de Broadway que me sabía la primera vez que había llevado a Jude a casa. Y eso nos había llevado al agujero negro de YouTube de Broadway, lo que nos había llevado a «Finishing the Hat», lo que nos había llevado al baile de invierno y a los cachorros tristes y a los bailes sexis y a las camas elásticas y al patinaje y al *ballet*. Nos había llevado a los besos. Nos había llevado a ese instante.

—Vale, pues la dejamos —le dije.

Jude me dedicó una sonrisa aún más grande, amplia, brillante y preciosa. Se enrolló un mechón de mi pelo en un dedo. Luego empezó a cantar en voz baja.

Y, sí, esa canción era muy cursi. Pero en ese momento se me grabó en el corazón, donde la llevaría, al igual que llevaría ese momento, para siempre.

Capítulo treinta y tres

Cuando por fin entré por la puerta de casa, era medianoche y Josie estaba en la cocina bebiéndose un vaso de agua. Abrió los ojos de par en par al verme. Tenía la cara manchada del pintalabios que me había puesto para ensayar. Lo sabía porque Jude la tenía igual.

—Pero ¿y eso? —Josie me miró horrorizada.

—¡Hola! —la saludé alegremente.

—¿Qué te pasa en la cara? ¿Por qué estás sonriendo? ¿Estás bien? —me preguntó, extrañadísima.

—La verdad es que estoy genial. De maravilla. ¿Qué haces levantada?

Josie seguía mirándome con recelo, pero parecía convencida de que, al menos, no me habían poseído los extraterrestres.

—No podía dormir. Estoy estresada por las audiciones de la actuación. Aún no he encontrado pareja para el dúo.

—¿En serio? —Me quedé sorprendida—. Pero la coreografía es una pasada. Seguro que mucha gente quiere bailarla.

—Sí, pero no encuentro a la persona adecuada. No encajan con mi manera de bailar. Se parecen demasiado. Tiene que haber algún contraste, alguna disonancia, para que quede interesante.

Me puse a darle vueltas, intentando pensar en soluciones posibles, diferentes opciones que pudiera intentar durante las audiciones.

Josie recorrió el borde del vaso de agua con el dedo.

—¿Querrías… querrías hacerlo tú?

Parpadeé. Josie y yo, bailando juntas por primera vez en una década. Sería raro. Pero puede que también… ¿divertido? El baile moderno seguía sin ser mi tipo de baile favorito, pero podía ser interesante probar algo nuevo.

—Mientras no me hagas ponerme un traje de marinera, por mí vale.

—Trato hecho… Pero, espera, ¿de verdad vas a bailar conmigo?

—Sí —respondí sonriendo.

Josie me devolvió la sonrisa.

—Vale —dijo—. Guay.

Después de subir las escaleras hasta mi cuarto y limpiarme el pintalabios de la cara, busqué el móvil en la mochila. Sabía que me iba a resultar imposible dormirme pronto y tenía que enviarle un mensaje a Colleen y a Margot para contarles lo que había pasado con Jude. Me daba igual que fuera tarde.

Cuando por fin lo encontré debajo de una de mis zapatillas de *jazz*, vi que ya tenía un mensaje de Colleen.

Me han seleccionado.

Volví a leer las palabras. Dios. El ABT. Había entrado.

Solté un grito ahogado mientras sentía la emoción como un torbellino de confeti en el estómago y se me ponía la piel de gallina en los brazos. Me había enviado el mensaje hacía unas horas. Había estado tan ocupada con el ensayo y luego con Jude que me había pasado siglos sin mirar el móvil.

Le di la enhorabuena con un millón de signos de exclamación y *emojis* de fuegos artificiales. Sentí que esos fuegos artificiales crepitaban en mi interior y estallaban en explosiones de color. A Colleen le iba a ir genial, y estaba muy orgullosa

368 • LA OTRA CARA DE LA PERFECCIÓN

de mí misma por haberla ayudado a conseguirlo. Por formar parte de ese comienzo tan increíble.

¡Graciaaaaas!, me respondió. Me muero de ganas, pero estoy muy nerviosa, pero me muero de ganas. ¡¡¡Aaah!!! Tengo que empezar a acumular puntas.

En los cursos intensivos de verano había que subirse a las puntas durante horas todos los días en una época de mucho calor y humedad, con lo que las zapatillas se desgastaban más rápido. Y las puntas no eran baratas, así que era el único inconveniente de esos cursos.

Y entonces recordé que aún tenía unos cuantos pares sin usar. Los había comprado cuando me había estado preparando para el curso intensivo del ABT del año anterior y los había acabado guardando.

Yo tengo tres pares. Seguimos teniendo la misma talla, ¿no?, le contesté. ¿Vamos a comprar algunos más este finde? ¿Después de que te recoja de clase?

¡Sí, porfa!

Le había dicho a Colleen que, siempre que tuviera complicado usar el coche de alguno de sus padres, la llevaría a clase de baile. Así que el sábado, puesto que Jack tenía partido de fútbol y Calvin tenía un concurso de modelado matemático, Colleen y yo íbamos a ir juntas a la escuela de Kira por primera vez en mucho tiempo. Me moría de ganas de celebrar lo del ABT en persona. Y lo de Jude.

Me dirigí al armario y saqué las puntas. Estaban junto a la vieja caja de Capezio donde había guardado todas mis fotos de *ballet*.

Respiré hondo y abrí la tapa. Fui viendo una foto tras otra de Colleen y yo. Dejé un montón sobre la cama.

Luego bajé a hurtadillas al despacho de mi madre, donde teníamos la impresora en color. Encendí su ordenador, abrí el

Instagram de Ethan y me puse a ver sus fotos. Vi a Jude en las audiciones, sonriente y sonrojado después de haber cantado «Maria». A Margot bailando en la fiesta premusical, con ese aspecto de reina sirena malota. Y a Harrison, cantando «Beautiful Girl» en el baile de invierno.

Allí estaba documentado todo el curso escolar, pero embellecido. O puede que hubiera sido así de verdad y no me hubiera dado cuenta hasta ese momento. Imprimí un montón de fotos y volví a subir a mi cuarto.

Encontré un poco de masilla adhesiva en el cajón del escritorio y empecé a colocar de nuevo todas las fotos antiguas en las paredes, intercaladas con otras nuevas. Colleen y yo en *Sueño de una noche de verano* junto a Jude en las audiciones. Colleen y yo en *Coppélia* debajo de Margot en la fiesta.

Cuando terminé, saqué una foto más. Era de cuando me había comprado las primeras puntas de *ballet*. Llevaba aparato y sonreía tanto que la boca me ocupaba media cara.

Tenía once años. No tenía ni idea de lo que iba a pasar en el futuro. Y seguía sin saberlo.

Volví a bajar las escaleras, con cuidado de no despertar a nadie. Apoyé la foto en un marco en medio de la chimenea. Luego volví a hurtadillas a mi habitación, apagué las luces y me dormí al fin.

Marzo

Capítulo treinta y cuatro

—¡Me voy! —grité mientras bajaba a toda prisa las escaleras, con el pelo ondulado y recogido con horquillas para que pareciera que llevaba un bob.

Fui a por la mochila y comprobé tres veces que tenía el maquillaje, la ropa y los zapatos del musical. Mientras rebuscaba, oí entrar a mi madre, a mi padre y a Josie desde la cocina.

—Vale, ahora ya sí que me voy —les dije—. Tenéis las entradas, ¿no?

Cuando me colgué la mochila del hombro y me di la vuelta, vi que todos me estaban mirando. Mi madre tenía los ojos llorosos.

—Estás preciosa. Estamos deseando verte bailar.

—Estamos muy orgullosos de ti, cariño —añadió mi padre.

Sentí una opresión cálida en el pecho.

—Que conste que he sido yo quien la ha peinado. —Josie se acercó y me hizo unos últimos retoquecitos—. Me ha quedado de profesional.

Papá nos abrazó a los dos.

—Estamos orgullosos de las *dos* hijas con tanto talento que tenemos.

—Papá, no lo estropees —se quejó Josie, extendiendo una mano para protegerme el peinado—. Que tengo que hacerle una foto.

—Buena idea —dijo mi madre—. Alina, ¿por qué no te pones al lado de...?

—No, solo del pelo —la interrumpió Josie—. Estoy creando un porfolio para poder conseguir un trabajo a tiempo parcial en una peluquería de algún barrio rico y forrarme con las propinas.

—Me parece bien, porque me da a mí que dentro de poco voy a necesitar un préstamo —dije, manteniendo la cabeza inmóvil mientras Josie me hacía fotos.

—¿Y eso?

Me encogí de hombros.

—Pues porque es probable que pida plaza en algunas universidades de Nueva York, y vivir allí es carísimo.

La habitación se sumió en el silencio absoluto, salvo por el *clic* de la cámara del móvil de Josie. Alcé la vista y vi que mis padres compartían una mirada de felicidad pura. Supongo que no sabían qué pensaba yo del tema de la universidad. Aún no estaba segura de en qué universidades iba a solicitar plaza ni de qué carrera quería hacer, pero tenía tiempo para averiguarlo.

Josie dio un paso atrás, satisfecha con las fotos.

—Vale, ahora déjame hacerte una de verdad —me dijo, y me llevó hacia la repisa de la chimenea.

Cuando levantó el móvil, esbocé una sonrisa tan inmensa que seguro que resultaba vergonzosa.

Y seguí sonriendo hasta que llegué al instituto, entré en el salón de actos y me adentré entre bastidores. Llevaba el día entero sintiendo que la alegría me recorría todo el cuerpo. La expectación de la noche del estreno, el recuerdo del beso, lo divertido que había sido hablar de ello con mis mejores amigas y las ganas tan tremendas que tenía de volver a verlo.

A Jude.

Me abrí paso por el pasillo de detrás del escenario, que estaba abarrotado de miembros del reparto que charlaban nerviosos. Me vibró el móvil.

No te importa si llevo una camiseta con tu nombre
escrito con purpurina, ¿no?

Sabía que Colleen estaba de broma, pero tampoco me
extrañaría que lo hiciera.

Si la llevas, yo pienso llevar un megáfono a tu debut
en el ABT.

Me vale la pena. Mucha mierda y cuidado con la
pierna.

Haré lo que pueda.

Me guardé el móvil y vi a Margot en la entrada del escenario, engalanada con su vestido brillante.

—¡Estás increíble! —le dije, y le di un ligero puñetazo en
el bíceps.

—Y tú tienes cara de que te has estado liando con Jude
—me respondió mientras me devolvía el golpe.

Nos dimos unos cuantos golpecitos más y luego nos dirigimos a los bastidores. El escenario estaba a oscuras tras el
telón. Los miembros del equipo iban de un lado a otro, pre-
parándolo todo. Ethan y Jude estaban en el centro del escenario, de espaldas al telón, mientras la señora Sorenson les
soltaba un discursito para animarlos y les arreglaba las paja-
ritas. Margot fue a buscar el portacigarrillos de atrezo del
armario y yo salí al escenario.

En cuanto aparecí por allí, Jude me miró fijamente a los
ojos. Al principio parecía serio, pero al verme le cambió la expresión por completo. Alzó las cejas y entreabrió los labios,
como si estuviera sorprendido de verme. Yo también estaba
muy sorprendida. Sorprendida de que no me lo hubiera inventado todo, de que estuviera allí, delante de mí.

Después de pasarnos un buen rato besándonos la noche anterior, Jude y yo nos habíamos quedado sentados en el coche, hablando de todo. De *ballet*, del baile de invierno, de la pista de patinaje, de su padre. Jude me había dicho que su padre podía hacerlo sentir como si fuera la persona más importante del mundo un día y como si fuera un completo fracasado al día siguiente. Me había confesado que le asustaba seguir necesitando la aprobación de su padre y que eso le hacía no confiar en su propio instinto. Pero no quería impedirse a sí mismo hacer las cosas que quería hacer solo porque temía meter la pata de alguna manera.

Le había contestado que yo también había tenido miedo. Que había querido evitar que ambos lo pasáramos mal, y que por eso le había dicho lo de dejarlo tirado como había hecho Diya. Me había dejado claro que, si me apasionaba algo, quería que fuera a por ello, aunque significase perderme el baile de invierno o cualquier cosa por el estilo. Me había hecho prometerle que no renunciaría a nada que quisiera de verdad solo por él. En realidad ya sabía que nunca haría algo así, pero de todos modos me alegró oírlo.

Vi que la señora Langford iba a toda prisa a hablar con la señora Sorenson y, en cuanto ambas se distrajeron, Jude vino corriendo hacia mí.

—Quiero enseñarte una cosa.

Me tomó de la mano y me llevó al centro del escenario, justo detrás del telón. Al otro lado se oía el murmullo familiar del público mientras buscaban sus asientos y charlaban.

Jude entreabrió el telón y me hizo un gesto para que me asomara.

—Mira la pared del fondo —me susurró.

Dirigí la vista hacia los paneles acústicos de madera del fondo del salón de actos. Allí, en una rendija que quedaba entre dos de los paneles, vi una cara sonriente un poco cutre —dos ojos deformes y una boca torcida— hecha con cartulina roja descolorida.

Entrecerré los ojos.

—¿Qué es...? ¡Ay, madre! ¿Esa es la Raja de la Felicidad?

—Exacto. La hizo alguien hace mucho tiempo para recordarle a todo el mundo que sonriera durante la actuación, y todos los años la encontramos en el despacho de la señora Sorenson y la volvemos a poner ahí.

—¿Y quién lo hizo? —pregunté. Incluso desde allí se veía que el papel estaba descolorido.

—No se sabe. Pero es probable que tenga unos veinte años.

Me eché a reír.

—¿Qué pasa?

Jude me sonrió mientras nos alejábamos del telón y volvíamos a la penumbra del escenario.

—Perdona, pero es que la Raja de la Felicidad es un chasco total. ¡Con toda la expectación que habíais creado!

—Tú espera y verás —respondió—. Algún día entenderás la Raja de la Felicidad. —Me rodeó la cintura y yo le pasé los brazos por los hombros—. Ah, por cierto —añadió, tirando con delicadeza de una de las ondas que Josie me había creado en el pelo con tanto esmero—. He llamado a mi padre hoy.

—¿En serio?

—Le he dicho que, si quería volver a verme, podía venir a verme actuar. No tengo ni idea de si aparecerá. Pero ya veremos.

Le pasé la mano por el pelo.

—Pues me parece genial.

—A mí me pareces genial tú —contestó Jude, dedicándome una sonrisa de Don Lockwood de lo más presumida.

—Ahórratelo para la actuación —le dije, pero me incliné hacia él de todos modos.

Nuestros labios estaban a punto de rozarse cuando una mano se interpuso a toda velocidad entre nuestras caras.

—¡No os estropeéis el maquillaje! —nos regañó la señora Langford—. Esperad hasta después del espectáculo —añadió con un guiño antes de marcharse.

Antes, aquella interrupción me habría cortado totalmente el rollo. Pero ahora nada podía quitarme las ganas de besar a Jude.

La voz chispeante de Diya resonó por todo el salón de actos mientras la orquesta tocaba las primeras notas animadas de «Good Morning». Ya habíamos llegado al final del primer acto. No me podía creer lo rápido que había pasado todo. La respuesta del público hasta entonces estaba siendo maravillosa, y eso nos llenaba de energía. Nos estaba saliendo mejor que nunca.

Me acerqué a hurtadillas al extremo del escenario para verlo todo. Miré a Diya en busca de algún indicio de nervios, pero no tenía de qué preocuparme. En lugar de atarse el abrigo a la cintura y bailar el hula, lo tiró a un lado con un movimiento dramático y empezó a sacudir la cabeza y la pelvis, tal y como lo habíamos practicado. Nos habíamos inspirado en el baile de *Rocky Horror* de la fiesta premusical. Queríamos captar esa sensación de desenfreno salvaje, de dejarse llevar por completo.

Al principio, Jude y Ethan se quedaron mirando a Diya, estupefactos. Luego giraron la cabeza para mirarse como si dijeran: «¿Tienes idea de lo que está pasando?».

Lo hicieron de un modo tan sincronizado que casi parecía también parte de la coreografía. Al público se lo veía encantado. Y luego, el gran final: Diya hizo el paso del gusano. O, más bien, intentó hacerlo sin demasiado éxito. Pero así le quedó incluso más gracioso. El público comenzó a aplaudir antes de que acabara siquiera la canción. Me habría encantado saber dónde estaban sentados los directores de *casting*, cómo reaccionaban, pero era imposible. De todos modos, pensaran lo que pensaran, Diya lo había hecho genial.

Cuando salió del escenario, nos abrazamos. Quería susurrarle que lo había hecho de maravilla, pero de repente me emocioné. Las actuaciones te dejaban las emociones a flor de piel. No dije nada, pero sabía que Diya entendía lo que quería decir.

Y entonces, antes de que me diera cuenta, llegó el momento de «Broadway Melody». Allí sentada en el escenario, detrás de los bailarines de charlestón, podía sentir al público al otro lado de los trajes fluorescentes. Sabía que en unos segundos ya no habría nada que nos separara. Iba a bailar sola para un público de verdad por primera vez desde que me había lesionado.

En ese momento los bailarines se dispersaron y me quedé sola bajo el foco, con la pierna extendida y el sombrero en la punta del pie. Miré hacia el público. Y vi la estúpida Raja de la Felicidad.

No dejé de mirarla durante el baile de la Mujer Fatal y la parte de *ballet*. En la expresión compasiva de su boca y en sus ojos dispares vi todos los «tal vez sea para mejor» amables pero desafortunados que había oído durante el último año. Seguía sin compartir ese punto de vista. Esas palabras —*mejor, bonito*— solían significar una sola cosa para mí. Pero ya me estaba empezando a dar cuenta de que no siempre estaba todo tan claro. Las cosas bonitas tenían partes malas, y las cosas malas tenían partes bonitas, y ahora sabía que podía apañármelas con eso. Podía aferrarme a lo bonito y a lo bueno. Podía intentar solucionar lo malo. Ya no estaba segura de a qué quería dedicar mi vida. Pero no pasaba nada. Me sentía bien allí, bailando.

Durante el saludo final, vi como el cuerpo de baile corría al escenario para hacer la reverencia mientras todos cantaban

«Singin' in the Rain» una vez más. La señora Sorenson me había dicho que podía elegir qué traje ponerme para la reverencia: el vestido verde de la Mujer Fatal o el rosa de *ballet*. Esa noche elegí el rosa.

Entre bastidores, antes de salir, Jude, que estaba adorable con su traje antiguo y su sombrero, se acercó a mí. Se quitó el sombrero y me lo tendió.

—Oye —me susurró—. Lo has conseguido.

Le besé, me puse el sombrero y salí al escenario. Las luces de la sala estaban encendidas, de modo que pude ver bien al público. Todo el mundo estaba de pie. Vi a mi madre y a mi padre, en el centro de la segunda fila, aplaudiendo con energía. La madre de Jude, junto a ellos, esbozaba una sonrisa radiante. Josie estaba más arriba, gritando con sus amigas. Isabel, la abuela de Margot, se había llevado las manos a los lados de la boca y gritaba: «¡Bravo!». Birdie sostenía en brazos a un bebé diminuto; le estaba agarrando la mano y agitándola a modo de saludo. Colleen y sus dos hermanos estaban dando saltos, gritando mi nombre. Delante de ellos había un par de niños de primaria que me miraban asombrados. Me preguntaba si Jude y yo les habríamos mostrado su primer número de *ballet*.

Se suponía que tan solo debía inclinarme hacia delante, pero tenía demasiados sentimientos acumulados en mi interior como para hacer solo eso.

Así que extendí el brazo derecho y luego el izquierdo. Después me arrodillé mientras me inclinaba en una reverencia profunda y bajé la cabeza despacio.

Agradecimientos

Muchísimas gracias a todo el mundo que me ha ayudado a convertir *La otra cara de la perfección* en un libro y a todos los que lo han leído.

Gracias a Allie Levick, que ha superado todas las expectativas que tenía acerca de una agente literaria, por darle todo tu cariño a esta historia desde el principio, por ayudarme a contarla, y por tus ánimos constantes y tu paciencia infinita. Gracias a Alex Hightower, mi extraordinario editor, por darme unas indicaciones increíbles que siempre me han hecho profundizar, por ser tan amable y atento a la hora de guiarme, y por entregarle toda tu confianza a este libro. ¡Estoy muy agradecida de formar parte de este equipo de ensueño!

Gracias a las increíbles personas que forman Poppy y Little, Brown Books for Young Readers, por darle a Alina un hogar tan maravilloso: Farrin Jacobs; Jen Graham; Jenny Kimura, la diseñadora de la cubierta; Anne Pomel, la ilustradora de la cubierta; y el resto del equipo. No tengo palabras para agradecéroslo.

Gracias a las agentes de los derechos del libro en el extranjero, Cecilia de la Campa y Alessandra Birch, por todo el admirable trabajo que habéis hecho para que la historia de Alina llegase a más lectores. Gracias a las fantásticas agentes de los derechos cinematográficos, Mary Pender y Olivia Fanaro; me han encantado todas nuestras conversaciones sobre este libro. ¡Gracias por vuestro conocimiento y vuestra dedicación!

Muchísimas gracias también a mis lectores de sensibilidad. Phil Chan, autor de *Final Bow for Yellowface*, gracias por haber escrito un libro tan increíble y por tu generosidad a la hora de leer, opinar y debatir conmigo sobre *La otra cara de la perfección*. Si queréis saber más sobre el racismo, el antirracismo y las iniciativas antirracistas que se están llevando a cabo en el *ballet*, podéis leer su libro y visitar la página web: www.yellowface.org. Gracias también a Sonora Reyes y Ravi Teixeira; vuestra ayuda ha sido inestimable.

También estoy muy agradecida a los maravillosos amigos que han leído la historia de Alina en distintas fases del proceso y me han ofrecido comentarios excelentes y el ánimo que tanto necesitaba: Hillary Bliss (que es una superestrella), Asmaa Ghonim, Kate Peters y Casey Wilson (que ha leído tantas versiones de este libro que no tengo palabras para agradecérselo).

Por último, gracias a mi familia, Andrew Wilson, Mark, Jean, Adam, Natania, Hiro y Ronin Turk, no solo por leerme y apoyarme tanto a mí como a mi trabajo a lo largo de los años, sino por ser las mejores personas del mundo.

BIOGRAFÍA

Mariko Turk se licenció en la Universidad de Pittsburgh y se doctoró en la Universidad de Florida, donde estudió Literatura Infantil. Durante su infancia bailaba, actuaba en los musicales de su instituto y se rompió una pierna, y está claro que no puede dejar de pensar en ninguna de esas cosas. Le encanta beber té, leer, ver historias de todo tipo y pasar tiempo con su familia. Hoy en día vive en Boulder, Colorado, con su marido. *La otra cara de la perfección* es su primera novela.

¿TE GUSTÓ
ESTE LIBRO?

Escríbenos a

puck@edicionesurano.com

y cuéntanos tu opinión.

ESPAÑA 🇫/MundoPuck 🇹/Puck_Ed 📷/Puck.Ed

LATINOAMÉRICA 🇫 🇹 📷/PuckLatam

▶/PuckEditorial

¡Gracias por vivir otra
#EXPERIENCIAPUCK!